二見文庫

あなたに恋すればこそ

トレイシー・アン・ウォレン／久野郁子＝訳

At The Duke's Pleasure

by

Tracy Anne Warren

金曜日の夕食会の仲間たち――ジャック、ゲイル、スー、ジェリー、バーブ、ローラ、シーラ、レスリーへ。

笑いにあふれた楽しい時間をありがとう。わたしをコンピューターの前から引き離し、息抜きさせてくれることに感謝する。

あなたに恋すればこそ

登　場　人　物　紹　介

クレア・マースデン	伯爵令嬢
エドワード（ネッド）・バイロン	クライボーン公爵
エッジウォーター伯爵	クレアの父
ケイド	エドワードの弟
メグ	ケイドの妻
ジャック	エドワードの弟
グレース	ジャックの妻
ドレーク	エドワードの弟
レオ	エドワードの双子の弟
ローレンス	エドワードの双子の弟。レオと双子
マロリー	エドワードの妹
エズメ	エドワードの末の妹
アヴァ	公爵未亡人。エドワードの母
アダム・グレシャム	バイロン家の古い友人
ヴィルヘルミナ・バイロン	バイロン家の親戚の未亡人。クレアのお目付け役
イズリントン卿	放蕩者の貴族
フェリシア・ベティス	エドワードの元恋人
フィリパ・ストックトン	ジャックの元恋人
レネ・デュモン	フランス人亡命貴族
エヴェレット卿	通称“ル・レナール”。スパイ

プロローグ

イングランド、ノッティンガムシャー州
マースデン邸
一七八九年六月

クリケットのバットと球が、午後の湿った空気を切り裂く音がした。続いて歓声があがり、少年たちがきれいに刈りこまれた芝生の上を駆けだす。

ハーツフィールド侯爵ことエドワード・オーガスタス・ジョセフ・バイロンは、芝生を見下ろす二階の応接間に立っていた。豪奢《ごうしゃ》なエッジウォーター伯爵邸の西側の壁にならんだチューダー様式の窓のひとつから、ゲームのゆくえを見守り、体の脇《わき》でこぶしを握って弟たちをひそかに応援した。

うらやましさでため息をつきそうになるのをこらえ、開いた窓にさらに近づくと、オークの花粉と心地よい夏の風のにおいが鼻をくすぐった。自分もみんなと一緒にクリケットができたらどんなにいいだろう、とエドワードは思った。

　草の上を走る。

　バットの握りのすべすべした感触を楽しみ、腕に思いきり力を込めて球を打つ。

　もしエドワードがゲームに加わっていたら、これほど僅差《きんさ》の勝負にはならなかっただろう。ケイドとジャックがへたというわけではない。対戦相手の体格と年齢を考えれば、ふたりはよくがんばっている。十二歳と十三歳の少年に対し、バイロン家の兄弟はまだ十歳と八歳だ。四歳のドレークでさえ、少しでもゲームに参加している気分を味わおうと、子守係の言いつけも聞かずにときおり転がってきた球を拾いに走っている。

　エドワードがふつうの少年なら、今日の洗礼式に招かれてやってきたほかの子どもたちと一緒に、気の向くまま自由に遊んでいたはずだ。だが十一歳という年齢でありながら、エドワードはクライボーン公爵の後継者という立場が、午後にクリケットをすることよりもはるかに重要であるとわかっていた。

　ケイドが芝生の上で足を前に踏みだし、長い腕をふりかぶって球を投げようとしている。エドワードは微笑《ほほえ》み、心の中でケイドに声援を送った。

　そのとき、まばゆく輝くエメラルドの印章指輪《シグネットリング》をした大きな男性の手が視界をさえぎり、小さな音とともに窓が閉められた。

　エドワードは何歩か後ろに下がった。窓ガラスに隔てられ、外の喧騒《けんそう》が遠くなる。背筋をまっすぐに伸ばし、敬意に満ちたまなざしで父親を見た。たくましい体格をしたクライボーン公爵は、エドワードをそのまま大人にしたかのようだった。

エドワードはいつか父親にそっくりになると、誰もが口をそろえて言う。彼はときおり鏡をのぞきこみ、本当にそうだろうかと考えることがあった。

「外はうるさすぎる」公爵が言った。「ジャックの声が部屋のどこにいても聞こえてくる」

エドワードはなんと言えばいいかわからずに黙っていた。

「少し静かにするよう注意したほうがいいのかもしれないが、みんなまだ子どもだからしかたがない」

そう、みんなまだ子どもだ。そしてこのぼくも。エドワードは胸のうちでつぶやいた。

「それで、スコアは？」公爵が尋ねた。

父のくだけた口調に、エドワードの緊張が少しほぐれた。「ケイドのチームが二点負けているけど、次の攻撃で追いつけると思います」

「ああ、きっとそうなるだろう。さあおいで、エドワード」公爵はエドワードの肩に手をかけた。「大事な話がある。クリケットの観戦はまたあとにしなさい」

「はい」

父についていこうとふりかえったとき、美しく着飾った貴婦人の輪の中にいる母が、部屋の向こう側から心配そうな顔でこちらを見ていることに気づいた。眉間《みけん》にかすかにしわを寄せ、唇を一文字に結んでいる。だがエドワードと目が合うと、その眉間からさっとしわが消え、口もとに優しい笑みが浮かんだ。

エドワードは母に微笑みかえしながら、さっきの表情はなんだったのだろうと考えた。だがすぐにそのことを頭から追いだし、急ぎ足で父親のあとを追った。

ふたりは中背のやせた紳士の前で立ち止まった。波打った豊かな金髪はきれいにとかしつけられ、寸分の狂いもなく結ばれたタイにダイヤモンドのピンが光っている。

「閣下」公爵は言った。「公爵位の継承者、長男のハーツフィールド侯爵です。ハーツフィールド」エドワードに向かってうなずく。「こちらの紳士はわたしの大親友、エッジウォーター伯爵だ。ご挨拶《あいさつ》しなさい」

完璧《かんぺき》な作法を身につけているエドワードは、深々と腰を曲げてお辞儀をした。「はじめまして、閣下。本日はお嬢様の洗礼式という喜ばしい席にお招きいただき、どうもありがとうございます」

エッジウォーター伯爵はお辞儀を返すと、背筋を伸ばして微笑んだ。「これはご丁寧にありがとうございます、閣下。ようこそおいでくださいました。クライボーン公爵からお話はかねがねうかがっておりました。あなたにはとても感心いたしております。なんでも今年はイートン校で何科目も最高点をお取りになり、早くもケンブリッジ大学とオックスフォード大学への飛び入学も認められそうだとか」

「二年以内にオックスフォードに入学するだろう」クライボーン公爵はそれがすでに決まったことであるかのように、きっぱりと言った。「公爵夫人は、この子の年で大学に行くのはまだ早すぎると言っているがね。だが妻は子どものことが心配で、あまり早く巣立たせたくないと思っているだけだ。ハーツフィールド本人は挑戦する気になっている。そうだろう？」

「はい、閣下」エドワードはつぶやいた。飛び入学のことを思いだし、不安と期待で胸がいっぱいになったが、ごくりとつばを飲んで気持ちを落ち着かせた。

「さてと、エッジウォーター。この子を呼んだのは、学業のことについて話しあうためじゃないだろう。いい知らせがあるからじゃなかったかな」

「ああ、もちろん」伯爵は嬉《うれ》しそうに薄い胸を張った。「きみから伝えたらどうだい、クライボーン？」

公爵は軽く手をふった。「いや、きみが話してくれ。もともとはそちらが言いだしたことじゃないか」

「いや、わたしがそう思いついたのはきみのおかげなのだから、きみから話すべきだ」

エドワードは父親と伯爵のあいだに立ち、表情を変えないよう注意しながら、ふたりの奇妙なやりとりを聞いていた。〝いい知らせ〟とやらがどんなものであるにせよ、早く話が終われば、それだけ早くここを抜けだし、みんなとクリケットをすることができる。

「もしかするとご存じないかもしれませんが」伯爵はエドワードの顔を見た。「わたしのこのノッティンガムシャーの領地と、あなたの父上が所有なさっている領地のひとつは、一部が隣接しております」

「はい。公爵家の領地の最南端が、何マイルかにわたって閣下の領地と境界を接していると聞きました」

伯爵は満面の笑みを浮かべ、瞳を輝かせた。「そのとおり。ちゃんとご子息を教育しているんだな、クライボーン」

「もちろんだ。公爵位も財産も、いずれ息子のものになる。領地の広さと場所を教えておくのは当然のことだろう」

エッジウォーター伯爵はふたたびエドワードに向きなおった。「ですが父上とわたしが古くからの友人であることまでは、おそらくご存じなかったでしょう。父上とはイートン校とオックスフォード大学で、ともに学んだ仲です。親しくお付き合いしているうちに、わたしたちは両家が強い絆《きずな》で結ばれることを願うようになりました。そこである約束を交わしたのです」

「どんな約束ですか？」エドワードは思わず訊《き》いた。

「すぐにわかりますよ、ハーツフィールド侯爵。でもまずは、わたしの娘にお会いいただけますか」

エドワードは眉をひそめ、なぜここで赤ん坊の話が出てくるのだろうかといぶかった。でもおそらくエッジウォーター伯爵は、誕生したばかりの娘を自慢したいだけなのだろう。

父親と伯爵のあとについて応接間を横切り、数人の女性が談笑している場所に向かった。

「この子を少し借りるよ」伯爵はけげんそうな顔をしている妻に声をかけた。

赤ん坊はすやすや眠っていたが、急に起こされて火がついたように泣きだした。その声がますます大きくなるなか、伯爵は前世紀に作られたにちがいない立派な紫檀《したん》の揺りかごから娘を抱きあげた。

そして泣き声にひるむ様子もなく、赤ん坊をしっかり腕に抱いてエドワードに近づいた。

「これが娘のクレアです、閣下。ご感想は?」

濡《ぬ》れた顔を真っ赤にして怒っているさまが、鍋《なべ》にほうりこまれたロブスターのようだ、とエドワードは思った。小さな顔をくしゃくしゃにして泣きさけび、ちゃんと目がついているのかどうかもよくわからない。

でも口がついているのは間違いない。それからじょうぶな肺も。なにかあったときにはこの子をつついて起こせば、警報代わりになるだろう。

「あの……その……とてもお元気ですね」

エッジウォーター伯爵は笑った。「ええ、元気な子です。いつの日か立派なレディに成長するでしょう。さあ、ハーツフィールド侯爵、抱いてみてください」

抱くだって！　こんなにうるさくて手に負えない赤ん坊を抱くのなんかごめんだ。

ところが、断わる間もなく伯爵に押しつけられ、エドワードはしかたなく両腕でその子を抱いた。温かく柔らかで、思っていたよりほんの少しだけ重い。指揮棒をふるように小さな手を動かし、大声で泣いている。

だがすぐに、ぴたりと泣き声がやんだ。部屋にほっとする静けさが戻った。赤ん坊の表情が和らいだが、頬は燃えている石炭のように真っ赤だった。

それからその目がぱっちり開いた。美しいペールブルーの虹彩《こうさい》は、いつか巣から落ちていたコマドリの卵を思わせる色合いだ。激しく泣いたせいで、目のふちが赤くなっている。赤ん坊は、こんなに素敵なものは生まれてはじめて見たとでもいうように、エドワードの顔にじっと視線を据えていた。

そして鼻を鳴らして小さな声を出し、ふたたびこぶしをふったが、今度は怒りからではなさそうだった。どうやらさわってみたいらしい。

エドワードに。

エドワードはとまどい、赤ん坊の顔を見つめかえした。さっきまでの不機嫌な表情が消え、いまは目鼻立ちがはっきりわかる。

醜くはない。きれいな顔立ちと言ってもいいぐらいだ。

赤ん坊にしては。

弟が次々に生まれたので、エドワードは物心ついたときから、常に赤ん坊が身近にいる生活に慣れていた。でも弟たちのことを、〝きれいな顔立ち〟だと思ったことは一度もない。

赤ん坊がまた小さなこぶしをふってまばたきをし、口もとにかすかな笑みを浮かべた。

「おや、見てください」エッジウォーター伯爵が驚いた声を出した。「この子はもうあなたのことが好きになったようです。でもわたしは、最初からこうなると思っていました」

「それはどういう意味ですか、閣下」エドワードは赤ん坊の顔を見たまま訊いた。

「あなたが運命の相手だということですよ。ハーツフィールド卿《きょう》、この子はあなたの未来の花嫁です」

「な、なんだって！」エドワードはさっと視線を上げて伯爵を見た。手から力が抜け、自分をすっかり信頼して抱かれている赤ん坊を、あやうく床に落としそうになった。あわてて腕に力を入れて抱きなおし、伯爵の顔を凝視した。

いまのは聞き間違いに決まっている。花嫁だなんて言葉は空耳だろう。

「父上と話しあい、あなたとクレアの婚約を決めました。娘の持参金として、わたしの土地の一部がいずれ閣下のものになります。素晴らしい牧草地ですから、この地域での公爵家の領地はますます豊かになることでしょう」

土地だって！　土地なんかどうでもいい！　ぼくの気持ちはどうなる？　こんな話を承諾した覚えはない！

唇が震え、抗議の言葉がのどまで出かかった。だが父の目を見ると、なにを言っても無駄だということがわかった。自分がここで文句を言えば、伯爵は困惑し、父は激怒するだろう。それに父がいったんなにかを決めたら、それを変えさせることはできない。そのことはいやというほどよくわかっている。

エドワードは怒りをこらえ、あごをこわばらせて黙っていた。エドワードのそんな胸のうちも知らず、赤ん坊は腕の中で無邪気に体を動かしている。

「まだずっと先の話だ、エドワード」父が静かに言った。「だからいまはなにも考えなくていい。いずれ結婚するときが来たら、お前にもこの縁組みがどれだけ素晴らしいものかわかり、そのことにきっと感謝するだろう」

感謝だと！　勝手に将来を決められたことを感謝するだって？　自分の人生なのに、自分で決められないなんて！

エドワードはふと、それ以上そこにいることに耐えられなくなった。このままだと自分を抑えられず、叫び声をあげるなど、とんでもないことをしてしまうかもしれない。

そのとき運よくレディ・エッジウォーターが近づいてきて、エドワードの隣りで立ち止まった。眠ったわが子を優しい目で見つめている。エドワードは無言のまま、赤ん坊をレディ・エッジウォーターに渡した。赤ん坊が目を覚まして泣きだしたが、そんなことはもうどうでもよかった。

さっと会釈をして挨拶の言葉をつぶやくと、くるりときびすを返した。父に呼びとめられることをなかば覚悟していたが、なにも言われなかった。だがたとえ戻るよう命じられたとしても、それにしたがうつもりはなかった。この部屋にとどまるぐらいなら、あとで罰を受けるほうがまだましだ。

大股でドアに向かって歩き、廊下に出てどんどん歩調を速めた。主階段を駆けおりたところで、不思議そうに見ているふたりの召使いとすれちがったが、まっすぐ歩きつづけた。勢いよくドアを開けて外に出ると、湿った夏の空気が体にからみついた。それとも、息苦しいのは首に結んだタイのせいだろうか。どちらにしても、うまく呼吸ができない。心臓がおそろしいほどの速さで打っている。

エドワードはタイをはずして上着を脱ぎ、芝生に投げ捨てた。傾斜になった庭の上のほうから、クリケットをしているみんなの声が聞こえてくる。

だがエドワードはみんなのところには行かず、周囲を見まわした。広い芝生と手入れの行き届いた庭、そして大きな木が生い茂る林がある。

知らず知らずのうちに、そちらに足が向いていた。あのうっそうとした林の中に消えてしまいたい。

急ぎ足で歩いているうちに、いつのまにか駆けだしていた。

そのままどこまでも走っていきたかった。

1

ノッティンガムシャー州
マースデン邸
一八一一年一月

レディ・クレア・マースデンは、肩にかけた紺のウールのショールを引きあげ、暖炉に薪《まき》をもう一本くべようかと考えた。できれば刺繡《ししゅう》をしている手もとがよく見えるよう、ろうそくも灯《とも》したかった。でも日中にろうそくを使うことを、父はよく思わない。家計に余裕がないからではない。それどころか、エッジウォーター伯爵はとても裕福だ。ただ無駄なことが大嫌いなだけだが、外が明るい時間にろうそくを使うことは、父にとっては贅沢《ぜいたく》以外の何物でもない。今日のように陰うつで薄暗い冬の午後でも、それは同じだ。

クレアは糸の端をはさみで切りながら、妹たちの口論をぼんやり聞いていた。

「レースを返して！　帽子の飾りに使うんだから」

「ふうん」十四歳のナンが言った。「でもどんな飾りをつけたって、その醜い帽子が素敵に変身するとは思えないわ。犬のお尻よりもひどい形と色だもの」

「なんですって？」エラが声を荒らげた。「わたしのベルベットの帽子を……い……犬のお尻にたとえるなんて！　なんてことを言うの、ナン・マースデン。よくもそんなひどいことが言えるわね」

ナンは十六歳の姉をからかうようににやにや笑い、レースを頭の上に高く掲げて家族用の居間の中を跳ねまわった。「あなたの趣味が悪すぎるのよ。そんな帽子、見るのもいやだから、暖炉にほうりこんでもらえないかしら。そのくすんだ色だけでも、げんなり――」

「なんて憎たらしい子なの」エラは手を伸ばしてレースを取りかえそうとしたが、テーブルの角にぶつかり、上に置かれた花びんをあやうく倒しそうになった。

「ふたりとも、いいかげんにして」クレアは妹たちを叱《しか》った。「お母様に聞かれたら、こっぴどく叱られるわよ。さあ、ナン、エラに謝ってレースを返しなさい」

「でもクレア――」ナンは言った。

「口答えしないの。早く謝って」

ナンは不満そうな声を出しながらも、言われたとおりにした。エラはしぶしぶ妹の謝罪を受けいれ、こわばった表情でうなずいてレースを受け取った。

クレアはうつむいて刺繍に視線を落とし、口もとに浮かんだ笑みを隠した。「エラ、帽子のことだけど」しばらくして言った。「わたしもそれはあきらめたほうがいいと思うわ。そろそろ捨てたらどうかしら」

「わたしだって、この帽子が気に入ってるわけじゃないわ。でも、新しい帽子を買うお金なんかもらえそうにないもの。お父様はお金に厳しい人でしょう。わたしはもう三カ月ぶんのお小遣いを使いはたしてしまったの。これをかぶるしかないのよ」

クレアにはエラの気持ちが痛いほどよくわかった。なにかいい方法はないかと考えていたとき、ドアをノックする音がした。

「失礼します。たったいま使者が手紙を持ってまいりました」召使いがお辞儀をした。「すぐにお持ちしたほうがよろしいかと思いまして」

「お母様は寝室で横になっているわ。テーブルに置いといてくれたら、あとでわたしから渡しておくけれど」

「いいえ、奥様宛《あ》てのお手紙ではありません。クレアお嬢様宛てです」

「わたしに？」

クレアに手紙が届くことはあまり多くないし、ましてや郵便ではなく使者が直接携えてきたことは、覚えているかぎりこれまで一度もない。クレアは不思議に思いながら手紙を受け取った。

上質の羊皮紙に、厚みのある赤い封蠟《ふうろう》がついている。三つの盾が斜めに重なった紋章を目にし、胸の鼓動が速くなった。

身震いしそうになるのをこらえ、表書きを見た。クレアの住所と名前が、忘れることのできない特徴ある筆跡で書かれている。

あの人だ。その流麗で洗練された筆跡を見たとたん、一気に記憶がよみがえってきた。記憶といっても、あの人には数えるほどしか会ったことがないというのに。クレアは唇をゆがめ、心の中でつぶやいた。

ついにそのときが来たのだろうか。これは呼び出し状かもしれない。

封を開け、中身に目を通した。

「誰からなの、クレア?」

妹の無邪気な声に、クレアははっとして顔を上げた。「これは……その……誰からでもないわ。たいした手紙じゃないの」

本当は生まれてから二十一年間、ずっと婚約している相手からの手紙だ。

幼いころから、クレアの頭には常にふたつのことがあった。ひとつめは、周囲から常に長女らしくふるまうよう期待されていること。そしてふたつめは、いつかクライボーン公爵夫人になる運命であること。

もちろん婚約のことは、妹たちも含めて家族全員が知っている。みなそのことを折に触れて口にするが、いつもすぐに別の話題に移るので、これまであまり深く考えてこなかった。

そしていつしかクレア自身も、婚約を当たり前のこととしてとらえるようになっていた。でもいま、こうしてあの人が手紙を書いてきた。

そうなると状況はがらりと変わってくる。

エラとナンがいぶかしげな目でクレアを見た。だがクレアは妹たちになにも話すつもりはなかった。ずっと前から、このことに関してだけは自分の気持ちを誰にも言わないと決めている。

ふたりはクレアがなにか言うのを待っているようだった。クレアは手紙を握りしめ、クッションのあいだに押しこんだ。「エラ、帽子のことでいい考えがあるの。わたしのをひとつ貸してあげるわ。それにレースの飾りをつければ、新品同然になって、まさか古い帽子だなんて誰も思わないでしょう」

「本当に?」エラは満面の笑みを浮かべ、クレアの言葉に飛びついた。「いいの?」

「ええ、もちろんよ。それからピンクのシルクのリボンも分けてあげる。さあ、ナンと一緒にわたしの部屋に行って、好きな帽子を選んでいらっしゃい」

「どれでもいいの?」エラははずんだ声を出した。「でも、この前買ったばかりの麦わら帽子はだめよね」

「どうしてもそれがいいのなら、別にかまわないわ」

エラはしばらくためらったのち、クレアに駆け寄って抱きついた。「ああ、なんて優しいの！　こんなに素敵なお姉様はどこにもいないわ。でも心配しないで。あの麦わら帽子にはしないから」

クレアは笑い、早く帽子を選びに行くよう妹たちをうながした。

ふたりの足音と興奮したような早口のおしゃべりが聞こえなくなると、手紙を取りだした。しわを伸ばしてもう一度文面を読み、一番重要なくだりに目を留めた。


……あらためてお目にかかりたいと存じます。もしよろしければ、二週間後にお会いいたしましょう。勝手ながら、父上にはすでにわたしからその旨をお伝えしてあります。それまでどうぞお元気で。

クライボーン

二週間。あとたった二週間で、エドワード・バイロンがここにやってくる。

結婚の約束を果たすために。

〝そんなことをする必要はないのよ〟

第十代クライボーン公爵ことエドワード・バイロンの頭の中で、その言葉が響いた。エド

ワードはエッジウォーター伯爵の屋敷に向かい、二頭立ての幌馬車《ほろばしゃ》で田舎道を走っていると
ころだった。

〝いや、必要だ〟周囲に広がる冬枯れの草原も、凍った大地に立ちならぶ葉の落ちた木々も、
エドワードの目にはほとんど映っていなかった。

一月の風は冷たかったが、その日はよく晴れていたので、エドワードは自分で手綱を握る
ことにした。御者に手綱をまかせ、四頭立ての馬車に乗りこむほうがずっと楽だし、暖かい
ことはわかっていた。だがそれよりも、ひとりになりたいという気持ちのほうが勝《まさ》った。分
厚い黒の外套《がいとう》、革の手袋と帽子のおかげで、速度を上げてもあまり寒さは感じない。

それにこうして手綱をあやつっていれば、気を紛らすことができる。エドワードにしては
珍しく、いまは頭を空っぽにしたい気分だった。

「聞いてちょうだい、エドワード。婚約のことは忘れてもいいのよ」数日前、エドワードが
二十年も昔の約束を果たそうとしていることを知ったとき、母は言った。「婚約のことはお
父様の考えで、わたしは認めてなんかいないのよ。ロバートのことは愛していたけれど、子
どもたちの結婚を一方的に決めたのは大きな間違いだわ」

「ぼくは三十三歳だ。もう子どもじゃない。自分がなにをしようとしているかぐらい、ちゃ
んとわかっている」

「そう」母は静かな声で言い、あざやかなグリーンの瞳を曇らせた。「でもレディ・クレア

のほうはどうなの？　あれから二十年もたつのに、あなたたちはお互いのことをほとんど知らないも同然でしょう。これまでに何度会ったことがあるの？　一度、それとも二度かしら？」

「三度だ」エドワードは答えたが、一度目は自分が子どものときで、三度目はクレアがまだ十六歳だったときであることは黙っていた。

「お願いだから、よく考えてちょうだい」アヴァ・バイロンは言った。「これはあなただけでなく、レディ・クレアの人生にもかかわることなのよ」

そのことならエドワード自身も考えた。この数カ月、レディ・クレアと結婚することの利益と不利益について、じっくり考えたすえでの結論だ。

子どものころは婚約がいやでたまらなかった。そして青年になってからは、そのことをあえて考えないようにしていた。だが大人になったいま、たしかに強引ではあったかもしれないが、父の決断が賢明であったことがよくわかる。父は正しかった。未来の公爵夫人として、レディ・クレア・マースデンは申しぶんのない相手だ。

まず、家柄が優れている。それに記憶によれば顔立ちもきれいで、多少内気ではあるが、素直で優しい性格をしていた。立ち居ふるまいも美しく、生まれたときからいずれ公爵夫人になるための教育を受けている。体も健康だと聞いているので、きっとじょうぶな男の子を産んでくれるにちがいない。

その代わり彼女には、快適な暮らしを約束するつもりだ。いや、快適な暮らしという言葉ではとても足りない。なにしろこちらは国内屈指の大富豪だ。自分と一緒になれば、手にはいらないものはなにもない。

では愛情はどうだろう。だがそれについても、生活をともにしているうちに、だんだん親愛の情が湧《わ》いてくるはずだ。たとえそうならなかったとしても、貴族どうしの結婚は、もともとそんなものではないか。互いの立場を尊重し、血脈を絶やしさえしなければそれでいい。

たしかに最近、ふたりの弟が恋に落ち、このうえなく幸せな結婚をした。ケイドとジャックは最高に運のいい男だ。いや、もしかすると愚かと言ったほうがいいのかもしれない。ふたりの花嫁はどちらも素晴らしい女性だが、誰かに自分のすべてをさらけだすのが、はたして賢いことなのだろうか。心を捧《ささ》げてしまえば、自分に対する影響力を相手に与えることになる。

それにこれまで文字どおり数百人の女性と出会い、そのうちの一部と特別な関係になったが、別れたくないと思った相手はひとりもいなかった。なかなか忘れられない女性に出会ったことは、いまだかつてない。

そう、結婚相手がレディ・クレアであってはいけない理由はどこにもない。彼女との結婚を父は望んでいた。もしいまも生きていたら、やはりそうしろと言うだろう。公爵としての義務を果たすためにも、そうするのが一番だ。

レディ・クレア自身については、こちらに好意を抱いていると見てまず間違いない。子どものときはよくなついていたし、最後に会ったときはうっとりした目を向けていた。ひょっとすると、結婚する日を待ちわびてすらいるかもしれない。

エドワードは豪奢なチューダー様式のエッジウォーター伯爵邸の前で馬車をとめた。その答えはもうすぐわかる。

「ねえ、来たわよ！」ナンが叫び、息を切らしながらクレアの寝室に飛びこんできた。エラもそのあとからゆっくりした足取りではいってきたが、ナンと同じく興奮した顔をしていた。

「いまはお父様とお話しなさっているところよ」ナンは言った。「お母様がすぐに応接間に下りていらっしゃいと言ってるわ。公爵をお待たせしてはいけないから、ですって」

わかってるわ。クレアはふたたび窓の外に目をやり、暗い気分で思った。公爵を待たせるなんて、あってはならないことだ。誰かを待たせることができるのは、公爵のような身分の人間だけなのだから。

だがクレアはナンから教えられなくても、エドワードが到着したことをとっくに知っていた。窓の前に立っていると、彼が馬車から降りるのが見えた。その姿が目にはいったとたん、心臓がどきりとした。離れたところからであっても、公爵が相変わらず長身で小麦色の肌をし、洗練された男性であることがわかった。五年という歳月がたっても、公爵は息を呑むほど魅力的だ。以前よりさらに魅力を増したようにも思える。でも近くでじっくり見てみないと、本当のところはよくわからない。

クレアは身に着けた上等なドレスをさっとなでつけた。淡いブルーをした長袖《ながそで》のベルベットのドレスで、ウエストの高い位置で紺のリボンが結ばれ、袖口と襟にレースの飾りがついたデザインだ。それからひとつ深呼吸をし、後ろをふりかえって妹たちを見た。「幸運を祈っててちょうだい」

ナンとエラはにっこり笑ってクレアに近づき、その体を強く抱きしめた。「がんばって!」

クレアはふたりを残し、部屋を出て階段を下りた。妹たちは幸運を祈ってくれたが、それは自分の願う幸運とはちがうものかもしれないと、ふと思った。

十五分後、応接間で母のとりとめのない話を上の空で聞いていると、エドワードが入口に現われた。椅子に座っていたからよかったようなものの、もしそうでなかったら、ひざが震えて立っていられなかっただろう。心臓が胸を破りそうなほど速く打ち、緊張で胃がねじれそうだ。思いきって顔を上げると、エドワードの濃紺の瞳と視線がぶつかった。

窓越しにちらりと見たときに思ったとおり、やはりエドワード・バイロンはいままで会った中で一番ハンサムな男性だ。名高い彫刻家が彫ったような端整な顔立ちをしている。秀でた額にまっすぐな鼻、凛々《りり》しい頬の線。あごはがっしりしてたくましい。唇の形も男らしく完璧だ。上唇よりわずかに下唇のほうがふっくらし、微笑むと思わず目を奪われる。

豊かな髪はマホガニー色をし、人の心の奥まで見抜くような瞳の上に、すっとした眉が生えている。本人のそのときの気分によって、おそろしそうにも優しそうにも印象の変わる顔だ。体形はというと、広い肩幅に厚い胸、筋肉質の腕と脚をしている。

けれどなによりも目を引くのは、その威厳あるたたずまいだ。もちろん公爵なのだから、それは当然のことかもしれない。それでもこの威厳は、エドワード・バイロンという人がもともと備えているものではないだろうか。いくら身分が高くても、これほど自然な気品と自信に満ちあふれた人をほかに知らない。人の上に立つ者として生まれ、その資質にも恵まれたクライボーン公爵は、どんな場所にあっても圧倒的な存在感を放っているにちがいない。それはいまこの場でも同じだ。

なんて素敵なんだろう。クレアはひそかにため息をついた。なのに、あの人は知らない相手を見るような目でこちらを見ている。でもそれはしかたのないことだ。自分たちはお互いのことをほとんど知らないのだから。

クレアは目をそらして立ちあがると、気持ちを落ち着かせて内心の動揺を顔には出さないよう努めた。

エドワードが部屋の奥に進み、クレアの前で立ち止まって優雅なお辞儀をした。「レディ・クレア」

クレアもひざを深々と曲げてお辞儀を返した。「閣下」

　エドワードは次にクレアの母親と挨拶を交わした。伯爵夫人はしきりに天気の話をし、それから公爵がわざわざ出向いてくれたことに対して大げさなほど礼を言った。エドワードとクレアが婚約していることを考えれば、それは少々滑稽《こっけい》でもあった。ようやく母が口を閉じ、意味ありげな目でふたりの顔を交互に見た。そして女中頭と相談しなければならないことがあるからと言い残し、応接間を出ていった。

　ドアが閉まると、部屋はしんと静かになった。

「いかがお過ごしでしたか」しばらくしてエドワードが言った。「お元気そうでよかった。前回お会いしたときより、ずいぶん大人になられましたね。背も高くなったのでは？」

「ええ、二インチか三インチ高くなったと思います。女は好むと好まざるとにかかわらず、十六歳を過ぎても身長が伸びるものですわ」

　エドワードの目が輝いた。「ちょうど妹と同じくらいの身長ですね。妹のレディ・マロリーに会ったら、ぜひならんで比べてみてください。あなたたちはきっと気が合い、仲良くなると思います」

「ありがとうございます。レディ・マロリーは素敵なかたなんでしょうね」

　エドワードは優しい笑顔になった。「ええ、かわいい妹です」

　そこでいったん言葉を切り、椅子に座るようクレアをうながした。クレアはさっきまで座っていたソファではなく、クッションのきいたアームチェアに腰を下ろした。クレアが座ったのを見届けてから、エドワードもそろいの椅子に腰を下ろした。大きなたくましい体だが、窮屈で座りにくそうなそぶりはまったく見せなかった。

クレアとエドワードの椅子のあいだは四フィートばかり離れている。だがふたりのあいだには、それよりずっと大きな隔たりがあるように感じられた。

エドワードが先に口を開いた。「ご存じだと思いますが、さっき父上とお話をさせていただきました」

クレアはひざに置いた手にぐっと力を入れ、マントルピースの上の花びんに目をやった。この季節には庭に花がなにも咲いていないので、花びんは空っぽだった。

「いつでも結婚の準備を進めていいと、お許しを頂戴《ちょうだい》しました。結婚式の日程と場所は、あなたが決めてください。この近くでもいいですし、わたしの主領地のブラエボーンでも結構です。敷地内に素晴らしい礼拝堂があるのですが、あなたもきっと気に入ってくださると思います」

クレアはごくりとつばを飲んだ。公爵が返事を待っていることはわかっていたが、なにも言わなかった。

「それとも、ロンドンでの挙式をお望みですか？　それなら聖ジョージ礼拝堂が一番いいでしょう。おととしの夏、弟のケイドもそこで結婚式を挙げました」

エドワードはもう一度クレアの返事を待った。

緊張のあまり、クレアは胸の鼓動が速くなった。やがて顔を上げ、エドワードの目を見据えた。「閣下、正直に申しあげると」勇気をふりしぼり、きっぱりと言った。「わたしはどれも気が進みません」

エドワードは褐色の眉の片方を高く上げた。「どこかほかにご希望の場所でも？」

「いいえ。そうではなくて、やめたほうがいいと思います」

「やめたほうがいい？」エドワードは困惑した。「なにをですか？」

「結婚を。わたしは結婚するつもりはありません」

2

エドワードは普段、言葉を失うことはめったになかった。だが陶器のような桃色の肌と淡い金色の髪をしたレディ・クレア・マースデンをまじまじと見ながら、何秒か完全に頭が真っ白になった。

いまなんと言ったのか？　結婚するつもりはないとかなんとか、言っていたような気がするが。でもきっと聞き間違いに決まっている。

「失礼、レディ・クレア。もう一度言ってくださいませんか」

エドワードの視線を痛いほど感じながら、クレアは肩をそびやかしてほっそりしたあごを上げ、青い瞳をきらりと光らせた。「け――結婚するつもりはないと言ったんです」

聞き間違いではなかった！

エドワードは眉根を寄せた。「ほんの三十分前、父上はそれと正反対のことをおっしゃいました。あなたはわたしとの結婚に同意なさっているとお聞きしましたが」

クレアは蜂蜜《はちみつ》色の眉をひそめた。「父は自分の考えが一番だという人で、まわりの人間の気持ちを聞く必要などないと思っています。それが自分の考えとちがう場合は、特にそうです」

エドワードはしばらくのあいだ、クレアの言ったことについて考えた。「そうですか。あなたが結婚に乗り気でないとは、思ってもみませんでした。なにしろ婚約してから、これほど長い歳月がたっているのですから」そこではっとして口をつぐみ、顔をしかめた。「ほかに心に決めた男性がいるのですか？　そのかたのことを父上が認めてくれないとか？」

クレアはぽかんと口を開けた。「いいえ、閣下。そんな人はいませんわ。わたしたちはこの屋敷でとても静かな生活を送っています。ときどきご近所で晩餐会《ばんさんかい》やカードゲーム・パーティが開かれているようですが、ほとんど出席することはありません。父がそんなものに行くのは時間とお金の無駄だと言うものですから。わたしをバースの女学校に行かせたことだけでも、充分すぎるほど贅沢なんだそうです。ロンドンの社交シーズンについても、父は同じように考えています。すでに嫁《とつ》ぎ先が決まっている娘が、わざわざ大金を使って社交界にデビューする必要はないのだとか」

だからロンドンで一度も見かけなかったのか。もっとも正直に言うと、エドワードはその点について、あまり深く考えたことがなかった。つい最近までレディ・クレアのことは、結婚はおろか、恋人を作ったりパーティに行ったりするにはまだ幼すぎる子どもだと思いこんでいた。でも考えてみると、彼女はもう二十一歳だ。若い貴族の女性の多くが社交界にデビューする年齢をとっくに過ぎている。どうしてもっと早くそのことに気づかなかったのだろう。

「つまり、問題はわたし自身のことでしょうか。わたしとはうまくやっていけないと？」

クレアは愛らしい目を丸くし、すぐに視線をそらした。重苦しい沈黙のなか、窓ガラスを揺らす風の音だけが聞こえている。

「閣下」クレアがふたたび顔を上げ、エドワードの目を見た。「わたしたちはお互いのことをなにも知らないも同然です。うまくやっていけるかどうかなんて、そもそもわかりませんわ」

肩からふっと力が抜け、エドワードはそのときはじめて、自分が緊張していたことに気づいた。「そういうことなら、話は簡単です。いますぐ日取りを決める必要はありません。結婚式まで時間を置くカップルは少なくないし、わたしたちも同じようにすればいい。そうすれば、お互いのことを知る時間がたっぷりできるでしょう」そこでいったん口をつぐみ、クレアの顔をじっと見た。「もっとも、あなたがわたしのことを嫌いなのであれば、話は別です」

クレアは顔を赤くし、またもや目をそらした。「閣下のことが嫌いというわけじゃありません」消えいりそうな声で言った。「さっきも申しあげたとおり、わたしはただ……け、結婚したくないだけです」

「誰とも結婚するつもりはないと?」エドワードは眉を高く上げた。「なんともったいないことだ。なにより、あなたのような身分の女性にとって結婚は義務でしょう」

「そうでしょうか。お願いですから父のところへ行って、急に気が変わったと言っていただけませんか?　もうわたしと結婚する気はなくなった、と」

「申し訳ないが、それはできない」エドワードはまじめな口調で言った。「この件についてはじっくり考えたすえ、やはり約束どおり結婚するのが一番いいという結論に達しました。わたしには果たすべき義務があるし、血筋を絶やすわけにもいかない。あなたならきっと立派な公爵夫人になれる。わたしの父はそう確信していました。そしてあなたの父上も」身を乗りだしてクレアの手を握ったところ、指先が氷のように冷たくこわばっているのがわかった。「それにわたしは夫として、そんなに悪い男ではないと思う。あなたに無理な要求をするつもりはないし、ずっと大切にすると約束します。もちろん、いつか後継ぎは産んでもらうことになるでしょうが、それもあなたがその気になってからでいい。あなたがわたしと一緒にいることに慣れるまで、いくらでも待ちます」

これほど寛大な申し出はないはずだ、とエドワードは思った。社交界では、お互いのことを理解してから結婚するカップルなどほとんどいない。未婚の男女がふたりきりになる機会はかぎられている。たまに舞踏会やパーティで顔を合わせたり、一緒に散歩をしたり、公園で屋根のない馬車に乗ったりするぐらいでは、お互いを深く知ることなどとても無理だろう。

大半の貴族のカップルにとって、親密な関係を築くのは、祭壇で誓いの言葉を交わしたあとのことだ。

レディ・クレアは社交界を知らず、自分もふつうの男がするような求愛を一度も彼女にしたことはない。宮殿に挨拶に連れていって社交界にデビューさせ、ほんの短いあいだでも未婚のレディとしてロンドンの社交シーズンを経験させてやれば、レディ・クレアは喜ぶのではないだろうか。たとえそれがいろんな意味において、見せかけにすぎないものだとしても。

「父上ともう一度お話しし、あなたをロンドンにご招待したいと申しでようと思います」エドワードは穏やかな口調で言った。「そうすればあなたも社交界にデビューできるでしょう。夏が終わるころには、お互いのことがもっと理解できるようになっているだろうから、結婚の日取りはそれから決めればいい」

クレアはゆっくりと手を離した。「それが閣下のお答えですか。わたしの気持ちがどうであれ、とにかく結婚はしてもらう、ということですね。何十年も前に交わした約束を守ることが、閣下にとってはそんなに大切なことなの？」

本当にそうだろうか。大昔の約束など忘れていいという母の言葉が、エドワードの脳裏にふたたびよみがえった。だがエドワードは、結婚の約束を反故《ほご》にするつもりはなかった。自分には公爵夫人にふさわしい妻が必要だし、また一から相手を探すことを思うとうんざりする。未婚のレディはたくさん知っているが、ほんの少しでも興味を引かれる女性はひとりもいない。それにここへ来る道中でも考えていたように、公爵夫人になるための教育を受けてきたレディ・クレアは、結婚相手として申しぶんのない女性だ。

本人は結婚したくないと思っているようだが、自分がかならずその気持ちを変えてみせよう。放蕩者《ほうとう》で有名だった弟ほどではないにしても、女性を口説くことなら自信がある。バイロン家の男たちはみな、こと誘惑にかけては天賦《てんぷ》の才があると言ってもいい。

エドワードはかつて抱いたことのある赤ん坊ではなく、成熟したひとりの女性としてクレアをながめた。そして彼女が想像以上に美しく成長していることに、思わず嬉しくなった。

身長は平均よりも少し高いようだが、自分のように長身の男にとってはそのほうがむしろ好都合だ。体形は華奢《きゃしゃ》で、ほっそりした手と手首をしている。足首やふくらはぎも引き締まっているにちがいない。エドワードは、クレアのスカートを数インチめくりあげ、それを確かめたい衝動に駆られた。全体的にすらりとしているが、胸と腰は女らしい丸みを帯びている。

顔立ちも天界の住人のように美しい。いかにもイングランド人らしい卵形の顔に、澄んだブルーの瞳とまっすぐな鼻、弓のような形の唇がついている。

彼女を抱ける日がいまから楽しみだ。たとえ義務を果たすための営みであっても、そこには悦《よろこ》びがあることをじっくり教えてやらなければ。

「そのとおり」エドワードは言った。「このことに関しては、考えを変えるつもりはありません。たしかにこうした結婚は封建的かもしれないが、お互いの家族の願いをかなえるのは、わたしたちの責任ではないでしょうか。でもさっきも言ったとおり、時間はたっぷりあります。なにしろ二十一年間も婚約していたのだから、いまさら挙式が多少延びたところで、どうということはない」

クレアは唇をぎゅっと結んだ。「つまりわたしには、選択肢はないということですね。わかりました。おっしゃるとおりにしますわ、閣下」

エドワードは微笑んだ。「せめてふたりきりでいるときは、エドワードと呼んでください。ぼくもきみをクレアと呼んでいいかな」

「ええ、閣下……エドワード」

ああ、どうしたらいいの。それから数時間後、クレアは寝室の中でひとり考えていた。あの人と結婚なんかできない。

だが事態は結婚に向かってどんどん進んでいる。このままだと、公爵と祭壇で誓いの言葉を交わすことになってしまう。

クレアは肩にかけたショールの前をぐっと合わせ、部屋の中を行ったり来たりした。それでも公爵が夕食をご一緒にという母の誘いを断わったおかげで、みなの前で結婚を控えた幸せな娘を演じなくてすんだのは助かった。公爵は父とふたりきりでしばらく話したあと、またすぐに訪ねてくると言い、挨拶をして出ていった。

そしていま、わたしはこれからどうすればいいのか、途方に暮れている。

クレアは手織りの茶色いじゅうたんの上を歩き、深いため息をつきながらベッドに腰を下ろした。ひざに肘をつき、両手で顔を覆った。

エドワードの顔がすぐさままぶたの裏に浮かんだ。記憶の中の五年前の姿ではなく、さっき再会した彼だ。

エドワード。

わたしが結婚することになっている人。

愛したくないのに、愛してしまった人。

そこにわたしの苦しみがある。エドワード・バイロンはわたしを妻にしたがっているが、クレア・マースデンというひとりの女性を求めているわけではない。わたしは愛されているわけではないし、おそらくこれから先も愛されることはないだろう。

クレアはふっとスイカズラのにおいを感じた。あの暑かった八月の夜を思いだすたび、よみがえってくる香りだ……。

クレアは屋敷の東側にある庭を目指し、足取りも軽く廊下を進んでいた。雲の上を歩いているような気がするのは、今日が人生で最高の日だからだろうか。

わたしは十六歳で、イングランドじゅうで一番素敵な男性と恋に落ちている。いや、世界一の男性と言ったほうがいいかもしれない！

クレアの頬が自然にゆるんだ。夕食のときに特別に許され、薄めたワインをほんの一杯飲んだだけなのに、なんだか酔っているような気がする。

あの人が素敵なのは、ハンサムで莫大《ばくだい》な富を持った公爵だからというだけではない。エドワード・バイロンという人そのものが素敵なのだ。頼もしくて思慮深くて知的で、どんな男性もかなわない精悍《せいかん》な魅力がある。あの人に見つめられると、まばゆい太陽の光を浴びているような気分になる。

エドワード・バイロンは、神様に特別に愛された人かもしれない。

もちろん神様の化身ではないことぐらい、わたしにもわかっている。あの人もみんなと同じく、欠点や弱点を持ったふつうの人間だ。いまのところ、そんなものは見当たらないけれど、エドワード・バイロンにも足りない部分はあるだろう。だがたとえそうだとしても、あの人が素晴らしく魅力的な男性であることに変わりはない。いまも彼のことを考えると、肌がぞくりとする。クレアの口が渇き、足取りが遅くなってきた。やがて立ち止まり、激しく鼓動を打つ胸にこぶしを押し当てた。

二日前、エッジウォーター伯爵夫妻が主催する週末のハウスパーティに出席するため、エドワードがこの屋敷にやってきたとき、クレアは彼に会うのが少し怖かった。最後に会ったのはクレアが子どものころで、そのときエドワードはもう大人だった。なにしろふたりの歳《とし》は、十歳以上離れている。垢抜《あかぬ》けない娘だと思われたらどうしよう。平凡でつまらない娘だと思われたら？

だがエドワードと再会した瞬間、クレアはすっかり魅了され、その言葉と仕草のひとつひとつに緊張が解けていくのを感じた。そしてそれ以来、完全に彼の虜《とりこ》になった。まだ物心もつかないときから婚約させられていた相手が、こんなに夢のような男性だったなんて、いまでも信じられない思いだ。

もっとも、わたしはまだ若すぎるので、向こうも節度を保った態度を崩さない。少なくとも両親の前ではそうだ。でもあと二年もすれば、わたしは大人になる。公爵の妻にふさわしい大人の女性に。ふたりの結婚は父親どうしが決めたことだし、公爵にまだその気がありさえすれば、わたしは彼の花嫁になれる！　その日がいまから待ちきれない。あの人と一生をともにするのだと思うと、嬉しさと期待で胸がはちきれそうになる。

だからこうして、公爵のあとを追って庭に行くことにした。外に出れば、きっとふたりきりになれるだろう。暗い夜空の下なら、わたしも少しは大人っぽく見えるだろうし、もしかするとキスをされるかもしれない。

クレアは肌がざわつくのを感じながら、ドアを開けて庭に出た。暗闇《くらやみ》の中、男性がよく一服するときに通る小道を小走りに進んだ。そのとき人の話し声が聞こえ、歩調をゆるめた。

なにを言っているかまでは聞き取れなかったが、低くなめらかな声がエドワードのものであることは、すぐにわかった。誰かがそれに答えるのが聞こえた——高く軽やかな女性の声だ。

クレアは貝殻敷きの小道の上で足音をたてずに立ち止まり、引き返そうかどうしようか迷った。そのとき自分の名前が耳に飛びこんできた。

「あなたとレディ・クレアの噂《うわさ》は、まさか本当じゃないでしょうね。彼女はまだ学校も出ていないような子どもじゃないの。ポーラ・シバートンから、あなたたちが結婚の取り決めをしていると聞いたとき、わたしはてっきりかつがれているんだと思ったわ。ねえ、そんなことは嘘に決まってるわよね。今度ポーラに会ったら、ハンカチでひっぱたいてやらなくちゃ」

エドワードは小さく咳払《せきばら》いをした。「いや、レディ・シバートンの言ったことは本当だ。でもそれは大昔の話だし、ぼく自身が望んだことでもない。具体的なことはなにも決まっていないんだ。きみの言うとおり、彼女はまだほんの子どもだよ」

ほんの子どもですって！　クレアは体の脇で両手をこぶしに握りしめた。もう大人の女性と言ってもいい年頃《としごろ》のわたしをつかまえて、子ども呼ばわりするなんて！

「ええ、そうね」女性が言った。「それでも無垢《むく》な若い娘を好む男性もいるわ。花嫁を娶《めと》る気はないの？」

「公爵家の血筋を絶やすわけにはいかないから、いずれは結婚するつもりでいる。でも、子どもが相手だって？　それだけはごめんだ」エドワードはぞっとしたように言った。「誤解しないでほしいんだが、レディ・クレアは感じがよくて愛らしい娘だ。でも妻にしたいとは思わない」

「結婚の話を進めるためじゃないのなら、どうしてここに来たの？」

「隣接した領地の使用権のことで、エッジウォーター伯爵に用があってね。弁護士をあいだにはさむより、直接会ったほうが話が早いと思ったんだ」エドワードはため息をついた。「それに伯爵はずっと前から、ぼくに招待状を送ってよこしていた。一度ぐらい招待を受けないと、失礼だろうとも思った」

夜風は暖かかったが、クレアはふいに寒気を感じ、両腕で自分の体を抱いた。

「わかっていたことだが、いざここに来てみると、伯爵夫妻はしきりにレディ・クレアとぼくを近づけようとした。ふたりの手前、彼女にはできるだけ優しくするようにしているが、ぼくは大人の男だ。十六歳の少女に興味があるわけがないだろう」

「それはそうよ」女性がなまめかしい声で言った。それがレディ・ベティスの声であることに、クレアはようやく気づいた。黒い髪をした美しい社交界の人気者で、社会的地位の高い刺激的な男性を恋人に選ぶことで有名だ。箱入り娘として育った世間知らずのクレアでさえ、レディ・ベティスの艶聞《えんぶん》を耳にしたことがあった。

「彼女みたいな小娘が相手では、退屈するに決まっているわ。あなたの相手ができるのは大人の女だけよ。あなたの欲求をすべて満たせる、器用で経験豊かな女だけ」

エドワードは笑った。「それはきみのことを指しているのかな」

フェリシア・ベティスの鈴のような笑い声があたりに響いた。「たしかにわたしは器用で経験豊かな女よ。試してみる?」

沈黙があった。クレアは一瞬、ふたりがなにをしているのかわからなかった。

まさかキスをしている?

胸にこみあげてきた苦いものを、ごくりと飲みくだした。きびすを返して屋敷に戻ったほうがいいとはわかっていたが、足が言うことを聞かなかった。自分の姿を隠してくれている木と同化してしまったように、どういうわけか体が動かない。

「あの娘とは、これから先も結婚するつもりはないの?」レディ・ベティスがささやいた。

「ぼくが誰と結婚するかが、どうして気になるのかな。第一、きみには夫がいるじゃないか」

「好奇心よ。それ以上でもそれ以下でもないわ」レディ・ベティスはそこで言葉を切った。

「気を悪くしないでちょうだい。いいから話して」

「たいして話すことはないさ。今後のことはまだまったく考えていない。ただひとつ言えるのは、結婚を急ぐつもりはないということだ。だが仮にマースデンの娘と結婚することになったとしても、それは公爵としての義務を果たすためでしかない。レディ・クレアの血筋は公爵家の花嫁として申しぶんがないし、幸いにも、後継ぎを作るために愛は必要ないだろう」

クレアはくるりと後ろを向いて駆けだした。もうそれ以上、自分の心が壊れる音を聞くことに耐えられなかった。

それからというもの、クレアはずっとエドワードを憎み、心の中から追いだそうとしてきた。月日がたつにつれ、だんだん彼のことを忘れている時間が増えてきた。最初は数時間、次に数日間、エドワードのことをほとんど思いださずに過ごしているうちに、まもなくそれが数週間、ときには数カ月になることもあった。

やがて十八歳になり、父からロンドンの社交界にデビューさせるつもりはないと言われたとき、クレアは不満を抱くどころか、エドワードと顔を合わせずにすむことにひそかに安堵《あんど》した。次の年も、その次の年も、エドワードからは婚約のことについてなんの連絡もなかった。そうこうしているうちに三年が過ぎた。クレアはいつしか、エドワードには自分と結婚する意思がまったくないのだと思うようになっていた。

それなのに、二週間前、とつぜん手紙が届いた。

そして彼がこの屋敷を訪ねてきた。

エドワードが応接間にはいってくる姿を目にし、そのなめらかな深みのある声を聞いた瞬間、クレアは五年という歳月がたっても、自分の心になんの変化もなかったことに気づいた。

いまでも心のどこかではエドワードを憎んでいるが、それと同じくらい愛している。ずっと昔に消し去ったはずの愛の火が、まだこれほど強く燃えていたなんて。ほんの少しのきっかけで、炎はまたたくまに激しく燃えあがるだろう。

それだけは避けなければ。

五年前、愚かにもあの人にのぼせあがったせいで、わたしは深く傷ついた。もしも彼と結婚し、本気で愛してしまったら、わたしはどうなるのだろう。愛されていないとわかっていながら、どうして生きていくことができるだろうか。あの人はわたしのことを、公爵としての義務を果たすのに都合のいい相手としか見ていない。後継ぎを産ませる血統のいい雌馬だ。ついでに、新しい女主人として、いくつもある屋敷の切り盛りもまかせられる。

エドワードと一緒なら、なんの不自由もない贅沢な暮らしが送れるのはわかっている。それにあの人もあの人なりに、わたしに優しくしてくれるはずだ。でもいくら物質的に恵まれても、一番欲しいものの代わりにはならない。どれほど求めても、手に入れられないものがある。

エドワードの愛だ。

彼をふりむかせ、その心をつかみとる努力をすればいいと言う人もいるだろう。それもわかっているし、がんばればうまくいくかもしれない。でも、もしだめだったら？　すべてを捧げても愛してもらえなかったら、どうすればいいのだろうか。そうなったら、わたしはおそらく立ちなおれない。ゆっくりと少しずつ心が壊れ、やがてクレア・マースデンのかたちをした抜け殻になってしまうだろう。

そんな危険を冒すわけにはいかない。クレアは顔を上げてため息をついた。あの人の頭に、親どうしが交わした約束と、公爵としての義務のことしかないかぎりは。わたしを見るあの人の目には、愛情のかけらも感じられなかった。

エドワードはわたしを愛していない。

クレアはそれ以上考える暇を自分に与えず、さっとベッドから下りて部屋を横切ると、急ぎ足で廊下に出て階段を駆けおりた。だが父の書斎の前に着くころには、足取りが重くなっていた。

ドアの前で一瞬ためらった。そして背筋を伸ばし、これから戦闘に向かうような覚悟でドアをノックした。

「どうぞ」

クレアは書斎にはいり、ドアを静かに閉めた。父は暖炉のそばに置かれたアームチェアに座り、一本のろうそくの光で新聞を読んでいる。明かりが極端に少ないせいで、部屋の中は暗かった。

クレアが部屋の奥に進むと、父が銀の眼鏡の縁越しに視線を上げた。「クレア、どうしたんだ。とっくに寝室に下がって休んでいると思ってたよ」

「ええ……あの……そうしようとしたんだけど、なかなか眠れなくて」クレアは近くにあった椅子に腰を下ろした。

「興奮で眠れないんだろう」父はにっこり笑いかけた。「婚約が正式に決まったんだから、無理もないことだ。来年のいまごろ、お前は誰もが憧《あこが》れるクライボーン公爵夫人になっている」

「そうね。あの……そのことについて……お話があるの。わたし――」

「心配しなくていい。公爵がすべての手筈《てはず》を整えてくれるはずだ。あんなに寛大な男は見たことがないよ。お前をロンドンの社交界にデビューさせたいと言われたとき、わたしはそんな贅沢は必要ないとお答えしたんだが」

父の倹約家ぶりはよくわかっていたので、クレアは表情ひとつ変えなかった。

「でもクライボーン公爵は、どうしてもと言って譲らなくてね」父は薄くなりはじめた金色の髪を手ですいた。最近では白髪も目立つようになっている。「費用はすべて公爵が持ってくださるというじゃないか！　なにがなんでも、お前に社交シーズンを楽しませてやりたいそうだ」

父が費用のことで渋るのを見て、公爵は自分との約束を守るためにしかたなくそう言ったにちがいない、とクレアは思った。たしかにこのうえなく寛大な申し出であることは間違いない。でもわたしがここに来たのは、公爵の度量の広さに感心するためではなく、自分の幸せを守るためだ。

「ええ、とても寛大なお申し出だけど――」

「寛大という表現じゃとても足りない」父はクレアの言葉をさえぎった。「しかも公爵は、お前の母上も歓迎すると言ってくれた。社交シーズンの期間中、お前と母上をグローブナー・スクエアにあるクライボーン邸に招待してくれるそうだ。結婚する前に、自分と家族のことをお嬢さんにちゃんとわかってもらいたいから、とおっしゃってね」

父は満足げにうなずいた。「公爵未亡人もクライボーン邸に私室をお持ちだし、わたしが聞いたところによると、妹君とふたりの弟君も一緒に住んでいるらしい。でも人が多すぎて窮屈なんじゃないかという心配は無用だよ。なにしろ公爵の邸宅《タウンハウス》は、宮殿のように広いからね」

そこで声をあげて笑った。

クレアはにこりともしなかった。いくら自分の母親と公爵未亡人というお目付け役がいるといっても、まさか公爵の屋敷に泊まるように言われるとは夢にも思っていなかった。でもいまは、そんなことに驚いている場合ではない。

「そうね、とても立派なお屋敷なんでしょうね」クレアはつぶやくと、ひざの上に置いた手を組みあわせ、勇気を奮いたたせて切りだそうとした。

だがいらだたしいことに、またしても父が先に口を開いた。「ロンドンのクライボーン邸も立派だが、主領地のブラエボーンの屋敷はさらに素晴らしい。建物といい庭といい、実際に見たらお前もきっと目を丸くするだろう。まさに荘厳《そうごん》としか言いようがない。わたしに言わせれば、イングランドじゅうで一番素晴らしい館《やかた》だよ。王室の人びとが住む宮殿にもひけを取らない豪華さだ」

父は指を一本立て、軽く左右にふった。「もちろん屋敷をちゃんと取り仕切るのに、かならずしも大金を使う必要はない。結婚して公爵夫人になっても、なるべく倹約を心がけるように。それにしても、ブラエボーンがもうすぐお前の家になるとはね。お前はなんて幸運な娘だろう」

わたしは幸運なんかじゃない。クレアはパニックで胸が苦しくなった。じわじわと包囲網がせばめられている。

「聞いてちょうだい、お父様」早口で言った。「クライボーン公爵とは結婚できないわ」

父は青い瞳で、長いあいだじっとクレアの顔を見ていた。やがて首を後ろに倒し、大きな声で笑った。「お前もおもしろいことを言うものだ。一瞬、本気かと思ったよ」

クレアは椅子の上で身を乗りだした。「わたしは本気よ。閣下のお申し出は心から光栄に思うし、公爵夫人になることの素晴らしさもわかっているつもりだけれど、結婚だけはできないわ。わたしたちは……お互いに釣りあわないし、あのかたの花嫁にはなりたくないの」

父はふたたびクレアの顔を凝視した。さっきとはちがい、今度は淡い金色の眉をひそめている。「なんだと！」

クレアは父の怒りを含んだ声に縮みあがった。「こ――この縁談がお父様のたっての願いだということも、ずっと前からの約束だということもわかってるけれど――」

「そう、お前がこの世に誕生してからまもなく交わした、ずっと前からの約束だ。それなのに、なにをばかげたことを！　クライボーン公爵と結婚したくないだと！　そんなことは許さない。ほんの数時間前、お前は公爵と結婚すると言っていたじゃないか」

「ええ、でも気が変わったの。お願い、お父様、わたしをあの人と結婚させないで。お父様やお母様と一緒に、いままでどおりここで暮らさせて。お父様に迷惑をかけるようなことはしないし、なにもねだらないと約束するわ。今年、ううん、来年だって新しいドレスはいらない。本や帽子も買ってもらえなくていいの。公爵に手紙を書き、婚約を白紙に戻したいと伝えるわ。いいでしょう？　お願いだから、いいと言ってちょうだい」

「それでお前はどうなる？　もうすぐ二十二歳になるんだぞ。クライボーン公爵と結婚するものだとばかり思っていたから、これまでお前の年齢を気にしたことはなかった。でも今回の話を断われば、お前はじきに適齢期を過ぎ、結婚してくれる相手など見つからなくなるだろう」

クレアは目を伏せた。「そうなることも覚悟しているわ」

「娘が婚期を逃すことなど、考えたくもない」父は険しい声で言った。「そもそも、そんなことを心配する必要はないはずだ。お前にとってこんなにいい縁談はない。立派な人柄をした高貴な身分の男性が、結婚しようと言ってくれているんだぞ。公爵と一緒になれば、安泰で幸せな人生が手にはいるのに」

安泰な人生は手にはいるかもしれない。クレアは胸のうちでつぶやいた。でも、幸せは……。それこそわたしが必死で守ろうとしているものなのに、父はなぜそれをわかってくれないのだろうか。

父は深いため息をつき、怒りを抑えようとした。「お前は不安になっているだけだ。二、三日もすれば、わたしの言うことを聞いてよかったと思うようになる。さあ、もう部屋に戻って寝なさい。眠れば気持ちも変わるだろう」

クレアはあごをこわばらせて父を見た。「そんなことはないわ。なにがあっても、わたしの気持ちは変わらない」

父は鋭い目でクレアの顔を見据えた。「わたしの気持ちも変わらない。いいからわたしの言うことを聞くんだ、クレア。お前はエドワード・バイロンと結婚しなければならない。今回の縁組みは、わたしと母上と公爵ご自身が望んでいることだ。公爵がお前と結婚したくないと言いださないかぎり、婚約が白紙撤回されることはない。わかったかな？」

クレアは目をそらした。父の顔を見ていると、取り乱してしまいそうで怖かった。「わかったわ、お父様」こみあげる涙をこらえた。

父はひとつ大きなため息をついた。「そうか。じゃあそろそろ寝室に戻ってベッドにはいりなさい。もし母上に会ったら、新聞を読み終え次第すぐに行くと伝えてくれ」

口を開くとなにを言ってしまうか自分でもわからず、クレアは無言のままうなずいた。そして機械的にお辞儀をし、書斎を出た。

幸いなことに、寝室に戻る途中で誰にも会わなかった。クレアは震えながらベッドに横たわったものの、眠れないことはわかっていた。泣きたい気分なのに、涙は一滴も出ず、さまざまな思いが頭の中を駆けめぐっている。

〝お前はエドワード・バイロンと結婚しなければならない〟

いやよ。なにがあっても、わたしの気持ちは変わらない。

〝公爵がお前と結婚したくないと言いださないかぎり、婚約が白紙撤回されることはない〟

公爵が……わたしと……結婚したくないと言いださないかぎり。

クレアははっとして起きあがった。あの人が、わたしと結婚したくないと言いだしてくれたら！

いや、公爵のほうからそんなことを言うわけがない……それなりの理由がなければ。

クレアの口もとにゆっくりと笑みが浮かんだ。

だいじょうぶだろうか？

本当にそんなことができるだろうか？

みんなきっと激怒するだろう。でも自由を勝ち取るためなら、それくらいの覚悟はできている。

クレアはベッドに仰向けになり、計画を練りはじめた。

3

それからわずか一週間後、エドワードはマースデン邸の前で馬車をとめた。馬車から降りて玄関をくぐると、ドアを開けて待っていた執事と短い挨拶を交わし、上着と帽子を脱いだ。

執事は先日と同じ応接間にエドワードを案内し、レディ・クレアと伯爵夫人を呼んでくると言っていなくなった。エッジウォーター伯爵は用があって出かけているらしい。だが今日は婚約者に会いに来たので、伯爵がいなくても別に問題はない。

婚約者。なんて奇妙な響きだろう。でも自分がついに正式に婚約し、もうすぐ結婚するという事実にも、そのうち慣れるにちがいない。

エドワードは眉間にしわを寄せ、窓の外に目をやった。

五分がたった。

やがて十分が過ぎた。

マースデン家の女性たちはまだ現われない。

黄みがかった褐色のシルクのベストのポケットから、金の懐中時計を取りだして時間を確かめた。三時十五分だ。約束どおりに着いたはずなのに、もしかして時間を間違えたのだろうか。懐中時計をポケットに戻し、こうしてぼんやりと暇をつぶさなければならないことなど、いったいいつ以来だろうと考えた。公爵であるエドワードは、相手が誰であれ、めったに待たされることはない。みながエドワードを待つのがふつうだ。

周囲からそうしたあつかいを受けることを、エドワード自身が望んでいるわけではなかった。むしろもっと目立たない、ふつうの男でいたいと思うことがよくあった。世の中にはエドワードに気に入られようと、ご機嫌取りをする人間がうんざりするほどいる。でもそうした連中は、自分たちが間違っていることに気づいていない。誰かに取り入ろうとする人間ほど忌み嫌うべきものはないと、エドワードは常々思っていた。

貴族社会の中にあっても、やはりエドワードはその身分の高さから一目置かれている。だがみなが敬意を表しているのは、エドワードが本来の自分に戻って心からくつろげるのは、家族や友人と一緒にいるときだけだった。もうすぐマースデン家の人びととも家族になるが、いまはまだ堅苦しく他人行儀な関係だ。

それでも今日にかぎっては、そういうわけでもないらしい。エドワードはなんとなくおかしみを覚え、やれやれという顔をした。あのふたりは、あとどれくらい待たせるつもりだろう。

さらに十分が過ぎた。

エドワードが本でも持ってくればよかったと考えていると、伯爵夫人が応接間に駆けこんできた。

「ああ、閣下」暗褐色のウールのスカートを揺らし、苦しそうに胸に手を当てて息を切らしながら言った。「遅くなりまして申し訳ありません。その……つまり、どうしても手がはずせない用がございまして。長くお待ちになったのでなければよろしいのですが」

「わたしのことはご心配なく」エドワードは慰めるように言った。「なにかあったのですか?」

「いいえ、なにもございません!」伯爵夫人は甲高い声で答えた。「なにもかも順調ですわ! ど――どうぞおかけになってください。いまお茶のご用意をいたします」

エドワードはいつもとちがう伯爵夫人の様子を不審に思ったが、そのことについてはなにも言わないことにした。「ありがとうございます」

伯爵夫人は心ここにあらずといった顔でうなずき、呼び鈴のところに行ってひもを強く引いた。そうしながら首を伸ばして廊下をちらりと見た。探しているなにか――あるいは誰か――が見当たらなかったのか、細い肩をがっくり落としている。そしてすぐにふりかえり、明るい笑顔をエドワードに向けた。「馬車の旅はいかがでしたか?」

「とても快適でした」エドワードは伯爵夫人が椅子に座るのを見届けてから、自分も腰を下ろした。

「それはなによりでしたわ」伯爵夫人はもう一度ドアのほうを見た。「空気は冷たいですけれど、今日はよく晴れておりますものね」

「そうですね」エドワードはそこでいったん言葉を切り、入口に目をやった。「レディ・クレアはもうすぐいらっしゃるのでしょうか」

ジュディス・マースデンはぎくりとした表情を浮かべたが、すぐに笑顔に戻った。「ええ。すぐにまいります。クレアは……その……」言葉が尻すぼみになる。

「手間取っていらっしゃる？」

「そうなんですの！」伯爵夫人はほっとした顔をし、エドワードの言葉に飛びついた。「クレアは手間取っています。あの年頃の娘というのは困ったものですわ。ドレスや髪形のことばかり気にしていますもの。身なりを整えるのに、いったいどれくらい時間をかければ気がすむのでしょう。特に婚約者に会うためとなれば、いくら時間があっても足りないようです」

つまりクレアは、まだ鏡の前でドレスや宝石を選んでいるというのか？

エドワードは眉根を寄せ、そんな自己中心的でナルシストの女性を妻にしてもだいじょうぶだろうかと、ふと思った。けれど伯爵夫人はなにか大切なことを隠し、しらじらしい言い訳をしているようにも見える。本当のところはなにがあったのだろうか。

伯爵夫人が必死で頭を働かせ、別の話題を探していると、ドアのほうから音がした。エドワードと伯爵夫人が同時にそちらを見たところ、入口にクレアが立っていた。

だがクレアは、エドワードが想像していたような着飾った姿ではなく、見るも無残な格好をしていた。金色の髪はぼさぼさに乱れ、ピンからはみだした髪がひと筋、左肩に垂れている。顔には汗が浮かび、片方の頬に泥の筋がついていた。身に着けているのは質素な麻の服だが、もとの色がなんだったのかすらよくわからない。何度も洗濯を重ねたせいだろう、すでに原形をとどめず、ただのぼろ布のようになっている。靴もくたびれはて、片方のつま先に革の継ぎが当たっていた。

それでもエドワードの目を一番引いたのは、服の上に着けているエプロンだった。使い古されて生地がこわばり、正体のよくわからない茶色の染みがあちこちについている。よく見てみると、それは獣脂《じゅうし》や乾いた血液、獣毛のようだった。

エドワードは長いあいだ、ただ黙ってそれをながめていた。

「お母様、わたしになにかご用かしら」クレアは言った。「ナンからお母様がわたしを捜しまわっていたと聞いたわ。すぐにここに来るように、とのことだったけど」

伯爵夫人は絶句し、恐怖に凍りついた顔をしていた。

クレアはエドワードに視線を移すと、口をぽかんと開けた。まるで彼がここにいることに、はじめて気づいたような顔だった。「閣下！　どうしてここに？」

エドワードは目をしばたたき、気を取りなおして答えた。「あなたを訪ねてきました、レディ・クレア。たしかお約束していたはずですが」

クレアは両手で頬を包んだ。「どうしよう！　今日でしたっけ？」気まずそうに笑いながら目をそらした。「まあ、ごめんなさい。日にちを間違っていました。長くお待ちになりましたか？」

「いいえ、それほどでも。それに……あの……母上がお相手をしてくださいました」

「これを見てさぞびっくりなさったでしょう」クレアは自分の乱れた格好を手で示した。「使用人の作業室で、獣脂を採るのを手伝っていましたので」

「なんですって！」伯爵夫人が叫んだ。

「獣脂よ。それでろうそくを作ったの。備品のろうそくが切れかかっていたから、新しいものを作ろうと思って」

「そんなことは聞いていないわ」伯爵夫人は呆然《ぼうぜん》としてクレアを見た。「あ——あなたはなにを言ってるの？　使用人とろうそくを作るなんて！」

クレアは顔をしかめた。「いつもしていることじゃない」そこでエドワードを一瞥《いちべつ》すると、ふたたび母を見た。そしてはっとしたように、かすかに目を見開いた。「いいのよ、お母様。公爵とわたしはもう婚約したんだから、いまさら隠す必要はないわ。そうでしょう、閣下……じゃなくて、エドワード。もうすぐ夫婦になるのだから、名前で呼んでほしいとおっしやったわよね」

伯爵夫人が悲鳴にも似た声をあげ、倒れるようにしてソファに座った。

「ああ、お茶が来たわ」クレアは言った。ふたりのメイドが大きな銀のトレーを持ち、応接間にはいってくる。「ちょうどよかった。忙しく働いたから、お腹《なか》がぺこぺこなの」

メイドはクレアを横目でちらちら盗み見しながら、お茶とお菓子をテーブルにならべて出ていった。

クレアはテーブルに近づき、皿に手を伸ばした。

「クレア!」伯爵夫人は押し殺した声で叱った。「まさか、服も着替えないで食事をするつもりじゃないでしょうね」

「ここに来る前に、ちゃんと手は洗ったわ。それにいまから寝室に戻っていたら、着替えが終わるころにはお茶が冷めてしまうもの。心配しないで、お母様。エドワードのように立派な男性は、少しぐらい服に染みがついていたって気になさらないわよ。そうでしょう、エドワード?」

クレアは無邪気なまなざしでエドワードを見た。だがエドワードはクレアの瞳の奥に、挑むような光が宿っているのを見た気がした。それにどことなく、いたずらっぽく輝いている。だが次の瞬間、その光は消え、クレアはいつもの表情に戻った。

エドワードは咳払いをした。「ええ、わたしならかまいません。あなたのせっかくのお楽しみを邪魔したくはありませんし」

クレアはにっこり笑った。ひどい格好をしているにもかかわらず、その笑顔は愛らしかった。

「でも僭越《せんえつ》ですが、母上のためにエプロンはおはずしになったほうがいいかもしれませんね。さすがに少々……目立ちますから」

「そうね。ごめんなさい、お母様。作業をしていると、つい夢中になっちゃって」

「クレア！　いったいどうしたというの？」伯爵夫人はようやく口を開いた。「あなたがなにを言ってるのか、さっぱりわからないわ」

クレアは微笑み、唇に指を一本当ててみせた。「わかってる。エドワードにわたしたちの秘密を知られちゃいけないのよね。でもさっきも言ったでしょう。エドワードならだいじょうぶよ」

「秘密なんてないわ！」伯爵夫人は声を荒らげた。そしてエドワードの顔を見た。「閣下、わたしどもには秘密にしていることなどございません。絶対に！」

クレアは小さく首をふり、皿を置いてエプロンをはずした。汚れていない面を上にしてたたむと、それをシルク張りの椅子の上に置いた。伯爵夫人はうめき声をあげ、いまにも気を失いそうな顔をしている。

「さてと、いただきましょうか」クレアはふたたび皿に手を伸ばした。

エドワードはクレアがサンドイッチやお菓子を皿に山盛りにするのを、あっけにとられて見ていた。一瞬、彼女はそれを自分で食べるつもりではないか、と思った。だがクレアはすぐになにかを思いだしたような顔をし、エドワードに皿を手渡した。エドワードは小声で礼を言うと、クレアが自分のぶんと母親のぶんの皿を用意するのを待った。まもなくクレアも席に着いた。

エドワードは無言でビスケットを食べた。

伯爵夫人が紅茶をカップに注《つ》いだが、その手は傍目《はため》にもわかるほど震えていた。

「実を言うと、庭仕事も好きなんです」数分後、クレアは言った。「土を掘って、球根や塊茎《かいけい》を植えるのは楽しくてたまらないわ。ときどき妹たちから、モグラみたいだとからかわれています」

エドワードは口を動かすのをやめ、しばらくしてからビスケットを飲みこんだ。幸いなことに、ティーカップはテーブルに置いてあった。そうでなければ、紅茶をこぼして手をやけどしていたかもしれない。

「あなたがモグラのまねごとなんかしているわけがないでしょう!」伯爵夫人が強い口調で言った。「あなたは泥をさわるのも嫌いじゃないの。どうして今日はそんなことを言うのかしら」恥ずかしそうにエドワードを見る。「閣下、申し訳ありません」

エドワードはクレアの顔をまじまじとながめ、その真意を探ろうとした。なにかが変だ。

もちろん彼女の言うことをすべて信じているわけではないが、でも……。レディ・クレアは本当に使用人と一緒にろうそくを作ったり、ふつうの労働者のように土を耕したりしているのか？　それとも、わざとそういうことを言っているのだろうか。もしそうだとしたら、なんのために？

「謝らないでください、レディ・マースデン。自然の美しさに惹《ひ》かれ、草花を自分の手で育ててみたいと思う若いレディはたくさんいます。土を耕すことは恥ずかしいことでもなんでもありません。大地から命を育《はぐく》むことほど、全能の神の御業《みわざ》を示すものはないと言う人もいるぐらいです」

エドワードの向かいの席で、クレアは小さなケーキを食べていた。

「ブラエボーンには広大な敷地と庭があります。レディ・クレアが公爵夫人になったら、いくらでも庭仕事ができるでしょう。そんなに植物を育てるのがお好きなら、公爵夫人専用の区画を作りましょうか。そうすれば思う存分、草花の手入れをすることができますし」

クレアはかすかに眉根を寄せた。

「その区画にはあなた以外誰も立ち入らせないよう、庭師たちに命じておきますよ、レディ・クレア。あの偉大な庭園設計士、ランスロット・ブラウンが作ったものに匹敵するほど美しい庭ができるでしょうね。ところで、何本ぐらいの花を植えることをご希望ですか。五百本、それとも千本？」

クレアはもう少しでむせそうになり、あわててケーキを飲みこむと、目を丸くしてエドワードを見た。ひとつ大きく息を吸い、平静を取り戻した。「わたしにそこまでの才能はないわ。せ……せいぜい、土いじりをして遊ぶといった程度です。そ――そんなに真剣に取り組んでいるわけじゃありません」

「なるほど。つい先走ってしまい、失礼しました」

「いいえ、とんでもありません」クレアはほっとした表情を浮かべて目を伏せた。

急に庭仕事に興味がなくなったようだ、とエドワードは思った。

「ろうそくの件については」わざとまじめな口調で続けた。「専門の職人を雇って作らせています。家族の居住棟では蜜蠟《みつろう》のろうそくを好んで使っていますが、ときどきあなたから職人に手ほどきしてやっていただけるとありがたい」

クレアはエドワードの言葉に込められた皮肉に気づき、肩をそびやかしてあごを上げた。

「わかりましたわ、閣下」

そして皿を乱暴にテーブルに置いた。

エドワードは下を向いて笑いをかみ殺した。

まもなく廊下のほうからせわしない足音が聞こえたかと思うと、妹のナンが応接間に駆けこんできた。エドワードに向かってさっとお辞儀をし、母親に向きなおった。

「お母様からは上にいなさいと言われたけど、大変なことが起きたの。すぐに来てちょうだい」

「いったいなにごとなの？　いまはミス・サンプソンから勉強を教わっている時間でしょう」

「ええ、そうしてたわ。でもニッパーが勉強部屋にはいってきて、パフを追いかけはじめたの。それを止めようとして、ミス・サンプソンが引っかかれて嚙《か》まれたわ。傷口から血が出てるし、ニッパーはパフを本棚の上に追いつめるし、もうどうしようもなくて。それでお母様を捜しに来たの」

伯爵夫人はつかのま目を閉じた。「まったく、今日はなんて日なのかしら」ぼそりとつぶやいた。

「わたしが行くわ、お母様」クレアは立ちあがった。

「だめよ。あなたは閣下と一緒にここにいなさい。すぐに戻ってくるから」伯爵夫人は作り笑いを浮かべてエドワードを見ると、応接間を出ていった。ナンが小走りでそのあとに続いた。

クレアはしばらく立っていたが、やがて椅子に腰を下ろした。

「犬と猫のけんかかな」エドワードが訊いた。

クレアはうなずいた。「ニッパーはとてもわんぱくで、パフは彼のことが怖くてたまらないの。だから妹の勉強部屋には、ニッパーを入れないことになっているんです。二匹が一緒にいると、いつも騒ぎが起きるから」そこでいったん口をつぐみ、瞳をきらりと輝かせた。「動物はお好きかしら、閣下?」

「エドワードだ。動物なら大好きさ。ブラエボーンには猟犬が何匹もいるし、ロンドンの屋敷でも二匹飼っている。一番下の妹は猫が大好きで、それ以外にもたくさんの動物をブラエボーンで飼っているんだ。あまりに多すぎて、なにが何匹いるのかわからないくらいだよ」

クレアの瞳から輝きが消えた。こちらが動物好きだと知ってがっかりしたような表情だ、とエドワードは思った。彼女はなにを企《たくら》んでいるのだろう。まるでどうにかして嫌われたいと思っているようだ。もしそうだとしても、そう簡単にレディ・クレアの思うとおりにはならない。

やれやれ、困った娘だ。

でもレディ・クレアは知らないだろうが、困った子どものあつかいには慣れている。八人きょうだいの一番上ともなれば、弟や妹が理解に苦しむ言動をすることなど、日常茶飯事だった。それでもレディ・クレアがひと筋縄でいかない相手であることは間違いない。それに、とても興味深くもある。エドワードはクレアのぼろぼろの服と乱れた髪を、もう一度ながめた。だが結婚したら彼女も大人になり、こうしたばかげたこともしなくなるだろう。エドワードははっとし、自分が訪ねてきた理由を思いだした。

「正直に言うと、きみの母上が出ていってくれてよかった。少しのあいだでいいから、ふたりきりになりたかった」

クレアはとたんにおとなしくなった。「どうして?」

エドワードは片方の眉を上げ、頰がゆるみそうになるのをこらえた。「これを渡したかったんだ。まわりに誰もいないときがいいかと思ってね」ポケットに手を入れ、小さな箱を取りだした。ふたを開けると、そこにはきらきら輝くダイヤモンドの指輪がはいっていた。

「婚約指輪だ」

クレアはなにも言わなかった。

「つけてみてくれ」エドワードはベルベットのクッションが内側に張られた箱から、親指と人差し指で指輪をつまみあげた。

だがクレアは動こうとしなかった。

「嚙んだりしないからだいじょうぶだ」エドワードはわざとらしく笑った。

クレアはエドワードを軽くにらむと、ゆっくり右手を差しだした。

エドワードは微笑んだ。「もう片方の手だ。婚約指輪は左手につけるものと決まっている。なんでも左手の血管は、心臓《ハート》に直接つながっているからということらしい」

クレアの手がかすかに震えた。「だとしたら、わたしが最初に右手を出したのは正しかったということね」そうつぶやいた。「わたしたちの婚約は、心《ハート》には関係がないもの」

エドワードの顔から笑みが消えた。「きみの言うとおりかもしれない」そう言いながら、クレアの左手の薬指に指輪をはめた。「でもぼくたちはきっとうまくやっていける」

「閣下がそう言うのならそうでしょうね」

「エドワードだ」エドワードはクレアの美しい澄んだ瞳を見つめると、頬に視線を移した。

「泥がついている」

「なんですって？」

「顔に泥がついている。ぼくが取ってあげよう」

「自分でやるわ」クレアは頬を手でぬぐった。

「反対側だ」エドワードはふたたび笑みを浮かべた。「いいからぼくにまかせてくれ」ポケットからシルクのハンカチを出し、クレアの頬をぬぐった。

「あと少しだ」優しく円を描《か》くようにふき、頬の汚れを取った。「ほら、きれいになった」

「ありがとう、閣下」

「エドワードだ」エドワードは辛抱強くくり返した。「髪の毛も整えたほうがいいな」

「メイドにやってもらうわ」

「でもここにメイドはいないだろう」エドワードはクレアの言葉を待たず、ピンから飛びだした髪の毛に手を伸ばした。だがそれを留めなおすのではなく、指にゆっくりと巻きつけた。それから手を離し、髪がほどけて落ちるのを見ていた。足を前に進めてクレアとの距離を縮め、片方の手でその頬を包む。「それよりもっと大切なことがあると、いま気づいた」

「そ――それはなにかしら、闇……エドワード」クレアはエドワードの目を見ながらささやいた。

「これだ」

エドワードは頭をかがめ、クレアにくちづけた。

クレアは動くことも、息をすることもできなかった。心臓が激しく打つあまり、肋骨《ろっこつ》に痛みすら覚える。

はじめてキスをするこの瞬間を、長いあいだ待っていた。もう何年も昔、その相手がエドワードであるようにと願ったこともある。でも八月のあの夜、そんな気持ちは消え失《う》せた。それなのにどういうわけか、ずっと昔の願いがかなってしまった。

いますぐやめたほうがいいことはわかっているのに、エドワードの唇の感触があまりに素晴らしく、どうしても体を離すことができない。キスがこんなに素敵なものだったなんて。温かくて力強いのに、驚くほど柔らかな彼の唇が、わたしの唇の上で動いている。

ゆっくりとじらすように。

甘く優しく。

クレアは震えるため息をつき、肌がうずくのを感じた。ハーフブーツの中でつま先がぎゅっと丸まっている。エドワードのキスの魔法にかかり、激しい雨に打たれているように頭がぼんやりしてきた。

　こうして唇を重ねただけで、わたしはすっかり彼の虜になっている。

　たった一度のキスで、世界が止まった。これ以上先に進んだら、わたしはいったいどうなるのだろうか。

　やがてエドワードが、なめらかな舌の先をクレアの下唇にそっとはわせた。クレアは小さな声をあげたが、その音は自分の耳に雷鳴のように響いた。

　エドワードが顔を上げ、濃紺の瞳に困惑の色を浮かべた。もう一度キスをしようかどうしようか、迷っているような表情だ。

　そのとき廊下から足音が聞こえてきた。エドワードは背筋を伸ばしてクレアから離れた。

「母上が戻ってきたようだ」

　クレアはエドワードを見つめ、それからじゅうたんに視線を落とした。全身がまだ悦びに包まれ、しびれたようになっている。体の脇でこぶしを握り、さっきと同じ椅子に腰を下ろした。

「なんとか片づいたわ」伯爵夫人が応接間にはいってきた。「わたしがいないあいだ、楽しく過ごせたかしら？」クレアとエドワードを交互に見た。

「はい」エドワードはさらりと答えた。「なかなか楽しい時間でした。そうですよね、レディ・クレア」

クレアは思わず赤面しそうになり、エドワードをにらみたい衝動を抑えた。

どうしてこの人はこんなに冷静なのだろうか。ふたりでただ向かいあって座り、天気の話をしていただけのような態度だ。

だが考えてみると、わたしにとってははじめてのキスでも、エドワードにとってはそうではない。三十三年間の人生の中で、彼はいったい何人の女性と抱きあったことがあるのだろう。キスは何回経験している？

百回？

千回？

きっと数えきれないほどだ！

クレアの中から、かすかに残っていた悦びの余韻が消えた。たしかにわたしはエドワードの婚約者だし、彼からもらった指輪もつけている。でもふたりのあいだにあるものは、なにも変わってなどいない。わたしは公爵家の後継ぎを作るうえで、都合のいい相手であるにすぎない。そしてエドワードは、愛してはいけない相手だ。

「ええ、そのとおりよ」クレアはきっぱりと言った。「閣下はわたしが退屈しないよう、気を配ってくださったわ。あの、少し失礼してもいいかしら。部屋に戻って服を着替えたいの」

「もちろんよ。早く行ってらっしゃい。公爵とここで待っているから。閣下、夕食をご一緒にいかがでしょう?」

「ありがとうございます。でも申し訳ありませんが、今回も遠慮させていただきます。母から手紙が届き、急遽《きゅうきょ》ブラエボーンに戻ることになりました。明日の早朝に出発する予定です。義妹《いもうと》のメグにもうすぐ子どもが生まれるのですが、母はわたしにも一緒にいてほしいそうでして」

「こんなことをお訊きするのは失礼だと承知しておりますが、義理の妹君のお産に、閣下がお手伝いなさることなどあるのですか?」

「なにもありません」エドワードは答えた。「問題は弟です。わたしは義妹のお産のあいだ、弟を励まして支えることになっています」

伯爵夫人はくすくす笑った。

クレアはなにも言わず、エドワードの家族はどういう人たちだろうと考えた。自分ももうすぐ、その人たちと会うことになる。今日の計画は見事に失敗し、わたしは左手の薬指に婚約指輪をつけるはめになった。またなにか別の作戦を考えるしかない。エドワード・バイロンに、わたしを妻にしたくないと思わせる作戦を。でもとりあえず、今日のところはあきらめるしかなさそうだ。

「次にお目にかかれるのは、ロンドンになりそうですね」クレアは言った。

エドワードはクレアを見た。「ええ、そうですね。社交シーズンが始まる前に、もう一度ここを訪ねてくるのはむずかしそうです」

「わかりましたわ。ではロンドンでお会いしましょう」

エドワードはクレアの手を取ってお辞儀をした。「ええ。ロンドンでお待ちしています」

4

「クライボーン邸へようこそ！」それから六週間後、クレアと母親がクライボーン公爵邸の美しい居間に足を踏みいれると、はずむような女性の声がした。

満面の笑みを浮かべた女性が目の前に現われ、クレアも思わず微笑みかえした。それは褐色の髪をした、若く美しいレディだった。エドワードに顔立ちが似ていることからすると、おそらくふたりいるという妹のうちのひとりだろう。二番目の妹はまだ幼いと聞いているので、社交界にデビューしたほうの妹にちがいない。

「レディ・マロリー？」

「ええ！　レディ・クレアとレディ・エッジウォーターでいらっしゃいますね。おふたりが来てくださって本当に嬉しいわ。特にいま、母が留守にしていますし。義理の姉にもうすぐ子どもが生まれるので、お手伝いに行ったんです。もういつ生まれてもおかしくないころなの」

伯爵夫人は眉をひそめた。「義理のお姉様には、先月、お子様がお生まれになったのでは？　男のお子さんだと聞いた記憶があります」

「それはもうひとりの義姉のメグですわ。ええ、メグは先月出産し、とても元気にしています。夏になったら、マキシミリアンをロンドンに連れてきてくれることになっているので、いまから会えるのが楽しみでなりません。お産を控えているのは、グレースのほうです」

「まあ」伯爵夫人は言った。「二カ月のあいだに二度もお産があるなんて。お母様もお忙しいはずですわ」

マロリーは笑った。「こんなことになったのも、ケイドとジャックのせいです。あわただしく結婚式を挙げたかと思ったら、今度は立てつづけに子どもが生まれるんですもの」

伯爵夫人はその言葉を深読みしたらしく、驚きで目を丸くした。だがマロリーは気にする様子もなく、相変わらず明るい笑みを浮かべている。

「あら、ごめんなさい。おふたりを立たせたままにしておいて。馬車の旅でお疲れになったでしょう。いまお部屋にご案内いたしますね」

マロリーはふたりを連れて廊下に出ると、広い大理石の玄関ホールを横切って階段に向かった。「女性がふたりも来てくださって、正直ほっとしています。母とエズメがブラエボーンに行っているので、この屋敷にはいまわたしと男のきょうだいしかいません。双子の弟のレオとローレンスです。それから兄のドレークも、ときどき気が向くと訪ねてきます。そうそう、もちろんネッドもいますけど」

ネッド？

そう、エドワードのことだ。クレアはそのときまで、エドワードにネッドという愛称があることを知らなかった。彼のことを考えるときは、いつも心の中でエドワードと呼んでいる。それ以外の呼び方には違和感がある。でもあの人が呼び方にこだわるのなら、それを利用することもできるかもしれない。

クレアは口もとがゆるみそうになるのをこらえ、マロリーのあとをついていった。階段をのぼり、立派な廊下を進んだ。

「閣下はお留守なのですね」伯爵夫人が訊いた。

マロリーはうなずいた。「ロンドン市内で用があって出かけていますが、夕食までには戻るそうです。いけない、おふたりをお出迎えできなかったことをお詫《わ》びするよう、兄に頼まれていたんだったわ。すぐにお伝えしなくてはいけなかったのに、うっかり忘れておりました。わたしったら、本当にそそっかしくて」申し訳なさそうに笑った。

クレアは微笑みかえした。

「着きましたわ、レディ・エッジウォーター」それからまもなく、マロリーは言った。「こちらの青い内装の寝室をお使いください。お気に召すといいのですが、もしなにか不都合がありましたら遠慮なくおっしゃってくださいね」

クレアは部屋をのぞきこみ、その美しさに思わず目をしばたたいた。カーテンと壁紙は、優しい色調のアイボリーと青だ。顔にこそ出さないが、母が優雅なその部屋をひと目で気に入ったのは、訊かなくてもわかる。

「とても素敵なお部屋ですこと」伯爵夫人は部屋の奥に進んでいった。

母の世話をメイドにまかせ、クレアはマロリーに案内されて廊下を進んだ。歩きながら、上品で洗練された屋敷にあらためて驚嘆せずにはいられなかった。壁には見事な油絵が飾られ、磨きこまれた木の床にオービュッソンじゅうたんが敷いてある。さわやかな花と蜜蠟のにおいが、あたりにただよっている。なにもかもが非の打ちどころのない素晴らしさだ。クレア自身も裕福な貴族の家庭に生まれ育ったが、これほど美しい邸宅は見たことがなかった。タウンハウスでこうなら、ブラエボーンの屋敷はどれほど豪奢なのだろうか。

でも計画が成功したら、クレアがそれを知ることはない。

「お会いできて本当に嬉しいわ」マロリーが言った。「あなたのことをもっと知っておきたかったのに、エドワードはほとんど話してくれなくて」

「閣下らしいわ」

マロリーは笑った。「そうね。兄はあまり自分のことを話そうとしないの。それでも気分が乗ると、ほかの家族に負けないぐらいおしゃべりになるのよ」

饒舌《じょうぜつ》なエドワードなど想像もつかなかったが、クレアは興味をそそられた。あの人はいつも他人行儀でそつがない。もちろん、この前のキスのときは別だった。いまでもあのときのことを思いだすと、体の内側が震えるような感覚を覚える。

そのときマロリーが立ち止まってドアを開け、クレアははっとわれに返った。「ここよ」マロリーは言った。「とりあえずはこの寝室を使っていただけるかしら。もちろんエドワードと結婚したら、公爵専用の区画にある公爵夫人の部屋に移ってもらうことになるけれど」

「公爵専用の区画があるの？」

「ええ、そうよ。でもここはブラエボーンの屋敷ほど広くはないわ。向こうにはエドワード専用の棟があるの。さあ、感想を聞かせて」

クレアはあたりを見まわした。とても美しい部屋だ。柔らかな桃色とばら色でまとめられ、窓には温かみのある白い薄手のカーテンがかかっている。床には細かな金の幾何学模様のじゅうたんが敷いてある。軽やかで洗練された味わいのサテンノキの家具は、前世紀末に作られたものだろう。ベッドは大きくて寝心地がよさそうだ。淡いばら色の上掛けが、ふかふかの羽毛のマットレスの上に広がっている。

「すごく素敵だわ」クレアはつぶやき、微笑みながら部屋の奥へと進んだ。

マロリーはにっこり笑った。「これまでクライボーン公爵の婚約者は、屋敷の反対側にある部屋を使うのがならわしだったの。そこのほうが広いし、グローブナー・スクエアも見渡せるから。でもエドワードは、この部屋のほうがあなたの気に入るだろうと言ったのよ。明るくて優しい雰囲気の部屋だし、窓からきれいな庭も見えるでしょう。それにとても静かだから、社交シーズンが始まったら、朝もゆっくり寝ることができるし」

エドワードがわたしのことを気遣ってくれた？　あの人がそんな優しさを示してくれるとは、思ってもみなかった。それにわたしの好みもよくわかっている。でもあの人はただ、わたしをなだめすかしていい気にさせ、自分の思いどおりにあやつろうとしているだけなのかもしれない。

「閣下は優しいかたね」

「ええ。怖い顔をしているときもあるけれど、ネッドは優しい人よ。わたしたちはみんな、兄を失望させるようなことはするまいと思っているの。でも残念ながら、しょっちゅうがっかりさせてるわ」マロリーは茶目っ気たっぷりに笑った。

自分はそんな彼をさらに失望させようとしているのだ、とクレアは思った。

「ドレスを着替えて少し休んだらいいわ。なにかあったら、いつでもわたしを呼んでちょうだい。話し相手が欲しくなったときもね」

クレアの気持ちがふと和らいだ。いつのまにかエドワードの妹のことが大好きになっていたが、あまり仲良くなってはいけないと自分に言い聞かせた。「夕食のときにお会いしましょう」

マロリーはうなずき、出口に向かおうとした。そのとききらりと光るなにかが、クレアの目の隅に映った。マロリーの左手に指輪が輝いている。「まあ」クレアはとっさに言った。

「あなたもつけているのね」

「なにを？」

「指輪よ。婚約しているなんて知らなかったわ」

マロリーは左手を伸ばし、指輪に目をやった。「ええ」

「結婚式は近いの？」

「いいえ、まだ決まってないわ。マイケルはイベリア半島で戦っているの。わたしはすぐにでも結婚したかったんだけど、戦況が落ち着くまでは待ったほうがいいと彼が言うものだから。わたしも一緒に連れていってほしいと頼んでも、聞いてくれなかったわ。イングランドにいたほうが安全だし快適だと言われたの。それはわかっているけれど、でも……」

「でも？」

「待つのはつらいし、あの人のことが心配でたまらない。それでも、なるべく自分を励まして元気を出すようにしているわ。だからおふたりが来てくれたことが、とても嬉しいの。もうすぐ社交シーズンが始まるわね。その前にボンド・ストリートに買い物に行きましょう。買い物はお好き？」

倹約家の父に厳しくしつけられたので、クレアはとうの昔に買い物を楽しむことをあきらめ、お金のかからない別の趣味を見つけていた。だが節約が習慣になっているからといって、買い物をしたいという衝動がなくなったわけではない。

「もちろんよ。買い物が嫌いな女はいないわ。ちょうど新しい手袋とハンカチを買わなくちゃと思っていたところなの」

マロリーのアクアマリンの瞳が輝いた。「あら、もっといろいろ買わなきゃだめよ。聞いてないの？　エドワードがあなたに嫁入り衣装をそろえてくれるんですって。なんでも好きなものを選んでいいのよ。本人がそう言うのを、わたしはこの耳で聞いたわ」

クレアは驚いた。「ええ、そんなこと聞いてないわ」

きっと父がそう仕向けたのだろう。

「わたしにお手伝いさせて」マロリーは続けた。「あなたのお母様のご意見も聞かなくてはね。帽子から靴まですべてそろえましょう。いまから楽しみでたまらないわ」

「わたしもよ」

「あんまりおしゃべりしても疲れるでしょうから、そろそろ失礼するわね。じゃあ、あとで会いましょう」

「ええ、またあとで」

夕食の席はなごやかで、和気あいあいとしていた。一緒にいるのがバイロン家の人びとでなかったら、もう少し静かだったのではないか、とクレアは思った。

ダイニングルームは優雅な雰囲気に包まれ、料理も洗練された素晴らしいものだったが、マロリーが言ったとおり、バイロン家の人びとはみな話し好きだった。なかでも双子のレオポルド卿とローレンス卿は特に陽気で、料理とワインを楽しみながら、椅子にもたれかかってはしばみ色の瞳をいたずらっぽく輝かせていた。

食後のお茶とブランデーを楽しむため、みなで居間に移動するときになっても、クレアはふたりの区別がなかなかつけられずにいた。レオ卿とローレンス卿はまさに瓜《うり》ふたつだ。どちらも長身で肩幅が広く、茶色がかった金色の髪をしている。そっくりの端整な顔立ちは、若い女性に憧憬《しょうけい》のため息をつかせ、熱い視線を集めているにちがいない。一方の瞳がもうひとりよりわずかに緑がかっていなければ、とても見分けることはできないだろう。

また、ドレーク卿もクライボーン邸を訪ねてきていた。クレアと会うため、その日の夜に行う予定だった実験を中止し、夕食の席に加わったのだ。ドレーク卿もやはり背が高くて肌が浅黒く、ほかの兄弟に負けず劣らず整った容姿をしている。それに考えごとをしていないときは愛想もよく、人を惹きつける魅力がある。

さっきエドワードが誇らしげに教えてくれたが、ドレーク卿はオックスフォード大学とケンブリッジ大学の上級学位をいくつも取得した天才だそうだ。科学界でも数学界でも、その理論的研究は高く評価されている。ときどきぼんやりしているように見えるときは、なにかをひらめいたときだという。

ドレーク卿もほかのバイロン家の人同様、楽しくて感じがいい。それに見るからに頭がよさそうだ。ドレーク卿の考えていることを真に理解できる人は、おそらく世界じゅうを探しても数えるほどしかいないのではないだろうか。

クレアはソファに座り、ドレークが上着のポケットから鉛筆を取りだして名刺の裏になにかを走り書きするのを見ていた。たぶんまたとつぜんアイデアが浮かんだのだろう。

「紅茶はどうだい?」クレアの左側から甘い男性の声がした。

「それともシェリー酒のほうがいいかな?」右側から同じ声が聞こえた。

レオとローレンスがクレアをあいだにはさむ格好で、キツネのようにすばやくソファに腰を下ろした。クレアはふたりの顔を交互に見て笑った。「そうね、どうしようかしら」

緑がかった目のほう――たしかレオ卿だ――がにっこり笑った。「夜は長いから、迷う時間はたっぷりある」

「そのとおり」ローレンス卿と思われる男性が言った。

「エドワードがどうしてきみをずっと田舎に隠していたのか、これでわかったよ」とレオ。

「目の覚めるような美女だ」

「弟の誰かが、きみを奪おうとするんじゃないかと心配したんだろう」ローレンスがソファの背もたれに手をかけた。

「きっとそうだろうな。ぼくたちがきみを誘惑してもいいかい?」

ふたりは顔を見合わせ、同時に笑った。

「おふたりはいくつだったかしら」クレアはふいに落ち着かない気分になった。

「十八歳だ」ローレンスが言った。

「七月で十九歳になる」レオが付け加えた。

まるで三十歳のようだ、とクレアは思った。ふたりと一緒にいると、三歳年上の自分のほうが、世間知らずの子どものような気分になってくる。「社交シーズンは今年がはじめてなの？」

ふたりは微笑みながらうなずいた。

「きみにとってもはじめてだろう」レオが言った。「わくわくすると思わないかい？　パーティが始まるのが待ちきれないよ」

「これまでも何度かパーティに行ったことはあるけれど、あいにくレディをエスコートした経験はなくてね」ローレンスが言った。

クレアが口を開こうとしたとき、エドワードが現われた。「ふたりとも、そのへんにしておくんだ。レディ・クレアが困っているじゃないか」

「まさか！」レオが眉根を寄せた。

「そんなことはないさ。そうだろう、レディ・クレア？」ローレンスも加勢した。

「そうね、あの……」

「ほら、思ったとおりだ」エドワードは言った。「ロンドンに来てはじめての夜に、お前たちはレディ・クレアを困らせているじゃないか。彼女に謝るんだ」

ふたりはしゅんとした。「そんなつもりはなかった。本当だよ」ローレンスは急に十八歳らしい顔になった。

「そうだ。ぼくたちはただ、ちょっとふざけていただけさ」レオもばつが悪そうに言った。

「ふざけるのもいいが、相手を考えることだ」エドワードは腕を組み、不機嫌そうに口をつぐんだ。

レオとローレンスははじかれたように同時に立ちあがり、クレアに向かって手を出した。ローレンスが先にクレアの手を取ってお辞儀をした。「もし気を悪くされたのなら、心からお詫びいたします」

「わたしもです」レオも真顔で言った。「わたしたちには調子に乗りすぎるところがありまして。あなたが姉上になってくださることが嬉しくて、ついはしゃいでしまいました。どうかお許しください」

「謝ることなんてなにもないのに。どうぞ気になさらないで」

レオとローレンスはうやうやしくお辞儀をし、部屋を横切って暖炉のそばの椅子に腰を下ろした。顔を寄せ、ふたりでひそひそ話しあっている。

エドワードは手を差しだした。「すまなかった」

「わたしは気を悪くなんかしてないわ」クレアはエドワードの手を取り、ソファから立ちあがった。「ただ少し面食らっただけよ。あんなに厳しくしなくてもよかったのに。レオ卿もローレンス卿も、まだ十代なんですもの」

「あのふたりはぼくの頭痛の種だ。しょっちゅう女性にちょっかいを出して、ろくでもないことばかりしている。これから始まる社交シーズンのことを考えると、ぞっとするよ。レオもローレンスも、どんなことをしでかすかわかったものじゃない。いっそ荷物をまとめさせ、ブラエボーンに追いかえしたほうがいいのかもしれないいな」

クレアはとっさにエドワードの上着の袖に手をかけた。「そんなことを言わないで。わたしのせいで誰かにつらい思いをさせるのはごめんだわ」少なくとも、あなた以外の人につらい思いをさせたくはないわ。クレアは胸のうちで付け加えた。

エドワードはうなずいた。「あのふたりはきみに感謝しなくてはならないな」

クレアは微笑んだ。「じゃあ、レオ卿とローレンス卿をブラエボーンに追いかえさないでくれるのね、閣下?」

エドワードはしばらくしてから、謎《なぞ》めいた笑みを浮かべた。クレアの手を自分の腕にかけると、ゆっくりと歩きだした。「まだふたりきりで話していなかったね。この屋敷はどうだい? 気に入ってくれたかな」

「ええ。とても美しいお屋敷だわ」

エドワードはクレアの目を見た。「それを聞いて安心した」

クレアは目をそらすことができず、肌がぞくりとするのを感じた。すぐ近くにエドワードがいる。上着の袖の生地越しに体温が感じられ、さわやかな石けんのにおいと、男らしい彼自身のにおいが鼻腔《びくう》をくすぐるほどの近さだ。一瞬、エドワードに身を寄せたい衝動に駆られたが、あわててそれをふりはらった。

「これからきみには、この屋敷を自分の家だと思ってもらいたい。実際にもうすぐそうなるのだから」

クレアは困惑して目を伏せた。

「おや、マロリーがピアノに向かっているようだ。そうだ、マロリーの伴奏に合わせて歌ってくれないかな。きみは歌がうまいと聞いている」

「そんなにうまくないのよ、閣下」

「エドワードだ。それに、きみの母上はそうは言っていなかったよ。カナリアも顔負けの美しい歌声だと聞いた」

クレアは軽く肩をすくめた。「母がなにを言ったかは知らないけれど、カナリアがわたしをうらやましがるとは思えないわ」

エドワードはきれいに磨かれたピアノのそばで立ち止まった。「とにかく、きみの歌を聴いてみたい。マロリー、レディ・クレアの歌の伴奏をしてくれるかい?」

マロリーの顔がぱっと輝いた。「もちろんよ。どんな曲がいい?」

「閣下……いえ、エドワード」クレアは言った。「今夜はやめておきましょう」

「ここには身内しかいない。赤の他人がいたら、ぼくもこんなことは頼まないさ。それにみんなも喜んで聴くはずだ」

「お願い、歌ってちょうだい」マロリーが言った。「わたしが楽譜を間違えても、あなたの美しい歌声があればごまかせるもの」

クレアは根負けして笑った。「わかったわ、おふたりがそこまで言うなら」

エドワードが微笑み、その濃紺の瞳が優しく輝くと、クレアの胸がどきりとした。エドワードがクレアとマロリーをその場に残し、お辞儀をして立ち去った。クレアは目の端で、エドワードの姿を追っていた。立ち止まってドレーク卿とふた言、三言話をしたかと思うと、部屋の奥にあるヘップルホワイト式のソファに向かっている。

どの曲にしようかというマロリーの言葉を上の空で聞きながら、クレアは考えをめぐらせた。あの人ははからずも、わたしに絶好のチャンスを与えたことになる。彼をぎょっとさせ、失望させるチャンスを。成功するかどうかはわからないが、やってみる価値はある。

たしかに母の言うとおり、わたしはよく歌を褒められる。でももし今夜、ひどい声で歌ったら？　みんなが耳をふさがずにはいられないような、調子はずれの甲高い声を出したらどうなるだろうか。

クレアはひそかに笑みを浮かべた。もしこの部屋にいるのがエドワードだけだったなら、迷わずそうしていただろう。でもマースデン邸で最初の計画が失敗したときのことを考えると、かならずしもうまくいくとはかぎらない。あのときエドワードは、こちらの企みを見抜いていた。今回もそうだったらどうしよう。

それから母のあわてふためく姿も目に浮かぶようだ。前回はこっぴどく叱られたあと、ちょっとふざけてみただけで、公爵もおもしろがっていたようだと言い、なんとか許してもらった。でもまた同じようなことをしたら、さすがに許してもらえないだろう。公爵家の面々の前となればなおさらだ。

それにエドワードのきょうだいは、みんなわたしにとても親切にしてくれる。エドワードと結婚したくないからといって、そんな人たちに不愉快な思いをさせるのは気がとがめる。

ああ、どうしよう。

クレアがまだ迷っていると、マロリーがピアノの前に座って指ならしをした。「用意はいい？」クレアに励ますような笑みを向けた。

クレアはうなずき、演奏が始まるのを待った。緊張で胃が縮み、脈がいつもより速く打っている。曲が始まり、クレアは懸命に拍子を取った。まもなくそのときが近づいてきた。

歌うの、歌わないの？　ちゃんと歌う、それともわざとへたに歌う？

クレアは大きく息を吸い、ちゃんと歌うことに決めた。

ところがどういうわけか声がかすれ、出だしの音がはずれた。酔っぱらいのような耳障りな声が響いた。

　クレアも部屋にいるみなも目を丸くした。

　マロリーがピアノを弾きながら、さっと顔を上げた。

　エドワードは褐色の眉をひそめ、双子の兄弟は呆然とした顔をしている。

　鉛筆を動かすドレークの手が止まった。

　母はというと、とてもその表情を確かめる勇気はない。

「ご――ごめんなさい」クレアは言い、マロリーに演奏をやめるよう合図した。「わたしったら……その……どうしたのかしら。たぶんのどが渇いているんだと思うわ」

　双子のうちのひとり――たぶんレオだ――がさっと立ちあがり、ワインをグラスに注いでクレアのところに持ってきた。

「ありがとう」クレアはつぶやき、小さく微笑んだ。

　レオは瞳を輝かせ、ウィンクをして席に戻った。

「最初から始めましょうか」マロリーが言った。

　クレアはグラスを口に運び、ワインをごくりと飲んだ。

　エドワードをぎょっとさせるチャンスはまだ残っている。もう一度ひどい声で歌い、それが終わったら、わたしは歌が大好きなのと言えばいい。そうすればエドワードは、一生こんな歌声を聞かされてはたまらないと思うかもしれない。

だがみなの顔を見まわすと、どうしてもその勇気が出なかった。クレアはもうひと口ワインを飲んでグラスを脇に置き、マロリーに向かってうなずいた。「ええ。そうしましょう」

部屋はしんと静まりかえり、クレアが歌うのをみなが待っている。

今度はうまくいき、澄んだ美しい歌声が部屋に響きわたった。みなが安堵と感嘆の表情を浮かべ、くつろいだ様子で音楽に耳を傾けている。

エドワードもソファに座り、感心したようにクレアを見ていた。口もとにゆっくりと笑みが浮かび、満足そうな表情だ。

クレアは誇らしさで胸がいっぱいになった。だがそこには覚えてはならない、別の感情も交じっていた。エドワードに認めてもらいたい。そしてわたしのことを好きになってほしい。できることなら愛してほしい。

クレアは目を閉じてそんな自分を叱り、マロリーの美しいピアノの音色に合わせて歌いつづけた。

曲が終わって数秒後、拍手が鳴り響いた。レオとローレンスが喝采《かっさい》し、ドレークがひときわ熱心に手をたたいている。クレアは嬉しさで満面の笑みを浮かべた。エドワードのほうを見ると、彼はすでにソファを離れて部屋の中央あたりにいた。

なにか手紙のようなものを読んでいる。それを持ってきたと思われる召使いは、すでにいなくなっていた。エドワードは手紙を読み終えてふたつに折りたたんだ。クレアは彼が顔を上げ、すぐにみなの輪に加わるだろうと思っていた。だがエドワードは手紙を上着のポケットに入れると、ドレークに近づいてなにかをささやいた。そしてクレアのほうをちらりと見ただけで、まっすぐドアに向かって部屋を出ていった。

クレアはがっくり肩を落とした。誇らしげな気持ちも嬉しさも、またたくまに消えていった。きっとあの手紙にはなにか重要なことが書かれていて、エドワードもすぐに出ていかなくてはならなかったのだろう。でもどんなに大切な用かは知らないが、ひと言わたしに挨拶をするぐらいの時間はあったのではないか。それとも手紙が届いた瞬間、わたしのことなど忘れてしまった？ つまりわたしはあの人にとって、その程度の存在だったということだ。

わたしはなんてばかだったのだろう。

クレアは無理やり笑みを浮かべてマロリーを見た。「もう一曲弾いてもらえる？」

マロリーはにっこり笑った。

クレアはグラスに残っていたワインを飲み干し、心とは裏腹に明るい表情を作った。

5

「やつはどこだ？」それから二時間近くたったころ、エドワードはある建物に足を踏みいれた。暖炉で石炭が燃えていたものの、室内は身を切るように冷たい三月の夜の外気とあまり変わらないぐらい寒かった。

当番の上級将校はエドワードの到着を待っていたらしく、間髪を容れずに言った。「こちらです、閣下。監房にご案内いたしますので、どうぞ」

エドワードはうなずき、将校のあとをついていった。ブーツを履いたふたりの足音が、ロンドンの南東二十マイルほどのところにある軍事監獄のごつごつした石の壁に響いた。暗くてすき間風のはいるその建物には、不吉な雰囲気がただよっていた。将校が持ったカンテラが壁に不気味な影を作っている。およそ快適とは言いがたい荒涼としたところではあるが、それでもニューゲート監獄のようにおぞましい場所に比べればまだ天国だ。ここならそうした監獄とはちがい、看守やほかの囚人から襲われることはない。

エドワードと将校は長い通路を進み、さまざまな罪を犯した軍人が入れられた独房の前を通りすぎた。将校が鍵束《かぎたば》を鳴らしながら、隔離された区画に続く重い鉄の扉を開ける。

「こちらには特別房があります。国家反逆罪を犯した囚人が収容されております」将校は言った。

しばらく歩いたところで立ち止まり、分厚い木の扉に鍵を差しこんだ。

扉を大きく開き、独房の隅に置かれた小さなベッドの上に横たわっている人物を指さした。

その人物は全身をウールの毛布で覆われていた。狭い独房の中には、汚物用の桶《おけ》と水が数インチはいった桶ぐらいしか見当たらない。絶望とすえた汗のにおいに交じり、金属のようなにおいが鼻をつく。忌《い》まわしいことが起きたしるしだ。

エドワードはベッドに歩み寄って毛布をはがした。そこには古風な顔立ちと金色の髪をしたエヴェレット卿が仰向けになっていた。やせた胸にナイフが突き刺さり、そのまわりに血がこびりついていなければ、ただ眠っているだけのように見えただろう。

「いつ発見したんだ？」エドワードは、諜報《ちょうほう》の世界で〝ル・レナール〟として知られていた男の遺体を見ながら訊いた。

「夕食のすぐあとです。配られた食事を食べていなかったので、不審に思って来てみると、すでに絶命していました」

「きみはエヴェレットが殺されたと思っているんだな。本人がなんらかの手段でナイフを入手し、みずから命を絶った可能性は？」

将校は首をふった。「それはありえません、閣下。われわれは数日おきに独房を調べ、持ちこみが禁止されたものを囚人が隠し持っていないか確認しております。それにエヴェレットは自分から命を絶つような男ではありません。臆病《おくびょう》者ですから、そんなことはとてもできないでしょう。かつて英雄と呼ばれたこともあったかもしれませんが、この男の正体は薄汚い裏切り者です」

そのとおり、この男は薄汚い裏切り者だ。エドワードは胸のうちでつぶやいた。フランスに寝返った嘘つきのスパイで、ケイドを拷問して死の一歩手前まで追いこんだ。エヴェレットのせいでケイドは片脚が不自由になり、それ以外にも一生治ることのない傷を体に負った。もし献身的な妻の支えがなかったら、心の傷を乗り越えることはできなかったかもしれない。メグにはどれだけ感謝してもしたりない。

将校の言うとおり、エヴェレットにはとても自分の胸にナイフを突きたてる勇気などないだろう。だとしたら、誰がやったのか。

動機は考えるまでもない。エヴェレットは重要な情報を握っており、英国政府はもう一年以上、彼の口を割らせようとしてきた。エヴェレットがようやくぽつりぽつりと話しはじめたのは、つい最近のことだ。そのことをおもしろく思わない誰かのしわざであるのは間違いない。

「たしかにエヴェレットは裏切り者だが、まだ利用価値があった」エドワードは将校に言った。「もし生きていたら、貴重な情報をもっと聞きだせたかもしれない。エヴェレットのものではないとしたら、このナイフはいったい誰のものだ？　今日、この男に面会に来た人物はいるか？」

「いいえ、おりません。もともとあまり面会者は多くありませんでしたし、この数カ月は誰も訪ねてきていませんでした。今日はずっとひとりだったと断言できます」

エドワードは片方の眉を上げた。「断言はできないだろう。誰かがこの独房にやってきて、エヴェレットを刺殺したのはたしかなのだから。きみの言うことが正しければ、犯人はこの区画に出入りできるだけでなく、鍵も入手できる立場にある人物だ」

将校は青ざめ、顔をしかめて手に持った鍵束を見た。「わたしの部下にそのようなことをする者はおりません」

「あるいはきみは自分で思っているほど、部下のことがわかっていないのかもしれないぞ。生前のエヴェレットが最後に目撃されたのはいつだ？」

「今朝だと思います。エヴェレットが新聞を読めないことに文句を言っていたと、看守のひとりが証言しました」

「今日の朝からこの建物に出入りした人物の名前を、すべて教えてくれ。ひ、ひ、ひ、ひとり残らずだ。大佐から新兵、民間人、政府高官、汚物を捨てに来た小間使いまで、ひとりももらすことのないように」

将校はうなずいた。

「それから、いつもと変わったことがなかったか、この区画にはいる者を見なかったかを全員に確かめたい。今朝ここにいた職員は、まだ残っているかな」

「ええ、何人かは」

「よし、すぐに集めてくれ。それから残りの者たちも至急呼んでほしい。特にエヴェレットと今朝話したという看守に会いたい。わたしが直接、聴取をする。どこか部屋を用意してくれないか」

「かしこまりました。すぐにご指示のとおりにいたします」

「ああ、頼む」

だが将校はすぐに立ち去ろうとはしなかった。「あの、遺体はどういたしましょうか」

エドワードはエヴェレットの亡骸《なきがら》に目をやった。「この寒さなら、とりあえずこのままにしておいてもだいじょうぶだろう。服や持ち物を詳しく調べる必要がある。それが終わったら、エヴェレットの家族に連絡してくれ。いくら犯罪者であっても、家族はちゃんと埋葬してやりたいと思うだろう」

「はい、閣下。わたしが責任を持って連絡いたします」

「結構。さて、部屋に案内してもらおうか。それから温かい飲み物を頼めるかな。きみたちもなにか飲んだらいい。今夜は長い夜になりそうだ」

翌朝、クレアは家族用のダイニングルームで、細長い食器台にならんだ保温用の銀器から、炒《い》り卵とベーコン一枚、トースト一枚を皿に取った。

マロリーと双子の兄弟がすでに席に着いていた。レオ卿とローレンス卿は、皿に山のように盛られた料理をおいしそうに食べている。ドレーク卿は昨夜、ロンドン市内にある自分の屋敷に帰ったので、朝食の席に加わることはない。エドワードがどこにいるのかはわからなかった。屋敷にいるのだろうか、それとも昨夜あわただしく向かった場所から、まだ戻ってきていないのだろうか。クレアは一瞬、唇を固く結ぶと、クリーム色のモスリンのスカートを揺らしながらテーブルへ向かった。

クレアが椅子に座るとすぐに、マロリーがバターとジャムを勧めてきた。「マーマレードもイチゴジャムもどちらもおいしいわよ。わたしがあなただったら、いまのうちに両方ともお皿に取っておくわ。トーストを何枚も食べている誰かさんたちが、ジャムが足りないと騒ぎだす前に」

レオとローレンスは姉のからかいを無視し、黙々と食べつづけていた。それでもレオ卿と思われるほうが、いったん顔を上げてクレアにウィンクをした。

「ご忠告ありがとう」クレアは微笑み、マーマレードとイチゴジャムを少しずつ皿に取った。召使いがやってきて、てきぱきとカップに紅茶を注いだ。

「朝食が終わったら、女性陣で買い物に出かけましょうよ」マロリーが言った。「もうすぐ社交シーズンが始まるから、あなたの新しい服をそろえなくちゃ」

クレアはフォークを置いた。「ええ、そうしたいけれど、母が偏頭痛がすると言ってるの。いまは寝室で紅茶とビスケットだけの朝食をとってるわ」

マロリーは心配そうな顔をした。「まあ、それはお気の毒に。すぐにラベンダーの湿布を持っていかせるわ」召使いに合図をし、そのとおりにするよう命じた。

クレアはふたたびフォークを手に取り、ベーコンを半分に切った。「明日には具合もよくなると思うから、そうしたらみんなで一緒に出かけましょう」

「誰の具合が悪くて、どこに出かけるって？」伸びやかな低い声がした。その声の持ち主が誰かは見なくてもわかる。

クレアは顔を上げ、エドワードがダイニングルームにはいってくるのを見ていた。その完璧な容姿と存在感に圧倒され、つかのま、われを忘れた。彼が足を踏みいれたとたん、部屋の空気が一変したようだ。強さと誇りが全身からにじみでている。

近侍《きんじ》の手を借りて身支度を整えたばかりなのだろう。きれいにとかしつけられたマホガニー色の髪は、毛先がまだわずかに濡れているように見える。きれいに剃《そ》られた頬、白いリネンのタイ。着ている服は、深みのある瞳にそっくりの紺青《こんじょう》色だ。エドワードがダイニングテーブルのそばで立ち止まり、みなの顔を見ながら返事を待っている。

クレアは口を開いた。「わたしの母が体調を崩してしまって。だからマロリーと、お買い物に行くのを延期しようと話していたの」

「それは大変だ、レディ・クレア。医者を呼ぼうか?」

「いつもの偏頭痛だから、それにはおよばないと思うわ。部屋を暗くして寝ていれば、すぐによくなるでしょう」

エドワードはうなずいた。「もし医者に来てもらったほうがいいなら、いつでも言ってくれ」

「ありがとう、閣下」

エドワードは眉根を寄せた。

「エドワード」クレアは小声で訂正した。

エドワードは満足したように小さく微笑んだ。「ところで、朝の挨拶がまだだったね。昨夜はよく眠れたかな?」

「ええ」

エドワードはいったん間を置いたのちうなずき、食器台に向かった。

「ぼくにはよく眠れたかと訊いてくれないのかい?」ローレンスがおどけた口調で言った。

エドワードは料理を取っていた手を止めたが、ふりむくことはしなかった。「お前は毎晩、高いびきをかきながらぐっすり眠っているじゃないか」

「ぼくはいびきなんかかかないさ!」ローレンスは言いかえした。「酔っているときを除いては」

レオが吹きだしてローレンスの背中をぽんとたたいた。ローレンスはにやりとし、ふたたび皿をつつきはじめた。

エドワードは、双子の弟たちほどではないが、それでも結構な量の料理を皿に盛ってテーブルの上座に着いた。クレアの右隣りの席だ。

召使いがすぐに近づいてきて、エドワードのカップに紅茶を注いだ。それからひじのそばに、アイロンできれいにしわが伸ばされた『モーニング・ポスト』紙の載った銀のトレイを置いた。「買い物のことだが」エドワードは言った。「どんな店に行くつもりだったんだい？」

「リネン製品の店や仕立屋よ。クレアの嫁入り支度を整えようと思って」マロリーが答えた。

エドワードは卵料理とハムを食べると、ナプキンで口もとをぬぐった。「なるほど、嫁入り支度か」そこでクレアの顔を見た。「マロリーから話は聞いていると思うが、必要なものはなんでも遠慮なく買ってくれ」

「ええ、ご親切にありがとう、閣下」

エドワードはもうひと口料理を食べて一考した。「レディ・エッジウォーターが、かならず同行しなければならないというわけでもないだろう。もっとも、きみがどうしても母上の意見を聞きたいなら別だが」

「もちろん母の意見は尊重しています」クレアは言った。「でももう何年も前から、自分のものは自分で選んでいるわ」

「だったら予定どおり、マロリーと一緒に買い物に行ったらいい。レオかローレンスのどちらかを同行させよう。荷物を持たせるのにちょうどいいだろう」

双子が同時に顔を上げた。

「ドレスの買い物に付き合うだって？」レオが言った。

「荷物を持たせる？」ローレンスがレオとそっくりの肩をこわばらせた。

「頼むよ、ネッド。ぼくたちにも予定があるんだ」とレオ。

「予定を変更すればいい」エドワードはゆっくりとコーヒーを飲んだ。「ボクシングの試合なら、また数日中にあるだろう」

ローレンスはフォークを置いた。「でも今日の試合は特別なんだ。あのハマー・ホランズが出るというんで、ぼくは五ギニーを賭《か》けている」

「ぼくは十ギニーだ」レオが言った。

「お前たちの予想がはずれていなければ、仲間の誰かが賞金を預かっておいてくれるさ。とにかく、どちらかがマロリーとレディ・クレアのおともをするんだ。もうひとりは試合を観に行ってもいい」

レオとローレンスは腕組みをした。

「どちらか一方だけ行くというのは気が進まない」レオが言った。

「ふたりで買い物のおともをするよ」ローレンスも同意した。

「よし、話は決まりだ」エドワードは燻製《くんせい》ニシンをナイフで切った。そしてクレアのほうを見た。「本当ならぼくがついていきたいところだが、どうしてもはずせない用があってね」

「いいのよ。気になさらないで」クレアはつぶやいた。

一瞬、ふたりは互いの目を見つめた。

エドワードは眉根を寄せた。

「今夜、芝居でも観に行こうか。どうだろう?」

今度はクレアが眉根を寄せる番だった。

「たしか『ハムレット』が上演中だ」

ハムレット。クレアは胸のうちでつぶやいた。なんという皮肉な偶然だろう。悲劇の女オフィーリアが、報われない愛のために命を落とす物語だなんて。でもわたしは、テムズ川で溺《おぼ》れ死んだりはしない。

「ええ、閣下」クレアは穏やかな声で答えた。「ぜひ行きましょう」

「これが今朝届いたばかりのデザイン画集です」その日の午後、ロンドンでも流行最先端の仕立屋で、マダム・モレルが画集を手渡しながら言った。「その中にお気に召すものがきっとあるでしょう。もちろんお好きなようにデザインを変更することもできます。そうすれば、世界で一枚しかない特別なドレスになりますわ」

「ありがとう、マダム」マロリーはふかふかの赤いベルベットのソファに座っていた。「いつも親身になってくれて感謝しているわ。さっきも言ったとおり、今日はレディ・クレアの嫁入り衣装をそろえに来たの。たくさん必要だから、いいアイデアがあったらどんどん言ってちょうだい」

「そんなにたくさんはいらないわ」クレアは小声で言った。「実家から持ってきた素敵なドレスもあるし」

「ええ、たしかにあなたのドレスはどれも素敵よ」マロリーは正直に言った。「でも流行最先端の色や形をしているわけじゃないわ。あなたはエドワードの婚約者として、最新のデザインのものを着なくては」

マダム・モレルがとりすました顔でうなずいた。「公爵未亡人がここにいらしたら、同じことをおっしゃるでしょう」

本当にそうだろうか、とクレアは思った。いっそ一枚も服を作らず、古くさいドレスを着てエドワードに恥をかかせてやろうか。でも実家の母のことを考えると、そんな企みがうまくいくとは思えない。クレアはがっくり肩を落とした。

「おふたりでしばらくデザイン画集をご覧になってください。少ししたら戻ってまいりますので、それからご相談いたしましょう」

マダム・モレルは後ろをふりむき、部屋の反対側に目をやると、かすかに顔をしかめた。

「今日は弟君がふたりご一緒なんですね、レディ・マロリー」

「ええ。レディ・クレアのお母様が体調を崩されたので、ふたりに付き添いとして来てもらったの」

「バイロン家のみなさまならいつでも大歓迎ですわ。おふたりは軽食を楽しんでいらっしゃるようですね」マダム・モレルはあごを上げ、そちらに向かって歩きだした。若い女性の笑い声が店内に響いている。そのときようやくクレアは、仕立屋の若い助手のひとりがレオとローレンスと話をしていることに気づいた。ふたりの歯の浮くようなせりふに頬を赤く染め、目をきらきらさせている。

マダム・モレルが咳払いをした。「サリー、お客様がお呼びよ。閣下たちのお相手はわたくしが代わります。さあ、早く行って」

助手はふたたび顔を赤らめたが、今度は気まずさからだった。ひざを曲げてお辞儀をし、急ぎ足で立ち去った。レオとローレンスはマダム・モレルと話しはじめると、その魅力ですぐに彼女を虜にした。マダムの頬が少女のように染まり、瞳まで輝いている。

まったく、あのふたりったら。クレアはひそかに苦笑した。

そしてデザイン画集に視線を戻し、表紙を開いた。ページをめくるたび、次々と美しいドレスが現われる。「どれも素敵すぎて選べないわ。あなたはどのドレスにするの？」

　マロリーは悲しそうな顔をした。「わたし？　できることなら欲しいけど、ロンドンに戻ってきてすぐに、三カ月ごとのお小遣いを使いはたしてしまったの。ドレスの請求書を見て、ネッドは頭から湯気をたてて怒っていたわ。そのうち小さな角が生えてくるんじゃないかと思ったくらいよ。そして次のお小遣いがもらえるまで一枚もドレスを買ってはいけない、もし約束を破ったら、ドレスを全部取りあげたうえ、わたしをブラエボーンに追いかえすと言ったの」

　マロリーはいったん間を置き、口もとに小さな笑みを浮かべた。「わたしもネッドが本当にそんなことをするとは思ってないわ。でも万が一ということもあるし、しばらくおとなしくしていたほうがいいでしょう。それに今月のなかばには次のお小遣いがもらえるから、あと二週間の辛抱だもの」指先で頬をとんとんたたいた。「ちょっと待って。今日何枚か注文しておいて、届けるのを十五日以降にしてもらえばだいじょうぶかもしれない！　ああ、クレア、あなたは天才だわ！」

「わたしはなにも言ってないわよ」

　クレアの頭にあることがひらめいた。

　エドワードは妹の浪費に激怒したという。お金を使うことをなによりも嫌う父と、エドワードは同じようなタイプなのだろうか。必要なものはなんでも遠慮なく買ってくれと、彼は言っていた。エドワードが想像しているのは何枚ぐらいのドレスだろう。いくらなんでも、枚数に限度はあるはずだ。もしそれを超えたらどうなるだろうか。数えきれないほどのドレスを注文したら、さすがにエドワードも腹をたてるような気がする。浪費家の花嫁などもらっては大変なことになると思い、婚約を破棄してわたしを実家に追いかえそうとするかもしれない。

クレアは胸を躍らせながらデザイン画集をめくった。「ねえ、マロリー、この中から何枚か選ぶなんてできないわ。いっそのこと、全部注文しようかしら！」

6

ドルーリー・レーン劇場は人の話し声でざわざわしていた。エドワードはレディ・エッジウォーターに手を貸し、公爵家専用のボックス席に座らせた。伯爵夫人はその日の夕方、頭痛もずいぶんよくなったことだし、ぜひ劇場に行きたいと言った。マロリーが伯爵夫人の隣りに腰を下ろし、エドワードは同じ列の反対側にある席に、クレアと隣り合わせで座ることになった。

レオとローレンスが来なかったので、今夜は女性陣とエドワードの四人だけだ。レオたちは一日じゅうリネン製品の店や仕立屋、服飾品店での買い物に付き合わされたので、せめて夜ぐらいは〝男の時間〟を楽しみたいと訴えた。そしてふたたび邪魔がはいることをおそれたのか、夕食が始まるずっと前にクライボーン邸を出ていった。どうせ友人と落ちあい、酒を飲みながらカードゲームでもするつもりなのだろう。

エドワードはちらりとクレアを見た。ほかのボックス席にいる常連客や、眼下にある三シリングの自由席でわれ先にいい場所を取ろうとする人びとを、興味深そうにながめている。

エドワード自身、芝居そのものよりも観客を見ているほうがずっとおもしろいと思うことがよくあった。でもいま見ているのは観客ではない。クレアだ。

今夜は亜麻色《あまいろ》のシルクのドレスに身を包み、いつにもまして美しい。まっすぐな短い袖から華奢な腕がのぞいている。ドレスとそろいのシルクのリボンが蜂蜜《はちみつ》色の髪に飾られ、ゆるやかな巻き毛が幾筋か首のあたりで揺れていた。

エドワードは、クレアの美しい髪を指でもてあそび、首筋の肌をなでるところを想像した。ゆっくりと顔を近づけ、くちづけてみようか。すべすべした肌に唇をはわせ、その女らしいにおいを胸いっぱいに吸いこみたい。

クレアは快感で身震いするだろうか。甘いため息をつき、まだ知らない官能の世界への期待で胸をふくらませ、唇を噛むかもしれない。

エドワードはマースデン邸でのキスを思いだした。クレアの肌の柔らかさと温もり、おずおずとしたくちづけが、昨日のことのようによみがえってくる。最初は震えていた彼女も、やがて少しずつ大胆さを増し、情熱的なキスを返してくれた。

あのときのクレアのキスには驚かされた。そして自分自身の心の動きにも驚いた。もともと彼女の唇を奪おうと思ったのは、自分が婚約者であることをはっきり示したかったからだ。それなのに、気がつくとクレアを女性として求めていた。

まだ若くて強情なところがあるものの、クレアはもう少女ではなく大人の女性だ。ドレスの胸もとからのぞいた豊かな丸みとつややかな肌が、そのことをはっきり物語っている。

そのときクレアが短く息を吸い、座席の上で身を乗りだした。そのはずみで胸がかすかに揺れた。彼女をひざの上に乗せて唇を重ねたら、もっと揺れるにちがいない、とエドワードは思った。

椅子に座りなおし、それ以上考えまいとした。人の集まるこうした場では、せいぜい手を握るぐらいのことしかできない。常識のある男なら、結婚式が終わるまで我慢するべきだろう。

愛人と別れるのが少し早すぎただろうか。欲望を満たせないのがもどかしい。だがいまはクレアとひとつ屋根の下で暮らしているのだから、自分が愛人を訪ねているという噂が彼女の耳にはいるようなことだけは避けたかった。クレアに忠誠を誓ったわけではないが、婚約している身でありながら別の女性と関係を続けるのは、とても褒められたことではない。

自分も健全な大人の男であるから、これからしばらくのあいだ禁欲を守るのは簡単なことではないだろう。それでも理性と分別で、欲望を抑えられる自信はある。

それにクレアはもうすぐ自分のものになる。いったん夫婦になったら、髪をもてあそんだりひざに乗せたりするところを想像するだけでなく、実際にもっといろいろなことができるのだ。

「買い物はどうだった？」エドワードはだしぬけに訊いたが、その声は自分の耳にもかすれて聞こえた。「マロリーと一緒に必要なものをそろえられたかな?」

クレアがふりむき、真っ青な瞳でエドワードを見た。その目にはなにかを企んでいるような、意味ありげな光が宿っている。

服を買いに行っただけなのに、どんなことがあったというのだろうか。

「お買い物はとても楽しかったわ。マロリーに手伝ってもらって、たくさんドレスを買ったの。明日は靴と手袋を買いに行く予定よ」

エドワードは小さく笑った。「マロリーは大喜びするだろうな。妹はドレスより靴のほうが好きなんだ。それに手袋も、いろんな色のものを持っている」

クレアは眉を片方上げた。「ええ、靴と手袋がドレスに合わなかったら、着こなしは完成しないと言うもの」

「それは世間の人びとが言っていることかい?」エドワードはにやりとした。「それともマロリーが言ったことだろうか」

クレアは一考した。「そうね、両方だと思うわ」

エドワードは吹きだした。クレアも楽しそうに瞳を輝かせている。エドワードが口を開こうとしたとき、劇場が暗くなった。舞台の幕が開き、デンマークのヘルシンゲアの城が描かれた背景が現われた。オーケストラ席から開幕を知らせる声がし、俳優たちがそれぞれの位置についている。

エドワードは椅子にもたれかかり、聞き慣れた冒頭のせりふに耳を傾けた。

クレアは首筋や肩のあたりがぞくぞくするのを感じながら、懸命に舞台に目を据えていた。これまでこんなに本格的な舞台を観《み》たことはない。せいぜい村祭りのとき、無言劇《パントマイム》や人形劇を観たことがあるぐらいだ。マースデン邸の近くにも一度か二度、シェークスピア劇を演じる一座がやってきたことがあるが、若いレディが夜に人でごったがえした場所に行くのは危ないと言われ、行くことができなかった。

でもここは連日連夜、芝居が上演されているロンドンだ。エドワードから舞台を観に行こうと言われたとき、すました表情を装ってはいたものの、本当は生まれてはじめてロンドンの劇場に行けるのだと思うと跳びあがりたい気分だった。それなのに、いざこうして来てみると、まったく観劇に集中できないでいる。

エドワードのせいだ。

あまりに距離が近すぎる。彼とわたしの体は、ほんの数インチしか離れていない。手袋をした大きな手が、もう少しでわたしに触れそうな近さだ。両手を乗せている太ももはたくましく、細身の黒いシルクのひざ丈のズボン《ブリーチズ》が筋肉質の脚を包んでいる。

クレアは何度かエドワードに見られているような気がして、肌がぞくりとするのを感じていた。ところがその都度、横目で確認してみると、エドワードの視線はまっすぐ舞台に向けられていた。たぶん彼のことを意識するあまり、頭がありもしないことを作りだしているのだろう。

クレアはもう一度、薄闇の中でエドワードの横顔を盗み見た。なだらかな額の線と褐色の眉、いかにも貴族らしいすっと通った鼻筋。頬はきれいに剃られ、あごはがっしりしている。そして官能的で美しく、彫刻のような形をした唇。驚くほど柔らかく、言葉で表わせないほど素敵な感触の唇であることを、わたしは知っている。

クレアはエドワードとのキスを思いだした。どんなに努力しても、あのキスを忘れることはできそうにない。たった一度抱きしめられただけなのに、昼も夜もあのときのことが頭から離れず、体がとろけそうになる。そんなことではいけないとわかっているのに、いまも肌がぞくぞくしている。

幸いなことに、あれからエドワードがわたしに触れてきたことはない。屋敷には母やエドワードのきょうだいもいるので、キスはおろか、ふたりきりになる機会すらほとんどない。それでももしエドワードが本気でそうしたいと思うなら、ふたりきりになる機会を作ることぐらいできるはずだ。でも彼にとっては、一度のキスだけで充分だったのだろう。どんな気まぐれだったのかは知らないが、わたしのはじめての——そして一度きりの——キスを奪うだけで満足だったにちがいない。

といっても、わたしは別に、またくちづけてほしいと思っているわけじゃない。クレアはそう自分に言い聞かせた。わたしはエドワードとの婚約から逃れ、自由になることを願っているのだから。今回の計画がうまくいけば、その願いはもうすぐかなうはずだ。マダム・モレルはドレスを大至急、仕立てると約束してくれた——目が飛びでるほど高い追加料金で！

クレアはごくりとのどを鳴らし、請求書が届いたときのエドワードの反応を想像した。ひざの上で両手を握りあわせ、隣りを向いてぎくりとした。

エドワードがじっとこちらを見ている。薄明かりの中で、青い瞳が黒に近い色になっている。今回は勘違いなどではない。クレアははっと息を呑んだ。

「芝居を楽しんでいるかい？」エドワードが低い声で訊いた。

芝居？　クレアはなにを言われたのか、一瞬よくわからなかった。「とても素晴らしいわ」そうつぶやいて笑みを浮かべてみせた。

「ああ、たしかに素晴らしい芝居だ」エドワードはかすかに眉根を寄せたが、すぐに小さく微笑んで舞台に視線を戻した。

クレアはため息をつき、舞台のほうを向いた。

それからまたたくまに一週間が過ぎた。クレアは日中は買い物に行き、夜はみなで夕食をとり、そのあと居間で音楽を楽しんだりするほか、劇場へも何度か出かけた。

エドワードがいつも一緒というわけではない。公爵に急ぎの用があってクレアたちに同行できないときは、ドレークか、レオとローレンスがエスコート役を務めた。エドワードは〝急ぎの用〟がなんであるかを、クレアや伯爵夫人やマロリーに一切説明しようとはせず、ただ今日は一緒に行けなくなったと告げるだけだった。そして出かける前に数分だけ女性陣のいる居間に立ち寄り、楽しい夜になることを祈っていると言ってお辞儀をする。エドワードがどこに行ってなにをしているのか、クレアは不思議に思っていた。ギャンブルにのめりこむタイプには見えないし、しばらく一緒に過ごしてみて、お酒もそれほど飲まないことがわかった。だとしたら、女性だろうか。ロンドン市内にいる愛人のところを訪ねているのかもしれない。なんといっても、エドワードのような男性には強い欲求があるに決まっているのだから。

クレアのように世間知らずの若いレディが、そうしたことを知っているのはおかしなことだと言う人もいるだろう。でも使用人というのは、とかく興味深い噂話をするものだ。もしエドワードが本当に愛人と会っているとしたら……？　でもそれはエドワードの勝手だ。そのことを思うとなぜか胃がむかむかするので、もうこれ以上考えないことにしよう。

それよりも、もうすぐ新しいドレスが届く。すでに昨日、仕上がったものもあるが、たったの四枚だ。残りの膨大な枚数のドレスはまだ届いていない――それに請求書も。

クレアは家族用の居間で椅子に腰かけ、新しく作った緑と白の縞《しま》柄のデイドレスをなでながら、母とマロリーとの会話に集中しようとしていた。ふたりはテーブルのトールペイント

（家具などの装飾として絵を描く手法）について話しあっている。クレアにはまったく関心のない話題だ。

「あなたはどちらがいいと思う、クレア？」母が訊いた。「オレンジかリンゴか」

クレアは眉をひそめた。「え？　なんですって？」

「オレンジとリンゴのどちらがいいかと尋ねたのよ」母の声音にはかすかにいらだちが交じっていた。「話を聞いていなかったの？」

「ごめんなさい、お母様。ちょっとぼんやりしていたの。わたしはリンゴのほうがいいと思うわ」

伯爵夫人はため息をついた。「わたしはオレンジがいいと思うけど。そのほうがうんと華やかになるでしょう」

母の肩越しにマロリーと目が合った。マロリーは愉快そうに目を輝かせ、ティーカップを持ちあげて口もとの笑みを隠した。

「それに、花はバラにかぎるわ。野の花が好きな人もいるけれど、わたしはそうじゃないの。近所に住むジェシカにも言ったとおり――」

そのときひとりのメイドが現われた。「お邪魔して申し訳ございません。ただいま使者が、奥様に急ぎのお手紙を持ってまいりました」

「わたしに？　いったい誰からかしら」伯爵夫人は手を伸ばして手紙を受け取り、戸惑った顔でうなずいて謝意を示した。メイドはひざを曲げてお辞儀をし、居間を出ていった。伯爵夫人はすぐに封蠟をはずして手紙を読みはじめたが、まもなくその顔がさっと青ざめた。

「まあ、なんてことなの。大変だわ！」

クレアは身を乗りだした。「どうしたの、お母様。なにがあったの？」

「ナンよ」手紙を持つ母の手に力がはいり、羊皮紙が小さな音をたてた。「木から落ちて怪《け》我《が》をしたらしいわ」

「ああ、お母様！」クレアは胸に手を当てた。

「脚を骨折したそうよ。お医者様に診てもらい、とりあえず大事にはいたらなかったそうだけど、お父様がすぐにわたしに戻ってきてほしいと言ってるわ。寝たきりの子どもをどうやって世話したらいいのか、見当もつかないんですって。あの人が困っている様子が目に浮かぶわ。すぐに帰らなくては」

「大変なことになりましたね」マロリーが言った。「レディ・ナンもお気の毒に。奥様が一刻も早くここを発《た》てるよう、すぐに兄に連絡いたしますわ。兄がすべての手筈を整えてくれると思います。それからメイドに命じ、奥様のお荷物をまとめさせますね」

伯爵夫人は立ちあがり、マロリーに手を差しだした。「レディ・マロリー、あなたはなんて親切なんでしょう。優しくて素晴らしいかただわ。ああ、でも公爵未亡人はまだお戻りになっていないし、クレアのお目付け役をどうしたらいいのかしら。バイロン家は立派な一族だし、社交界の人たちも白い目で見たりはしないでしょうけれど、それでもまだ結婚していないクレアが付き添いもなくここでお世話になるのは、あまりいいこととは言えませんものね」

クレアは立ちあがった。「わたしも一緒に帰るわ。ナンは心細くてたまらないだろうから、みんなでそばにいてあげたほうがいいと思うの。わたしひとりがここに残るなんてできない」

母は唇を結んだ。「いいえ、あなたはここに残るのよ。きっとなにかいい方法があるわ。レディ・マロリー、奥方様がお留守のあいだ、ここに来てくださる女性のご親戚《しんせき》はいらっしゃいませんか？」

マロリーはうなずいた。「ええ、おりますわ。ロンドンにも女性の親戚はたくさんいますので、誰かひとりぐらいすぐに来てくれると思います」

「ほらね、クレア。これで問題は解決よ」

「でもお母様――」

「口答えしないで。あと二週間で社交シーズンが始まるわ。あなたには楽しんでほしいの」

「わたしはもともと社交シーズンを知らないのよ。だからいま帰ることになったって、別に寂しいとは思わないわ」

「もったいないことを言わないで！」伯爵夫人は手を軽くふった。「あなたにとっては、未婚のレディとして楽しむ最初で最後の社交シーズンなのよ。結婚する前と結婚したあととでは、同じ社交シーズンでもぜんぜんちがうものなの。妹が自分の不注意から脚の骨を折ったせいで、あなたまで予定を変更することはないわ」

「でもナンがかわいそう――」

「自業自得でしょう。あの子には庭の木に登ってはいけないと、口が酸っぱくなるほど注意していたのよ。いつかこういうことが起きるんじゃないかと心配だったの。でもあの子は無鉄砲で、わたしの言うことなんか聞きやしなかった。今回のことだって、骨折ですんでよかったと思うべきだわ。たしかにかわいそうではあるけれど、そのうちよくなるでしょう」

伯爵夫人はクレアの肩を軽くたたいた。「妹のことは心配しないで、あなたはロンドンで社交シーズンを楽しみなさい。わたしがノッティンガムシャーに戻るからといって、あなたまで楽しみをあきらめる必要はないのよ」

わたしは楽しみをあきらめてなんかいないわ。クレアは胸のうちでつぶやいた。わたしも家に帰りたい。

でも、とても口に出してそんなことは言えない。母が共感も理解もしてくれないことはわかりきっている。娘がクライボーン公爵と婚約したことを、母はなによりも喜んでいた。もしわたしが本当の気持ちを打ち明けたら、きっと困惑で首をふり、頭がどうかしたのではないかと言うだろう。

〝公爵と結婚したくないですって？　なにをばかなことを！〟

わたしの計画を知ったら、母はきっと言葉を失うにちがいない。

エドワードに婚約を解消されたら、わたしは母からナン以上の怒りを買うはずだ。でも父も母も、いずれは機嫌を直し、ナンと同じようにわたしのことも許してくれるに決まっている。


いつか時間がたてば。

それにしても、ナンもかわいそうに。木に登れば、生きている実感のようなものが得られたのだろう。でも怪我をしてしまった以上、もうその楽しみはあきらめるしかない。わたしも一緒に帰りたいけれど、いまはこのままロンドンにとどまるほうがよさそうだ。もし計画どおりにことが運べば、すぐにまたあの子にも会える。

クレアは眉をひそめた。「本当にいいの、お母様？　わたしならかまわないのに」

「ええ、いいのよ」伯爵夫人はきっぱりと言った。「心配しなくていいわ。エラが手伝ってくれるだろうし、きっとなんとかなるでしょう。そうだわ、ナンとエラに手紙を書いたら？　荷造りをして馬車の準備ができるまで、まだ少し時間があるから、急いで書けば間に合うわ。レディ・マロリー、一緒に部屋までついてきていただけますか？」

「もちろんですわ、奥様。それから、いま兄を呼びに行かせています。すぐに戻ってくるでしょう」

クレアは両腕で胸を抱き、マロリーと母が居間を出ていくのを見ていた。それからペンと紙を探しに行った。

二時間後、涙ぐみながら互いの体を抱きしめたあと、クレアは母親が公爵家の一番速い馬車に乗りこむのを見ていた。扉が閉まって鞭《むち》の音とともに馬車が動きだし、グローブナー・スクエアを抜けて午後の混んだ通りへと消えていった。

クレアが屋敷にはいろうとしてふりかえると、隣りにエドワードが立っていた。いつもと変わらない落ち着いた顔をしている。

「妹君ならだいじょうぶだ。脚の骨折は治療を誤ると大変なことになるが、心配はいらない。公爵家の主治医にナンのことを頼んでおいた」

クレアはエドワードの目を見つめた。「ナンのことを頼んだ？　どういう意味なの？」

「ドクター・コールは国内でも屈指の名医だ。ぼくの依頼で、いまノッティンガムシャー州に向かっている。ナンを診察し、最善の治療が受けられるようにしてくれるそうだ。ドクター・コールがついていれば、妹君の怪我はすぐによくなるだろう」

クレアは驚きで口をぽかんと開けた。「閣下、なんとお礼を申しあげればいいのかしら。ご親切に心から感謝するわ」

エドワードは踏み段をのぼって玄関をくぐりながら、無造作に手をふった。「礼にはおよばない。家族ならそれぐらいのことは当然だろう。ナンはもうすぐぼくの妹になるんだから、ほかのきょうだいにするのと同じことをしたまでさ」

クレアはエドワードとならんで広い玄関ホールを横切り、階段に向かった。「とにかくありがとう。あなたに借りができたわね」

エドワードに借りを作る……それだけは絶対にしたくなかった。どうしてこの人はこんなに優しいのだろう。いくらいけないと自分に言い聞かせても、これでは好きにならずにはいられない。いっそエドワードのことを嫌いになれれば、心がこれほど揺れずにすむのに。

でもそれこそが問題の核心なのだ。エドワードに対してなんの感情も抱いていなければ、結婚することにもそれほど抵抗を覚えなかったかもしれない。条件のいい相手と義務のために結婚するのだと割り切り、特に不満を感じることもなく、それなりにやっていけただろう。周囲がみな自分たちの結婚を望んでいるのに、こんなふうに感じるのは間違ったことだろうか。誰もがうらやむような人生を善良で立派な男性と送れるというのに、それから逃れたいと思うのは愚かなことなのか——その男性から愛されていないというだけで。

クレアは自分がなにを言おうとしているのかもわからないまま、エドワードの顔を見上げた。そのとき眼鏡をかけ、仕立てのいい服を身に着けたやせ形の若い男性が、急ぎ足で近づいてきた。

「閣下」エドワードの秘書は言った。「もしよろしければ、少しお時間をいただけないでしょうか。急いで返事をしなければならない用件がいくつかございます。午後の最後の郵便に間に合うよう、いまのうちに片づけておきたいのですが」

エドワードは眉根を寄せた。「ああ、わかった。すぐに行く、ヒューズ」クレアに向きなおって言った。「さしあたってほかに必要なものはあるかい？　さっき親戚のヴィルヘルミナのところに使いをやり、伯爵夫人がいないあいだ、ここに来てきみのお目付け役をしてほしいと頼んでおいた。夕食前には来てくれるそうだ。それまでひとりでもだいじょうぶかな」

クレアはエドワードの事務的な言葉に心が寒々とし、肩をつんとそびやかした。「わたしならだいじょうぶよ。どうぞ心配なさらないで」

エドワードはふたたび眉根を寄せて軽くうなずいた。それからクレアに背中を向け、秘書と仕事の話をしながら大股で歩きだした。秘書がエドワードの横にならび、主人に遅れまいと早足で歩いている。

もうわたしのことなど眼中にないというわけね。彼にとってわたしの存在は、たくさんある用件のひとつと同じくらいの重みしかないらしい。

クレアはしばらくのあいだ、エドワードが廊下を歩き去るのを見ていた。やがてくるりと後ろを向き、一段一段を踏みしめるようにして階段を上がった。

7

三日後、エドワードは書斎でジャックからの手紙を読み終え、笑みを浮かべながらそれをたたんで机に置いた。

また伯父になってしまった。義理の妹のグレースが、一週間前に女の子を出産したという。ジャックとグレースは、その子をニコラと名づけることにしたらしい。ジャックが言うには、ニコラほどかわいい赤ん坊は見たことがないそうだ。そしてそれはけっして親の欲目ではないとも言っている。グレースと赤ん坊はとても元気にしているとのことだが、それはジャックだけでなく、母のアヴァがそばにいて、なにかとふたりの面倒を見ているのも大きいのだろう。グレースの体力が回復し、赤ん坊も旅ができるくらい大きくなったら、夏にはロンドンに行きたいと手紙には書いてある。たしかケイドとメグも息子のお披露目《ひろめ》に、そのころロンドンに来ることになっている。きっとこの屋敷も、にぎやかになるにちがいない。

だがケイドもジャックも、クレアのことがなければ、もう少しロンドンに来るのを先に延ばしていたのではないか。いくら隠そうとしても、みんながクレアに会いたくてうずうずしているのはすぐにわかる。エドワードがとつぜんクレアとの結婚を決意したことで、家族が面食らっているのはあきらかだ。家族は全員、亡くなった父とクレアの父親が交わした約束を、エドワードが反故《ほご》にするものだとばかり思っていたらしい。だが状況は変わり、クレアとの婚約に対するエドワードの考え方も変わった。

幸いなことに、クレアも婚約の事実を受けいれる気になってきたようだ。ロンドンに着いてからというもの、なんとか婚約を解消しようと抵抗するそぶりを見せなくなった。マロリーともすぐに仲良くなり、親友と一緒にいるように楽しそうにしている。クレアにはしばらく社交シーズンを楽しんでもらい、それから具体的な話を進めよう。

そのあいだ、自分はエヴェレットを殺した犯人を探すとともに、やつが死の数日前に名前を口にした人物の正体を突きとめなければならない。

ウルフ。

それははたして本名だろうか、偽名だろうか。陸軍省の知り合いと協力し、その名前に該当する人物を見つけようと奮闘しているが、まだ手がかりすらつかめていない。もし偽名だとしたら、個人を特定するのは雲をつかむような話だ。もっとも、メグが二年前の社交シーズンのとき、闇にまぎれてエヴェレットと会っているのを目撃したという男とそいつが同じ人物だとしたら、多少は容疑者を絞りこみやすくなるだろう。漠然《ばくぜん》としたものではあるが、男の特徴はメグから聞いている。

そういうわけで、いまは組織の中に深くもぐりこんだスパイ——通称モグラ——の正体を暴きだすため、水面下でひそかに動いている。そいつは政府高官しか知らない国の最高機密を入手できる立場にある人物だ。エヴェレットの逮捕後、モグラは忽然《こつぜん》と姿を消した。はじめはエヴェレット自身がモグラだったのではないかとも考えた。もしそうであれば、その時点で情報の漏えいは止まっていたはずだ。だが昨年の秋、エヴェレットが獄中にあるにもかかわらず、ふたたび情報が外部にもれはじめた。それでモグラがまだ自由に動きまわっていることがわかった。

モグラとウルフは同一人物か、それともまったくの別人か。

ウルフがエヴェレットを殺害した犯人なのだろうか。唯一の手がかりは、エヴェレットが殺された日の正午前後に、彼が収監されている独房棟の近くで知らない人物を見かけたという軍人ふたりの報告書だけだ。その男が中尉の軍服を着ていたため、ふたりともてっきり別の部隊から来ているのだろうと思いこみ、なにも訊かなかったという。男は名前を告げておらず、それ以来目撃されていない。

エドワードは手紙や報告書のはいったフォルダーを取りだし、なにか見落としている点はないかと、ふたりの報告書をもう一度読みはじめた。丹念に目を通していると、玄関のほうから騒々しい音が聞こえてきた。どうやら大勢の人間が屋敷にはいってきたようだ。廊下や階段を行ったり来たりする無数の足音がする。エドワードは不審に思い、報告書を革のフォルダーに戻すと、机の引き出しに入れて鍵をかけた。

椅子から立ちあがり、書斎を出て廊下を進んだ。玄関ホールの手前で立ち止まり、数えきれないほどの配達人が階段をのぼり下りしている光景にあ然とした。エドワードの従僕までもが、荷物を運ぶのを手伝っている。

「クロフト」エドワードは執事に声をかけた。「いったいなんの騒ぎだ?」

いつもは冷静な執事が、かすかに困惑した表情を浮かべてエドワードを見た。「荷物の配達です、閣下。送り主は仕立屋だと聞いておりますが」

エドワードが見ていると、新たに三人の従僕が腕いっぱいに箱を抱え、開けっぱなしの玄関ドアからはいってきた。箱の横から顔をのぞかせて足もとを見ながら、慎重だがしっかりとした足取りで階段を上がっていく。そのかたわらを別の従僕が下りてきて、玄関を出ていった。外に停《と》まった荷馬車に、まだ荷物が残っているのだろう。

エドワードは一方の眉を上げた。そのとき上階から甲高い女性の歓声が聞こえてきて、もう片方の眉も上げた。女性陣が箱を開けてドレスを取りだし、はしゃいでいるらしい。

エドワードが絶句していると、クロフトが手紙の載った銀の盆を持って近づいてきた。

「こちらが荷物と一緒に届いております、閣下。ミスター・ヒューズにお渡ししておきましょうか」

エドワードは手紙に目をやった。マダム・モレルからの請求書だ。マダムの店で使われている用箋《ようせん》は、もうすっかり見慣れている。「いや、わたしがもらっておく」いったい何枚のドレスが運びこまれ、請求額はいくらなのだろうか。

請求書を手に取って封蠟をはずすと、紙はゆうに十枚以上あった。それぞれの用箋に、仕立てたドレスの明細と代金が、上質な黒いインクでぎっしり記されている。用箋をめくるにつれ、エドワードの眉が高く上がった。そして請求書の最後に載っていた総額に、目を大きく見開いて口をあんぐりさせた。

ありえない！　一国の王女でさえ、ドレスにこれほどの金額は使わないだろう。エドワードはもう一度最初から用箋をめくり、ドレスの枚数を数えた。ドレークがいたら、計算が合っているかどうかをすぐに確かめてもらえたのに。自分の計算が正しければ——残念ながら正しそうだ——請求書に記されたドレスの数は百五十枚を超えている。

百五十枚！

これはなにかの間違いに決まっている。クレアひとりで、これだけのドレスを注文するわけがない。

マロリーのしわざだ！　エドワードは顔を上げた。マロリーは兄である自分を裏切り、また買い物をしたのだ。

いますぐ本人と話をしなければ。

仕事を終えた配達人が出ていくのに目もくれず、エドワードは階段を一度に二段ずつ駆けあがった。分厚い請求書が手の中でつぶれて音をたて、エメラルドの印章指輪が一歩ごとに階段の磨きこまれた手すりに当たっている。階段をのぼりきり、長い廊下を歩きだした。

来客用の寝室のひとつに近づくにつれ、うっとりしたようなため息混じりの話し声が大きくなってきた。クレアが寝泊まりするようになってから、エドワード自身がこの部屋を訪ねたことはない。クレアの明るくはずんだ声が聞こえる。エドワードは部屋の前で立ち止まり、半分開いたドアをノックした。

すぐにメイドがドアのところにやってきたが、エドワードが立っているのを見て目を丸くした。

「妹はいるだろうか」

「はい、閣下」メイドはひざを曲げてお辞儀をした。

「誰なの、ペニー?」マロリーの声がした。メイドが部屋の奥に下がると、押し殺した話し声が聞こえてきた。「エドワードがいるの? ドアの外に?」マロリーが言った。

「そうだ」エドワードは部屋の奥まで聞こえるよう、大きな声で言った。「お前に話がある。ちょっと来てくれ」

まもなくマロリーが現われた。「あら、ネッド。なんの用かしら? クレアが新しいドレスを試着するのを手伝っているところなの。ちょっとした展示会みたいよ」

「ああ、そうらしいな」エドワードは皮肉を込めた口調で言った。「そのことで話がしたい」

マロリーはぎょっとした顔でエドワードを見た。それはかつて、してはいけないことをしているところを見つかったとき、マロリーがよく浮かべていた表情だった。

エドワードは顔をしかめた。「お前自身は何枚のドレスを試着したんだ?」

マロリーも顔をしかめた。「してないわ。いいえ、一枚だけ着たかしら。そうそう、二枚だったわ。でも、わたしは約束を破ったわけじゃないわよ。ちょうど次のお小遣いが使えるようになったばかりだもの」

「さあ、正直に言ってくれ。本当は何枚のドレスを買ったんだ? 嘘をつくんじゃないぞ。このことについてはもう何度も話しあったはずだろう。お前はぼくに約束してくれたんじゃなかったのか」

マロリーは腕を組んで唇を結んだ。「わたしは約束を破ってなんかいないわ」

「つまり、このドレスは——」エドワードは請求書を掲げた。「——すべてレディ・クレアが注文したものだとでも?」

マロリーが返事をしようとしたとき、ドアが大きく開いた。そこにはクレアが立っていた。バラ色に紅潮した頬は愛らしく、金色の髪が幾筋かこめかみで揺れているさまが、なんとも魅力的だ。真っ青な夏の空のような瞳がクリーム色の肌に映えている。唇も頬と同じピンクに染まっていた。

クレアはエドワードの目をまっすぐ見た。「そのとおりよ、閣下。ドレスはすべてわたしが注文したの。マロリーはお買い物のとき、ちゃんと自制していたわ。マロリーに責任はないんだから、どうか怒らないでちょうだい」

「いいえ、わたしにも責任はあるわ」マロリーは言った。「買い物に付き合ったのも、ドレスを選ぶのを手伝ったのもわたしよ」

「どちらにしても、あなたのお兄様は怒る相手を間違えているわ」

「どうして怒らなくちゃならないの？」マロリーはエドワードを見た。「たしかにクレアはたくさんドレスを注文したかもしれない。でも社交界に出入りするのに必要じゃないものは、一枚も買ってないわ。クレアに美しく装ってほしいとは思わないの？」

エドワードはあごをこわばらせた。「それはそう思うさ。でも――」

「へたなお針子が縫った二流のドレスじゃだめなのよ。そのほうが値段は安いかもしれないけれど、仕立てもそれなりでしかないんだから」

「ぼくはマダム・モレルの店で買うのが悪いと言っているんじゃない」

「だとしたら、なぜ苦虫を噛みつぶしたみたいな顔をしているの？」

「苦虫を噛みつぶしただと！　そんな顔をしているつもりはない」

マロリーは小さく鼻を鳴らした。「鏡を見てみなさいよ」

エドワードは一瞬黙り、大きく息をついた。「マロリー、お前にはときどき、ひどくいらいらさせられる。もし妹じゃなかったら――」

「なに？」マロリーはひるんだ様子もなく言いかえした。「妹じゃなかったら、どうするというの？」

エドワードは目を閉じて平静を取り戻そうとした。やがてまぶたを開けたとき、その表情は穏やかになっていたが、目はまだかすかに怒りで光っていた。

クレアは自分のせいで兄妹が険悪な雰囲気になっていることに胸を痛め、仲裁にはいることにした。「お願い、わたしのせいでけんかなんかしないで。マロリー、わたしをかばってくれるのはありがたいけれど、これは閣下とわたしで解決するべき問題だわ。そうでしょう、閣下？」

エドワードは長いあいだ、じっとクレアの目を見ていた。「きみがそう言うなら」

「新しく作った二枚のドレスを、早く着てみたいと言ってたでしょう」クレアはマロリーに向かって言った。「それを持って部屋に戻ったら？　ペニーに手伝ってもらって試着するといいわ。もしお昼寝中でなければ、ヴィルヘルミナに見てもらって感想を聞いたらどうかしら」

マロリーはためらった。「いいの？　わたしならちっともかまわないのよ」

「ええ、だいじょうぶよ」

マロリーはクレアとエドワードを交互に見た。「わかったわ。でもなにかあったら、すぐに呼んでちょうだいね」

「ぼくはなにも、レディ・クレアをどうこうしようというわけじゃない」エドワードはなかば怒った口調で言った。「もしそうであれば、お前はとっくにこの世からいなくなっていただろう。さあ、自分のドレス——言っておくが、その二枚の代金はかならず小遣いから払うんだぞ——を持って、自室に戻るんだ。夕食のときに会おう」

マロリーはもう一度、心配そうな顔でエドワードとクレアを交互に見てから、部屋を出ていった。メイドが大きな箱を手に、そのあとを追っている。

上流階級の作法に反していることはわかっていたが、クレアは黙って一歩後ろに下がり、エドワードを部屋に招きいれた。「どうせもう使用人には、話の一部始終を聞かれてしまったわ」

「ここの使用人はみな口が堅い」エドワードはそう言いながら、部屋の中にはいってきた。

クレアはひとつ息を吸ってドアを内側に引いたものの、完全には閉めずに少しだけ開けておいた。誰にも話を聞かれたくはないが、ドアを開けておくぐらいの分別はわきまえている。全身で脈が速く打ちはじめ、クレアは落ち着くよう自分に言い聞かせてから、後ろをふりむいた。

エドワードは片方の手をこぶしに握って腰に当て、部屋を埋めつくしているドレスと、まだ開けていない箱の山をながめていた。

「なんてことだ。きみはロンドンじゅうの生地を買い占めたのかい？」

クレアはエドワードの嫌みを聞き流した。自分が常軌を逸した買い物をしてしまったことはよくわかっている。なにしろ、それが狙《ねら》いだったのだから。今回の計画を成功させるため、デザイン画集を見て心惹かれたドレスをかたっぱしから注文した。そればかりか、ファッション雑誌『ラ・ベル・アサンブレ』に載っていたドレスと、人形に着せてあったドレスもそれぞれ何枚か頼んだ。マダム・モレルの言葉を借りれば、クレアとマロリーは店にあるものをほぼすべて買いつくした。マダム本人でさえ、あまりの枚数に翡翠《ひすい》色の瞳を丸くしたほどだ。

そしていま、わたしはこうして審判のときを迎えている。

エドワードはどれくらい怒っているだろう？　父にも負けないぐらいの小言を、長々と浴びせてくるだろうか。怒りのあまり、わたしを屋敷から追いだして、婚約を破棄すると言いだすかもしれない。クレアはそわそわしながらエドワードの反応をうかがった。

だがエドワードは父とはちがい、怒りを爆発させることもなく、落ち着きはらった顔をしていた。さっきの激しい言葉がまるで嘘だったかのようだ。黙ったままドレスの山を見ながら、ときおり請求書に視線を走らせている。

「なにか探しているの？」

「いや、ちょっと興味をそそられただけだ。たとえば、ここに記されたドレスの何枚かには……なんだったかな……」親指で用箋をめくる。「そう、手編みのレースが使われている。

一ヤード四十ポンドのレースが」

ほら、やっぱりね。クレアは心の中でつぶやいた。男というものは、女性の装飾品などくだらないと思っている。特に値の張るものについては、エドワードも激怒するにちがいない。請求書に書かれたドレスの明細をじっくり見れば、露骨に嫌悪するような顔をする。

「そのレースはベルギーの修道女がものすごい時間をかけて、ひと針ひと針、手で編んだものなの」クレアは熱を帯びた口調で言った。「マダム・モレルが言うには、世界でも最高級のレースで、高い追加料金を払ってでも外国から輸入する価値があるそうよ。いまは戦時中で関税が高いから、どうしてもその値段になってしまうの」

〝外国製品だと！〟父ならきっとそう言うだろう。〝イングランド国内にもレースを編める人間ぐらいいるはずだ。しかも、そのばかげた金額の何十分の一かで！〟

だがエドワードは冷静な態度を崩さなかった。「ああ、このところ、ほとんどの輸入品にかかる関税が急激に高くなっている。レースもそうだ」

「だから密輸入が盛んなのね。でもマダム・モレルは、密輸品のレースは取りあつかわないんですって。もちろんあなたも、密輸が横行していることにはうんざりしてるでしょう。あなたが収税吏《しゅうぜいり》の目をかすめるようなことをするわけがないもの」クレアはエドワードが先日の夕食のとき、フランス産のワインを飲んでいたことを当てこすった。

エドワードはクレアの皮肉に気づいたらしく、渋面《じゅうめん》を作った。「ああ、そのとおりだ」

クレアはドレスの山をながめ、シルクでできた淡いピンクのイブニングドレスに近づいた。

「ベルギーの手編みレースが使われているのはこれよ。素敵だと思わない？」ドレスを手に取って広げてみせた。

エドワードはレースに目を留めた。「そうだな。それを編んだ修道女は素晴らしい腕をしている」

エドワードの口調はまじめだったが、その顔をよく見ると、目の奥がかすかに光っているような気がした。

この人はわたしをからかっているのだろうか？

クレアは急に今回の計画がうまくいっていないような気がし、眉をひそめた。自分の計画では、エドワードはいまごろ愉快がるのではなく、怒っているはずだった。

「ほかになにかあるかしら、閣下？　請求書の中で、ほかに興味をそそられるものは？」

エドワードはふたたび請求書に目を落とした。「そうだな、まずは枚数かな。さっき数えてみたら、きみが買ったドレスは百五十枚を超えていた。きみは自分が何枚のドレスを注文しているのか、ちゃんとわかっていたのかい？」

クレアは愕然《がくぜん》とした。実際に買い物をしているときは、たくさんのドレスを注文しているという自覚はあったものの、まさかそれほどの枚数になっているとは思ってもみなかった。

もし請求書を受け取ったのが父なら、きっと卒中を起こして倒れていただろう。それなのに、どうしてエドワードは涼しい顔をしているのだろうか。

「いいえ、わかっていなかったわ」クレアは正直に打ち明けた。「でもマロリーが言ったとおり、必要なものしか買っていないつもりよ」

エドワードは片方の眉を上げた。

「あなたはこの前、必要なものは遠慮せずに買っていいとわたしに言ってくれたわよね」クレアはいったん言葉を切り、無邪気な表情をしてみせた。「社交界にデビューするには、たくさんのドレスが必要だと思ったから」

ところがクレアの予想に反し、エドワードは吹きだした。「やれやれ、世紀の名言だな。それから、ここに記されている五百ポンドのドレスというのはどれだい？　明細にダイヤモンドがどうとか書いてあるが」

エドワードがあのドレスのことに気づいた！

あの桁外《けたはず》れに高く、とてつもなく豪華なドレス。あんな買い物は、人生で最初で最後だ。いや、たとえ生まれ変わったとしても、二度とあれほど贅沢なものを買うことはないだろう。あのマロリーでさえ、爪を嚙みながら躊躇《ちゅうちょ》していたのだ。でもクレアはそれを無視して買うことに決め、さっさと注文した。

「ああ、それは特別な日に着るドレスよ。といっても、実際にいつなにを着るかはまだ決めてないけれど。クリーム色をした最上級のサーセネット（薄いシルクの平織り生地）でできているの。小さなダイヤモンドがボディスにちりばめられ、スカートには本物の金糸で花と葉の模様の刺繡が施されているのよ。目のくらむようなドレスなんだから。そうそう、ドレスに合わせて靴も頼んだんだったわ。でも残念ながら、まだ届いてないの。靴屋がいま作っているはずよ。それから帽子屋三軒と、手袋屋二軒からも、もうすぐ注文したものが届くことになってるわ」

クレアは心臓が激しく打つのを感じながら、エドワードが怒りを爆発させるのを待った。だがエドワードは怒るどころか、口もとに笑みすら浮かべている。「それだけ立派な嫁入り支度を整えれば、公爵夫人としてどこに出ても恥ずかしくないだろう。でもこの代金を支払うためには、小作人の地代を上げなければならないかもしれないな」腕をさっとふるように動かした。

クレアは絶句した。「そんな！」ああ、どうしよう！　そんなことは考えてもみなかった。なんということだろう！　買ったものをすぐに返品しなければ。

エドワードは首を後ろに倒して笑った。「心配しなくていい。きみのドレス代を支払うくらいの金は持っている。でも結婚したあともこの調子で買い物をされたら、どうなるかはわからない」

結婚したあとも。

クレアはがっくり肩を落とした。つまりエドワードには、婚約を解消する気がないということだ。顔を真っ赤にし、わたしを怒鳴りつけるそぶりも見られない。

「怒ってないの?」

エドワードは考えこむような顔をしてクレアを見ると、落ち着いた手つきで請求書を三つに折りたたみ、上着のポケットに入れた。「ぼくが怒ると思っていたのかい?」

「その……わたし……ええ、そう思っていたわ」

「ぼくが費用のことで文句を言うと? なるほど、そうか」エドワードはクレアの目をのぞきこんだ。「たしかに最初に請求書を見たときは驚いた。でもきみの嫁入り支度なんだから、少しぐらい金額がかさんでもしかたがないさ」

クレアはエドワードをじっと見た。どうしてこの人はこんなにものわかりがいいのだろう。本当なら激怒してもおかしくないところなのに。

エドワードはクレアを安心させるように微笑んだ。「父上のことを思いだしているんだね。でもぼくはお金の使い方について、きみの父上とはちがう考えを持っている。もちろん、これから先も湯水のようにお金を使っていいと言っているわけじゃないが、一度買い物をしすぎたぐらいで、ぼくは怒ったりはしない」

クレアは深いため息をついた。わたしはエドワードのことを完全に見誤っていた。そしてその結果、またしても計画が失敗してしまった。ああ、もう! ひそかに悪態をつき、こぶしを腰に打ちつけたい衝動を抑えた。エドワードじゃなくて、わたしがいらいらするはめになるなんて！

「あまり嬉しそうじゃないな」エドワードは言った。「ほっとしているようには見えないが」

「いいえ、そ――そんなことはないわ。ただ、ちょっと驚いたの。マロリーにはあんなに怒っていたから」

「マロリーのことはまた別だ。妹は買い物に行くたびに浪費する癖がある。ハーグリーブスが裕福でよかったよ。もしそうでなかったら、ふたりが結婚しても、家計のことで夫婦げんかが絶えなくなっていただろう。さあ、マロリーの話はこのへんにしておこう。いま着ているドレスも、今回作ったものかい？」

　クレアはライラック色のモスリンのデイドレスを、のろのろとした手つきでなでつけた。

「ええ、そうよ」

　エドワードはクレアの全身にさっと視線を走らせた。「よく似合っている」

「褒めてくださって光栄だわ、閣下」

「きれいだ」エドワードはまじめな口調で言った。クレアはいぶかった。この人はわたしの皮肉めいた声音に気づかなかったのだろうか、それとも気づかないふりをしているだけだろうか。

「でもまた閣下と言ったね。少なくともふたりきりのときは、堅苦しい呼び方をやめるはずじゃなかったかな。きみの嫁入り支度にこれだけの大金を使ったんだから、そろそろエドワードと呼んでくれてもいいんじゃないか」

「そうだったわね。褒めてくださって光栄だわ——エドワード」

エドワードは声をあげて笑い、濃紺の瞳をきらきらと輝かせた。クレアはそれを見てどきりとしてしまう自分がいまいましかった。瞳だけでなく、なにもかもが輝いている。婚約解消のための計画が失敗したばかりなのに、そんなことを思ってはいけないとわかっている。でもがっかりしていようと腹が立っていようと、エドワード・バイロンが信じられないほど魅力的な男性であることは認めざるをえない。特に笑顔が素敵だ。目尻にかすかにしわが寄り、頬に魅惑的なえくぼが浮かぶ。あのえくぼに触れてみたい。できることなら、くちづけたい。

クレアはスカートの生地をぎゅっと握りしめた。

エドワードは笑みを浮かべたまま、片手を上げて二本の指をぐるりとまわす仕草をした。

「もっとよく見せてくれないか」

「なにを?」

「ドレスを。そこでまわって、全体をちゃんと見せてほしい」

「閣下!」

エドワードは片方の眉を上げた。

「エドワード」クレアは言いなおした。「そんなはしたないことはできないわ」

「こうしてきみの寝室にふたりきりでいるのも、充分はしたないことだろう。さあ、マダム・モレルがどんなドレスを作ったのか、ちゃんと見せてくれ」

クレアはエドワードをにらんだが、彼は眉ひとつ動かさなかった。エドワードの視線を全身に浴びることを思うと、クレアの肌がぞくりとした。やがてごくりとつばを飲み、できるだけすばやくまわってみせた。

「それでは速すぎる」エドワードは腕を組んだ。「もう一回」

「もう一回ですって！」

「今度はゆっくりまわって、ちゃんと細かいところまで見えるようにしてくれ。もちろんぼくが言っているのはドレスのことだ」

「わかったわ」

クレアはそのとき、エドワードがささやかな仕返しをしていることに気づいた。たしかにエドワードは実家の父のように、怒鳴ったり脅したりはしていない。でもそれよりずっと巧妙なやり方で、わたしに罰を与えようとしている。バイロン家のきょうだいが、エドワードをなぜもっと怖がらないのか不思議でならない。それどころか、みんな彼のことを心から慕っているように見える。

悔しいけれど、わたしもみんなと同じだ。

クレアは観念してため息をつき、両手を広げてゆっくりとまわった。一周したところで足を止め、エドワードを見た。「これで満足かしら？」

エドワードの瞳の奥がきらりと光ったが、それがなにを意味するのか、クレアにはわからなかった。「素晴らしいドレスだ」エドワードは低い声で言った。「持ち主と同じくらい美しい。きみを誇りに思うよ、クレア。社交シーズンが始まったら、ロンドンじゅうの男がきみの足もとにひざまずくだろう」

〝ロンドンじゅうの男性がひざまずいても、あなただけはちがうのね〟

クレアは目をそらし、腕を体の脇に下ろした。「あの、閣――エドワード、そろそろメイドを呼んで、部屋を片づけてもらってもいいかしら。見てのとおり、まだ箱から出してないドレスもたくさんあるから、早く衣装だんすにしまわなくちゃ」

「そうだな。でもその前に、ひとつ忘れていることがあるんじゃないか」

クレアは眉根を寄せた。「なにかしら？」

「まだお礼を言ってもらっていない。百五十枚以上のドレスを買ってあげたんだから、少しぐらい感謝してもらいたいな」

クレアは胸に手を当てた。「ああ、そうだったわ！　わたしったら、なんて失礼なことを。あなたといろいろ話しているうちに、お礼を言うことが頭からすっかり抜け落ちてしまったみたい。最初にきちんと伝えるべきだったのに、本当にごめんなさい」

「気にしなくていい」エドワードは無造作に肩をすくめた。「でもきみがどうしてもと言う

うか」

「いいのかい？」エドワードはクレアに近づいた。「よかった。じゃあ、キスをしてもらおうか」

「ええ、もちろんよ。なんでも言ってちょうだい」

なら、ひとつだけお礼にしてほしいことがある」

クレアの心臓がひとつ大きく打った。胸に当てた手に、その鼓動がはっきりと感じられるほどだった。そのときクレアはようやく、自分がまんまとエドワードの罠《わな》にかかってしまったことに気づいた。

なんて知恵の働く人なのだろうか。それに、とても危険でもある。

エドワードに出ていってくれと言う以外、この窮地から逃れるすべはない。でもそんなことを言ったところで、彼が黙ってしたがうとは思えない。なにしろエドワードは公爵だ。命令をすることはあっても、命令を受けることはない。力ずくで追いだせるものなら、すぐにでもそうしているが、エドワードはわたしよりずっと体が大きい。両手で精いっぱい胸を押しても、大地に根を生やした木のようにびくともしないだろう。本人もそのことがよくわかっているらしい。顔にはっきりそう書いてある。

クレアは深呼吸をし、両手を握りあわせた。「わかったわ。じゃあキスしてちょうだい」

エドワードはにやりとした。「いや、ぼくはキスをさせてくれと言った覚えはない。きみからぼくにキスしてほしい。お礼を言うのはきみのほうなんだから」

クレアはあんぐりと口を開け、胃がぎゅっと縮むのを感じた。

この人はただ危険なだけじゃない。とてもいけない男性だ。

「さあ、早く」エドワードはクレアの身長に合わせるように、頭を少しかがめた。

クレアは覚悟を決めてつま先立ちすると、エドワードの頰にさっとくちづけた。「はい、これでいいでしょう」

エドワードはやれやれというようにクレアを見た。「いまのはとてもキスとは言えないな。ただの挨拶と同じじゃないか。クリスマスに集まったとき、親戚の女性からされるのと同じだ。もっとちゃんとしたキスをしてくれ」エドワードはさらにクレアに近づき、その手を取って自分の胸に当てた。「さあ、クレア」かすれた声でささやく。「もう一回頼む。たかがキスだろう」

たかが、キス。

エドワードにとってはそうかもしれないが、わたしにとってはそうではない。それでも、もう一度くちづけを交わしてみたいという気持ちが湧きあがってくる。あのときと同じように素敵なキスだろうか。でもだめだ。そんなことを考えるだけでもいけないのに。いますぐ断わって、エドワードから離れなければ。

わかっているのに、彼はまるで禁断の果実のようだ。熟れたおいしそうな果実が、すぐ手の届くところにある。リンゴを前にしたイヴも、こんな気持ちだったにちがいない。ヘビの誘惑に負けてしまったのも無理はない。

クレアは背伸びをすると、しばらくエドワードの目を見つめていた。そしてゆっくりと唇を重ねた。

8

エドワードはなぜクレアとキスをめぐるゲームを始めてしまったのか、自分でもよくわからなかった。だがクレアがとんでもない金額をドレスに使ったことを考えると、少しばかりこらしめてやりたくなった。そしてお礼にキスをしてほしいと言ったとき、彼女があ然として言葉を失った姿に、思わず頬がゆるみそうになった。

ラベンダー色のドレスをまとったクレアは、とても愛らしい。暖かな春の日のようにさわやかで、ほれぼれする美しさだ。すぐに書斎に戻ったほうがいいことはわかっていたものの、エドワードはなかなかその場を立ち去ることができず、ちょっとだけクレアを困らせたくなった。

ドレスに大金を使ったこと自体は、別にどういうことはない。エドワードは富に恵まれており、請求書に記された金額を支払うのはわけのないことだった。それにクレアに言ったとおり、エドワードはお金を使うことに関し、エッジウォーター伯爵よりずっと自由な考え方をしている。それでもクレアがあれだけの枚数のドレスを買ったことには、なにか隠れた理由があるような気がしてならなかった。なにしろ、あれほどの吝嗇家の父親のもとで育ったのだ。しかも彼女はあきらかに、請求書を見たエドワードが怒りを爆発させることを予想していた。

だがエドワードには、その理由がわからなかった。クレアが自分を怒らせるため、わざと信じられない枚数のドレスを買ったようにすら思えた。

そのことを本人に問いただそうかとも思ったが、とりあえず黙っていることにした。クレアはまだロンドンにやってきたばかりで、公爵の婚約者という立場になんとか慣れようとしているところだ。おそらく都会に来て羽を伸ばし、未来の公爵夫人として、なにをどこまでしても許されるのか、思いきって試しているのだろう。

あるいはもしかするとクレアは、こちらの気を引きたかっただけなのかもしれない。エドワードがエヴェレットの件で時間を取られ、約束していたほどクレアの相手ができていないことは事実だった。

もしそうだとしたら、彼女はその目的を果たしたことになる。エドワードはクレアの小さな手のひらを、自分の胸に当てながら思った。いまの自分は、クレアのことで頭がいっぱいなのだから！

クレアはキスをするだろうか、それとも拒むだろうか？　頰に軽く触れるのでなく、ちゃんとした本物のキスを。自分がまだけがれを知らない女性に、大胆すぎることを求めているのはわかっている。でも頼むぐらいのことはいいだろう。エドワードは息を呑んでクレアの反応を待った。

そのときなんの前触れもなく、クレアがつま先立ちをして唇を重ねてきた。意を決したように、バラのつぼみを思わせるすべすべした柔らかな唇を、こちらの唇に押し当てている。エドワードは笑みがこぼれそうになったが、じっとして動かず、クレアのおずおずとしたキスを受けていた。クレアが震えながら、閉じた唇をエドワードの唇の上でそっと動かした。素晴らしい感触ではあったが、初々しくぎこちないキスだった。

やがてクレアが小さく息をついて顔を離した。その甘く温かな吐息に、エドワードはクレアの体を引き戻したい衝動に駆られた。だがそれを我慢し、そのまま動かなかった。

「これでどう?」クレアがささやいた。

エドワードは微笑んだ。「さっきよりずっといい。でももう少し練習したほうがいいな。もう一度やってみてくれないか」

クレアはまつ毛をしばたたき、目をかすかに輝かせた。「もう一度?」

「そうだ」エドワードはクレアの手を握ったまま言った。「緊張しなくていい。唇とあごの力をもう少し抜くんだ。これは戦いではなくて、キスなんだから」

クレアがエドワードの目をじっと見た。自分の中の悪魔と闘っているような表情だ。やはり無理だったかとエドワードが思いはじめたとき、クレアがため息をついてふたたび体を寄せてきた。「わかったわ」そうささやいた。「でもあと一度だけよ」

「ああ、あと一度だけだ。きみがそう望むなら」

その言葉に安心したように、クレアが背伸びをして唇を重ねてきた。まぶたを閉じ、懸命にキスに集中しようとしている。

エドワードは自分が主導権を握りたい気持ちをこらえ、黙ってクレアのするままにまかせた。もう少し様子を見てみよう。彼女はどこまで大胆になり、どんなことをするだろうか。

クレアはエドワードに言われたとおり、力を抜いて唇を開き、彼の唇をなぞるようにそっと動かした。エドワードはその感触にぞくりとした。だんだんキスが激しさを増してくる。クレアが顔を左右に傾け、一番いい角度を探している。

まもなくその角度を探し当て、極上のキスをした。エドワードの全身が快感に包まれ、脈が速く打ちはじめた。クレアのキスの魔法にかかったように、頭がぼうっとしている。

エドワードはわれを忘れ、クレアの手を取って自分の肩にかけた。そしてクレアの背中に腕をまわして抱きしめた。

クレアは体を震わせ、濃厚なキスをした。エドワードの口からうめき声がもれる。クレアも小さな声をあげ、唇をさっきよりも少し大きく開いた。

そしてためらう様子もなく、温かく湿った舌の先をエドワードの下唇にはわせた。エドワードは身震いして体を離すと、クレアのうるんだ瞳をのぞきこんだ。

「いまのはどこで覚えたんだい？」かすれた声で訊いた。

クレアはむずかしい謎かけでもされたように目をしばたたき、眉根を寄せた。「あ――あなたから教わったのよ。この前のとき」いったん口をつぐみ、エドワードの目を見た。「き――気に入らなかった？」

エドワードはクレアの背中にまわした手にぐっと力を入れた。「気に入らないわけがないだろう。もう一度やってくれないか。恥ずかしがらなくていいから」

クレアはうなずき、エドワードの髪に手を差しこむと、ゆっくりと甘いキスをした。それから温かなベルベットのような舌で、ふたたび彼の下唇を愛撫《あいぶ》した。

エドワードは快感で全身をぞくぞくさせながら、息の止まるような濃密なキスでそれに応《こた》えた。クレアが快楽のため息をもらし、唇をさらに開く。エドワードは我慢できず、クレアの口に舌を差しこんで蜜を吸うように動かし、新しいキスのしかたを教えた。

クレアはすぐにそれを覚え、エドワードのすることをまねた。ふたりは情熱の炎に包まれ、激しさを増すキスに夢中になった。

エドワードはベッドがすぐそこにあることを思いだした。ほんの数歩進めば、クレアをあの上に横たえることができる。ベッドに散らばっているシルクやサテンのドレスの上で、彼女がいま着ている新しいドレスを脱がせようか。

いや、そんなことをするわけにはいかない。エドワードはもう少しでうめき声を出しそうになった。クレアの経験のなさにつけこみ、純潔を奪うようなまねをしてはいけない。彼女はまだヴァージンで、しかも自分の花嫁となる女性なのだ。こんなふうに来客用の寝室であわただしく体を重ねるのではなく、ちゃんとした初夜を迎えさせてやらなければ。

　それに自分は、クレアに時間を与えると約束したではないか。彼女が新しい生活になじみ、自分との結婚を受けいれられるようになる時間を。それまでにお互いのことをもっとよく知り、共通点を見つけ、親愛の情を抱けるようになればなにも言うことはないと思っていた。

　それなのに、こうして情婦でも抱くようにクレアを押し倒そうとしている。

　エドワードはドアが完全に閉まっていないことを思いだし、顔からさっと血の気が引くのを感じた。つまりこの部屋には、いつ誰がはいってきてもおかしくないということだ。メイド、いや、もしかするとマロリーがはいってくるかもしれない。エドワードは頭から冷水を浴びせられたような気分になった。欲望が急速に消えていった。

　キスをやめて顔を離し、首にまわされたクレアの腕をほどいた。クレアはふらつき、困惑した様子で目を開けた。エドワードはクレアが倒れないようにその体を支えたが、抱きしめることはしなかった。

「エドワード？」クレアはささやいた。「ど――どうしたの？　なにかあったの？」

「なんでもない」エドワードは努めて冷静な口調で言った。「そろそろやめたほうがいいと思っただけだ」

「ええ、そうね」だがクレアはまだキスの余韻から醒《さ》めておらず、なにが起きたのかよくわかっていない顔をしていた。

エドワードはクレアが純潔であることにあらためて思いをいたし、キスをやめたのは正解だったと自分に言い聞かせたが、体はまだ欲望でうずいていた。

「そろそろ戻らなければ。ヒューズがいまごろ、ぼくがいったいどこにいるのかとやきもきし、じゅうたんに穴が空くほど書斎の中を歩きまわっているだろう」

「そ——そうね」クレアはいったんエドワードの腕をつかんでバランスを取ると、背筋を伸ばして一歩後ろに下がった。「お仕事の邪魔をしては申し訳ないわ。もともとあなたは、こんなに長い時間ここにいるつもりじゃなかったでしょう」

「そんなことはない。とても楽しい時間だった。ありがとう、その……」エドワードは適切な言葉を探したが、なかなか浮かんでこなかった。「とにかく、お礼をしてくれてありがとう。嬉しかったよ」

クレアの顔が真っ赤になった。「ドレスをありがとう、閣——エドワード。ご親切に感謝するわ」

その言葉にエドワードはなぜか心が乱れた。花婿から花嫁への贈り物のことではなく、まるで仕事の話をしているようだ。これではクレアのキスも、ドレスを買ってやったことに対する見返りのようではないか。でもよく考えてみると、そのとおりなのかもしれない。自分たちが婚約したのは、打算と義務からにほかならない。さっきクレアが見せた情熱も、本物ではなく見せかけだったのだろうか。

エドワードは急に不機嫌になり、顔をしかめた。「ぼくはこれで失礼するから、呼び鈴を鳴らしてメイドを呼んだらいい」

クレアはなにか言いたそうな顔をしたが、黙ってうなずいた。

エドワードは優雅なお辞儀をすると、くるりと後ろを向いて部屋を出ていった。

クレアはエドワードの足音が聞こえなくなるまで待ち、出口に近づいてドアを閉めた。まぶたを閉じて磨きこまれた分厚い木のドアにもたれかかり、どうしてこんなことになったのだろうと考えた。計画が失敗したばかりか、またしてもエドワードの魅力に負けてしまった。

さっき交わした熱いキスを思いだし、クレアは身震いした。唇がまだ悦びでうずいている。エドワードからキスでお礼をしてほしいと言われたときは愕然としたが、それと同時に興味をそそられ、結局は誘惑に打ち勝つことができなかった。最初はどうすればいいのかわからずに戸惑った。でもエドワードからうながされてもう一度くちづけてみると、夢のように甘美な世界が待っていた。

クレアはみぞおちに手を当て、ドアを離れてベッドに向かった。ドレスで埋もれていない場所を見つけ、ため息をつきながら横たわった。

どんなにエドワードの抱擁が素晴らしくても、キスをしたいという衝動に屈したのは、とんでもない間違いだった。エドワードがちょっと合図をしただけで、わたしは砂糖菓子のようにとろけ、その腕に飛びこんでしまう。つくづく自分のことがいやになる。どうしてわたしは簡単に自分の意思を捨て、あの人の言いなりになってしまうのだろう。

ほんの一度か二度のくちづけのために、心に決めたことも忘れてしまうほど、エドワードにふりむいてもらいたいのだろうか。わたしはかつて愚かにも、エドワードのひと言ひと言に一喜一憂し、彼が歩いた道さえいとおしく思っていた。このままでは、あの人の気を引くためならどんなことでもしていた、五年前の滑稽な自分に戻ってしまう。

もちろんさっきのキスが愛情から出たものだと思うほど、わたしも愚かではない。エドワードはわたしをからかい、ドレスを買いすぎたお仕置きをするために、キスをしてほしいと言いだしたにすぎないのだ。でもあの人がなぜ二度もキスをしたがったのか、その理由はわからない。

好奇心?

ただの気まぐれ?

それとも欲望?

エドワードがわたしに欲望を感じたのかもしれないと思うと、正直悪い気はしない。だがそれなりにきれいで魅力的な女性を前にすれば、エドワードは同じように欲望を覚えていたにちがいない。ちょっと火遊びをしたい気分だったとき、わたしがたまたま目の前にいたというだけのことだ。

でもわたしはもう二度とあの人のおもちゃになるつもりはない。エドワードの腕の中にいると、知らない世界をもっとのぞいてみたくなる。そんな危険を冒すわけにはいかない。

結婚から逃れることについては、また一から作戦を練りなおすしかないだろう。滑稽な自分に戻りたくないなら、それ以外に選択肢はない。

クレアは横向きになって体を伸ばすと、サテンの上掛けに頰をうずめ、すぐそばに置かれたドレスを飾るリボンやレース、シルクの生地をぼんやりとながめた。

そろそろ起きてメイドを呼んだほうがいい。そう思ったものの、ベッドに横たわったまま、長いあいだ物思いにふけっていた。

9

翌朝、クレアは家族用のダイニングルームにやってきた。今日着ているのは、昨日届いた新しいドレスの中の一枚だ。シルクでできた淡い桃色の半袖のドレスで、縁に光沢のあるブロンズ色のサテンの飾りがついている。

先客がひとりだけ目にはいり、思わず足が止まりそうになった。いつもならこの時間であれば、マロリーと双子の兄弟がいるはずだ。でも今朝はエドワードしかいない。テーブルの上座に着き、新聞を広げて、卵料理にトースト、ソーセージや燻製ニシンを食べている。

クレアは一瞬、引き返そうかと思ったが、もう手遅れだろうと観念した。エドワードにまだ姿を見られていなかったとしても、あわてて出ていったりすれば、どのみち気づかれてしまうだろう。クレアはひとつ静かに息を吸って背筋を伸ばし、そのまま部屋の奥に進んだ。マロリーたちは寝坊でもしたにちがいない。もう少ししたら、きっと下りてくるはずだ。でもそれまでは、エドワードとふたりきりで過ごさなければならない。

そう思うと、クレアはなんとなく落ち着かなくなった。

エドワードが顔を上げ、かすかに微笑んで新聞をめくった。「おはよう、クレア」

「おはよう」クレアは足を止めることなく、そのままエドワードの横を通りすぎて料理のならんだ食器台に向かった。

クレアが料理を皿に盛るあいだ、部屋はしんと静まりかえっていた。まもなくクレアがエドワードの右隣りの席に着くと、召使いがやってきて紅茶を注いだ。それからエドワードにコーヒーのお代わりを注ぎ、ダイニングルームを出ていった。

「昨夜はよく眠れたかい？」エドワードが訊いた。

いいえ、あまり眠れなかったわ。クレアは胸のうちで答えた。何度も寝返りを打ちながら、ずっとあなたとのキスのことばかり考えていた。ようやく眠れても、夢にまで出てきたわ。

「ええ」クレアは明るい声で答えた。「あなたは？」

エドワードはコーヒーを飲んだ。「ああ、ぐっすり眠れたよ」

あんなことがあったのに、どうしたらぐっすり眠れるのだろう。この人の安眠を妨げるものは、世の中にないのではないだろうか。

「マロリーたちは寝坊したみたいね」クレアはパンにバターを塗りながら言った。「みんなは昨夜、よく眠れなかったんじゃないかしら」

「いや、レオとローレンスは朝早くから遊びに出かけている。マロリーからはさっき、今日は寝室で朝食をとると伝言があった。おそらく今朝の郵便でハーグリーブスから手紙が届き、封を開けるのを待ちきれなかったんだろう」

「そうだったの」クレアは動揺を隠そうとパンをかじった。

エドワードも食事を続けた。ソーセージと卵料理を食べ終え、口もとをナプキンでぬぐった。それからコーヒーカップに手を伸ばし、椅子にもたれかかった。「それも新しいドレスかな？」

口に食べ物がはいっていたので、クレアはうなずいて答えた。

「昨日のドレスよりさらに素敵だ。色がよく似合っている」エドワードは言った。「きれいだよ」

クレアははっと息を呑み、顔が赤らみそうになるのをこらえた。昨日も同じようなことを言われたのを覚えている。そしてそのあとなにがあったかも。クレアはフォークとナイフを持ち、ハムを切った。だがそれを口には運ばず、フォークの先でもてあそんだ。

「午後になにも予定がなければ、馬車で出かけないか」

クレアは手を動かすのをやめて顔を上げた。「馬車で？」

「もしよかったら公園に行ってみよう。せっかくきみがロンドンに来ているのに、まだゆっくり話していないだろう。ちょうどいい機会だと思って」

ゆ、ゆ、ゆっくり話す？　いったいどういう風の吹きまわしなの？　クレアはもう少しで口に出して訊きそうになったが、すんでのところでやめた。

　眉根を寄せながら、どうしようかと考えた。馬車で出かけるのは楽しそうだし、いまは少し気恥ずかしいけれど、エドワードと一緒にいること自体はいやでもなんでもない。でもエドワードはとても忙しく、用もないのに公園に行こうなどと考える人ではない。それに自分たちはすでに婚約しているのだから、いまさら求愛する理由もないだろう。だとしたら、目的はなんなのだろうか。

　次の瞬間、クレアはひらめいた。エドワードはまたひとつ、義務を果たそうとしている。以前約束したように、お互いのことをよく知る機会を作ろうとしているのだ。でも彼はわたしのことを本当に知りたいわけではなく、そうしなければならないと思っているだけだ。クレアは唇をぎゅっと結んだ。そんなにわたしのことが知りたいなら、教えてあげるわ。

クレアはふっと表情を和らげ、皿にフォークとナイフを置いた。「それは楽しそうね。でも公園は人が多くてしょっちゅう知り合いと会うから、その都度止まって世間話をしなければならないと、マロリーがこぼしていたわ」

　エドワードはコーヒーカップの縁越しにクレアを見た。「たしかにそうだが、公園が混みはじめる前の午後の早い時間に行けばだいじょうぶだろう。でもきみがほかのことをしたいなら、ぼくはそれでもかまわないよ」

「公園に行くのがいやなわけじゃなくて、その……」クレアは口ごもった。

「なんだい？」

「あなたの隣りにただ座るのではなく、自分で馬車を動かしてみたいの」

エドワードは目を丸くした。「手綱のあやつり方を教えてほしいと？」

「そのとおりよ！」クレアは顔を上気させた。「ずっと前から手綱さばきを教わりたいと思っていたの。でも父は耳を貸してくれなかったわ。父が言うには、女がそんなことを覚える必要はないんですって。どこかに行くときは、男性に連れていってもらえばいい、と言われたの」

クレアはエドワードの反応をうかがった。すぐに返事をしないのを見て、言葉を続けた。

「でもわたしは男性であろうと女性であろうと、馬車に乗れるようになるのはいいことだと思ってるわ。そうすれば、女性も街中に出かけることぐらいで男性に頼る必要もなく、いまよりずっと自由に生きられるだろうから。なにより、馬車を走らせるのは楽しそうだもの。そうでしょう？」

エドワードはかすかにうなずき、またもやカップの縁越しにクレアを見た。青い瞳が珍しいものでも見るように輝いている。クレアの意外な一面を知り、面食らったような表情だ。

だがクレアはひるまなかった。エドワードからどういう反応が返ってこようが、言いたいことを言えたのが嬉しかった。それに、エドワードがもしわたしの言ったことに反対するなら、それが彼とのあいだに距離を作るきっかけになるかもしれない。

エドワードはカップを受け皿に置いた。「ああ、とても楽しいよ。特に信頼できる馬に牽《ひ》かせるときはね。ところで、きみは本気で手綱さばきを覚えたいのかい?」

クレアはあごを上げた。「ええ、本気よ」

「わかった。じゃあ今日はそれを教えてあげよう。朝食が終わったら、メイドに言ってドレスを着替えてくるといい」

「朝食が終わったら? 午前中に出かけるの?」

「ああ。時間が遅くなると道が混むから、早いに越したことはない」

クレアは満面の笑みを浮かべ、さっと立ちあがった。

「食事は?」

「お腹が空《す》いてないの。わくわくして、もうひと口もはいらないわ」

クレアは子どものように嬉しくてたまらなかった。こんな気分になったのは、もう何年ぶりだろうか。無意識のうちにエドワードに歩み寄ったが、腕を広げかけたところでふとわれに返った。そして抱きつく代わりに、にっこり笑いかけた。

エドワードが微笑みかえし、その頬にえくぼが浮かぶと、クレアは胸がどきりとした。

「さあ、早く行って」エドワードは言った。「一時間後に一階で会おう」

「四十五分後にしましょう。大急ぎで準備するから」

「じゃあ四十五分後に」エドワードは笑い声をあげ、ふたたびコーヒーカップに手を伸ばした。

クレアは顔をほころばせ、はずむような足取りでダイニングルームを出ていった。

それから一時間を少し過ぎたころ、クレアは光沢のある黒い二輪馬車で、隣りに座るエドワードの説明に熱心に耳を傾けていた。馬車はまだまったく動いておらず、馬たちもときおり尻尾《しっぽ》をふったり、ひづめを軽く鳴らしたりする以外は、辛抱強く待っている。

出発は予定より遅れていたが、クレアはそのことにむしろほっとしていた。御者台に乗ってまもなくわかったことだが、手綱をあやつるために覚えなければならないことは、想像していたよりもずっと多い。

そのときエドワードの説明が終わった。「とりあえずこれだけ覚えておけば充分だろう。そろそろ行こうか？」

クレアはエドワードの顔を見た。「もう？」

「ああ、きみさえよければ。手綱を軽くはじけば馬は動きだす。広場《グローブナー・スクエア》を何周かまわったあと、通りに出られるようなら出てみよう」

「ええ、あの……わかったわ」クレアは期待と不安で、みぞおちのあたりがぎゅっと縮むような感覚を覚えた。ここで自分が手綱をふるだけで、馬は動きだす。

「心配しなくていい」エドワードはクレアを安心させるように言った。「危険なことはなにもない。なにかに突っこんだりはしないから、だいじょうぶだ」

「そんなことになったら大変だわ！」

エドワードは笑った。「きみならうまくできるさ。さっきぼくが教えたとおりに、馬に指示を出せばいい」

クレアは覚悟を決め、背筋を伸ばして手綱を握りなおした。肩越しに後ろをふりかえってほかの馬車が近づいてきていないことを確認すると、小さく舌を鳴らし、しっかりとした手つきで軽く手綱をふった。二頭の鹿毛《かげ》の馬が耳をぴくりとさせ、待ってましたとばかりに首をふって歩きだした。

馬車が前に進むにつれてクレアは自信がつき、口もとが自然にほころんだ。一ヤード、二ヤード、三ヤード……どうということはない。馬車を動かすことはとても簡単だ。自分はなにを不安がっていたんだろう。こんな幼い子どもでもできそうなことを、エドワードはなぜあんなに一生懸命説明していたのだろうか。クレアは心地よい揺れに身をまかせ、肩の力を抜いて座席にもたれかかった。

「角を曲がる用意はいいかな」エドワードが落ち着いた口調で言った。

角を曲がる？　なんのこと？

クレアははっとした。気がつくと、すぐそこに広場の最初の角が迫っている。どうすればいいのかさっぱりわからない。そんなクレアの心を読み取ったように、馬たちが勝手に速度を上げた。クレアはのどを締めつけられたような気がし、手綱を思いきり引いた。先導の馬がいないて抗議した。

「それでは強すぎる」エドワードが穏やかな声で注意した。「手綱は常に優しくあつかうんだ。ほら、こうして」

そう言うとクレアの背中から腕をまわし、その手に自分の手を重ねた。ごく軽く手綱を引いて馬たちをなだめ、車体をまっすぐにして曲がり角に備えた。そして慣れた手つきでさらに速度を落とし、難なく角を曲がった。そのあいだずっと、クレアの手を握ったままだった。

「この感覚がわかるかな。馬に指示を伝えるのに、手綱を大きく動かす必要はない」

ええ、わかるわ。クレアは息がうまく吸えなかった。手綱の感覚も、それに応える馬たちの動きも、痛いほど感じている——それから隣りにいる男性の存在も！　自分はいま、エドワードの力強い腕の中にいる。ひとつの座席に座っているように、腰と太ももが密着した状態だ。クレアの頭から一瞬、なにもかもが吹き飛んだ。幸いなことにエドワードが冷静に手綱をあやつり、馬車が道からはずれるのを防いだ。

「軽く手綱を引くだけで、馬はきみの意図を理解してくれる」エドワードは言った。馬車は次の角を曲がり、ゆっくりと広場を進んでいる。

「あとは馬にまかせておけばいい。動物、特に馬は、人間が思っているよりずっと賢い生き物だ。こちらが優しく敬意を持って接すれば、ちゃんとそれに応えてくれる」

クレアはごくりとのどを鳴らしてうなずいた。

「自分でやってみるかい？」

クレアはためらったが、手綱さばきを学びたかったのは自分ではないかと思いなおした。わたしのほうからエドワードに教えてほしいと頼んだのだ。それにわたしは、不安でやりたいことも尻込みするほど、臆病な人間ではない。「ええ。一か八かやってみるわ」

エドワードは笑いながらクレアの手を離した。クレアは彼が背中にまわした腕もほどくだろうと思っていた。だがエドワードはそのままの姿勢で、クレアの腰のすぐ横に手をついた。

クレアはかすかに身震いした。エドワードの手が触れている箇所はもちろん、触れていないところの肌までぞくぞくする。ライラック色の乗馬用ドレスの下で、体が火照っている。次の角までまだ間があるので、クレアは白い麦わら帽子の縁の下からちらりとエドワードを見た。

そして思わず息を呑んだ。彼がこちらを見ている――明るい春の陽射《ひざ》しを受け、瞳があざやかな青に輝いている。

クレアの心臓がひとつ大きく打った。エドワードが微笑み、その口もとから白い歯がのぞくと、またしても胸がどきりとした。

本当に罪作りな男性だ。クレアの全身で脈が速く打ちはじめた。この笑顔を見ていると、理性もなにもかも忘れてしまいそうになる！

「次の角が近づいている」エドワードが前を向いてささやいた。「そろそろ準備をしたほうがいい」

クレアはしっかりするのだと自分に言い聞かせ、視線を前方に戻した。馬たちが耳をぴくりとさせ、クレアの指示を待っている。手綱を握りなおし、体勢を整えた。

「手伝おうか？」エドワードが言った。

クレアはエドワードを見ずに答えた。「いいえ、自分でできるわ」

横を向かなくても、エドワードが笑みを浮かべているのがわかった。

クレアが勇気をふりしぼって馬に指示を与えると、馬車はきれいに角を曲がった。立派な屋敷の前に停まっている馬車の横を通りすぎるときだけ、エドワードがクレアの手を握って馬の動きを調整した。

馬車は速度を上げて順調に走っている。いまや速度を上げ下げしているのは、馬ではなくクレアだ。

「どうかしら？」クレアはエドワードににっこり笑いかけた。

「見事だ。このまま進んで」

クレアはうなずき、手綱さばきに集中した。それまで感じていた不安が消えていった。次の角が近づいてきたときも、ちゃんと手綱をあやつって馬に指示を与えた。馬車は楽々と角を曲がり、そのままゆっくり走りつづけた。

顔を上げると、目の前にクライボーン邸がそびえたっているのが見えた。

「もう一周か二周まわってごらん」エドワードは言った。「どうせもう近所の人たちには見られているはずだから、いまさら気にすることはない。きっと今日の午後は、ぼくたちの噂でもちきりだろう」

「どういうこと?」クレアは手綱をしっかり握って荷馬車の横を通りすぎると、幼い子どもを連れた子守係が道を横切ろうとしているのを見て速度を落とした。エドワードが念のためクレアの手を握った。それから手を離し、手綱をクレアにまかせた。

「誰かに見られているというの?」クレアはそのまま進むよう、馬たちに指示を出した。

「当たり前じゃないか。いまごろは広場に面した屋敷のカーテンの半分が開き、住人がそこからぼくたちを見ているにちがいない」

「冗談でしょう。人から監視される覚えはないわ」

「残念ながら、ここロンドンでは常に誰かの目が光っていてね。社交界の人びとの活力源は噂話なんだ。社交シーズンが始まり、上流階級の人たちがロンドンに戻ってくると、ますますまわりはうるさくなるだろう。実を言うと、この二週間というもの、マロリーとぼくはみんなの誘いを断わりつづけてきた。きみにはロンドンでの生活に慣れる時間が必要だと思ったからだ。だがいつまでも断わってばかりはいられない。そろそろ社交シーズンが本格的に始まろうとしている」

誘いを断わりつづけてきたですって? そんなことはまったく知らなかった。だがいくらいやだと思っても、世間の人たちがクライボーン公爵の婚約者に興味を持つのは、当然のことだろう。

クレアは顔をしかめ、一番近くにある屋敷の窓に目をやり、カーテンが動いているかどうかを確かめた。

「ほうっておけばいい」エドワードはクレアがなにを見ているかに気づいていた。「これからはたとえ田舎にいても、人からあれこれ詮索《せんさく》されることになる。それにもある程度は慣れなければ」

「ええ、でも何人かから見られるのと、ロンドンじゅうの噂の的になるのとはまったくちがうわ」

「そんなに大変じゃないさ。いや、やっぱり大変かな」エドワードは笑った。「だが人からじろじろ見られても、気にせずに自分のしたいことをすればいい。今日のことが噂になったとしても、みんなはきみを称賛するだろう。きみの手綱さばきは見事だ」

「本当に？」クレアは声をはずませた。

「ああ。〈フォアインハンド・クラブ〉（馬車愛好家の社交クラブ）に、女性の参加を認めるよう、規則を変えてほしいと言いたいぐらいだ。さあ、もう広場を何周もまわった。もっと続けるかい、それとも今日はこのへんにしておこうか？」

「できればもっと続けたいわ。どこかにもう少し速度を上げられる場所はないかしら？」

「あることはある」エドワードは愉快そうに言った。「ロンドンを離れれば」

「ぜひ行きたいわ。でも今日の午後は忙しくないの？　あなたがなかなか戻ってこなかったら、ミスター・ヒューズがまた書斎の中を行ったり来たりして、じゅうたんに穴を開けるかもしれないわよ」

エドワードはその言葉に皮肉めいた響きを感じとったらしく、クレアを見て眉を上げた。

「数時間ぐらい、どうということはないさ」

「よかった。ただでさえ、あなたは仕事をしすぎだもの」

「きみはそんなことを思っていたのか」エドワードは驚いたように言うと、前方の通りを指さした。「アッパー・ブルック・ストリートからパークレーンに行こう。そしてタイバーン有料道路にはいり、北に向かうんだ。農場があるから、そこなら自由に馬車を走らせることができる」

クレアは手綱をあやつり、エドワードの示す方向に向かった。

「しばらくぼくが手綱を握ろうか。ロンドンの街中は、そろそろ混みはじめるころだ」エドワードはクレアの手に自分の手を重ねた。

だがクレアは手綱を放そうとせず、さらに強く握りしめた。「まだだいじょうぶよ。通りが混んできて、わたしの手に負えなくなったらお願いするわ」

クレアの手に重ねたエドワードの手に、わずかに力がはいった。クレアは身震いしたが、エドワードはすぐに手を離した。そしてさっきと同じように、クレアの腰の脇に手をついた。

「きみがそんなに頑固だとは知らなかったよ」

「あなたがわたしについて知らないことは、まだたくさんあるわ、閣下」

「そのようだね。それから、ぼくのことはエドワードと呼んでほしいと言っただろう」エドワードは温かみのあるなめらかな声で言った。

ええ、そう言われたわ。クレアはひそかに物憂げなため息をついた。

「じゃあ、もっと教えてくれ」

クレアはエドワードを見た。「なにを？」

「きみのことに決まっているだろう」

「わたしのこと？　なにも話すようなことはないわ」

エドワードは片方の眉を上げた。「さっき言ってたこととちがうじゃないか」

「とりたてておもしろいことはないという意味よ」クレアは馬車の速度を落とし、四輪馬車とすれちがった。「あなたのことを話してちょうだい。仕事がないときは、どんなことをしているの？」

「そうだな、仕事がないときは——きみに言わせるとめったにないことだが——いろんなことをしている。読書も好きだし、音楽を聴くのも美術品を集めるのも好きだ。ロンドンにいるときは、アンジェロのところでフェンシングもする。それから乗馬も趣味のひとつだ。今度、朝から一緒に馬に乗ろう。厩舎《きゅうしゃ》に何頭かおとなしい雌馬がいる。きみにぴったりの馬が見つかるだろう」

クレアは自分でも気づかないうちに言っていた。「だったらおとなしいだけじゃなくて、少し大胆な性格の馬がいいわ。狩りに出かけられるほどじゃないけれど、馬ならそれなりに乗れるのよ」

「わかった」エドワードは興味深そうに言った。「きっときみは乗馬だけじゃなくて、いろんなことに積極的なんだろうな」

クレアはよけいなことを言ってしまったと思い、馬車を動かすことに集中した。やがてパークレーンにはいると、馬車や通行人が増え、エドワードの言ったとおりだとわかった。手綱をあやつるのがむずかしくなってきたが、クレアはまだ自分でやってみるつもりだった。

「それで？」速度の遅い荷馬車のあとについた。「ほかにはどんなことをするのが好きなの？」

「次はきみが話す番だろう」

「でも——」

「とりたてておもしろいことはない、と言いたいんだろう。わかってるさ。いいからきみの好きなことを教えてくれ。庭仕事以外に」

クレアはエドワードの顔をさっと見たが、彼が茶化しているのかどうか、よくわからなかった。

気持ちを落ち着かせ、そのまま馬車を走らせた。「家にいるときは、女性的な趣味を楽しんでいるわ。刺繍をしたり、ときどきへたな水彩画を描いたり。花の咲く時期は花びんに活《い》けてみたり、特にきれいなものが咲いたときは、押し花にすることもあるわ。それから帽子に飾りをつけたり、長い散歩をしたり、盛夏にはキイチゴを摘んだりといったところね」

「それはきみが普段よくしていることであって、ぼくの質問への答えじゃない。きみはなにが好きなんだ？」

「さっき言ったようなことよ。でも水彩画だけは別ね。わたしにはまったく絵の才能がないの。いっそ画用紙より、塀にでも描いたほうがいいんじゃないかと思うぐらい」

「そういうことなら、水彩画を描く集まりに誘われても断わることにしよう。ほかには？」

「読書よ。でもあなたとは本の趣味がちがうと思うわ。わたしはロマンス小説や推理小説が好きなの。ドラマチックな内容であればあるほど好きよ」

「マロリーと同じだ」

「ええ、知ってるわ。もう何冊か借りて読んだもの。マロリーはミネルバ出版社の本をたくさん持ってるから」

「それから？」

「そうね、なにかしら。ほかには特にないわ」

エドワードはいぶかしげな顔でクレアを見た。「ほかにもあるはずだろう。教えてくれ」

「次はあなたの番よ」

「きみの返事を聞いてからだ。ほかには？」

そのとき前の荷馬車が路肩に寄って停止し、クレアはそれをよけて前進した。いままではその大きな馬車の後ろをゆっくりついていけばよかったが、ここから先は目印なしで走らなければならない。

それにしても、わたしはどうしてつまらないことを言ってしまったのだろうか。あんなことを言わなければ、こうして好きなことを教えあったりしなくてすんだのに。エドワードに嫌われそうな、適当な作り話でもしておけばよかった。

それなのに、自分のことをあれこれ話すはめになるなんて。でもいまさら後悔してももう遅い。それにエドワードに自分の好きなことを教えたところで、どうということはない。エドワードはただ、婚約者としての義務を果たしているだけなのだ。ひょっとすると、本当のわたしを知ったら嫌気がさすかもしれない。

「パズルよ」クレアは言った。「パズルやゲームが好きなの。しかも、ほとんどの人がさじを投げるようなむずかしいものが好きよ。頭を抱えながら難解なパズルを解くのは、おもしろくてわくわくするわ。いつも新しいものはないかと探しているのよ」

クレアは自分の家族のように、エドワードもそれを聞いてげんなりした顔をするだろうと思っていた。ところが彼は謎めいた表情を浮かべ、瞳を輝かせた。

「実を言うと、ぼくもパズルが好きなんだ。いや、大好きだと言ったほうがいいだろうな。一見、解けないと思われるものを解くことほど、わくわくすることはない」

「ええ、そうね」

エドワードはクレアのほうにわずかに身を寄せ、なにか言いたげな顔をした。だがすぐに顔を上げ、前方の交差点を身ぶりで示した。「有料道路にはいるには、あの角を左に曲がらなくてはならない。もしよかったら、ぼくが代わろうか」

この数分間、通りの混雑は激しくなる一方で、クレアは手綱をあやつるのに苦労していた。プライドが邪魔をしてなにも言えなかったが、エドワードが手を貸してくれるならそれに越したことはない。クレアは内心の安堵を隠してうなずいた。「ええ、そうね。でも田舎に着いたら、またわたしに代わってちょうだい」

「ああ、もちろん。約束するよ」

クレアが手綱を渡すと、エドワードはその体を抱くようにして座面についていた手を離し、両手で手綱を持って姿勢を正した。クレアはがっかりしている自分が腹立たしかった。そして座席にもたれかかって晴れた空を見上げ、ただ純粋に遠出を楽しむのだと自分に言い聞かせた。

10

その日の午後遅く、エドワードが書斎に足を踏みいれると、暖炉のそばに置かれた大きな茶色い革のソファにドレークが座っていた。目を閉じて組んだ手を平らな腹部に置き、長い脚を投げだしている。眠っているように見えるが、それはドレークが考えごとをするときによく取る姿勢であることを、エドワードは知っていた。

もちろん、ときには本当に眠っていることもある。

「どこに行ってたんだい？」ドレークが目をつぶったまま言った。やはり考えごとをしていたらしい。「一時間以上待っていたよ。レディ・クレアを馬車に乗せて出かけたとかなんとか、クロフトが言っていたが」

「クロフトも口が軽いな」

ドレークは微笑んだ。「でも兄さんの大切な秘密については口が堅いから、心配することはない」

エドワードは小さく鼻を鳴らし、飲み物のならんだ棚に向かった。「なにか飲むか？」

「この前の夕食のときに飲んだマデイラワインがあるならもらおうか。それ以外なら遠慮しておく」

エドワードはマデイラワインを取りだしてグラスふたつに注ぐと、小さな音をたててクリスタルのデカンターに栓をした。それからグラスを手にし、ドレークに歩み寄った。ドレークは目を開けてそれを受け取った。

「ありがとう」ワインをごくりと飲む。「うまいな」

エドワードはドレークの向かいの椅子に座り、弟の脚をそっとどかした。

ドレークはにやりとし、椅子に座りなおした。「それで、レディ・クレアを馬車で連れだしたのかい？」

エドワードはグラスを口に運び、かすかに果物の風味がする辛口のワインを飲んだ。「その反対で、クレアがぼくを馬車で連れだしたんだ。今日が一回目のレッスンでね」

「手綱さばきを教えたのか？　どうしてそんなことを？」

エドワードは肩をすくめた。「今朝、朝食をとっているとき、クレアが手綱さばきを覚えたいと言ったんだ。だからぼくが教えることにした」

「腕前はどうだった？」

「掛け値なしで、びっくりするほどうまかったよ。本人にはぼくが話したことを黙っていてほしいんだが、たった一回教えただけで、クレアはひとりで馬車を動かせるようになった。

もちろん街中をひとりで走らせるつもりはないが、誰かが隣りについていれば、たまに手綱を握らせてもなんの問題もなさそうだ」

ドレークは驚いたようにエドワードを見た。「その調子だと、近いうちにレディ・クレアに軽四輪馬車でも買ってやりそうだな。本人の好きな色に塗装され、座席は上質な子ヤギの革張りで、調度品が純金でできたものを」

「ばかなことを言うんじゃない」

「でもレディ・クレアは派手好きには見えない。なんの変哲もない黒い車体にふつうの革張りの座席、飾りといえばせいぜい扉に紋章がついているぐらいの馬車のほうが、彼女の好みには合うかもしれないな」

エドワードは眉をひそめた。自分にはクレアの好みがわからない。好きな色すら知らない。そのときエドワードは、馬車に乗っているとき、クレアが近所の人に見られているかもしれないと気にしていたことを思いだした。たしかに彼女は、人目を引く派手な色の馬車には乗りたがらないだろう。でもさすがに黒は……。いや、自分は別にクレアに馬車を買ってやろうと考えているわけではない。彼女にはすでに、膨大な枚数のドレスを買わされたのだから。とはいえ、そのことに腹が立っているわけではない。

別になんとも思っていない。

いや、まったく気にしていないと言ったほうがいいだろう。

エドワードはふたたび眉をひそめ、ワインを口にした。

「それにしても、レディ・クレアはぼくが想像していたのとまったくちがう女性だ」

「ほう」エドワードは手に持ったグラスをゆっくりとまわした。「どういうところが？」

「うまく言えない。でも生まれたときから将来の公爵夫人として育てられたわけだし、もっと傲慢《ごうまん》で虚栄心の強い女性じゃないかと思っていた。でも実際に会ってみると、そうではなかった。性格がよく、それでいて興味深いところもあって、いい意味で予想を裏切られた。ぼくはレディ・クレアのことが好きだ。親どうしが勝手に決めたことなのに、兄さんがどうして彼女と結婚しようと思ったのか、わかる気がするよ」

だがエドワードは、相手がクレアだから結婚を決めたのではなかった。義務を果たして体面を保つうえで、クレアが申しぶんのない条件を備えていたからだ。それでもドレークの言ったことは当たっている。クレアは性格がよくて興味深く、いい意味で予想を裏切るところがある。それにパズルのようだ。とても複雑で込みいったパズルで、自分はまだ解くことができずにいる。

パズルも好きだが、クレアのことも好きだ。エドワードは頭に浮かんだその考えにはっとした。そんなことはいままで考えたこともなかった。クレアに好意を持つことは、結婚の絶対条件ではない。でも自分はたしかにクレアのことが気に入っている。

今日もとても楽しかった。レッスンではなく、クレアと過ごす時間そのものが充実していた。彼女は陽気だし、一緒にいて楽な相手だ。社交界にはやたらと自慢話をして自分を大きく見せようとしたり、おべっかを使ったりする女性が多いが、クレアはそういうことを一切しない。絶えず話をして楽しませてやらないと、機嫌が悪くなるということもない。気立てがよく、魅力的な女性だ。ドレークの言うとおり、きっといい妻になるだろう。そしてそれは、血筋が優れていることだけが理由ではない。

エドワードはワインをもうひと口飲み、淡い金色の液体が一インチばかり残ったグラスを揺らすと、ドレークの顔を見た。「お前はぼくの婚約者の話をしながらワインを飲むために、ここに立ち寄ったのか。ほかに用事があるんだろう?」

ドレークは短く笑った。「そうだよ。たしかにここのワインの品ぞろえは素晴らしいが、目的はそれじゃない。先日、兄さんから預かった新聞の切り抜きを調べてみた」

「そうか」エドワードは身を乗りだした。「それで?」

「兄さんが言ったとおり、暗号が隠されているのは間違いない」

「やはりそうか」エドワードは椅子の肘掛けをこぶしでたたいた。「そうでなければ、エヴェレットが丸めて靴底に隠したりするわけがない。やつの所持品を調べているときに偶然出てこなかったら、われわれは永遠に切り抜きの存在に気づかなかっただろう。あの悪党め」

「悪党はエヴェレットだけじゃないさ。誰だか知らないが、やつの連絡員は新聞を使って堂々とメッセージを送っていたわけだ。いま暗号を解読しているところだが、かならず成功させてみせる。でも思っていたより複雑でね。あとひとつかふたつ、暗号の隠された記事があれば、もっと早くできるんだが」

「ああ、いま探している。看守によると、エヴェレットは殺害された日の朝、新聞が届いていないと文句を言っていたそうだ。いまにして思うと、やつのいらだちには重要な意味があったということだな」

「そうだな」ドレークは言った。「でもエヴェレットは本当にメッセージを受け取っていたんだろうか、それとも自由の身になるために利用できる材料がないかと、探していただけなんだろうか。あいつは自分が死刑になることをわかっていたのかな」

「わかっていたにちがいない。だから最近になって、口を割りはじめていたんだろう。仲間に見捨てられたら、われわれと取引をしようと考えたんじゃないか。でも不思議なのは、なぜすぐに取引を持ちかけず、しばらく沈黙していたかということだ」

「おそらく、まだ両方に対してうまく立ちまわれると思っていたんだろう」

「どちらにしても、いまの時点ではすべて推測にすぎない」エドワードはグラスをふたたびゆっくりまわすと、残っていたワインを飲み干した。「暗号が解読できたら知らせてくれ」

ドレークは微笑み、瞳を輝かせた。「真っ先に知らせるよ」

「これからクレアのエスコートで忙しくなりそうだ。来週はいよいよ復活祭《イースター》で、本格的に社交シーズンが始まる。すでに山のような招待状が届いているが、断わりつづけるのもそろそろ限界だ。特に母上がいないとなれば、ぼくが出るしかないだろう」

「ぼくより兄さんのほうが適役だよ。この時期のどんちゃん騒ぎにはどうしてもついていけなくてね」

「お前はパーティが好きだと思っていたが」

「パーティか。条件のいい結婚相手をなんとしてもつかまえようと、女性たちが鼻息を荒くしている場所……いや、ぼくはそんなところにわざわざ行きたいとは思わない。もっとも、ぼくは女性にとってそれほど魅力的な相手じゃない。四男に生まれたことに感謝しなければ」

エドワードは笑い声をあげた。「ケイドとジャックとぼくが、不慮の事故で死んだらどうするんだ。ああ、そうそう、マキシミリアンのことを忘れていた。ケイドに息子ができたから、お前は爵位継承の順位で五番目になったんだったな」

「ああ、ほっとしたよ。ネッドもケイドもジャックも、どんどん男の子を作ったらいい。だがみんなが死ぬなんてことは、冗談でも言わないでくれ。家族を失うことだけでもつらいのに、そのうえ公爵になるなんてまっぴらごめんだ。正直言って、兄さんがなぜ平気な顔をしていられるのか不思議なぐらいだよ」

エドワードは笑みを隠した。「そんなに大変でもないさ。少なくとも普段は」

「でも幸いなことに、そうしたことが起こる確率は高くない」ドレークは頭の中で計算した。

「四人が同じ馬車か船に乗っていた場合を除くと、およそ二百七十九万三千九百七十六分の一だ。同じ病気にかかる確率となれば、もっと上がって……」そこで言葉を切って顔をしかめると、眉を高く上げた。「今後は四人でひとところに集まるのは絶対にやめてくれ！」

「お前のそんなところが好きだ」エドワードは笑いながら立ちあがった。「これほどの楽観論者は見たことがない」

ドレークはエドワードをにらんだ。「数学をもっと真剣に勉強していれば、兄さんだって悲観論者になっていたさ」

「そうしなくてよかった。さあ、気の滅入《めい》る話はもうやめよう。一緒に夕食を食べていかないか？」

「どうしようかな。献立によってはご馳走《ちそう》になろう」

「たしか牛フィレ肉とポテトチーズパイだった」

「じゃあ食べていく」

「紅茶をいかが？」クレアが家族用の居間で、ソファに座ったマロリーの隣りに腰を下ろすやいなや、ヴィルヘルミナ・バイロンが言った。

ヴィルヘルミナは微笑みながら紅茶を注いだ。感じのいい丸い顔に、優しい茶色の目をしている。体つきもふくよかで、暗い紺色のクレープ地のスカートで大きなヒップを包んでいた。数年前に亡くなった夫の喪にまだ服しており、白髪の交じりはじめた褐色の頭に、未亡人用のレースの帽子をかぶっている。

とはいえ、ヴィルヘルミナは明るく陽気な人だった。いつも笑顔を忘れず、否定的な言葉を一切使わない。ふつうのお目付け役ならまず認めないようなことを許してくれるので、少々お人好《ひとよ》しすぎるのではないかと思うこともある。もちろんクレアは、そのことに不満があるわけではなかった。マロリーも同じように感じているらしく、これほどの自由を、しかもロンドンで満喫できるとは思ってもみなかった、とこっそりクレアに打ち明けた。マロリーによると、ヴィルヘルミナがお目付け役なら、エドワードに知られないかぎり、その気になれば〝どんなことでもできる〟のだそうだ。

クレアはマロリーのその言葉を思いだし、ほころびそうになる口もとを隠すと、ヴィルヘルミナからカップを受け取った。クレアの好みどおり、スプーン一杯の砂糖と多めのミルクがはいった紅茶だ。

「馬車での外出は楽しかったかしら」ヴィルヘルミナはマイセンのティーポットを銀のトレーに戻した。「エドワードに公園へ連れていってもらったんでしょう?」

「いいえ、行ったのは北部の田舎です。それから、道中はほとんどわたしが手綱を握っていました。手綱さばきを教わっていたので」

「手綱さばきを教わったですって!」マロリーが大きな声を出した。「そんなことは言ってなかったじゃないの。すごいわ、どんな感じだった？」

クレアはレモンクッキーとケシの実のケーキが載った皿をヴィルヘルミナから受け取ると、マロリーにざっと話をして聞かせた。だがエドワードが手綱さばきを教えてくれると言ったのは、自分と一緒に出かけたかったからではないということは黙っていた。彼はただ、お互いのことをもっとよく知るという約束を果たそうとしたにすぎない。

それでもエドワードは楽しそうにしていた。少なくともクレアにはそう見えたが、もしかすると、つまらなそうな顔をしているのは失礼だと思っただけなのかもしれない。仮に本当に楽しかったのだとしても、そのことにはなんの意味もない。エドワードが結婚するのは、公爵としての義務を果たすためだ。そして自分は、婚約を解消することをまだあきらめてはいない。

それから数分後、話を終えたクレアは、紅茶を飲んでクッキーをかじった。

「ああ、いけない」ヴィルヘルミナが言い、ティーカップと皿を脇に置いてポケットに手を入れた。「ごめんなさい、クレア。すっかり忘れていたわ。わたしったら、どうしてこんなにそそっかしいのかしら。あなたが出かけているときに手紙が届いたの。あなたが戻ってきたらすぐに渡すと約束していたのに……こんなに遅くなってしまったわ」そこで少女のように恥ずかしそうに笑った。

クレアは微笑んで手紙を受け取った。封蠟をはずして中身に目を走らせる。「母からですわ。それにナンとエラの手紙も同封されています。みんな元気そうでよかった。エドワードが手配してくれたお医者様は知識が豊富で、みんなとても心強かったそうです。お医者様がナンの脚は元通りになると請けあってくださったので、家族全員ほっとしているんですって」

クレアはいったん口をつぐみ、手紙をめくって続きを読んだ。「ナンの怪我はゆっくり快復しているけれど、ずっとベッドにいなければならず、暇をもてあましているみたいです。それから、みんなわたしに会いたいとも言っています。ほかにもいろいろ書いてありますが、おふたりにそんな話をしても退屈でしょうから、このへんにしておきますね。母は社交シーズンを満喫できなかったことが残念でならないようで、舞踏会やパーティに行ったら詳細を教えてほしいそうですわ」

ヴィルヘルミナが言った。「もしよかったら、わたしからもお母様にお手紙を書き、社交シーズンのことをご報告させていただくわ」

「ありがとうございます、ミセス・バイロン。そうしていただけると、母は大喜びするでしょう。妹たちも社交界に興味津々なんです。みんな奥様からの手紙をわくわくしながら読むと思います」

ヴィルヘルミナは嬉しそうに頬を染めた。「だったらはりきって書かなくてはね。そうそう、社交シーズンといえば、閣下からどの招待状に出席のお返事をするか、あなたたちふたりと話しあって決めてほしいと言われているの。ある程度までは閣下が絞りこんだらしいけど、最終的な判断はわたしたちのほうでしてほしいそうよ。招待状の束を持ってくるから、これから見てみましょうか?」

クレアはマロリーと顔を見合わせた。マロリーがうなずいた。「ええ、わかったわ。そうしましょう」

11

「六日間のうちに五回も舞踏会に出るなんて。もう倒れそうだわ」それから二週間後、クレアは広間の隅にいるマロリーに近づいて話しかけた。そして空いている椅子をふたつ見つけて腰を下ろし、三曲続けて踊って疲れた脚を休めた。マロリーが彩色の施されたシルクと象《ぞう》牙《げ》の扇を開き、ダンスで火照った頬をあおいでいる。

「こんなのまだ序の口よ」マロリーは言った。「わたしなんて、ひと晩のうちに五つの舞踏会に行ったことがあるんだから。めったにないけれど、社交界屈指の影響力を持つレディたちが、舞踏会やパーティを同じ日に主催することがあるのよ。そんなときは困ってしまうわ」

クレアは目を丸くし、いまのところ、そういう状況に遭遇していないことに感謝した。とはいえ、社交シーズンはまだ始まったばかりだ。二週間前の午後、マロリーとヴィルヘルミナが最初に仕分けた招待状の束も相当な数があった。あれから毎日、また山のように新しい招待状が届いている。軽んじてはならない人からの招待状をうっかり見落とさないよう、そのひとつひとつにちゃんと目を通さなければならない。

社交界はとても興味深く、おそろしくもあるが刺激的な世界だ。クレアは人びとの視線が自分にそそがれていることを感じるたび、懸命に平静を装った。

公爵の婚約者ともなれば、ある程度世間の注目を浴びることはわかっていた。だが、ここまでだとは思っていなかった。特に初対面の相手は、好奇心まるだしの顔でクレアを見る。みなふつうより一瞬長くクレアの顔を見つめたあと、わざとらしいほどの笑みを浮かべながら、自分も負けまいと張りあうようなそぶりをするのだ。もちろん、なかには本当に心が温かくて感じのいい人もいる。問題は、そういう人たちを見分けることができるかどうか、どうやって見分けるか、ということにある。

社交界の人たちのほとんどすべてを知っているマロリーは、その点で頼りになる存在だ。そしてエドワードも、たまに忠告してくれることがある。それでも彼には、クレアならいろんな状況に自分で対処できると思っているふしがあった。

クレアを夜の催しにエスコートするのは、常にエドワードの役目だった。でもエドワードは一度だけ一緒にダンスを踊ると、クレアのそばを離れ、屋敷に戻る時間になるころにふたたび姿を見せる。社交界のカップルにとってはそれがふつうだということは、クレアにもわかっていた。

それでもなぜか心がかき乱される。

婚約を白紙に戻すという目標を忘れてはいないが、このところ計画はまったく前に進んでいない。社交界でうまくやっていくのに精いっぱいで、次の手を考える余裕がないのだ。

だが時間はまだ残っている。ただ、エドワードが婚約を解消することに決めたとき、どれだけ大きなスキャンダルになるかと想像するとおそろしい。クレアはそのときのことを考えて身震いした。

でもそれこそが、わたしが望んでいることではないか。

もちろんそうに決まっている。

少なくとも、自尊心を失いたくなければそうするしかない。エドワードのことを深く知るにつれ、彼がわたしを愛していないことがあらためてよくわかった。あの人がわたしを愛してくれてさえいれば、すべてががらりと変わるのに。そうであれば、いまがわたしの人生で一番幸せなときだっただろう。だがもう何年も前に学んだとおり、ものごとは願えばかなうというものではない。はかない期待をいくら持ちつづけても、幻滅と後悔が待っているだけだ。

両親のことを考えれば、それがよくわかる。わたしの覚えているかぎり、母は父の愛情を得ようといつも必死だった。父も父なりに母のことを大切にしていたと思うが、母が望むほどの愛情を返してはいなかった。つまり、母は父を愛していたが、父は母を愛していなかったということだ。本人はひと言も言わなかったし、態度にも出さなかったけれど、そのことがわかっていた母は、心の奥に悲しみを抱えていた。そしていまもその悲しみとともに生きている。

わたしはそんな人生はまっぴらごめんだ。もっといい人生を送りたい。そしてエドワードにもそうしてもらいたい。人は誰でも、愛される権利がある。

クレアはため息を呑みこみ、笑顔を作ってマロリーを見た。

「深夜の晩餐が待ち遠しいわ」マロリーが小声で言った。「家を出る前に夕食をとったのに、もうお腹が空いてしまったの。きっとダンスのせいね」

「わかるわ。サパーダンスの相手はもう決まってるの？」

マロリーは首をふった。「いいえ、まだよ。自分でもばかだと思うけど、サパーダンスになるとどういうわけかマイケルのことを思いだしてしまうの。サパーダンスはいつもあの人と踊っていたのよ。あの扉から彼がはいってくるような気がして、ほかの人と約束しようとはなかなか思えなくて。マイケルはここから遠く離れたスペインにいるというのにね。それでも……」

クレアはマロリーの手に触れた。「あなたがそう思うのは自然なことよ。ハーグリーブス少佐に会えなくて寂しいのね。でももうすぐ帰ってくるじゃない。手紙によると、あと数週間で休暇を取れるんじゃなかったかしら？」

マロリーのアクアマリンの瞳が輝いた。「ええ。こっちに二カ月いられるそうよ。いまから楽しみでたまらないわ」

「そうでしょうね。それまでは別の紳士と晩餐をとればいいし、そのことに後ろめたさを感じる必要なんてないのよ。ハーグリーブス少佐だって、文句は言わないと思うわ」

マロリーはクレアを見て微笑んだ。「そうね。さっきも言ったとおり、後ろめたさを感じるなんて自分でもばかだと思っているわ。さあ、お相手は誰にしようかしら」さっきよりもずっと明るい表情で、広間の中を見まわしはじめた。

クレアも微笑んだ。「ロングスワース卿はどう？　愛想のいいかただと思うけど」

「ええ、愛想はいいし、ダンスもお上手よ。でもあの人は狩りが大好きで、一緒にいるといつも前回の獲物について詳しく話しはじめるの。それを聞いていたら、食欲がなくなってしまうのよ。わたしの言っている意味がわかるわよね」

「ええ、わかるわ。じゃあ誰がいいかしら」

ふたりは広間を見まわし、さらに五、六人の紳士を候補からはずした。「あの人は？」クレアは小麦色の肌とくぼんだグレーの目をした、すらりとした体形の男性を見ながら言った。「なかなか素敵な人だわ」

マロリーはクレアの視線の先をたどり、眉をひそめた。「イズリントン卿よ。たしかに素敵かもしれないけれど、ロンドンでも一、二を争う放蕩者として悪名高い人なの。若いレディが付き合うような相手じゃないわ」

「どうして？　どんなことをしたの？」

「詳しいことは知らないけれど、いい噂はまったく聞かないわ」

「そんなに評判が悪いのに、どうして今夜ここに招かれたのかしら」

「地位もお金もあるから、誰もあからさまに無視できないの。でも賢明な母親は、イズリントン卿が無責任なことをするんじゃないかと心配して、娘をけっして近づけようとしないわ。わたしも社交界にデビューしたとき、絶対に近づくなとエドワードから厳しく注意されたのよ。それ以来、いろんなところで彼の噂を聞いたわ。あなたも近づいちゃだめよ、クレア。あの人はとても悪い男性なの」

「悪い男性だって？」熟成されたラム酒のような、低くなめらかな声がした。「それはぼくのことかな」

クレアはさっとふりかえった。視線を上に向けると、そこにはおそろしくハンサムで背の高い男性が立っていた。温厚そうな褐色の目でマロリーを見ている。おそらく昔からの親しい仲なのだろう。

マロリーが笑い声をあげ、指を立ててふってみせた。「アダム！　どこから来たの？」跳ねるようにして椅子から立った。

クレアも立ちあがった。

「煉獄《れんごく》に決まってるだろう」男性は茶目っ気たっぷりの笑みを浮かべた。「ぼくは悪魔のような男なんだから、ロンドンにいないときは煉獄に行くしかないじゃないか」マロリーの手を取り、深々とお辞儀をした。

マロリーは堅苦しい礼儀などおかまいなしに、男性の背中に腕をまわしてその体をぎゅっと抱きしめた。アダムというその男性にも、戸惑った様子はまるで見られない。

すぐ近くにいた年配の女性ふたりが舌打ちをし、どこかに立ち去った。アダムとマロリーは、その女性たちが顔をしかめたことに気づいていないようだった。あるいはふたりとも、そんなことははなから気にしていないのかもしれない。

「グレシャム・パークから到着したばかりなの？　前もって知らせてくれればよかったのに」

「予定がはっきりしなくて、いつ来られるかわからなかったんだ。それにきみは、驚かされるのが好きだろう」

「そうね。でもだいたいの予定だけでも教えてほしかったわ、閣下」マロリーはアダムを軽くにらむと、すぐに笑顔に戻った。「会えて嬉しいわ」

「ああ。久しぶりだね」

「たしかクリスマス以来よ。みんなでブラエボーンに集まったのが最後じゃなかったかしら。あのときは楽しかったわね」

「とても楽しかった」アダムはうなずいたが、その瞳をかすかな暗い光がよぎったのをクレアは見逃さなかった。だが次の瞬間、その表情は消えた。ろうそくの明かりのせいで目が錯覚を起こしたのだろうか、とクレアは思った。きっとそうだったにちがいない。彼はとても上機嫌に見える。

「あれからずいぶん長い時間がたったね」アダムは言った。「もしよかったら、そちらのレディを紹介してもらえないだろうか」

「もちろんよ。うっかりしてごめんなさい。わたしったら、いつも礼儀を忘れてしまうの」マロリーはアダムの腕に手をかけてクレアに向きなおった。「アダム、レディ・クレア・マースデンよ。クレア、自分のことを悪魔だと言っているこちらの紳士は、グレシャム卿とおっしゃるの。わたしたち家族の古い友人なのよ」

「お目にかかれて光栄です、レディ・クレア」アダムは優雅にお辞儀をして微笑んだ。小麦色の肌に白い歯が印象的だ。

クレアもシルクでできた象牙色のイブニングドレスのスカートをつまみ、ひざを曲げてお辞儀をした。「こちらこそ光栄ですわ、閣下」

「わたしが悪魔のように悪い男だというのは本当です。わたしは自分をよく知っていますし、それを隠そうとは思いません。でもぼくのことを〝古い〟友人だと言うのはやめてくれないかな、レディ・マロリー。ぼくはまだ三十代になったばかりだ。兄上の誰かに訊いてみれば、きっと同じことを言うだろう。ぼくたちは男盛りなんだよ」

「わかってるわ。でももしラッパ形の補聴器が必要だったら、大きな声で知らせてね。すぐに持ってきてあげるから」マロリーはアダムをからかった。

アダムは笑い声をあげ、褐色の瞳をまた輝かせた。「まったく困ったお嬢さんだな。少しは口を慎んだらどうだい？　どうしたらきみをおとなしくさせられるんだろう」

マロリーは明るい笑みを浮かべ、なにかをひらめいたように目をきらきらさせた。「だったら、わたしにダンスを申しこんでちょうだい。誰とサパーダンスを踊ろうか迷ってたんだけど、相手があなたなら申しぶんないわ」

「きみがパートナーを見つけられずに困っていたとは信じられないが、喜んで仰せのとおりにしよう。レディ・マロリー、わたしとサパーダンスを踊っていただけますか？」

「もちろんですわ、閣下。光栄に存じます」マロリーはアダムと楽しそうに顔を見合わせた。

そのときひとりの紳士が近づいてきた。色白の顔を赤くし、立ち止まってお辞儀をする。

「こんばんは」首に締めたタイがきつすぎるのか、そこでいったん言葉を切って咳払いをした。「つ、次のダンスがそろそろ始まります、レディ・マロリー。一緒に踊っていただけるお約束になっていたかと思いますが」

マロリーはにっこり笑い、その若い紳士の緊張をほぐした。「そうですわ、ミスター・モレソン。お待ちしておりました」

ミスター・モレソンはふぞろいな歯をのぞかせて微笑み、マロリーに腕を差しだした。

「では失礼します。レディ・クレア、グレシャム卿」

クレアとアダムはマロリーと笑みを交わすと、ダンスフロアに進むふたりの後ろ姿を見送った。

アダムが優しい目でクレアを見た。「レディ・クレア、次のダンスを踊っていただけませんか？　もしほかにお約束がなければ」

「ええ、誰とも約束しておりません。喜んでお相手をさせていただきますわ」

クレアはアダムの腕に手をかけ、ダンスフロアへと向かった。

「レディ・マロリーとは長いお付き合いなんですか？」思いきって尋ねた。

「ええ、ご本人が言ったとおりです。マロリーの兄上のジャックとわたしは、大学にはいってすぐに寄宿舎で同じ部屋になりましてね。それ以来の友人です。その一年目の夏、ジャックがわたしをブラエボーンに招待してくれまして、そこではじめてマロリーと会いました。まだ九歳か十歳の子どもで、わたしたちのあとをついてまわっていたものです」アダムは当時のことを思いだし、忍び笑いをした。「マロリーには手を焼きました。草の生えた小さな丘から、ひざをむきだしにして転がり落ちてきて、わたしたちの足もとで止まったこともあります。ドレスも真っ黒に汚れていましたよ。わたしたちのことを隠れて見ているうちに、うっかり足をすべらせてしまったらしい」

アダムはマロリーの姿を目で追い、ふと表情を和らげた。「いまの姿からは想像もできないかもしれませんが、子どものころはとてもおてんばでした。六人も兄弟がいるせいかもしれません。しかも、そのほとんどが兄ときている」

「わたしの妹のナンのようですわ。もっとも、あの子には兄弟はいませんけれど。先日、木登りをしていて脚を骨折してしまったんです」

アダムはクレアに視線を戻した。「そうだったんですか。早くお元気になるといいですね」

「順調に快復しています。退屈でいらいらしているようですが、それはしかたありませんものね。閣下にはごきょうだいは？」フロアの所定の位置につきながら、クレアは言った。

「いいえ、おりません」アダムの表情が曇った。「妹がいましたが、若くして亡くなりました」

「まあ、お気の毒に」

アダムは無造作に手をふった。「気にしないでください。もう昔の話です」いったん間を置いてから話題を変えた。「そうそう、お祝いを申しあげるのが遅くなりましたが、エドワードと婚約なさっているんですよね」

クレアはうなずいた。「ええ、そのとおりです。でもまだ正式な発表はしておりません。結婚式の……日程や詳細もまだ決まってなくて」

アダムは片方の眉を上げた。「婚約期間を長く取るカップルはたくさんいます。なにも珍しいことではありません。ですが失礼ながら、あなたとエドワードの婚約期間は特別に長いようですね。子どものころからの約束だとお聞きしました」

「そうです」

「つまり噂は本当だったというわけだ。エドワードはなにも話してくれないものですから」

「そうなんですか？」クレアは驚いた。エドワードとの婚約のいきさつは、みなが知っているものだとばかり思っていたが、あの人はそれを黙っていたらしい——少なくともおおやけにはしていなかった。

そのとき音楽が鳴り、ダンスが始まった。カントリーダンスの聞き慣れた調子に合わせ、クレアとアダムはほかの男女とともに列を作って踊りながら、会話の続きをした。

女性の列に戻ろうとしたとき、クレアは目の隅でエドワードの姿をとらえた。隣りに女性が立っている。目の前がくらくらし、急に息が苦しくなった。

まるで五年前に引き戻されたようだ。あれはフェリシアことレディ・ベティスではないか。相変わらず美しく、五年前に両親が主催したハウスパーティで会ったときから、ちっとも変わっていない。

クレアの足もとがふらつくと、アダムがその手を取った。「だいじょうぶですか？」

クレアは深呼吸をして気持ちを静め、なんとかステップを踏んだ。「え——ええ。部屋が暑いせいですわ。でももうだいじょうぶです」

「心なしか顔が青ざめているようです。少し座って休みましょうか」

「いいえ、心配なさらないで。ダンスを続けましょう」

アダムが口を開く前に、男女の列が離れた。

エドワードとレディ・ベティスがまた視界にはいってきたが、クレアはそちらを見るまいとした。だがどうしても、目が向いてしまう。

あのふたりはなにをしているのだろう。

社交シーズンが始まり、たまたま顔を合わせただけなのだろうか？　それとも？

まさかずっと関係が続いていたということはないだろう。

彼女がいまでもエドワードの愛人であるはずがない。

クレアは吐き気を覚えたが、気力をふりしぼり、音楽に合わせて踊りつづけた。

やがてダンスが終わった。クレアは心配そうな顔で声をかけるアダムを無視し、つかつかと歩いてダンスフロアを離れた。エドワードとその愛人から、できるだけ遠くに離れたかった。

吐き気をこらえながら広間の反対側に向かった。

アダムがあとを追ってきた。「冷たい飲み物を持ってくるから、椅子に座って待っててください。とても具合が悪そうだ」

「わたしならだいじょうぶです」

「ミセス・バイロンかエドワードを呼んできましょうか。家に帰ったほうがいいかもしれない」

「やめて！」クレアは大声を出した。「エドワードは呼ばないで」

アダムはクレアをまじまじと見た。

「あの人を呼ぶ必要はありません」クレアは落ち着きを取り戻して言った。「よけいな心配をかけたくありませんから。暑さでめまいがしただけなんです。もうよくなりましたわ」

アダムは納得できない様子で眉をひそめた。「あなたがそうおっしゃるなら――」

「ええ、だいじょうぶです。でも冷たい飲み物はいただこうかしら」

アダムは一瞬迷った。「ここで休んでてください。すぐに飲み物を持ってきます」

「ご親切にありがとうございます」

アダムは最後にもう一度、心配そうにクレアを見ると、会釈をして立ち去った。

クレアはアダムがいなくなるのを待ってから、椅子にどさりと腰を下ろした。そのときすぐ近くに立っている男性が目にはいった。あれはイズリントン卿だ。大理石の高い柱に無造作にもたれかかり、じっとこちらを見ている。

クレアはとっさにイズリントン卿を見つめかえした。

イズリントン卿は微笑み、不思議そうに片方の眉を上げた。

すぐに目をそらしたほうがいいことは、クレアにもわかっていた。あるいは椅子に座ったまま体の向きを変え、視界から追いだしたほうがいいのかもしれない。だがクレアはイズリントン卿の顔に視線を据えたまま、エドワードがこの光景を見たらどう思うだろうかと考えていた。でもあの人がどう思おうと、わたしには関係ないことではないか。むしろエドワードが機嫌を損ねてくれたら、胸がすっとする。あの人だってレディ・ベティスと一緒にいるのだから。クレアはひざに置いた手をぐっとこぶしに握り、イズリントン卿を見つめつづけた。

どうしよう。思いきってやってみようか。

クレアは覚悟を決め、イズリントン卿に微笑みかえした。

12

自分はいったいなにをしてしまったのだろう、とクレアは思った。イズリントン卿が背筋を伸ばし、柱を離れてゆっくりこちらに歩いてくる。

背中がぞくりとしたが、それはエドワードと一緒にいるときに感じるものとはまったくちがっていた。まるでうっかりコブラに手招きしてしまい、それが誘いを受けて自分のほうに向かってくるのを見ているような、危険で不吉な感覚だ。イズリントン卿がクレアの前で立ち止まり、さりげないが優雅なお辞儀をした。その顔に浮かんだ笑みは感じがよく、グレーの瞳は好奇心で輝いている。それを見ているうちに、クレアはさっきの不吉な感覚が嘘だったような気がしてきた。

イズリントン卿は、それほど悪い人にも危険な人にも見えない。マロリーからさんざん脅されたせいで、先入観を植えつけられてしまったのだろう。しかもマロリー自身、イズリントン卿のことを直接は知らず、エドワードから話を聞かされただけだと言っていた。イズリントン卿の評判はたしかに悪いのかもしれない。でもほとんどの男性には、隠しておきたい過去があるものだ。それにしても、彼はいったいどんなことをしたのだろうか。

「こんばんは」イズリントン卿は言った。「おひとりですか。こんなに美しいレディがひとりでいらっしゃるとは驚きです」

「グレシャム卿が飲み物を取りに行ってくれています。もうすぐお戻りになると思いますわ」

「ダンスのせいでのどが渇いたんでしょう。先ほどフロアで踊っているところをお見かけしました。ダンスがとてもお上手なんですね」

「お世辞はやめてください、閣下」

「お世辞ではありません」イズリントン卿は温かな目でクレアを見た。「ところで、わたしはイズリントンと申します。ご紹介が遅れて申し訳ありませんでした。ですが堅苦しい挨拶にこだわるのは、前々から時代遅れな気がしていましてね。あなたは自己紹介をしてくださらなくても結構です」

「そうですか」

イズリントン卿はうなずいた。「このところ、みんながレディ・クレア・マースデンのことを噂していますから」

「まあ」クレアは茶目っ気たっぷりに言った。「みなさんはわたしのことを、なんとおっしゃっているんでしょう」

「社交界一幸運で、あのクライボーン公爵に婚約指輪を贈らせるとは、このうえなく頭のいい女性でもあるとおっしゃっています。でも個人的な意見を言わせていただけるなら、あなたはたんに公爵との結婚について、じっくり考える時間がなかっただけではないでしょうか」

クレアは笑った。イズリントン卿がわざとそういうことを言ったのはわかっていた。この人はわたしをからかっているのだ。「閣下にあなたのご意見を伝えておきますわ」

「いや、わたしのことはなにも言わないほうがいいでしょう。閣下はわたしをあまりよく思っていらっしゃいません」

「そうなんですか？　どうして？」

イズリントン卿は肩をすくめた。「誤解が原因なのですが、公爵はわたしにちゃんと説明する機会を与えてくださいませんでした。何度か説明しようとしたのですが、公爵にはいったんこうと思いこんだら、それを頑として変えないようなところがおありです。あなたはどうです、レディ・クレア？　あなたは人をご自分の目で見て判断しますか、それとも世間の評判で判断しますか？」

「わたしは自分の頭でものを考える人間です。そうでなければ、こうして閣下とお話などしていませんわ」

「これは一本取られたな」イズリントン卿はにっこり笑ってうなずいた。

クレアは広間の中をさっと見まわし、アダムがいないかどうか捜した。まだ姿は見えないが、そろそろ戻ってくるころだ。

「ところで……あの……そろそろ次の曲が始まるようです。閣下はダンスをなさいますか?」

「ええ、たまには踊ります」

「今夜はいかがでしょう。次のダンスはまだ誰とも約束していません」

イズリントン卿はかまをかけるような目でクレアを見た。「わたしにダンスを申しこめと? 忠告しておきますが、あなたは火をもてあそんでいるようなものですよ」

クレアはふたたび広間を見渡し、エドワードに目を留めた。レディ・ベティスがまだ隣りに立っている。クレアは肩をそびやかした。「火は大好きです。暖かいし、見ていて飽きませんもの」

イズリントン卿はエドワードのほうを見た。「公爵に見せつけようとしているんですね」

「まさか。わたしはただ踊りたいだけです」

イズリントン卿は首を後ろに倒して笑うと、クレアに手を差しだした。「レディ・クレア、わたしと踊っていただけませんか」

「喜んで」胃がぎゅっと縮むのを感じながら、クレアは立ちあがった。

そのときアダムが戻ってきた。手袋をした手にポンチのグラスを持ち、顔をしかめている。

「レディ・クレア、具合はどうですか?」

「ずいぶんよくなりました」クレアはグラスを受け取って口に運び、甘く冷たいポンチを飲んでほっとひと息ついた。そのときまでのどが渇いていることにも、自分がイズリントン卿との会話でひどく気が張っていたことにも気づいていなかった。「おいしかったわ。ありがとうございます」グラスをアダムに返した。

アダムはグラスを受け取り、クレアに向かって腕を差しだした。そして不快感を隠そうともせず、ちらりとイズリントン卿を見た。「ミセス・バイロンのところにお連れします」

グレシャム卿もイズリントン卿のことをよく思っていないらしい。

クレアは不安を覚えたが、それをふりはらった。たとえイズリントン卿が本当に悪い人だったとしても、混んだ広間でなにができるというのだろう。せいぜいスキャンダルになるぐらいだ。そしてそれこそ、クレアが望んでいることだった。

「お気遣いくださってありがとう、閣下」クレアはアダムに言った。「でも結構です。イズリントン卿と次のダンスを踊る約束になっていますから。そろそろ音楽が始まりますわ」

「レディ・クレア、それだけは――」

「心配はいらない、グレシャム。わたしがちゃんと彼女の面倒を見る」イズリントン卿はのんびりした口調で言うと、クレアに腕を差しだした。

クレアは自分を鼓舞するようにひとつ深呼吸をし、イズリントン卿の黒い上着の袖に手をかけた。自分がいまどんな顔をしているかと思うと、アダムのほうを見ることができなかった。

広間を横切るクレアとイズリントン卿を、人びとの視線が追った。

エドワードはあくびをかみ殺した。レディ・ベティスがまたこちらの気を引くようなことを、べらべらとまくしたてている。だがエドワードはにこりともせず、内心でうんざりしていた。

ふたりは何年か前、短期間付き合ったことがあったが、エドワードは彼女と別れたことをまったく後悔していなかった。だがレディ・ベティスのほうはそうではなかったらしく、いままでの愛人の中であなたが一番素敵だと言った。女性にそんなことを言われたら、舞いあがる男も少なくないだろう。なにしろ、フェリシア・ベティスにたくさんの愛人がいたことは、ふたりが付き合っていた当時でさえ周知の事実だったのだ。だがエドワードはフェリシアとの関係を終わらせることに、なんの迷いもなかった。フェリシアはエドワードに欲望を感じていたが、残念ながらエドワードにはもうその気がなかった。

それからは顔を合わせることがあっても、お互いにただの友人どうしのようにふるまっていた。少なくとも表面上はそうだった。でもフェリシアは、その気になったらいつでもベッドに戻ってきてほしいと、エドワードにはっきり言っていた。その後も彼女はふたりの関係にもう一度火をつけることをあきらめず、おそるべき忍耐力で何度も誘いをかけてきたが、エドワードはそれをうまくかわしていた。

だが今夜のフェリシアは退屈なだけでなく、うっとうしくもある。エドワードに立ち去る暇を与えず、一方的にしゃべりつづけている。最初はただ、社交界の噂話をしたいだけなのかと思った。だがすぐに、彼女の本当の目的がわかった。あの〝マースデンの小娘〟との婚約は事実なのかと矢継ぎ早に質問を浴びせ、まさかあなたが本気で結婚するつもりだとは思わなかったとまくしたてた。

エドワードはクレアのことを話したくなかった。結婚することに決めた理由や、お互いの気持ちといったものは個人的なことであり、フェリシア・ベティスにはなんの関係もない。クレアとのことを詳しく話すつもりはなかったので、エドワードはフェリシアに最低限のことだけ教えた。

ああ、ぼくはレディ・クレアと結婚する。

いや、結婚式の日取りはまだ決めていない。

いや、レディ・クレアはもう子どもじゃない。彼女は魅力的な美しいレディに成長した。どんな男でも喜んで結婚したいと思うだろう。

フェリシアは最後の言葉が気に入らなかったらしく、不愉快そうに唇を結んだ。だが分厚い雲の隙間《すきま》から太陽が顔を出すように、さっとほがらかな表情に戻った。それからエドワードの歓心を買おうと、媚《こ》びるような態度を取りはじめた。残念ながらフェリシアの狙いははずれ、エドワードは退屈で死にそうだった。

フェリシアの話を上の空で聞きながら、エドワードは広間を見まわしてクレアの姿を捜した。晩餐を一緒にとろうと誘ってみようか。少し前に見かけたときは、アダム・グレシャムと踊っていた。でもその後、人混みの中にまぎれ、姿が見えなくなってしまった。

エドワードはついにフェリシアから離れることにした。

「ああ、それはおもしろいな」彼女の言葉に、適当に相づちを打った。「申し訳ないが、そろそろ失礼する」

「もう行くの？」フェリシアはエドワードを誘惑するように、唇をとがらせた。「ダンスに誘ってくれるだろうと思っていたのに」

「すまない」エドワードはそれ以上、言い訳をしなかった。なにを言っても、それが嘘であることはお互いによくわかっている。

「ではまたね」フェリシアはため息混じりに言い、がっくり肩を落とした。

エドワードは儀礼的なお辞儀をしてフェリシアから離れ、人混みをかきわけながらクレアを捜した。だが二十フィートも進まないうちに、別の女性がエドワードの前に立ちはだかった。

「閣下、こんばんは。こんなところでお目にかかれるなんて」フィリパことレディ・ストックトンだった。愛らしい顔立ちに青い瞳、さくらんぼのようにふっくらとした赤い唇をしている。

エドワードは会釈をした。「こんばんは」

「最後にお会いしてから、ずいぶんたちましたわね」フィリパは褐色の髪の頭をかすかに揺らした。「ジャック卿はどうしていらっしゃいますか?」

フィリパはかつて弟のジャックの愛人だった。たしかに美しい女性ではあるが、ジャックがなぜ彼女に魅力を感じたのか、エドワードにはよくわからなかった。

「相変わらず結婚生活を続けています」

フィリパは吹きだした。「ええ、そう聞いていますわ。それにお子様も生まれたとか」

「はい。女の子が生まれましたが、ジャックは早くも猫かわいがりしているようです。子どももレディ・ジョンもとても元気で、三人で仲良く田舎暮らしを楽しんでいますよ」

フィリパの笑顔がかすかに曇った。「そうですか、それはなによりです。今度ジャック卿にお手紙を書くとき、わたしがよろしく言っていたとお伝えいただきたいのですが、そんなことをお願いするのははしたないことでしょうね」

エドワードは黙っていたが、それが返事だった。

「そうそう、閣下はご結婚なさるそうですね。わたしからもお祝いを申しあげます」

エドワードは一瞬ためらったのち言った。「ありがとうございます」

なんて如才《じょさい》がないのだろう。だがこれまで見てきたかぎり、レディ・ストックトンはただ礼儀を尽くすためだけになにかをするような女性ではない。きっとほかに魂胆があるはずだ。目的はなんだろうか。あるいは自分がうがちすぎているだけで、彼女は本当に婚約を祝福してくれているのかもしれない。

「どういたしまして」フィリパは気さくに言った。「きれいな婚約者ですね。金色の髪とバラ色の頬が印象的です。おふたりはとてもお似合いですわ。淡い色の髪と褐色の髪のカップルは、お互いを引き立てますもの」

エドワードはなにも言わず、小指にはめた印章指輪をひそかにまわしながら、フィリパの次の言葉を待った。

「あのかたなら、きっと立派な公爵夫人になられるでしょう」

「ええ、わたしもそう確信しています」エドワードは言い、失礼にならずにこの場を立ち去るにはどうしたらいいだろうと考えた。

「でもレディ・クレアはまだ若く、ロンドンにも慣れていないようですね。社交界をうまく渡っていくためには、多少の助言が必要だと思います。ご本人はあやまちに気づいていらっしゃらないようですが、最初は誰しもひとつやふたつの失敗はするものですし」

エドワードは眉をひそめた。「それはどういう意味ですか。あやまちとは?」

フィリパは目を丸くした。「まあ、てっきりご存じだと思っておりました」

「なにをです？」

「レディ・クレアがイズリントン卿とダンスをなさっていることを。ちょうどいま、二曲目を踊りはじめたところですわ。みんなひそひそ噂していています。たとえ婚約していても、良家の令嬢はふつう、あのかたのように評判の悪い男性とは踊らないものですから」

イズリントンとダンスしているだと！

エドワードが体の脇でこぶしを握りしめると、エメラルドの指輪が手のひらに食いこんだ。あの悪党め。周囲からどういう目で見られるかがわかっていながら、クレアにダンスを申しこむとは。

エドワードは指輪を元の位置に戻し、短いお辞儀をした。「わたしはこれで失礼します、レディ・ストックトン」

フィリパは笑うまいとしていたが、目に浮かんだ愉快そうな光までは隠せなかった。「ええ、わかりました。お話しできて楽しかったですわ」

エドワードはうめき声をあげそうになるのをこらえ、フィリパに背中を向けてふたたび歩きだした。人びとがさっと道を空けて脇によけた。まるで小麦が鎌《かま》で刈り取られ、脇にほうりだされたようだった。

やがてエドワードはダンスフロアの端にやってきた。男女が前後左右に動きながら、慣れた様子でダンスをしている。フロアの中央にクレアがいるのが見えた。音楽に合わせ、軽やかな足取りで踊っている。ダンスの相手はフィリパ・ストックトンが言っていたとおり、グレゴリーことイズリントン卿だ。

エドワードはいますぐふたりに歩み寄り、クレアをイズリントン卿から引き離したい衝動を覚えたが、それをかろうじてこらえた。すでにあのふたりのことはみんなの噂になっている。ここで自分までもが、ロンドンじゅうの人びとに明日の朝食時の話題を提供することもない。いまは平静を装い、黙って待つことにしよう。曲が終わったら、クレアをエスコートしてフロアを離れるのだ。

そうすれば、よけいな騒動を起こさずにすむ。

いや、多少は周囲がざわつくかもしれないが、いったんクレアを自分の手もとに連れ戻してしまえば、すぐに事態はおさまるだろう。一滴の雨が大海に落ち、あっというまに海水に混じって消えるように。

それにしても不思議なのは、そもそもクレアがどうやってイズリントンと知り合ったのかということだ。誰があのふたりを紹介したのだろうか。ヴィルヘルミナでないことだけは間違いない。彼女には抜けているところもあるけれど、若い娘をイズリントンのような悪党に近づけないぐらいのことは心得ている。さっきクレアはグレシャムと一緒にいた。破天荒として知られるグレシャムだが、クレアのような無垢な娘をイズリントンに引きあわせるはずがない。

だとしたら、あのふたりはどうして出会ったのだろう。エドワードはクレアとイズリントン卿をにらみつけたくなる気持ちを抑え、ふたりが踊るのを眉ひとつ動かさずに見ていた。イズリントンはいつも、経験豊かな未亡人や退屈している人妻としか付き合わない。スキャンダルや世間の噂をたいして気にしない女性が相手だ。社交界にデビューしたばかりのレディや、未婚の若い女性には手を出さない。とはいえ、三年前にあの〝事件〟が起こって以来、なぜイズリントンに注意しなければいけないのか、結婚前の娘を持つ世の親はよくわかっている。

でもクレアはイズリントンの正体を知らなかったにちがいない。近づいてはいけないことも、ダンスを申しこまれたら即座に断わらなければならないことも知らなかったはずだ。もうすぐダンスが終わるのを待ち、クレアをあの男から引き離せば、それでなにも問題はない。

エドワードが曲が終わるのを待っていると、何人かがひそひそ話す声が聞こえてきた。だがほとんどの招待客は口をつぐみ、エドワードの顔を見ようとさえしない。エドワードもまた、誰のことも見ていなかった。その視線はまっすぐふたりの人物に向けられている。

そのときようやくダンスが終わった。

それまで踊っていた男女がフロアを離れはじめた。その中にはアダムとマロリーもいた。ふたりはエドワードに気づいて近づいてこようとしたが、彼がかすかに首をふると、すぐに立ち止まった。エドワードが自分で事態を収拾しようと思っていることを、わかってくれたらしい。アダムがうなずき、マロリーに腕を差しだした。マロリーは心配そうな表情を浮かべながらも、その腕に手をかけた。

イズリントン卿もクレアに腕を差しだした。エドワードはふたりにつかつかと歩み寄った。もう我慢も限界だ。半分まで来たところで、ふたりがエドワードに気づいて足を止めた。エドワードはイズリントン卿には目もくれなかった。

「晩餐を一緒にどうかと思ってね」クレアに微笑みかける。「早くダイニングルームに行っていい席を取ろう」そう言って腕を差しだした。

だがクレアは立ち止まったまま動かなかった。「ごめんなさい、それはできないわ」

エドワードは耳を疑った。「なんだって？」

「閣下がわたしを晩餐にエスコートしてくれるつもりだとは思わなくて、イズリントン卿のお誘いを受けてしまったの。お気づきだとは思うけど、いま終わったのはサパーダンスよ」

ダンスの種類などどうでもいい。イズリントンと晩餐をとることは許さない！

エドワードはぎりぎりと奥歯を嚙んだ。「そうか。ちゃんとはじめに伝えておけばよかったな。でもわたしがきみを晩餐にエスコートすると言っても、イズリントン卿は快く了承してくれるだろう。なにしろ、きみはわたしの婚約者なんだから」

さあ、これで話は終わりだ。

ところがイズリントン卿が口を開く前に、クレアが言った。「そうかもしれないけれど、もうイズリントン卿と約束してしまったの。いったん結んだ約束を破るわけにはいかないわ。あなたなら、喜んで深夜の晩餐をともにしてくださるレディがほかにもいるでしょう。わたしはイズリントン卿とご一緒させていただくから」

エドワードは怒りのあまり目の奥が痛くなり、全身がかっと熱くなるのを感じた。そのときイズリントン卿がうすら笑いをしているのが目にはいり、ますます強い怒りを覚えた。体の脇で両のこぶしを握りしめ、イズリントン卿のにやけた顔を思いきり殴ってやりたい衝動を抑えた。

「クレア」エドワードは低い声で言った。「これがどういうことか、きみにはわかっていない——」

「閣下、お気づきじゃないようだから言わせていただくけど、みんながわたしたちのことを見ているわ。わたしはイズリントン卿と晩餐をとることに決めているの。話はこれで終わりよ。またあとでお会いしましょう」

「ク、ク、クレア——」

「ああ、エドワード。これ以上困らせないでちょうだい」

困らせるだと!

「さあ、まいりましょう、閣下」クレアはイズリントン卿の腕にかけた手に、ぐっと力を入れた。「早く行かないと、いい席がなくなってしまいますわ」

「レディのお望みとあらば、喜んで」

エドワードは愕然とし、足を釘《くぎ》で床に打ちつけられでもしたように、まったく動けなかった。信じられないことに、クレアにまんまと出し抜かれてしまった。だが彼女の言うとおり、みながこちらを見て、自分たちの会話をひと言も聞きのがすまいと耳をそばだてている。もう打つ手はないも同然だ。クレアを無理やりイズリントンから引き離しでもしないかぎり、ふたりを止めることはできない。

エドワードは一瞬、本当にクレアの腕をひっぱろうかと考えた。スキャンダルになるのは目に見えていたが、そんなことはもうどうでもいいという気分だった。でも直前で思いとどまった。クレアとイズリントンの行き先はダイニングルームだ。そこにはほかの招待客もたくさんいる。自分もふたりがよく見える席に座ることにしよう。ふたりがどうしているか、よく見える席に。そして晩餐が終わり次第、クレアをイズリントンから引き離そう。

13

「いったいどういうつもりなの？」マロリーがクレアの隣りの席に座ってささやいた。「イズリントン卿に近づかないように言ったはずだけど」

そのイズリントン卿はというと、自分とクレアのぶんの席を見つけてから、ダイニングルームの奥にずらりとならんだ見事な料理を取りに行っている。イズリントン卿がいなくなるやいなや、マロリーが駆け寄ってきて、空いた席に腰を下ろしたのだった。

クレアはとぼけてみせた。「ええ、聞いたわ。でもイズリントン卿とばったり会って、その後ダンスを申しこまれたの。断わることなんてできないでしょう」

「いいえ、断わるべきだったわ。話しかけられても、無視すればよかったのに」

「どうして？　あなたはああ言っていたけれど、彼は知的でおもしろくて、感じのいい人だわ。あの人のどこが悪いのか、わたしにはわからない。あなただってイズリントン卿がなにをしたのか、詳しいことは知らないと言ってたじゃないの」

「ええ、知らないわ」マロリーは困った顔をした。「でもエドワードだって、それなりの理由がなければわたしに注意したりしないはずよ」そこで言葉を切り、数ヤード離れたところに座っているエドワードをちらりと見た。「ネッドは怖い顔をしているわ。イズリントン卿と一緒に晩餐をとることにしたのは、やはりまずかったんじゃないかしら」

クレアはふんと鼻を鳴らした。「エドワードのほうこそ、サパーダンスが始まる前にわたしを誘ってくれればよかったのよ」

マロリーはクレアの顔をしげしげと見た。「それをエドワードにわからせるため、こんなことを？」

「まあね。あら、イズリントン卿が戻ってくるわ。あの人と口をききたくないなら、早く席に戻ったほうがいいわよ。それにグレシャム卿も、あなたがどこに行ったのかと心配しているだろうし」

「アダムはちゃんと知ってるわ」マロリーはクレアに微笑みかけた。「とにかく、くれぐれも気をつけてね」

「こんなに大勢の人が見ている前で、イズリントン卿がわたしを殺そうとするはずがないじゃない」

「わかってるわ。でもネッドのほうは、なにをするかわからない顔をしているわよ」

「冗談はやめて」クレアは苦笑いした。マロリーはにっこり笑ってその場を立ち去った。

それからすぐに、イズリントン卿が料理の盛られた皿をふたつ持って戻ってきた。そのひとつをクレアの前に置き、もうひとつを自分の席の前に置くと、椅子に腰を下ろした。「まだいらっしゃったんですね。さっきレディ・マロリーとお話ししているのが見えたので、ふたりでどこかに行ったのではないかと思っていました」

「もちろんまだおりますわ。閣下と晩餐をご一緒すると約束したんですから」

「やけどをするかもしれなくても？」

クレアは一瞬黙り、部屋の向こう側の席からじっとこちらを見ている――いや、にらんでいる――エドワードを視界から追いだそうとした。その隣りに座ったレディが、とりとめのないおしゃべりをしている様子がうかがえる。

「ええ」クレアは小声で言った。「わたしは小柄で金髪の女ですけれど、一度こうと決めたら、どんなことがあってもそれを変えません」

イズリントン卿は黄褐色の眉を片方上げた。「ええ、わかりますよ。でも忠告しておきますが、その意志の強さが思わぬ結果を招くことがあります。クライボーン公爵をないがしろにしてはいけません」

クレアはつんとあごを上げてイズリントン卿を見た。「わたしもないがしろにされるのは嫌いです」

イズリントン卿が目を丸くして大きな声で笑うと、周囲がさっとふたりのほうを見た。

「あなたは素晴らしい公爵夫人になりそうだ、レディ・クレア」

いいえ、そんなものになるつもりはないわ。クレアは胸のうちでつぶやき、自由を勝ち取るためには、エドワードとの駆け引きをどれくらい続けなければならないのだろうと考えた。でも最初に婚約を解消してほしいと頼んだのに、それを拒んで結婚すると言い張ったのはエドワードのほうだ。どんなことがあろうとも、一歩も引くつもりはない。そのために評判のよくない男性と踊って親しく会話をし、食事を一緒にとらなくてはならないのなら、喜んでそうしよう。

「さあ、閣下」クレアは皿を見下ろしながら、無邪気に言った。「どんなお料理を持ってきてくださったんでしょう。ロブスターのパテがあるといいんですけれど。わたしの好物なんです」

「ほかの料理の陰に、ひとつかふたつ隠れていると思います」イズリントン卿は目を細めて笑った。「それから、あとでアイスクリームも出るようですよ」

「アイスクリーム！　まあ、それは楽しみだわ」

クレアはいったいどういうつもりだ！　それから一時間以上たったころ、エドワードはクレアを捜して広間に足を踏みいれた。

晩餐が終われば、すぐにクレアをイズリントンから引き離せるだろうと思っていた。ところがクレアは、エドワードが近づいてくる前に、イズリントン卿の腕に手をかけてそそくさとダイニングルームを出ていった。パートナーのレディをほうっておくわけにもいかなかったので、エドワードがようやく自由の身になってクレアを捜しはじめたのは、それからしばらくたってからだった。

もうすぐダンスが始まろうとしているらしく、男女がフロアに進みでて位置につき、楽団が音合わせをしている。

エドワードは広間の中を見まわした。クレアはきっとヴィルヘルミナかマロリーか、女友だちと一緒にいるにちがいない。ところがヴィルヘルミナとマロリーは見つかったものの、その近くにクレアの姿はなかった。

やがて演奏が始まり、陽気な音楽が広間に流れた。人びとがなにかをこそこそ話しあいながら、眉をひそめてエドワードとダンスフロアを交互に見ている。そのときエドワードの目に、クレアの美しい金色の髪が飛びこんできた。そのそばに背の高い黄褐色の髪の人物が立っているのが見え、開いた口がふさがらなくなった。

クレアがまたイズリントンと踊っている。

しかも、これで三回目だ！

エドワードはとっさにそちらへ向かって歩きだした。

クレアはなにを考えているのか。さっきイズリントンと二回踊ったのは、なにも知らなかったからしかたがないことだろうが、今回ばかりは話がちがう。ひと晩のうちに同じ紳士と三回以上ダンスをすれば、それはその男との婚約を発表しているのも同じだということぐらい、良家の子女なら誰でも知っている。

すでに自分と婚約しているのに、クレアは頭がどうかしてしまったとしか思えない！

エドワードはフロアにならんだ男女の横を通りすぎ、ふたりのところに急いだ。立ち止まってイズリントン卿の肩に手をかける。「わたしに代わってもらおうか」厳しい声音で言った。

イズリントン卿とクレアが同時にエドワードを見た——イズリントン卿は愉快そうな顔をし、一方のクレアの顔には驚きとともに、どこか挑むような表情が浮かんでいる。

「エドワード」クレアは言った。

「きみは黙っててくれ」エドワードはぴしゃりと言った。

そしていきなりイズリントン卿の手からクレアの手をもぎとった。イズリントン卿はあきらめてその場を立ち去った。

エドワードはまるで最初から一緒に踊っていたかのように、クレアをリードしてステップを踏んだ。一分、やがて二分が過ぎ、ふたりは音楽に合わせてダンスを続けた。

「なにも言うことはないのか？」

「あなたが黙ってろと言ったんじゃないの」

エドワードは顔をしかめた。「これまでぼくの言うことにはまったく耳を貸さなかったくせに、そのことだけはおとなしく聞くというわけか」

決められたステップを踏んでエドワードから離れる間際、クレアの青い目がきらりと光った。

それからダンスが終わるまで、エドワードは黙っていた。言いたいことはたくさんあるが、ふたりきりになるまで待つことにしよう。ダンスはなかなか終わらず、永遠に続くように思われたが、やがて音楽が鳴りやんでまわりの男女が足を止めた。

エドワードは間髪を容れずにクレアの手を取った。周囲の目も気にせずにその手をぐいと引くと、彼女をひきずるようにして大股で歩きだし、庭に続く両開きの扉へと向かった。

外に出るとひんやりした夜の空気がふたりを包み、広間の喧騒が遠くなった。エドワードはクレアの手を引いてどんどん歩きつづけた。いまや広間の音はまったく届かない。聞こえるものといえば、ふたりの靴が敷石を踏む音と、エドワードに必死でついていこうとするクレアの荒い息遣いだけだ。

エドワードは柔らかな金色の光を放つ庭園灯からそれほど離れていない場所で、ようやく立ち止まった。すぐには口を開かず、なんとか気持ちを静めようとしたが、それは無理なことだった。「いったいぜんたい、きみはどういうつもりなんだ」低くかすれた声で言った。

クレアはエドワードの手をふりほどき、胸の前で腕組みした。「乱暴な物言いはやめてちょうだい、閣下」

「これぐらい、乱暴でもなんでもない。〝きみはばかじゃないのか〟とでも言ったのなら別だが」

クレアはエドワードをにらんだ。

「それで？」クレアがなにも言おうとしないのを見て、エドワードは返事をうながした。

「ダンスと呼ばれるものをしていただけよ。正確に言うと、コティヨン（二人一組となり、四人または八人で踊るステップの複雑なフランス舞踏）というダンスだけど」

エドワードのあごがぴくりとした。「ふざけるんじゃない。ぼくが言っている意味はわかるだろう。イズリントンと何度もダンスを踊ったりして、どういうつもりなんだ？」

クレアはわずかに肩をすくめて目を伏せた。「誘われたからお受けしただけよ」

「もう三回目なのに？」

クレアは淡い金色の眉を上げ、とぼけてみせた。「まあ、そうだったの？　数えていなかったわ」

エドワードはクレアの腕をつかみ、軽く揺さぶった。「数えていないわけがないじゃないか。広間にいる全員が、きみとイズリントンが踊るのは三回目だとわかっていた。これからしばらく、社交界はこの話題でもちきりになるだろう。明日の新聞の社交欄は、今夜のとんでもない出来事の記事で埋め尽くされるはずだ。もちろんロンドンじゅうの噂好きの連中が、こぞってきみたちの話をすることは言うまでもない。でもイズリントンにとっては、そのことは痛くもかゆくもないだろう。あの男の名誉は、すでに地に落ちているからな。でもきみはどうなんだ、クレア？　今夜のことが自分の評判にどういう影響を与えるか、考えなかったのか？」

「それはあなたの評判の間違いでしょう、閣下？　わたしの評判が傷つくことよりも、あなた自身の名誉のことが心配なんじゃないの？　あなたにとってなにより大切なものは、バイロンの家名とクライボーン公爵の肩書でしょうから」

エドワードが黙ると、夜の静けさがますます深まった気がした。「きみはそんなふうに思っていたのか」不気味なほど穏やかな声だった。

「ええ、そうよ。わたしは知らない人からどう思われようと、別に気にしないわ。本当の友だちなら、少しぐらい……変な噂が耳にはいっても、わたしを色眼鏡《いろめがね》で見たりしないはずよ」

「それは立派な考えだ。でもたしかきみは、注目の的になるのはいやだというようなことを前に言ってなかったかな。社交界のしきたりを破ることほど、人びとの注目を集めることはないと思うが」

クレアは深呼吸をし、気持ちを落ち着かせようとした。「目的を果たすためなら、しきたりを破らなければならないことも、その代償を支払わなければならないこともあるんじゃないかしら」

クレアはなにを言っているのだろう。エドワードは困惑した。イズリントンとダンスや食事をしたのは、若気の至りで少々はめをはずし、あえて人が眉をひそめるようなことをしてみたかったからではないのか。クレアがイズリントン卿に少しでも惹かれたのかと思うと、エドワードはついさっきまで、はらわたが煮えくりかえりそうだった。だがクレアの行動の裏には、なにか別の目的があったように思えてきた。

エドワードはクレアの腕をつかみ、何歩か前に進んだ。クレアはあとずさり、屋敷の冷たくすべすべした石の外壁にもう少しで背中が触れそうになった。「これはなんのゲームだ、クレア？　きみの狙いはなんだ？」

クレアが返事をしないのを見て、エドワードはさらに彼女に近づいた。そのときふとあることが頭にひらめいた。「まさか、わざとスキャンダルを起こそうとしているのか？」クレアの目をのぞきこむと、そこに答えが浮かんでいた。「やはりそうか！　それにしても、いったいなんのために？」

エドワードはクレアの体が震えているのを感じたが、その顔に浮かんだ、挑むような表情は消えていなかった。「わたし自身のためよ。それにこれはゲームじゃないわ。わたしは最初に、結婚はしたくないと言ったはずよ。その気持ちはいまでも変わってない。あなたがわたしの言うことに耳を貸してくれていたら、こんなことにはならなかったのに」

エドワードは愕然とした。「なんてことだ！　きみが当初、ぼくとの結婚をいやがっていたのはわかっている。でもその後、この結婚は避けられないものだと納得してくれたのかと思っていた。どうやらそうではなかったらしいな。つまりきみはぼくを怒らせ、婚約を破棄させることを狙っていたのか？」

クレアはつんとあげを上げた。「そうするしかないと思ったの」

エドワードはしばらくのあいだクレアの顔を見ていたが、やがて声をあげて笑った。

クレアは唇を結んだかと思うと、わなわなと震えだした。青い瞳が燃えるように光っている。「なにがそんなにおかしいの？」

「ぼくがそんなことで結婚を取りやめると思っていたのなら、きみはぼくのことをまったくわかってない。きみは品位ある一家だと勘違いしているようだが、きょうだいはしょっちゅうぼくを困らせるようなことばかりしているよ。バイロン家の人間は、常にスキャンダルまみれだ」

エドワードはそこでいったん間を置き、苦笑いした。「弟たちに比べたら、きみのしたことなどかわいいものだ。ジャックは三年前、決闘を申しこまれて、もう少しでイタリアに逃げそうになったことがある。伯爵夫人とベッドにいる現場を見つかり、伯爵の怒りを買ったんだ。二年前の社交シーズンのときは、ケイドが舞踏会の真っ最中に、貴族の男を絞め殺そうとしたこともあった」

クレアは口をあんぐりと開けた。「な、なにをしたですって？」

「もっともその男は、国家を裏切ったスパイだった。ケイドはそいつの正体を知っていたが、社交界の人びとはその当時、真実から顔をそむけていたのさ」

「なんてことなの」

「ひどい話だろう。さてと、そろそろこんなことをしても無駄だとわかってくれたかな?」

クレアは体をこわばらせた。「あなたはわたしがなにをしても無駄だし、わたしたちの結婚は避けられないものだと言うけれど、わたしはそうは思わない。それにスキャンダルに慣れっこになっているのなら、どうして今夜はそんなに取り乱しているの? 本当に自分の評判を気にしていないなら、わたしが誰と何回踊ろうと、あなたにはどうでもいいことでしょう」

エドワードの顔から笑みが消えた。「相手が問題なんだ。よりによって、イズリントンとは。あいつはとんでもない悪党で、けっして近づいてはいけない男だ」

「わたしが言うことを聞かなかったらどうするの? わたしはもう子どもじゃないのよ。自分のことは自分で決めるわ」

「たしかに年齢だけを考えると、きみはもう子どもじゃない。でもこんなばかげたまねをするなんて、子どもも同然じゃないか。つまらない小細工はぼくには通用しないから、早くあきらめたほうがいい」

「あなたがそう思いたいだけでしょう。あなたのほうこそ、わたしのことがちっともわかってないわ。わたしはものごとを簡単にあきらめる人間じゃないのよ」

「これからきみのことを、ミス・キホーテ（小説『ドン・キホーテ』で主人公のドン・キホーテが風車を巨人と見誤って戦ったことから、無駄な戦いや努力をすることの比喩として使われている）と呼んでもいいかな。無駄な努力をすることがちっとも苦にならないらしい」

「おもしろいことをおっしゃるのね、閣下。でもはっきり言わせていただくけど、わたしはあきらめるつもりはないわ。あなたが婚約を解消してくれさえしたら、すべてが丸くおさまるのに」

エドワードはゆらゆらと揺れる明かりの中で、クレアを見つめた。本人の願いを聞きいれ、婚約を白紙にするべきだろうか。もし彼女が本当に自分との結婚を望んでいないのなら、自由の身にしてやるべきなのかもしれない。だがそのことを思うと、エドワードの胸がかすかに締めつけられた。そしてそれは、公爵としての責任感だけが理由ではなかった。

エドワードはそれまで、クレアとの婚約を純粋な義務としてとらえていた。まだお互い、大人の言うことに逆らえない子どもだったころ、親どうしが話しあって一方的に決めたことだ。エドワード自身、そのことに抵抗を感じていた時期もあったが、そのうちクレアを娶ることを自然に受けいれられるようになった。でもいま、こうして彼女を見ていると、もはや公爵としての責任感が一番の理由ではなくなっていることがわかった。これはもう義務や責任の話ではない――自分はクレアと結婚したいと思っている。いや、もっと正直に言えば、彼女に欲望を感じている。もうじき自分のものになろうとしているのに、いまここでクレアを手放したくはない。

だがクレアは社交界の面々の前で恥をかくことになってでも、自由の身になりたいと言っている。彼女が理想を追い求めるロマンティストだったとは、いままで知らなかった。クレアはおそらく愛を求めているのだろう。あるいはその幻想を。現実的に考えれば、これほどいい縁談はないのに、それでは満足できないらしい。クレアの父親は、娘がどれだけいやだと言っても、まったく聞く耳を持たなかったにちがいない。だからクレアは、こちらに婚約を破棄してほしいと言ってきたのだ。

だが、どうしてもそれだけはできない。そんなことをすればクレアの名誉は傷つき、まともな男は誰も結婚しようと思わなくなるだろう。それにクレア自身はそう思っていないようだが、両親が彼女を温かく迎えいれるかどうかは、はなはだ疑問だ。エッジウォーター伯爵は自分たちが結婚することを切望していた。もしかすると、戻ってきたクレアを屋敷から追いだすかもしれない。そうしたら彼女はどうなるだろうか。

いや、やはりだめだ。本人が望もうが望むまいが、クレア・マースデンはエドワード・バイロンと結婚しなければならない。

それにいくら結婚をいやがっていても、クレアが自分にまったく関心がないとは思えない。何度かこの腕に抱いたとき、彼女が欲望を感じていることがわかった。あとはその欲望を燃えあがらせ、結婚すれば至福の悦びが味わえることを教えてやればいい。

「それで？」エドワードの沈黙を自分の都合のいいように解釈したらしく、クレアが期待に満ちた声で言った。「あなたから婚約を解消してくれるかしら、閣下？」

エドワードはクレアの目を見た。弱い明かりの中でも、その瞳は明るく澄んだ青に輝いている。「いや」ぶっきらぼうに言った。「それから、ぼくはエドワードだ。何度言ったらわかるのかな」

そしていきなり唇を重ね、クレアの言葉を呑みこんだ。クレアの体からすぐに力が抜けたのがわかり、エドワードはあらためて確信した。やはりクレアは自分に惹かれている。結婚するのはいやでも、キスにはなんの異論もないらしい。自分の腕にすっかり身をまかせているクレアに、エドワードは思わず頬をゆるめた。

唇を重ねたまままさらに何歩か進み、クレアの背中を屋敷の外壁に押しつけると、その体に両腕をまわしてますます激しいキスをした。

ふいにクレアが唇を離して顔をそむけた。「や――やめて」あえぎながら言った。

「どうしてだい？」エドワードはためらうことなく、柔らかなこめかみと頬に唇をはわせ、次にほっそりした首にくちづけた。

「話を、ご――ごまかそうとしてるでしょう」

「ぼくが？」エドワードは唇をさらに下に進め、クレアの胸もとにキスの雨を降らせた。

「こ……こんなことをしても無駄よ」

エドワードは、今度はうなじに円を描くように舌をはわせた。

「ああ」クレアは身震いし、エドワードの腕の中でしきりに脚をもぞもぞさせた。「わたしの決意は変わらないわ」

「そうかい？」エドワードはささやき、クレアの首筋にそっと息を吹きかけた。彼女のまぶたが半分閉じる。

「そ――そうよ」クレアはなんとかまぶたを開けようとした。「どんなことをしても、わたしを思いとどまらせることはできないわ」

エドワードは顔を上げた。「そうか、じゃあこれからはぼくときみとの駆け引きになるな」

クレアは大きく息を吸った。「そ――そうするしかないなら、望むところだわ」

ふたりはしばらくじっと目を見合っていた。「わかった」エドワードが言った。「だったらゲームを始めよう」

クレアは口を開こうとしたが、ひと言もしゃべらないうちに、エドワードが唇を奪って情熱的なキスをした。舌と舌をからませ、それから口の中を愛撫する。クレアは快感のあまりあえいだ。こめかみがうずき、目の前がくらくらしている。庭も屋敷も、広間にいる大勢の人たちのことも、頭から消えていった。

エドワードのことしか考えられない。

エドワードのキスと愛撫以外のものには、もうなんの意味もない。彼の唇の味、肌のにおい、うっとりするような愛撫の感触——それだけがいまのわたしを、この世界につなぎとめている。

クレアはエドワードの首に腕をまわし、どんどん激しさを増すキスに夢中になった。彼の髪に指を差しこみ、豊かでなめらかな手触りを楽しむ。顔を傾けてエドワードにキスを返し、その唇と舌の動きをまねた。

エドワードが濃厚なキスでそれに応えると、クレアは天上にいるような悦びに包まれた。彼の手が背中から腰をなで、さらに下に向かっている。

男らしい大きな手がクレアのヒップを優しくもみ、もう片方の手が胸を包んだ。敏感になった肌を大胆に愛撫され、クレアは思わず快楽の声をあげた。

エドワードが重ねた唇でそれを呑みこんだ。だがクレアの耳には、自分のくぐもった声が叫び声のように聞こえた。全身が熱く火照っている。まるでエドワードによって体に火をつけられたようだ。

脚のあいだがうずき、身震いしたくなるほどの強い欲望が体の奥で目覚めた。固かったはずの決意が、秋の風に吹かれた木の葉のように散っていく。エドワードに触れられただけで、わたしの体は柔らかな粘土のようになる。キスをされただけで、恍惚《こうこつ》としてなにも考えられなくなってしまう。

エドワードがドレスの背中にならんだボタンをはずし、コルセットをゆるめてクレアの胸をあらわにした。冷たい空気がむきだしの肌に当たり、クレアは一瞬びくりとした。だがすぐにエドワードが乳房を愛撫し、その体を燃えあがらせた。とがった乳首のまわりに親指で円を描き、そっとじらすように動かしている。クレアはひざから力が抜けそうになった。もしたくましい腕に背中を支えられていなかったら、きっと地面に崩れ落ちていただろう。

エドワードはクレアをさらに強く抱きしめ、愛撫を続けた。

エドワードがふいに顔を離した。クレアは戸惑ったが、すぐに別のところにくちづけされ、せつない吐息をもらした。彼が乳房を口に含んでいる。

濡れた唇と舌でさいなまれ、クレアは体を震わせながら、エドワードの髪に差しこんだ手にぐっと力を入れた。そしてその顔を自分のほうに引き寄せ、反射的に背中をそらして胸を押しつけた。エドワードは笑みを浮かべると、唇を大きく開いて硬くとがった乳首を舌の先でくすぐった。

クレアはすすり泣くような声を出し、陶然としてまぶたを閉じた。エドワードがスカートの下に手を入れ、むきだしの脚に触れている。ひざの裏に当てた手をゆっくり上に進め、しばらくそこをなでたあと、太ももへと向かう。ガーターのあたりをなで、丸みを帯びたヒップで手を止めた。それから指を広げ、柔らかなヒップを優しくつかんだ。

クレアがびくりとして小さな声をあげると、エドワードは裸の胸に顔をうずめたまま笑った。そして顔を少し傾け、さらに強く乳房を吸った。クレアは官能の波になすすべもなく呑みこまれ、唇を噛んで声を出しそうになるのを必死でこらえた。

エドワードがドレスのボディスとコルセットを完全に下ろし、もう片方の乳房に顔を移した。震える素肌を愛撫され、クレアは彼の腕の中で身もだえした。なかば朦朧《もうろう》としてエドワードにしがみつき、その髪や首筋に手をはわせながら、高まる欲望に身をゆだねた。

やがてエドワードが胸から顔を離し、鎖骨や首、あごや頬にくちづけた。いったん背筋を伸ばすと、クレアの体を抱きなおして唇を重ね、息が止まるような濃密なキスをした。クレアはまたもやなにも考えられなくなった。

そして次の瞬間、ぱっちり目を開けた。エドワードがヒップを愛撫していた手を脚のあいだに進め、大切な部分に指を一本、深く差しこんでいる。クレアはめくるめく快感に、大きく背中をそらした。いままで想像したこともなかった愛撫を受け、脚のあいだがうずいて熱いものがあふれている。

エドワードは荒々しいキスをしながら、指と舌を同時に動かして彼女を喜悦の世界へといざなった。

クレアがもうこれ以上我慢できないと思ったころ、エドワードが親指でそっと敏感な部分をさすった。全身で脈が速く打ち、心臓がいまにも胸を破って飛びだしそうなほど速く打っている。

そのとき体が宙に浮かびあがったような感覚を覚え、世界がまわりはじめた。クレアが快楽の叫び声をあげると、エドワードが重ねた唇でそれを呑みこみ、ぐったりした彼女の体を両腕で支えた。クレアは生まれてはじめて絶頂に達し、激しく体を震わせた。

衝撃と困惑で顔を離し、エドワードの胸もとに頬をうずめた。目を閉じて平静を取り戻そうとしながら、上質な石けんとレモン水のかすかな香り、それから男らしく温かな肌のにおいを吸いこんだ。

クレアはふと、みぞおちのあたりになにか硬いものが当たっていることに気づいた。これは彼の男性の部分だろうか？　もちろんそうに決まっている。クレアはエドワードがこれからどうするつもりなのかと思い、不安と期待でぞくりとした。

エドワードは最後にもう二、三回、彼女の敏感な部分をさすってから、そっと指を引き抜いた。そして太ももの後ろをなでてからスカートを下ろすと、顔を上げたクレアに優しくくちづけた。

「このへんでやめたほうがいい」エドワードは深いため息をつき、一歩後ろに下がった。それからクレアのコルセットとボディスを引きあげ、むきだしの胸と肩を隠した。慣れた手つきでコルセットのひもを結び、ドレスのボタンをかけている。ついさっきまであれほど情熱的に抱きあっていたのに、なぜエドワードはこんなに冷静なのだろう。ようやく頭がはっきりしてくると、クレアは思った。

それとも情熱を感じていたのは、わたしのほうだけだったのだろうか。彼にしてみると、女は誰でも一緒なのかもしれない。エドワードは本当にわたしが欲しかったのか、それともただ駆け引きに勝つために、わたしを誘惑したのだろうか。

エドワードは自分の欲望を満たすために、わたしを放した。みぞおちに当たっていた硬いものがその証拠だ。あとで誰か別の女性のところに行き、欲望を満たすつもりなのだろうか。きっとその相手はフェリシア・ベティスだろう。エドワードはすでにレディ・ベティスと密会の約束をしていて、わたしを屋敷に送り届けたら、こっそり会いに行くつもりなのかもしれない。

クレアの胃がぎゅっと縮み、火照っていた肌がふいに冷たくなった。「ひ——広間に戻らなくちゃ」それ以上、エドワードの顔を見ていたくなかった。

「戻らなくてもいいさ。もう時間も遅いから、馬車をまわさせよう」

「みんなにあやしまれるわ」クレアはつぶやいた。

「ほうっておけばいい」エドワードはクレアの手を引き、庭園灯の光が当たるところまで連れていくと、その目をじっとのぞきこんだ。「家に帰ろう、クレア。ぼくたちの家に。きみの帰る場所はそこだ」

クレアは長いあいだ黙っていたが、やがて視線を上げてエドワードの目を見た。「わたしの帰る場所はあなたの屋敷じゃないし、それに……その……さっきのことがあったからといって、わたしたちの関係が変わるわけじゃないのよ。あなたはわたしを誘惑することに成功したかもしれない。でもあなたの妻になりたくないという気持ちに、いまでも変わりはないわ」

エドワードのあごがこわばり、目が鋭く光った。「いや、きみにはかならずぼくの妻になってもらう。個人的には仲良くするほうが好ましいと思うが、もしきみがまだ駆け引きを続けたいならそうしよう。ただこれだけは言っておく。ぼくは表面的には紳士に見えるかもしれないが、駆け引きに勝つためなら手段を選ばない。きみがどんなに抵抗しても無駄だ。きみはぼくのものだし、どこにも行かせるつもりはない」

わたしがエドワードのものですって？

所有物という意味だろう、とクレアは暗い気持ちで思った。そしてあらためて決意を固めた。どんなにエドワードのことが好きで、どんなに今夜の出来事が素敵だったとしても、チエス盤の上のポーン（もっとも価値の低い駒）のようにあやつられて利用されるのだけは我慢できない。エドワードはこれをゲームだと言った。たしかにエドワードにとってはそうかもしれない。でもわたしにとっては、人生そのものがかかっているのだ。

これから広間に戻り、なにごともなかったようにふるまうのかと思うとぞっとしたが、クレアは負けたくなかった。社交界のしきたりにも、エドワードにも屈するつもりはない。

エドワードから少し離れ、髪が乱れていないか手でなでて確認した。「わたし、どんな顔をしてる？」あごをつんと上げて訊いた。

エドワードはクレアをしげしげと見た。「きれいだ。でもその赤く染まった頬と唇を見れば、ぼくたちが外でなにをしてきたか、みんなすぐにわかるだろう」

クレアは体の脇でこぶしを握った。「疑いを持たれるだけなら、別に実害はないでしょう」

エドワードは笑みを浮かべたが、すぐに真顔になった。「まさか本当に広間に戻るつもりかい？」

「ええ、そのとおりよ。これで失礼させていただくわ、閣下」

エドワードはクレアの腕をつかんだ。「いや、広間に戻るならぼくも一緒だ。だがその前に、イズリントンには二度と近づかないと約束してくれ。もしきみがまたあいつのそばにいるのを見かけたら、その場で連れて帰る」

クレアはゆっくり腕をほどいた。「イズリントン卿はもう帰ったかもしれないわ。でもどちらにしても、今夜はもうあの人に近づかないと約束する」

でも今後のことはわからないわ。クレアは心の中で付け加えた。そしてエドワードがまたイズリントン卿とのことで小言を言うかどうか、様子をうかがった。

だがエドワードはそれ以上なにも言わずにうなずき、クレアの手を取って自分の腕にかけた。「一緒に広間に戻ろう」

クレアは一瞬、断わろうかと思った。「わかったわ、閣下」

「エドワードだ」エドワードは低い声で言った。「それ以外の呼び方は、そろそろやめてくれないか」

クレアはエドワードの目を見つめ、悪びれた様子もなくにっこり笑った。

ふたりは連れだって広間に向かった。

14

「やった、勝ったわ！」クレアが笑いながら二輪馬車をとめると、グリーン・パークの砂利がわずかに舞いあがった。しゃれた麦わら帽子についた飾りが揺れている。さくらんぼをかたどったその木製の飾りは、ピンクとアイボリーの縞模様をした乗馬用ドレスと、そろいの長袖の上着によく色が合っていた。

それから三十秒近くたってから、ブレビンズ卿――敗者だ――が馬車をクレアの横にとめた。

ブレビンズ卿の顔には少し悔しさがにじみでてはいるものの、驚きとともに、感服した表情が浮かんでいる。まさか初心者の、しかも女性に完敗するとは思ってもみなかったらしい。とはいえ、負けた相手はただの女性ではなく、社交界の人びとから〝怖いもの知らずのクレア〟と呼ばれているレディ・クレア・マースデンだ。

この一カ月ほどで、社交界の面々はクレアのことを、手がつけられないじゃじゃ馬だと噂するようになっていた。

クレアはそのことを思いだしてひそかに微笑み、エドワードとの結婚から逃れるために、これまで起こした数々のスキャンダルを脳裏によみがえらせた。

まず、遊び好きの三人の紳士に誘われて射撃をした。それからペティグリュー邸で開かれた園遊会《ガーデンパーティ》で、オックスナード卿とミスター・カーステアズと一緒に、バラの茂みに隠れてこっそり煙草《たばこ》を吸った。また、仮面舞踏会に行ったとき、ほろ酔いかげんになった四人の若い男性に交じってさいころ遊びをしたこともある。クレアは運よく、四人の関心がギャンブルからほかのことに移る前にその場を立ち去った。だがなにより幸いだったのは、エドワードの目をかすめていなくなったあと、さいころ遊びが終わるまで彼に見つからずにすんだことだ。

四日前にはサーペンタイン池で、手漕《てこ》ぎボートの勝負をした。相手はその美貌《びぼう》と放埒《ほうらつ》さで、ロンドンじゅうに名を馳《は》せるロリーナ・ラブチャイルドだった。ヴィルヘルミナとマロリーが呆然として見つめるなか、クレアとミス・ラブチャイルドは舟の舳先《へさき》に座り、声をかぎりに漕ぎ手の男性を応援した。勝ったのはクレアの乗った舟だった。クレアはご褒美として漕ぎ手の男性の頬にキスをしたが、池の向こう岸にいたふたりの若いレディが、それを見て気を失いそうになっていた。

クレアは向こう見ずなことをするたび、今度こそエドワードが怒りを爆発させ、荷物をまとめさせて自分を屋敷から追いだすだろうと思っていた。だがエドワードはいつも平然とした表情を崩さず、クレアがなにをしてもせいぜい眉を少しひそめるぐらいだった――少なくとも、人が見ているところでは。

だがふたりきりになると、クレアが抵抗をやめないことへのいらだちを隠そうとしない。外に出られないように部屋に閉じこめるぞと、クレアを脅すこともあった。でもそれがただの脅しであることは、エドワード本人もクレアもよくわかっていた。そんなことをしても無駄なだけでなく、また格好の噂の種になるからだ。〝クライボーン公爵は、あのじゃじゃ馬の婚約者に手を焼いて屋敷に閉じこめたらしい〞人びとがそうささやく声が聞こえてくるようだ。もしかすると、ミセス・ラドクリフ（ゴシック文学の人気作家）がそのことを素材にして小説を書くかもしれない。

エドワードがクレアを軟禁することなど、できるはずがない。

だが彼は、もっと意地の悪いお仕置きをする。クレアはエドワードから先日、ふたたび情熱的なキスと愛撫を受けたときのことを思いだし、御者席に座ったままかすかに身をよじった。まだ純潔を失ってはいないが、あのときふたりでどんなことをしたかを考えると、恥ずかしさで顔が赤くなる。

クレアはもう考えてはいけないと自分に言い聞かせ、ブレビンズ卿に微笑みかけた。「賭け金はたしか十ポンドでしたわよね、閣下。もしもいまお手持ちがなかったら、あとでクライボーン邸に届けてくださっても結構ですわ。ただ宛先《あてさき》には、公爵ではなくてかならずわたしの名前を書いてくださいね」

ブレビンズ卿は唇をゆがめて笑い、財布を出そうと上着のポケットに手を入れた。「いや、いまお支払いしたほうが賢明でしょう。わたしの使用人があなたにお返しする金を持ち、お屋敷のドアをノックしたら、クライボーン公爵が気を悪くなさるかもしれません」財布を開けて十ポンド紙幣を取りだすと、それをクレアに差しだした。「あなたはクライボーン公爵の怒りを買うことをなんとも思っていらっしゃらないかもしれませんが、わたしはちがいます」

クレアは身を乗りだして紙幣を受け取り、愛想のいい笑みを浮かべた。「だったら、わたしとこうして競争などなさらなければよかったのに。どうせもう、たくさんの人に見られてしまったわ」

いまこの瞬間も、あきれ顔でクレアとブレビンズ卿を見ている人たちがいる。クレアは馬の背にまたがったふたりの中年の紳士——世の女性に負けず劣らずゴシップが好きそうだ——ににっこり笑いかけ、手袋をした手をふってみせた。ふたりの紳士は自分たちが見ていることに気づかれていないと思っていたらしく、ぎくりとした表情を浮かべると、帽子をひょいと上げて立ち去った。

クレアは心の中で笑みを浮かべた。もはや社交界の人びとからじろじろ見られても、なんとも思わなくなっていた。そもそもいまのクレアの目標は、常識はずれのことをして世間の注目を浴びることなのだ。それが功を奏してエドワードとの婚約が白紙になったら、またすぐにただのレディ・クレアに戻れるのだから。

クレアはかすかに眉根を寄せた。本当にそうなるといいのだけれど。いったん世間に名前を知られてしまったが最後、人は二度と無名に戻れないということはないだろうか。

「わたしが勝負をした理由ですが」ブレビンズ卿が言った。「あなたは人にいやとは言わせないなにかをお持ちです。あなたに勝負を申しこまれたら、断ることなんてできませんでした」

クレアはふたたび声をあげて笑った。

ブレビンズ卿も一緒に笑い、かすかに顔を赤くした。やがて通路の先に視線を向けると、その顔から笑みが消えた。「あの……わたしの見間違いじゃなければ、クライボーン公爵が馬に乗ってこちらに向かってくるようです」

クレアは反射的に、手綱を握る手にぐっと力を入れた。顔を上げ、向こうからやってくる馬とその背に乗った人物を見る。「あら、本当だわ」さりげない口調で言った。「わたしがここにいることを、屋敷の誰かが公爵に教えたんでしょう。きっと使用人ね」

ブレビンズ卿が身構えたのがわかった。

「もしお帰りになりたいのなら、どうぞそうなさってください。わたしはちっともかまいません」

ブレビンズ卿はためらった。「本当ですか？　なんだかあなたを見捨てるようで気がとがめるな」

「いいえ、そんなことはありません。クライボーン公爵はわたしの婚約者です。あの人と一緒なら、わたしはこのうえなく安全ですわ」

ブレビンズ卿はクレアの言葉に完全には納得していないようだったが、紳士的な気遣いよりも、防衛本能のほうが勝ったらしかった。「あなたがそうおっしゃるなら」すぐそこまで来ているエドワードに、もう一度、目をやった。「実を言うと……今日は……早めの昼食の約束がありまして」

「だったら遅れないようにしなくては。さあ、どうぞ行ってください。また近いうちにお目にかかりましょう」

ブレビンズ卿はうなずいて手綱を持った。「今日は楽しかったです、レディ・クレア。レディ・マロリーとミセス・バイロンによろしくお伝えください」

「わかりました」

クレアはにっこり笑い、ブレビンズ卿を見送った。馬車がどんどん遠ざかっていく。

意気地のない人だわ。胸のうちでつぶやきながら、ブレビンズ卿とエドワードがすれちがいざまに挨拶を交わすのを見ていた。やがてブレビンズ卿の馬車が見えなくなり、エドワードがやってきた。そして大きな糟毛《かすげ》の雄馬をクレアの横でとめた。立派な体躯《たいく》をした馬が、クレアの馬車を牽く二頭の雌馬の前で、自分の優位を誇示するように地面をひづめでかいて頭をふった。その主人であるエドワードにも、周囲が圧倒されるような存在感と、雄々しく完璧な容姿が備わっている。最高級のあざやかな青の上着と淡黄褐色のズボンを着け、ぴかぴかに磨きこまれた黒いヘシアンブーツを履いたその姿には、どんな女性も目が釘づけになるにちがいない。

クレアがそう思ったそばから、屋根のない四輪馬車で通りかかった三人のレディが、うっとりしたまなざしをエドワードに向けた。

だがエドワードはその三人には目もくれず、クレアだけを見ていた。鞍《くら》の上でわずかに身を前に乗りだし、まっすぐクレアの目を見据えた。「ぼくが一緒じゃないときは、手綱を握ってはいけないと言っただろう」

「あら、おはようございます、閣下」クレアはちくりと嫌みを言った。「挨拶の言葉を屋敷に忘れてきたみたいね。それからご機嫌も」

エドワードはあごをこわばらせた。「きみがメイドすら連れず、馬車で出かけたと聞かされるまで、ぼくの機嫌は悪くなかったさ」

エドワードが怒るにちがいないことは、クレアにもよくわかっていた。まっとうなレディは付き添いもなく、ひとりでどこかに出かけたりしない。クレアはエドワードに婚約を白紙撤回させたい一心から、最近ではますます過激な行動を取るようになっていた。

きみがなにをしても無駄だという言葉どおり、いまのところエドワードに結婚をやめようと考えている様子はない。でもまだ婚約の解消を言いだしていないからといって、クレアの向こう見ずな行動に怒っていないわけではない。ときにはクレアが震えあがるほど、怒りに燃えた目をしていることもある。

今日はどれくらい怒っているだろうと思いながら、クレアはエドワードの濃紺の瞳を見ると、無造作に肩をすくめた。「ペニーは今朝、体調が優れなかったのよ」メイドを連れてこなかったことをそう弁解した。

「マロリーは?」エドワードは低く深みのある声で言った。

「まだ寝ていたの。あなたも知ってのとおり、昨夜の舞踏会から戻ってきたのは、朝方の四時近かったでしょう。一緒に来てほしいなんて、とても頼めなかったわ」

「きみはどうなんだ? 疲れていないのか?」

「ええ、ちっとも。あなたと同じで、わたしは睡眠時間が短くても平気なの。閣下もいつも早起きですものね」

エドワードは唇をぎゅっと結んだが、なにも言わなかった。クレアが自分を名前で呼ばず、わざと堅苦しい呼び方をしていることはわかっている。エドワードは嘆息し、ふりかえって通路の先を見た。「ところで、ブレビンズはなんの用だったんだ? 馬車をとめて挨拶をしていたのかい? ブレビンズもきみがたったひとりで公園にいることを、心配していただろう」

「わたしがペニーを連れずにここに来たのを見て、最初は少し驚いていたわ。でもわたしとブレビンズ卿は、挨拶をしていただけじゃないの。勝負をしていたのよ」

エドワードの目が雷雲のように暗い色になった。「なんの勝負を?」

「どちらが速く馬車を走らせられるかに決まってるでしょう。わたしが勝って、十ポンドをもらったわ」クレアはポケットに手を入れて十ポンド紙幣を取りだし、ひらひらとふってみせた。「なにに使おうかしら」

エドワードがさっと手を伸ばし、紙幣をクレアの手から取った。「この金は使えない。今日じゅうに誰か使いの者をやり、ブレビンズに返すことにする。今日のことは忘れてほしいという手紙も一緒に持たせよう」

「そんなのひどいわ。わたしは正々堂々と勝負に勝ったの。わたしのほうが馬車の長さふたつぶんぐらい、先にゴールに着いたのよ。さあ、そのお金を返してちょうだい」

だがエドワードはクレアの言うことに耳を貸さず、上着のポケットに紙幣を入れた。「なんてばかなことをしたんだ。レディは勝負などするものじゃない。賭け事も同じだ」

「あら、賭け事ならみんなやってるわ。年配の女性だって、毎晩カードゲームをしているじゃないの」

「でも賭け金は微々たるものだろう。ふつうはせいぜい一ペニーだ」

「賭け金の相場ぐらい知ってるわよ。でもあなたがいくらブレビンズ卿に頼んだところで、今日のことをなかったことにはできないわ。あの人が忘れると約束してくれたって同じことよ。まわりにはたくさん人がいたもの。みんなわたしが勝つところを見ていたんだから」クレアは歯を見せて笑った。

エドワードも同じようにしたが、目は笑っていなかった。「きみはまた約束を破ったな。先週、サーペンタイン池であの高級娼婦《しょうふ》と勝負をするという事件があってから、公園には近づかないようはっきり言っておいたはずだが」

「ミス・ラブチャイルドは楽しくて素敵な人だわ。あのあと、自分もいつか公爵と結婚したいと、こっそりわたしに打ち明けたのよ」エドワードの面食らったような顔を見て、クレアは吹きだした。「あなたから意地の悪いことを言われたのは覚えてるわ。でもあなたは、二度とハイド・パークに行ってはいけないと言っただけよ。グリーン・パークのことはなにも言わなかったじゃないの」

エドワードはのどの奥で低くうなると、馬を何歩か後ろに下がらせて鞍から降りた。

クレアの顔から笑みが消えた。「なにをするつもり?」

「きみを屋敷に連れて帰る」

エドワードは手綱を引いて馬を馬車の後方に連れていった。そして優しくなにかをささやきかけて首をぽんとたたき、手綱を馬車に結びつけた。馬は首をふってひづめを鳴らしたが、馬車のあとについて歩くことがわかったらしく、すぐにおとなしくなった。

エドワードは馬車の前方に向かった。「そこをどいてくれ。ぼくが手綱を握る」

クレアは肩をこわばらせ、手綱を持った手にぐっと力を入れた。「いいえ、わたしが握るわ」

エドワードは手でクレアを追いはらう仕草をし、馬車のへりに足をかけた。クレアはしかたなく隣りの席に移った。エドワードが空いた御者席に腰を下ろし、手綱に手を伸ばした。

「わたしにまかせてくれてもいいのに」クレアは手綱を渡しながら言った。御者が交代したことに気づいたらしく、二頭の馬がかすかに足踏みしてひづめを鳴らしている。

エドワードはきらりと目を光らせてクレアを見た。「いや、だめだ。今後一切、きみに手綱を握らせるわけにはいかない」

「なんですって！」

「いま言ったとおりだ」エドワードは手綱を小さくふり、馬を歩かせた。「今日からこの馬車もほかの馬車も、ぼくの許可なしにきみが乗って動かすことを禁止する。ただ言っておくが、ぼくはこの先もきみに許可を出すつもりはない」

「でもエドワード――」

「ほう、閣下でも公爵でもなく、やっとエドワードと呼んでくれたな」

クレアはのどまで出かかった文句を吞みこんだ。「でもエドワード、わたしの手綱さばきの腕はたしかよ。あなただってそう言ってくれたじゃないの」

「腕の問題じゃない。きみの分別のなさが問題なんだ。きみがまた、公園でこうしたばかげた勝負を絶対にしないとは言いきれない気がしてね。一番手っ取り早い解決方法は、きみから手綱を取りあげることだろう」

クレアはひざの上でこぶしを握り、奥歯を強く嚙みしめた。「そんなのずるいわ」

「ずるくなどないさ。きみが起こしてきた数々の事件を考えたら、ぼくはむしろこれまで寛大すぎるほどだった。きみが射撃をしたときも、仮面舞踏会の夜に酔った若者とさいころ遊びをしたときも、小言ひとつ言わなかっただろう。園遊会でカーステアズとオックスナードのふたりと煙草を吸ったことについては、きみ自身、ひどく後悔したはずだ。しばらく顔が真っ青だったから、さすがのきみも煙草だけは二度とやらないだろう」

エドワードの言うとおりだった。あんなに気分が悪くなるのなら、もう金輪際、煙草なんか吸うつもりはない。肺が口から飛びだすかと思うほど激しく咳《せ》きこんだばかりか、吐き気までこみあげてきた。おまけにどんなに歯磨き粉やレモン水を使っても、いやな味がなかなか口から消えなかった。

「でも勝負事にのめりこむのだけは、黙って見ているわけにはいかなくてね。忠告しておくが、ぼくの裏をかこうなどとは思わないほうがいい」

クレアはモスリンのドレスに包まれた胸の前で、腕を組んだ。「ふうん。わたしが言うことを聞かなかったら、どうするつもりなの？」

「きみにはなにもしない。だがもし、使用人がぼくの命令を無視してきみに手を貸したのがわかったら、その場で解雇する」

クレアは愕然とした。「そ――それはひどすぎるわ。使用人をそんなふうに解雇するなんて。みんなにも生活があるのよ。たったそれだけのことで、仕事を奪ったりしないで」

「きみがぼくの命令に背くように使用人をそそのかさないかぎり、誰も解雇したりしない。もし誰かが職を失ったら、それはひとえにきみの責任だ」

「そんな!」

エドワードがこれほどひどい脅しをかけるなんて。クレアは思った。でもエドワードはわたしをおとなしくさせるため、心にもないことを言っているだけかもしれない。なんてずるい人だろう。きっとわたしが使用人のことを気にし、自分の脅しが本当かどうかを試すことはないだろうと、たかをくくっているにちがいない。悔しいけれど、エドワードの狙いは当たっている。これはわたしと彼の問題であり、いくら自由を勝ち取るためであっても、関係のない人を巻きこむ危険を冒すわけにはいかない。

「いままで知らなかったけど、あなたってとんでもない暴君だったのね」

エドワードはクレアの目を見た。「もしそうだとしたら、きみがぼくを変えたんだ」深いため息をついた。「もうこんな無駄なことはやめるんだ、クレア。いろいろやってみても、どれひとつうまくいかなかっただろう。これから先もうまくいくことはない。ぼくはきみとの婚約を破棄するつもりはない。きみは世間に、自分がじゃじゃ馬だという評判を広めているだけだ。あの自由奔放な弟のジャックでさえ、きみの前では色を失うだろう。さあ、もうゲームは終わりだ」

クレアはごくりとつばを飲んだ。わたしだってもう終わりにしたい。こんなゲームなどやめてふつうの若い女性に戻れたら、どんなにいいだろうか。でもここであきらめたら、自由もなにも手にはいらない。完全にわたしの負けだ。

クレアは言葉を発するより先に首をふった。「いいえ、あなたがわたしとの婚約を解消してくれないかぎり、やめるつもりはないわ。これからどうするかは、あなた次第よ」

顔を上げると、馬車はそろそろ屋敷に着こうとしていた。目の前に豪奢なクライボーン邸がそびえたっている。エドワードは屋敷の前に馬車をとめ、座席の上でクレアに向きなおった。

「ぼくの答えは同じだ。婚約を解消するつもりはない」

クレアはしばらくのあいだ、エドワードの顔をじっと見ていた。この人はどうしてこんなに頑固なんだろう。なぜわたしを自由にしてくれないの。エドワードの頭には、プライドと名誉のことしかないらしい。わたしに特別な感情を抱いてくれてさえいれば、すべてが変わるのに。こんなにむなしいゲームはない。

それ以上エドワードと言い争うことに耐えられず、クレアは彼が手を貸してくれるのを待たずに馬車から飛び降りた。小走りに馬車の脇をまわると、スカートを揺らしながら玄関の踏み段を駆けあがった。執事のクロフトがドアを開けてにこやかに挨拶をしたことにも、ほとんど気がつかなかった。

エドワードは馬車を降り、クレアが屋敷の中に消えるのを見ていた。そしてあごをこわばらせ、馬車の後ろにまわって結んでいた雄馬の手綱をほどいた。馬丁にまかせてもよかったが、今日は自分で世話をしたい気分だった。愛馬ジュピターの手綱を握り、その筋肉質の首を軽くたたいて厩舎《きゆうしや》に向かった。ひとりの馬丁が寄ってきて、馬車につながれた馬たちを引きながら歩きだした。そのさまはちょっとした行列のようだった。

厩舎のれんが敷きの中庭まで来ると、エドワードはほかの馬丁たちと挨拶を交わし、ジュピターの手綱を引いて建物にはいった。手入れの行き届いた清潔な厩舎には、二十頭前後の馬がいる。干し草と馬の土くさいようなにおいが、エドワードを出迎えた。馬たちが馬房の手前に寄ってきて、柵《さく》越しに首を伸ばした。ひづめで床をかいたり鼻を鳴らしたりして、主人に挨拶をしている馬もいる。

中年の馬丁頭が、長い顔に笑みをたたえて近づいてきた。「あとはわたしがやっておきます、閣下」

「いや、いい。今日はわたしがやる」

その言葉に驚いたかどうかはわからないが、馬丁頭は表情を変えなかった。「わかりました。なにかご用があったら言ってください。いま新鮮な水を用意させます。飼葉桶《かいばおけ》はもう馬房に入れてありますよ」

「ジュピターの世話が終わったら、ちょっと話したいことがある」

馬丁頭はわかったというようにうなずいて微笑み、しなやかな足取りで歩き去った。エドワードはジュピターを馬房に連れていくと、子どものころからの慣れた手つきで鞍をはずした。愛馬を驚かせないよう注意しながら、その体に毛すきぐしをかけはじめた。ジュピターはすぐにおとなしくなり、エドワードは一定のリズムでくしを動かした。

とんでもない暴君だと？　エドワードはクレアの言葉を思いだし、唇を固く結んだ。もしクレアの言うとおり、自分が本当に暴君だとしたら、手綱を握ることを禁止するよりもずっとひどい罰を彼女に与えていたはずだ。

この一カ月というもの、クレアはこちらの神経を逆なですることばかりしている。いや、逆なでという言葉じゃとても足りない。ふつうの男なら、どんな手段を使ってでも、ばかげたふるまいを即刻やめさせようとしていただろう。世間では、クライボーン公爵は信じられないほど寛容だと噂されているらしい。そしてレディ・クレアが次にどんな事件を起こし、公爵がそれにどういう反応をするかということが、賭けの対象になっているという。

舞踏会の夜、たしかにクレアは婚約を白紙にするためならどんなことでもするというようなことを言っていたが、まさかここまでやるとは思っていなかった。どれも、小柄な若い女性が起こしたとは思えないスキャンダルばかりだ。でも部屋に閉じこめて出られないようにするか、荷物をまとめさせて田舎に送りかえす以外に、打てる手はたいしてない。

それにクレアには自分がしていることがどれだけ無駄であるか、自分でわかってほしいという気持ちもあった。一度か二度、ささやかな抵抗を試みれば、彼女もあきらめて負けを認めるだろうと思っていた。だがクレアのしていることは、とてもささやかな抵抗などと呼べるものではなく、エドワードも社交界もすっかりふりまわされている。

クレアは頭がいい。それは認めよう。それに驚くほど大胆でもある。自分はどうして彼女のことを、物静かで従順そうだなどと思っていたのだろうか。あの気骨と度胸なら、王に戦いを挑むこともいとわないのではないか。

幸い、病を患ったジョージ王の王権代行者となった摂政皇太子《プリニー》は、来月カールトン・ハウスで開かれる祝賀パーティのことで頭がいっぱいで、クレアのことにはあまり注意が向いていないようだ。だがもしプリニーが〝クライボーン公爵の型破りな婚約者〟のことを聞きつけたら、ひどくおもしろがるのは目に見えている。プリニーがクレアに関心を持ち、舞踏会かなにかで会ってみようと思わないことを祈るばかりだ。そうなったら、どんなとんでもないことが起きるかわかったものではない。

エドワードはそのときのことを想像し、やれやれという顔をした。そして背筋を伸ばし、別のブラシを手に取った。ブラシをかけると、ジュピターが嬉しそうに体を動かした。筋肉の小刻みな震えが、さざ波のように全身に広がっていく。

さっきはまだ折れる様子はなかったが、クレアもそのうちあきらめるだろう。なにしろ公園に行くことに加え、手綱を握ることも禁止されたのだ。そこまで手足を縛られれば、さすがの彼女もできることはかぎられてくる。だがエドワードは、クレアが自分から態度を軟化させ、結婚を受けいれる気になることを望んでいた。それがお互いにとって一番理想的なかたちだ。彼女とのけんかなど望んでいない。最終的に勝つのは自分に決まっているが、仲直りできればそれに越したことはない。

クレアのせいで、自分はあれはだめだ、これもだめだと口にする、こうるさい人間になってしまった。おまけに心もかき乱されている。ときどき彼女のお尻をたたいたほうがいいのか、キスをしたほうがいいのか、わからなくなることがある。でも女性や子どもに体罰を与えるのは主義に反するので、結局、選択肢はキスしか残らない。

もちろん自分はそれが不満なわけではない。この前もまた、ふたりで熱いひとときを楽しんだことを思いだす。クレアに触れるたび、情熱の炎が燃えあがり、世間のしきたりなど忘れて彼女を奪いたくてたまらなくなる。

最近では欲望を抑えるのが、ますますむずかしくなってきた。ふたりの抱擁は回を重ねるごとに激しさを増している。欲望に身をまかせ、行き着くところまで行けたらどんなにいいだろうか。クレアもきっと拒まないはずだ。そっと軽く肌に触れただけで、彼女の体からはまたたくまに力が抜けていく。何度かキスと愛撫をすれば、全裸にして歓喜の声をあげさせることができるだろう。

いったん結ばれてしまえば、婚約を解消する話も、クレアのばかげた行動もなくなるにちがいない。そして自分たちは予定どおり結婚することになる。

だがいくら手を焼いているからとはいえ、エドワードはクレアを罠にかけるようなまねをしたくなかった。純潔を失えば、クレアは結婚する以外に道がなくなってしまう。彼女はエドワードを憎むだろうし、それは当然のことだという気がする。

やはりもうしばらく辛抱し、クレアの気のすむようにさせてやろう。そしてクレアがあきらめて抵抗をやめたら、結婚すればいい。それから少しずつ、彼女の不安がいかに意味のないものだったか、自分との結婚生活がいかに快適で幸せであるかを教えてやるのだ――たとえ義務と打算にもとづいた結婚であっても。

それまでは欲望を抑え、少なくとも純潔だけは奪わないようにしなくてはならない。クレアにもう教えてあるが、実際に結ばれなくても悦びを味わう方法はある。これからもキスや愛撫は楽しむつもりだが、自制心だけは失わないようにしなければ。

下半身が反応し、エドワードは思わず小さなうめき声をあげた。目を閉じて必死で欲望と闘った。いますぐ屋敷に戻り、クレアを捜して寝室に連れていき、理性もなにもかも忘れて快楽の世界に溺れたい。

エドワードはブラシを脇に置き、裏掘り（ひづめの裏にはまった土などを取りのぞく道具）を手に取った。この作業には細心の注意が必要だ。ジュピターは素晴らしい馬ではあるが、それでも気性の荒い種馬であることに変わりはない。おとなしくしているように見えても、こちらがぼんやりしていると、胸や頭を蹴《け》られて命を落とすこともある。欲望を忘れるために、これほどいい方法はないだろう。

エドワードはひづめの手入れに集中し、クレアのことを頭から追いはらった。そのあいだだけは、彼女のことを忘れられた。

クレアは寝室でメイドの手を借り、新しい半袖のデイドレスに着替えた。淡い黄色のシルクのドレスで、水玉模様の透きとおった白いオーバースカートが、その上にふわりと重なっている。

メイドがボタンをかけ終え、何歩か後ろに下がって仕上がりを確認した。「まるで絵のようにきれいですわ、お嬢様」そう言って屈託のない笑みを浮かべた。

クレアは暗い気持ちを隠して微笑みかえした。

エドワードとの口論から一時間近くがたっていたが、まだそのことが頭から離れなかった。エドワードは自分から手綱だけでなく、それで得られるたくさんの自由を取りあげた。これまで思いつくことはいろいろやってみたが、望んでいたような結果はまだ得られていない。

どうしたらあの人をあきらめさせることができるのだろう。彼の言うとおり、本当にわたしがなにをしても無駄なのだろうか。でもきっとなにか方法があるはずだ。どんなに大変でも、かならずそれを見つけてみせる。クレアがエドワードを出し抜いてなにかできないかと考えていると、ドアをノックする音がした。

メイドのペニーがドアを開けたところ、マロリーが部屋にはいってきた。ペニーは挨拶をして部屋を出ていった。

「庭園昼食会に出かける準備はできたかと思って」マロリーは言った。淡いブルーのサーセネットのドレスが、その瞳を宝石のように美しく見せている。

「ええ、このとおりよ」

マロリーは一瞬ためらったのち言った。「それと、使用人が噂していることが事実かどうかも確かめたかったの。今朝、ひとりで馬車に乗って出かけたというのは本当？」

クレアはうなずいた。「本当よ」

「ネッドがあなたを追いかけていったというのは？」

「あなたはなんでも知っているのね」クレアは苦笑いした。

マロリーはにっこり笑った。「使用人はわたしになんでも話してくれるのよ。それで、なにがあったの？」

クレアは窓際に行き、そこに置かれていた椅子に座った。「かいつまんで言うと、今後一切、手綱を握ることを禁止されたわ」

マロリーは向かいの席に腰を下ろした。「メイドを連れていかなかったというだけで?」

「それもあるけれど、一番の理由はわたしがブレビンズ卿と勝負をしたからよ。結果はわたしの勝ちだったわ」クレアは椅子にもたれかかって腕を組んだ。「エドワードはわたしから賞金を取りあげ、今日のうちにブレビンズ卿に返すと言ったの。でも、そんなことをしても意味はないのにね。あなたの耳にもはいったぐらいだから、今朝のことはいずれロンドンじゅうに知れわたるでしょう」

「信じられない、いい! あなたがネッドの気を引こうとしていることはわかってるけれど、そうしたことがはたして本当にいいやり方なのかしら? バイロン家に生まれたわたしでさえ、あなたのすることには驚かされるわ!」

クレアはエドワードが以前、バイロン家の人びとについて言っていたことを思いだした。マロリーは、クレアがエドワードの気を引くため、わざと周囲が眉をひそめるようなことをしているのだと思いこんでいる。だがそれは半分正しくて、半分間違っている。最初にマロリーからなぜそんなことをするのかと訊かれたとき、真実を半分織り交ぜて説明するのが一番いいと思った。

マロリーが信用できないからではない。彼女のことは心から信じている。でもエドワードはマロリーの兄であり、彼女に自分と家族のどちらかを選ばせるようなことだけはしたくなかった。それにもしクレアが本当の目的を教えたら、マロリーはその理由を知りたがっていただろう。つまらないプライドかもしれないが、クレアはエドワードへの想《おも》いをマロリーに知られたくなかった。そこでマロリーの誤解を利用することにした。

「あなたの計画は、はじめから少し常軌を逸していると思ってたわ」マロリーは何度もくり返した言葉をまた口にした。「でも、ネッドがこんなふうに誰かにふりまわされているのを見るのははじめてよ。兄は怒っているときでさえ、冷静で理性的な態度を崩さないもの。なのに、あなたに対してだけはちがう。あなたのことになると、考えるより先に体が動いてしまうみたい。ネッドが感情的になるのを見ると、なんだかほっとするわ」

「そう?」クレアはかすかに笑みを浮かべた。

「ええ、そうよ。そろそろネッドにも、愛する人を見つけてほしいと思ってたから。しかもお相手は、こんなに素敵な女性なんですものね」

クレアは眉根を寄せた。愛する人ですって? いいえ、エドワードはわたしを愛してなどいない。

エドワードが今朝、公園でわたしを責めているところをマロリーが見ていたら、きっとそんなふうには思わなかっただろう。でもロマンティストのマロリーは、誰かが誰かを見つめてため息をついていたら、恋をしているのだろうと思いこむ。自分が幸せであるように、ほかの人たちも幸せだと思うらしい。マロリーはわたしのことをエドワードの愛する人だと言ったが、それはそうであってほしいと思う心から出た言葉に決まっている。自由を得るためには、ここで気を抜くわけにはいかない。さっきエドワード本人にも言ったとおり、自分たちの駆け引きはまだ終わっていない。

「そうかしら」クレアは一瞬、マロリーから目をそらした。「今日の昼食会で、エドワードがどんな愛情表現をしてくれるか楽しみだわ。わたしに小言を言うかしら、それとも怖い顔でにらむかしら？」

マロリーの笑い声につられ、クレアも笑った。「ところで、帽子をどれにするか相談に乗ってほしいの。三つまで絞ったんだけど、なかなか決められなくて」

「見せてちょうだい」マロリーは身を乗りだした。「おしゃれほど楽しいものはないわ。どの帽子が今日のドレスに一番似合うか、一緒に見てみましょう」

15

「もっとなにか食べるかい？」その日の午後、エドワードが訊いた。

クレアは青と白の縞柄の上質なブランケットの上に、エドワードとならんで座っていた。麦わら帽子の短いつばの下から、ちらりとエドワードを見た。帽子についた長い淡黄色のリボンが肩の下で揺れている。

クレアとマロリーは、その帽子の明るい色合いと軽やかなデザインが、戸外での昼食会にぴったりだと考えた。晩春の気温は汗ばむほどで、それを選んだのは正解だった。

「いいえ、ありがとう。もう充分いただいたわ」クレアは皿を脇に置いた。「あなたに勧められるまま、イチゴのタルトを食べたりしなければよかった。おいしすぎて途中でやめられなかったわ」

「せっかくの初摘みイチゴと新鮮なクロテッド・クリームを食べないのは、もったいないと思ってね。まだ残っているかどうか、召使いに訊いてみようか」

「もう結構よ。お腹いっぱいで、まぶたが重くなってきたわ」

エドワードの瞳の色が濃くなった。「ほかの人たちも休んでいる。きみがしばらく目を閉じていたところで、誰も気にしないさ」すぐそばの木にもたれかかる。「ほら、ぼくを枕《まくら》にすればいい」そう言って太ももをたたいた。

クレアはエドワードの顔を見た。それから筋肉質の太ももにこっそり目をやり、あの上に頭を乗せたらどんな感じがするだろうかと考えた。肌が急に火照ったが、それは五月の暖かな風や、頭上から降りそそぐ陽射しとはまったく関係がなかった。

わたしのことを、いつもスキャンダルばかり起こしていると責めるくせに。

だがエドワードの言うとおり、周囲は静かになっていた。なにもせずぼんやりブランケットに座っているグループや、なにかをささやきあっているカップルばかりか、仰向けになって寝ている人たちまでいる。

クレアはエドワードがなにを考えているのか、よくわからなかった。彼はきっとまだ今朝の勝負のことを怒っており、礼儀正しさこそ忘れないだろうが、ぶっきらぼうな態度を取るにちがいないと思っていた。でもさっき玄関ホールでクレアとマロリーと会ったエドワードは、感じのいい笑顔でふたりに声をかけた。それからここに向かう馬車の中でも、レオとローレンスが次々と披露する話に、声をあげて笑っていた。

それにクレアは、エドワードが自分のそばに看守のようにぴたりとつき、またなにか事件を起こさないかと目を光らせるだろうとも思っていた。けれどもエドワードは、かいがいしくクレアの世話を焼いてはいるものの、それは息苦しさを感じさせる監視とはちがい、ふつうの男性が婚約者にすることとなんら変わりがなかった。

だがクレアにとって、問題はまさにそこにあった。自分たちはふつうの婚約者どうしの関係ではない。たとえうわべだけであっても、甘く優しい言葉をかけられ、これみよがしの求愛をされたことは一度もない。

まさかエドワードは、わたしに求愛をしているつもりなのだろうか。

わたしをいい気分にさせて、駆け引きに勝とうとしている？

もちろんそれはただの勘違いで、向こうはわたしをからかっているだけなのかもしれない。あるいはわたしに手綱を握ることを禁止したので、その埋め合わせをしようとしているのだろう。

エドワードが片方の眉を上げ、どうぞというように太ももを軽くたたいた。

クレアは身震いしそうになるのをこらえて首をふった。「お昼寝よりも散歩のほうがいいわ。でももしあなたがここにいたいなら、マロリーを誘ってみるわね」

マロリーはアダム・グレシャムとならんで少し離れたところに座っていたが、自分の名前が出たことに気づいたように、ふと顔を上げてクレアのほうを見た。そして微笑んで手をふった。

クレアも手をふりかえした。

「一緒に行こう」エドワードは言った。「ぼくも散歩がしたい気分だ」

立ちあがってクレアに手を貸し、それから腕を差しだした。クレアはエドワードの腕に手をかけ、青々とした芝生の上を歩きだした。

「わたしから目を離さないつもりなんでしょう、閣下？」

エドワードはクレアの顔を見て微笑んだ。「ああ、そのとおりだ。でもいまはその話をするのはやめよう。こんな気持ちのいい日に口論などしたくない。ぼくの呼び名についても、今日はあえて訂正しないでおこう」

「まあ。優しいのね」クレアは無邪気に言った。

エドワードは吹きだした。「きみにはかなわないな」

「そうかしら」

「信じられないかもしれないが、きみのそういう天真爛漫《てんしんらんまん》なところが魅力的だ」エドワードはクレアの手のかかった腕にぐっと力を入れ、その体を近くに引き寄せた。「もっとも、世間の人びとにはあまりそんなところを見せないでくれるとありがたい」

「あなたはさっき、〝いまはその話をするのはやめよう〟とか言わなかったかしら」

エドワードの青い瞳がきらりと光った。「そうだったな。じゃあどんな話をしようか」

「無難な話題ならたくさんあるわ。そうね、たとえば天気の話よ。あなたが言ったとおり、今日は気持ちのいい日ね。それから今日の昼食会についての話なんかどう？　出席している人たちのこととか、お料理の素晴らしさとか。主催者のレディ・ハロルドも、お元気そうでよかったわ。とても親切なかたよね。スピタルフィールズ織りのドレスがよくお似合いだと思わない？　落ち着いた色合いが素敵だわ」

エドワードは笑いながら、片手でクレアを制した。「もういい」

「あら、じゃあもっと高尚な話をしましょうか」クレアはわざとまじめな口調で言った。「芸術や音楽や文学の話はどう？　それとも歴史や政治？　でもわたしは女だから、そんな話はわからないふりをしたほうがいいのかしら。頭がよくないから、男性がするようなむずかしい話にはついていけない、みたいな顔をして」

エドワードは歩調をゆるめ、クレアの目を見た。「きみの頭がよくないなんて、とんでもないさ。それからぼくと一緒にいるときは、なにもわからないふりなどすることはない。なんでも思ったことを言ってほしい」

クレアははっと息を呑んだ。「あなたとちがう意見を言っても、機嫌を損ねたりしないの？」

エドワードは口もとにかすかな笑みを浮かべた。「ああ、そうだ。それにしても、きみがぼくの機嫌を損ねることを心配しているとは、いままで知らなかったな。それならしょっちゅうやってるじゃないか」

「本当に？　あなたはいつも冷静な顔をしているじゃない」

「いや、ぼくにだって感情はある。ただ小さいころから、それを表に出さないようにしつけられてきただけだ。貴族というものは、たとえどんなことがあっても、自分の思いや気持ちを抑制できなくてはならない」

クレアは今朝マロリーから、あなたのことになるとネッドは感情的になる、と言われたことを思いだした。エドワードは本当の自分を隠しているのだろうか。あの冷静な表情の奥に、家族にさえも見せない素顔が隠れているのかもしれない。

もちろんエドワードが、わたしにそれを見せてくれるはずがない。もしも計画が成功したら、その機会すらないのだから。いくら本心をさらけだしてほしいと思っても、それにはじっくり時間をかけて親密な関係を築くことが必要だ。そもそも、人と人が強い信頼で結ばれるには、どちらか一方だけでなく、お互いがそれを望まなければならない。愛と同じで、互いに与え、互いに受け取らなければ、いつか色あせて消えてしまう。自分たちが心の奥に秘めているものがなんであるにせよ、それをお互いに見せることはない。

「わたしと一緒のときは怒ってもいいのよ」クレアはさりげなく言った。

エドワードは足を止めた。ふたりはきれいに手入れのされたバラ園の端に来ていた。「それはありがたいな。じゃあほかのことは？」

クレアは首をかしげた。「ほかのこと？」

「感情のことだ」エドワードは低い声で言った。「ほかの感情も、きみの前では表わしてもいいのかな」

クレアは急に息がうまく吸えなくなった。「もちろんよ。ふたりでいるときは、お互いにありのままの自分でいましょう」

エドワードは謎めいた表情を浮かべた。「ああ、そうしよう」

そして頭をかがめた。

キスをしようというのだろうか？ クレアの心臓が早鐘のように打ち、まぶたが半分閉じた。エドワードはさらに顔を近づけ、クレアの唇に目を留めた。だが自分たちがふたりきりでないことをふと思いだし、姿勢を正した。何十人もの招待客が、ふたりと同じように庭を散歩している。

クレアはエドワードが引き返すだろうと思っていた。でもエドワードはすぐには歩きだそうとせず、上着のポケットに手を入れた。「きみに渡したいものがある」

「なにかしら」

「何日も前から渡そうと思っていたが、どういうわけかいつも邪魔がはいってね。わけのわからない邪魔が」エドワードはクレアをからかうように言うと、茶色い無地の紙でくるまれた小さな包みを手渡した。

クレアは一瞬ためらい、リボンをほどいて包みを開けた。なかにはいっていたのは、すべすべした手触りの小さな木片が集まってできたパズルだった。

「中国の立体パズルだ。いったんばらばらにしてから、元通りに組みなおす。前にパズルが好きだと言っていただろう」

「ええ、大好きよ！」クレアはパズルを裏返した。「でもむずかしそうね。元通りにできなかったらどうしよう」

「できるさ。ぼくもしばらく悩んだが、最後には解けたよ。きみにもきっと解ける」

クレアは微笑んだ。「どこで手に入れたの？　待って、言わないで。ドレーク卿でしょう」

エドワードは瞳を輝かせた。「正解だ。ドレークは世界じゅうのおもしろいものに目を光らせていてね。あいつからこれをもらったとき、すぐにきみのことを思いだし、もうひとつ手に入れてほしいと頼んだんだ。楽しんでもらえるといいんだが」

「きっと夢中になるわ。ありがとう、閣――」クレアはそこで言葉を切って言いなおした。「ありがとう、エドワード」

エドワードは満面の笑みを浮かべた。「どういたしまして。こんなものでぼくを名前で呼んでくれるのなら、もっと早く贈り物をしていればよかったな」

クレアは思わず笑った。「あまり調子に乗らないでちょうだい。またいつ〝閣下〟に戻るかわからないわよ。もっとも、あなたがほかにもわたしへの贈り物を隠し持っているのなら、話は別だけど」

ところがエドワードはクレアのおどけた調子に合わせるのではなく、問いかけるような真剣なまなざしをした。「それでぼくたちの関係は変わるだろうか？ もしそうなら、きみの好きなものをなんでも贈ろう。欲しいものを言ってくれたら、すぐに用意するから」

クレアの顔から笑みが消え、胸がぎゅっと締めつけられた。手の中のパズルに視線を落とした。さっきまで宝物のようだったのに、いまではただの硬く冷たいものにしか見えない。まるで自分の心のようだ。

クレアはそれ以上、パズルを見ていることに耐えられず、手のひらに食いこむほど強くそれを握りしめた。「ご親切にありがとう。でもあいにくわたしは、もので心を動かされるような人間じゃないわ。世の中で一番大切なのは、目に見えないものだと信じているの。お金で買うことも、紙やリボンで包装することもできないものよ。あなたはわたしが思っていた以上に、わたしのことをわかっていないのね」

「クレア、誤解しないでほしい――」

「そろそろ戻りたいわ。エスコートしていただけるかしら」

エドワードはあごをこわばらせた。「ぼくはそんなつもりで――」

「いいわ」クレアはエドワードから目をそらして芝生をながめた。「わたしひとりで戻るから」三歩進んだところで、エドワードに腕をつかまれた。

「ひとりで行かせるわけにはいかない。さっきのことについては、またあとで話をしよう」

話すことなんかなにもないわ。クレアは暗いため息をついた。エドワードは山のような贈り物をすれば、本当にすべてが解決すると思っていたのだろうか。婚約を解消したいというわたしの気持ちが、ものにつられて変わるほど軽いものだとでも？　さっきまでエドワードと一緒にいることが楽しくて、分厚い壁のようなわたしの決意に小さな穴が空いた気がしていたけれど、ほかでもない彼がまたその穴をふさいだ。

それからふたりは人の集まる場所に戻るまで、ひと言も口をきかなかった。みなもう食事や昼寝を終え、ふたたびさまざまなことをして楽しんでいる。

一分もしないうちに、紫がかった茶色のスカートを太い足首のあたりでひるがえしながら、レディ・ハロルドが近づいてきた。

「閣下、レディ・クレア。お楽しみいただいているでしょうか。おふたりがバラ園の近くを散歩なさっているところを、さっきお見かけしましたわ」

クレアはエドワードの腕にかけていた手をそっと下ろした。

「ええ、とても美しい庭ですね。花壇も素晴らしい」エドワードは何食わぬ顔で言ったが、クレアがわざと手を離したことに気づいていた。

レディ・ハロルドは得意げに言った。「ありがとうございます、閣下」そこで少しためらった。「いまみなさんと優れた庭園設計士についてお話をしているのですが、ブラエボーンのお屋敷の庭園は、あのランスロット・ブラウンが設計したとお聞きしました」

「はい、一部はそうです。父は公爵位にあったころ、庭造りに力を入れておりましてね」

「まあ、ぜひお話をお聞かせ願いたいですわ。恐縮ですが、少しお時間をいただけないでしょうか。レディ・クレア、お話がすんだら、すぐに閣下をお返しいたしますから。いかがでしょうか、閣下？」

「ぜひそうしてさしあげて、エドワード」クレアは言い、レディ・ハロルドに優しい笑顔を向けた。「わたしのことなら心配しないで。あなたがいないあいだ、ひとりで時間をつぶすから」

エドワードは眉根をきつく寄せてクレアを見た。だが昼食会の主催者であるレディ・ハロルドの頼みを断わることはできないと、ふたりともよくわかっていた。「喜んで、レディ・ハロルド。ではまいりましょうか」

嬉々《きき》とした顔のレディ・ハロルドと連れだち、エドワードは芝生を横切った。最後にもう一度、肩越しにクレアをふりかえると、問題を起こすなと目で注意した。クレアは笑みを浮かべて手をふり、視線をそらした。

勝手にやきもきすればいい。それくらい当然だわ。

エドワードがいなくなると、クレアは肩を落として嘆息し、またパズルに目をやった。磨かれた木を親指でなでながら、レディ・ハロルドご自慢の派手な養魚池まで歩いていって、投げ捨てようかと考えた。

パズルが池に沈み、水草にからまって見えなくなるところを想像した。でもそれは、あまりに子どもっぽい行動だろう。それに一時の衝動でそんなことをしても、心の傷がもっと深くなるだけだ。エドワードにあんなことを言われたのに、ばかげているとは思いつつも、クレアは彼からの贈り物を手放したくなかった。

「おや、深刻な顔をしてどうなさったんです？」すぐそばで男性の低い声がした。

顔を上げると、凛々しいグレーの瞳とぶつかった。「イズリントン卿。ああ、驚いたわ」

「申し訳ありません。考えごとをしているときに、お邪魔でしたね」

「いいえ、そんな。どうぞ気になさらないで。あなたがここにいらしているとは知りませんでした。わかっていたら、もっと早くご挨拶していたのに」

イズリントン卿は微笑んだが、エドワードがそばにいないときに挨拶などしてはいけないことは、お互いにわかっていた。

何度も一緒に踊り、周囲を愕然とさせたあの舞踏会の夜以来、クレアはイズリントン卿とほとんど顔を合わせていなかった。二、三度、遠くから見かけたことはあるが、軽く会釈を交わしただけだった。

正直に言うと、クレアはそのことに少しほっとしていた。エドワードからあいつに近づくなと言われたからだけでなく、イズリントン卿と一緒にいると、なんとなくそわそわして落ち着かない気分になるのだ。

だがクレアはそのことを、エドワードに注意されたせいにちがいないと思っていた。イズリントン卿がどうしてそこまでみなから白い目で見られているのか、詳しい理由はまだ誰からも教えてもらっていない。最近はクレア自身も、社交界の人びとから〝型破り〟だと噂されている。あるいはイズリントン卿の悪い評判というのも、その程度のものなのかもしれない。

「さっき来たところです」イズリントン卿は言った。「どうしてもはずせない用事があって、遅くなってしまいました。レディ・ハロルドに、できるだけ顔を出すと約束していたのでね。彼女はわたしの遠い親戚でして、一族の絆というものをとても大切にしています」

「ええ、見ていてわかりますわ。お越しになれてよかったですね。でもレディ・ハロルドはいま公爵たちとお話をなさっていますから、少しお待ちになったほうがいいと思います。なんでも庭園の設計について、話しあっているみたいです」

イズリントン卿は愉快そうに目を輝かせた。「お聞きしておいてよかった」

クレアは笑みを返すと、立体パズルを手の中で転がした。

「それはなんですか？」

「たいしたものじゃありません」クレアはパズルをポケットに入れた。「今日はいいお天気ですね」

「ええ、素晴らしい天気です」イズリントン卿はそれ以上、パズルのことを訊かなかった。「でもあなたほど素晴らしくはありません。黄色のドレスがよく似合い、咲いたばかりのバラのように美しく輝いている。ハチドリが蜜を吸おうと、あなたのまわりを飛びまわっていないのが不思議なぐらいです。もしわたしがハチドリだったら、きっとそうしていたでしょう」

クレアは頰を染めていいのか、吹きだしていいのかよくわからなかった。そしてそのときはじめて、いままでエドワードから一度もそうしたことを言われていないことに気づいた。クレアが思わず頰をゆるめてどきどきするような気の利いた甘い言葉を、エドワードがささやくことはない。けれども、彼の言葉には嘘がない。エドワードは率直で誠実な人間だ。あの人が褒め言葉を口にするとき、それは本心から出たものだとはっきり言える。エドワードとイズリントン卿の女性への接し方を比べたら、エドワードのほうがずっといい。

それにエドワードはまじめすぎて、歯の浮くようなせりふはとても似合わない。彼がそんなことを言うところを想像したら、おかしくなってしまう。たしかに姓は同じかもしれないが、エドワードは有名な詩人のバイロン卿には似ても似つかない。

「今日は口数が少ないんですね、レディ・クレア。わたしがなにかお気に障るようなことをしたのでなければいいのですが」イズリントン卿が言い、物思いにふけっていたクレアを現実に引き戻した。「最近、あなたのお話をいくつか耳にしました。なんと度胸のある女性だろうと感心していたところです。あなたの豪胆ぶりは、すでに伝説になっていますよ」

クレアは肩をそらした。「伝説？　いいえ、そんな。思いもよらないことをして周囲を騒がせているのはたしかですけれど、伝説なんかじゃありませんわ」

イズリントン卿は楽しそうに笑った。「少しそのへんを歩きませんか。またみんなを騒がせてやりましょう」

クレアがなんと答えようか迷っていると、レオとローレンスがやってきて両脇に立った。

「レディ・クレア」レオがクレアの片手を取ってキスをした。

「いとしい未来の姉上」ローレンスも言い、大げさな仕草でクレアの手にくちづけた。クレアは笑い声をあげた。

「きみはどこにいるんだろうと思って、捜していたんだ。こんなところにいたのかい?」レオが言い、クレアの手を自分の腕にかけた。ローレンスも同じことをした。

「おや、こんにちは、閣下」レオはそのときはじめてイズリントン卿がいることに気づいたような顔をした。「いいお天気ですね。しばらくレディ・クレアをお借りしてもよろしいでしょうか。身内の用事がありまして」

イズリントン卿は文句を言いたそうな顔をした。だがイズリントン卿が口を開く前に、レオとローレンスはクレアを連れて歩きだした。クレアは後ろをふりかえり、笑いながらイズリントン卿にさよならを言った。イズリントン卿は会釈をしたが、その顔は不機嫌そのものだった。

イズリントン卿に聞こえないところまで離れると、クレアは言った。「ちょっと乱暴なやり方だったんじゃないの。失礼だと責められてもしかたがないわ」

「うまいやり方だったと思うけどな」レオは悪びれた様子もなくにっこり笑った。「そうだよな、ローレンス？」

「ああ、そのとおりだ。騒動を起こすことなく、きみをあの悪党から引き離すことができたんだから」

「どうしてイズリントン卿が悪党だとわかるの？　それに、わたしがあの人から離れたいと思っていたとはかぎらないでしょう」

「いや、きみがあいつから離れたがっているのは、すぐにわかったさ」レオは立ち止まった。「顔にそう書いてあった」

「そのとおりだ」ローレンスが加勢した。

クレアはふんと鼻を鳴らした。「ほかにも理由があったんでしょう」

「ほかに？　なんのことだろう」レオとローレンスは同時に言い、クレアの顔をじっと見た。まるでふたりで協力すれば、クレアの追及をかわせるとでも思っているようだった。

だがクレアはだまされなかった。「そもそも、イズリントン卿を悪党だと言う根拠はなんなの？　エドワードにそう聞かされたから？」

レオは真剣な面持ちになった。「ネッドからそう聞いたのは事実だが、ほかの人たちも同じようなことを言っていたよ」

「どんなことを？　あの人がなにをしたというの？」

「女性がからんでいるらしいけど、詳しいことは知らない」ローレンスは言った。「それでもあいつが悪党であることはたしかだから、きみを助けなくてはと思ったんだ」

「わたしは自分の面倒ぐらい自分で見られるし、助けを求めてもいなかったのに」内心ではふたりが来てくれたことにほっとしていたが、クレアはそれを隠し、とがめるような口調で言った。「でも、あなたたちがわたしを心配してくれたことはわかってるわ」

レオとローレンスはふと表情を和らげた。「そのとおりさ」レオが言った。

「ああ」とローレンス。

「でもやっぱり、ほかにも理由があったはずよ」

「きみの言っている意味がわからないな」レオは唇をとがらせた。

「さっぱりわからない」ローレンスも言った。

クレアはレオとローレンスに鋭い一瞥をくれた。ふたりが脚をもぞもぞ動かし、腕組みをする。「エドワードはこのことにかかわっていないというの？」

レオは草を蹴った。「ああ、具体的には。ぼくたちに、きみから目を離さないでほしいと思っているのは、間違いないだろうけど」

「でもそれを言われたのは、屋敷を出る前のことだよ」ローレンスは言った。

「イズリントン卿からきみを引き離したのは、ぼくたちの考えだ」レオが続けた。「ネッドは忙しそうだったし、ぼくたちが勝手にそうしても、異論はないだろうと思った」

クレアは咳払いをした。「ええ、そうでしょうね」ふたたびふたりの腕に手をかけて歩きだした。「ねえ、お兄様はあなたたちに、わたしから目を離さないでほしいと思っているのよね？」

レオとローレンスはうなずいたが、なにも言わなかった。

「だとしたら、もっと近くでわたしを監視できるいい方法があるわ。でもそれにはあなたたちの協力が必要なの」

ふたりが興味をそそられたのがわかり、クレアは三人でならんで歩きながら詳しく説明した。

16

「ほかになにかあるかな、ミスター・ヒューズ？」それから一週間近くたったころ、エドワードは書斎の机の向こうから秘書に声をかけた。ペンを置き、たったいま署名を終えた書簡を差しだす。

ヒューズはそれを受け取った。「レックスヒル荘の新しい執事の件は、いかがいたしましょう。志願者の面接を始めてもよろしいでしょうか」

エドワードとヒューズは、ノーフォーク州の領地の古参執事をそろそろ引退させ、新しい執事を雇ったほうがいいだろうと話しあっていた。忠実な老執事が、充分な恩給を受け取って引退することに同意したため、ふたりの関心はその後任を探すことに移っている。「ああ、至急頼む。ほかには？」

「それだけです、閣下」ヒューズは会釈をし、廊下のふたつ先にある執務室に戻っていった。

ヒューズがいなくなると、エドワードは椅子にもたれかかり、ここ数日、ずっと頭を占めている人物のことにまたもや思いをめぐらせた。

クレア。

彼女は今朝、ほとんど朝食に手をつけず、気分が優れないから午後の予定を取りやめてもいいかと尋ねた。マロリーとヴィルヘルミナは心配し、そうしたほうがいいと答えた。もちろんエドワードも同じだった。クレアは女性ふたりに、どうか気にせずに出かけてほしい、寝室で休むだけだから、自分のために外出をやめる必要はないと言っていた。

マロリーとヴィルヘルミナが出かけてからまもなく、エドワードはクレアの様子を見に行った。だが彼女のメイドに、レディ・クレアはぐっすり眠っているし、誰も部屋に入れないよう命じられているからと断わられた。そこで階段を下りて一階に戻り、書斎にやってきた。

マントルピースの上の時計を見ると、あれから三時間近くたっている。クレアもそろそろ目を覚まし、誰かと話したい気分になっているのではないか。ただその相手は、自分ではないほうがいいのかもしれない。レディ・ハロルド主催の昼食会に行ってからというもの、クレアはこちらに対してずっとよそよそしい態度を取っている。

それにしても、どうして自分はあんな軽率なことを言ってしまったのだろう。われながらどうかしていたとしか言いようがない。あのことがあるまで、自分たちは楽しい時間を過ごしていた。それなのに、立体パズルの贈り物に目をきらきらさせていたクレアに向かって、うっかり無神経なことを言ってしまった。言った瞬間、しまったと思ったが、ときすでに遅かった。いったん口にした言葉を取り消すことはできない。

それ以来、クレアはエドワードの前では不機嫌な顔をし、必要なときしか口をきこうとしなかった。エドワードはクレアがまたなにか、神経を逆なでするようなことをするだろうと思っていた。でもクレアはなにもしなかった。この数日、慎み深いと言ってもいいくらいにおとなしくしている。

エドワードはそのことを意外に思うと同時に、少しいぶかしんでもいた。だがクレアもようやく抵抗しても無駄だと悟り、自分の負けを認める気になったのだろう。

誠意を尽くせば、いつか彼女の気持ちが和らぐ日も来るかもしれない。

エドワードはもう一度、クレアの様子を見に行こうかと考えたが、やめておくことにした。このまま寝かせておいたほうがいい。体調が悪いときは、睡眠をとるのが一番だ。

これからクラブに行き、二、三時間ばかり、新聞や雑誌に目を通すことにしよう。もしかするとエヴェレットの件で、なにか手がかりが得られるのではないか。

数日前、エドワードはドレークから、エヴェレット卿の仲間のスパイが使用している暗号を解読したという朗報を受けていた。そしてエヴェレット卿が持っていた切り抜きを解読した結果、ロンドンのイーストエンドにある一軒の家の住所が判明した。でも残念ながら、その家はつい最近、すでに別の情報から捜査線上に浮かんでいたところで、もはや密会場所としても潜伏場所としても使われていないことはあきらかだった。それでもエドワードは念のため、その家の近くに見張りを置き、なにか動きがあったらすぐに知らせるようにと命じた。

それ以外には、エヴェレット卿を殺害した犯人の手がかりも、彼が殺される前に名前を口にした人物の正体もつかめていない——謎のウルフだ。モグラは地下深くにもぐってしまった。だがエドワードはかならずその人物を見つけだすことを、固く心に誓っていた。

さしあたっていまは、陸軍省の信頼できるごく少数の人間とともに、新しいメッセージがないかと新聞を丹念に調べているところだ。エドワードは国内で広く読まれている新聞や定期刊行物のほとんどを購読していたが、それでもひとつ残らず網羅できているわけではなかった。中小の出版社の刊行物にいたっては、とても全部には手がまわらない。でも〈ブルックス・クラブ〉にはそれがある。新聞と雑誌がすべてそろっているのだ。

エドワードは呼び鈴を鳴らし、馬車の用意を命じた。屋敷に戻ってくるころには、クレアの具合がよくなっているといいのだが。

「本当にやるつもりかい？」

クレアは馬車の中で、向かいの座席に座ったレオとローレンスの顔を見た。心臓が口から飛びだすのではないかと思うほど、激しく打っている。

三十分前、エドワードがまだ書斎にいるのを確認してから、ふたりの手を借りてクライボーン邸を抜けだし、馬車に乗りこんだ。はじめは誰にも見つからずに抜けだすことなどできるのかと半信半疑だった。だが驚いたことに、実は屋敷の中には秘密の通路がはりめぐらされていた。レオとローレンスはそれを知らないことになっているが、まだ子どもだったころのある夜、兄のジャックが壁の奥に消えるのを見て、その存在に気づいたという。

ふたりは使用人用の階段室から、人気のない厩舎の隅へと通じる通路を知っていた。そこまで行ってしまえば、一ブロック先で待っている馬車に向かうのは簡単なことだった。

そしていま、自分たちはついに目的地に到着しようとしている。新しい計画を実行するまで、あとほんの一歩だ。クレアは自分がどれほど大胆なことをしようとしているかを思い、胸がどきどきするのを抑えられなかった。

「いまならまだ引き返せる」ローレンスがクレアを安心させるような笑みを浮かべた。

レオがうなずいた。「きみがそうしたいなら、ぼくたちはかまわないよ」

「いいえ、やりましょう。こんなことまでしたのに、いまさら引き返せないわ」

こんなこととは、髪の毛のことだった。

クレアは短く切った髪に手をやり、ウエストまであった金色の長い髪が床に落ちるのを見たときの衝撃を思いだした。自分ではさみを使い、ばっさり切ったのだ。そして毛先をできるだけまっすぐそろえると、切った髪の毛を束ねて袋に入れ、裁縫箱の中に隠した。そこならメイドに見つかることもない。

まもなくレオとローレンスが服を持って現われた——レオが昔、着ていた服を、クレアの体に合わせて仕立てなおしたものだ。クレアはその週の初めに、こっそりふたりに寸法を渡していた。レオとローレンスはクレアの頭をまじまじと見ると、口をぽかんと開けた。そんなにひどいありさまだろうかと、クレアはふと不安になったが、髪はいつか伸びるものだと自分を慰めた。

レオとローレンスはすぐに気を取りなおし、男性の服に着替えたクレアが髪を整え、タイを締めるのを手伝った。

「あなたたちのほうこそ、怖気《おじけ》づいたんじゃないでしょうね」クレアは、そう言えばふたりがむきになることがわかっていた。

案の定、レオとローレンスはむっとした。

「まさか！」ローレンスが声を荒らげた。

「きみが本当は女だと知らなかったら、ただではおかないところだ」レオは胸の前で腕組みした。

「そんなに怒らないでちょうだい。悪気があって言ったんじゃないのよ。わたしに考えなおすチャンスをくれたことは、ありがたいと思ってる。でも引き返すつもりはないわ」クレアは不安な気持ちをふりはらって微笑んでみせた。「わくわくすると思わない？　今日は思いきり楽しみましょうよ」

レオとローレンスは顔を見合わせると、うりふたつの笑みを浮かべた。

「こんなに楽しいいたずらはないな」レオが言った。

「まったくそのとおり」ローレンスも言う。

「では、行きましょうか」

「ああ、きみさえよければ」

だがクレアはすぐには動こうとしなかった。後ろにとかしつけた髪に、もう一度手をやった。「ちょっと待って。わたし、どんなふうに見える？」

レオとローレンスはクレアをながめた。

レオがあごを指で軽くたたいた。「しゃれている」

「それに若いな」ローレンスはため息をついた。

「ひげがあったほうがよかったかもしれないが、いまさら言ってもしかたがない」レオが言った。

「でもきみは金髪だ」ローレンスは言った。「金髪の男は、あまりひげがないものだと相場が決まっている」

レオはうなずいた。「だいじょうぶだ。なかにはいるときに帽子を目深にかぶってさえいれば、誰も気づかないさ」

「それに向こうはまさか女性が来るとは思っていないから、きっと疑うことすらしないだろう」ローレンスが言った。

「きみが仮に女っぽく見えたとしても、みんなせいぜいミス・モリーが来たとしか思わないさ」とレオ。

クレアは首をかしげた。「ミス・モリー？　それは誰なの？　女性ははいれないものだとばかり思っていたわ」

「ああ、はいれないよ」レオは言い、ふとばつの悪そうな顔をした。

「どういう意味なの？」

レオとローレンスは目を見合わせて忍び笑いをした。

「なんでもない」ローレンスが言った。

「気にしないでくれ」レオが付け加えた。

「じゃあ行こうか」ふたり同時に言った。

クレアはそれ以上、ミス・モリーについて訊くのをやめ、自分を励ますようにひとつ深呼吸をしてからうなずいた。「ええ」

レオとローレンスが先に馬車を降り、クレアがそれに続いた。ふたりのどちらかに手助けしてもらうわけにはいかないので、あらかじめ借りておいたステッキを使った。

男性どうしは手をつないだりしない。今回の計画を成功させるため、覚えておかなければならないことはたくさんあるが、それもそのうちのひとつだ。ぼんやりしていたら、入口にいる執事の目をごまかすことすらできないだろう。

クレアはレオとローレンスをまねて尊大そうに肩をいからせ——自分ではそのつもりだ

――ふたりの横にならんで男性の聖域とされている場所へと向かった。ドアが開き、品格のある執事が会釈をした。

「みなさま、ようこそ〈ブルックス・クラブ〉へ」

それから一時間以上が過ぎたころ、エドワードは目を通し終えた刊行物の山に、また新たにひとつを追加した。そしてまだ読んでいない新聞に手を伸ばした。ここにある新聞や雑誌をかたっぱしからめくっているが、いまのところ手がかりになりそうなものはなにも見つかっていない。このまま続けても、今日はなにも出てこないのではないか。

〈ブルックス・クラブ〉にやってくると、エドワードはまっすぐ図書室に向かい、座り心地のいい革の椅子に腰を下ろして、上等の赤ワインの注がれたグラスを給仕から受け取った。そして黙々と新聞や雑誌をめくりはじめた。だがいくら探しても、これはと思う記事は見つからなかった。今日はこのへんでやめておき、そろそろ帰ることにしようか。屋敷に戻ったらクレアの様子を尋ねてみよう。もしも気分がよくなっていたら、一緒に軽食をとろうと誘うのもいいかもしれない。

そのとき賭博室《とばく》から聞こえてくる興奮した叫び声が、図書室の静寂を破った。

給仕がふたたび近づいてきた。「お代わりはいかがですか、閣下」

「いや、結構だ。それにしても、隣りの部屋は大変な騒ぎだな。おもしろいゲームでも行われているのか？」

「はい。手に汗握る勝負が行われている模様でして、たくさんのお客様がそれを見物なさっています。勝負のゆくえをめぐり、賭けも行われているようです。閣下も参加なさいますか？」

「実際にゲームの様子を見てからにしよう。プレイヤーは？」

「数名の若い紳士と、モアグレーブ卿です」

モアグレーブ。血も涙もない、冷酷な性格で知られた男だ。酒が大好きで、青二才の若者を言葉巧みにカードテーブルに誘い、金を巻きあげることをなによりの楽しみにしている。

でもエドワードが驚いたのは、ほかの人びとがそのゲームに興味を示していることだった。いつもなら、やめておいたほうがいいとさんざん忠告を受けたにもかかわらず、経験のない未熟な若者がモアグレーブ卿と勝負を始めると、みなため息混じりに悲惨なゲームのゆくえを見守っている。なかには見ていられず、その場を立ち去る者もいる。モアグレーブ卿から痛い目にあわされることは、若者にとっていい勉強になると言う者も多い。それなのに、給仕の話によると、今日は誰が勝者になるかで賭けまで行われているという。いままでなら勝負が始まる前から結果はすでにわかっていた。その若者たちは、本当にモアグレーブと互角の勝負をしているのだろうか。まさかとは思うが、ひょっとしたらモアグレーブが負けるところを見られるかもしれない。

エドワードは興味をそそられ、椅子から立ちあがった。

図書室を出て賭博室に近づくにつれ、騒音が一段と大きくなった。賭博室にはいると、そこは人でごったがえしていた。大勢の紳士が、中央近くのテーブルを囲むようにして立っている。

給仕の言ったとおりだ。目の前で行われている勝負の結末をめぐり、賭けが始まっている。周囲に飛び交う声からすると、どうやらほとんどの紳士がモアグレーブの勝利に賭けているらしい。だが一部の勇気ある、無鉄砲ともいえる者たちが、モアグレーブの対戦相手を支持しているようだ。

人の壁に阻まれ、エドワードはテーブルに座っているのが誰であるか、よく見えなかった。人混みをかきわけて前に進むと、なぜか人びとが急に静かになった。エドワードの顔を見ると口をつぐみ、一歩脇によけて道を空ける。エドワードはみなの反応を不思議に思ったが、ようやく最前列にたどりつき、テーブルに座っている人物を見た。

周囲のおかしな態度の理由がすぐにわかった。レオとローレンスがいる。エドワードは眉根をきつく寄せた。ふたりでテーブルをはさむかたちで座り、レオがこちらに背中を向けている。白髪交じり《モアグレーブ》の黒い髪と突きだしたあごが特徴的なモアグレーブ卿は、レオの右隣りに座っていた。たくさんの墓という名前どおり、生気のない黒い目で、手持ちの札をながめている。

もうひとりの人物は椅子をななめにして座っていたので、エドワードにはその横顔の一部しか見えなかった。少し乱れた金色の髪の若者で、まだほんの子どものようだ。頰は赤ん坊のようにすべすべし、あごの線も柔らかな曲線を描いている。カードを持った手がはっきり見えた――ほっそりとして白く、指が長くて爪もきれいに整えられている。エドワードは背筋がぞくりとするとともに、奇妙な既視感を覚えた。そんなものを感じる理由などないのに、いったいどうしたというのだろう。これまであの若者に会ったことはないはずだ。

それにしても、レオとローレンスのやつめ……。エドワードは険しい表情を浮かべて弟たちをにらみながら、あの金髪の若者はふたりの学友だろうかと考えた。モアグレーブが三人と勝負をしたがったのも無理はない。飢えた狼《おおかみ》が迷子の子羊の群れに偶然出くわしたように、よだれを垂らして喜んだにちがいない。

「わたしは下りる」ローレンスが言い、カードをほうるようにしてテーブルに置いた。

エドワードは、ローレンスがそばに置いてあったグラスに手を伸ばし、赤ワインを口に運ぶのを見ていた。そのときローレンスがふと顔を上げ、エドワードと目が合った。ローレンスは凍りつき、とつぜん息ができなくなったように、金色がかったグリーンの目を大きく見開いた。

一方、モアグレーブ卿は硬貨を積みかさね、テーブルの中央にすべらすようにして置いた。

「どうしたんだ、ローレンス?」レオが訊いた。「気分でも悪いのかい?　ワインがよくなかったのかな」

だがローレンスはなにも言わず、あごと目を動かしてしきりに合図をした。

「だいじょうぶか？　けいれんしているみたいだぞ」

ローレンスは嘆息してうなだれ、もどかしそうに首をふった。レオはようやく、後ろを見ろと言われていることに気づいてふりかえった。

エドワードの視線にぶつかり、レオの顔からさっと血の気が引いた。

「どうしますか、閣下？」モアグレーブ卿がいらいらした口調で言った。

「わたしは……その……あの――」レオは前を向いて手もとのカードを見つめた。しばらくしてから、カードをテーブルにほうった。「いや、やめておこう。わたしも下りる」

次は謎の若者の番だ。

モアグレーブ卿は最後に残った相手をながめると、ふてぶてしい顔にせせら笑うような表情を浮かべた。「あなたはどうします、ミスター……デンスマーでしたっけ？　わたしと勝負なさいますか、それともお友だちと同じく、勝負を下りますか？」

若者は無言のままカードを見ていたが、その顔は無表情で、なにを考えているのかまったく読み取ることができなかった。やがてなにごともなかったように、扇形に広げていた札を閉じ、小さな手のひらの中におさめた。

「さあ」モアグレーブ卿がいらだちもあらわに言った。「どうします？　勝負をするか、下りるのか？　わたしもそんなに暇ではないものでね」

「もう少し待ってください。なにも夜までお待たせしようというわけではありません。ほんの二、三分ですから」若者が妙にかすれた声で言った。「勝負します」そして金貨をひとつかみ、テーブルの中央に置いた。

人びとのあいだから驚きの声があがり、勝負の結末をめぐる賭けがまたさかんに行われた。だがエドワードは、そうした周囲の騒動にほとんど気がついていなかった。いやな予感を覚え、全身に鳥肌がたった。若者の声が頭の中でこだまする。この声には聞き覚えがある。ただ、自分が知っている声はもっと高い。明るく軽やかな女性らしい声だ。

〝もう少し待って。ほんの二、三分だから〟

エドワードはとっさに足を前に進め、若者の肩に手をかけた。若者がさっと顔を上げる。その瞳はコマドリの卵のように、薄緑がかったブルーをしていた。この色の瞳の持ち主は、自分が知るかぎり、世界にたったひとりしかいない。

エドワードは胸がぎゅっと締めつけられた。クレア、クレア！

もう少しでその名前を口に出しそうになったが、すんでのところでそれをとどめた。クレアの男装姿を見て、呆然とその場に立ち尽くした。珍妙な格好をしているが、まぎれもなくクレア・マースデンだ。ここにいる人びとはなぜわからないのだろう。それにこの髪はどうしたのか。自分の目がおかしくなっているのでなければ、彼女は髪をばっさり切っている。

あのつややかな美しい髪を切ってしまうとは、なんともったいないことをしてくれたのか。

エドワードが肩にかけた手にぐっと力を込めると、クレアが小さな声をあげた。

レオとローレンスが腐った肉を食べたような顔をしているのも、これで合点がいく。あとで徹底的にとっちめ、もっと青ざめさせてやらなければ。

「クライボーン、どういうつもりだ？」モアグレーブ卿が言った。「まだゲームの途中だ。邪魔をしないでくれ」

「この若者たちは」エドワードはクレアを見たまま言った。「許可なくここにはいってきた。すぐに帰らせる」

「この御仁だけは別だ」モアグレーブ卿はクレアを指さした。「この勝負が終わるまで、帰ってもらっては困るのでね。賭け金をもらいそこねるわけにはいかない」

「勝つのはわたしのほうですよ」クレアは勝ち気そうな男性の声音で言った。「どうしてご自分が勝つと断言できるんです？」

モアグレーブ卿はクレアをばかにしたように鼻にしわを寄せ、ぶつぶつ文句を言った。

「勝負をさせてやったらどうだ、クライボーン」誰かの声がした。

「この勝負の結末を見逃す手はないぞ」別の誰かも言った。

「それに賭けをしているのは、その若者とモアグレーブだけじゃないんだ」

「そんなことはわたしの知ったことではない」エドワードはクレアの腕を引き、椅子から立たせた。「この三人はすぐに帰らせる」

「じゃあ賭け金は没収ということでよろしいかな」モアグレーブ卿はゆっくりした口調で言った。「それなら異存はない」そしてテーブルの中央に置かれた硬貨の山に、手を伸ばそうとした。

「待って！」クレアが叫ぶと、みなの動きが一瞬止まった。「わたしは下りるとは言ってません。勝負はまだ終わっていませんよ。札を表にめくりさえすれば、どちらの勝ちかわかります」視線を上げてエドワードの目をじっと見た。「札をめくるだけです、閣下。それが終わったら、あなたの言うとおりにしますから」

　エドワードはしばらくクレアを見ていたが、やがて手を離した。「いいだろう」クレアにだけ聞こえるよう、声をひそめる。「それが終わったら、屋敷でじっくり話をしよう」

　クレアは体が震えるのを感じたが、背筋をまっすぐに伸ばした。椅子に戻り、モアグレーブ卿の顔に視線を据えた。「モアグレーブ卿、あなたの番です」

　モアグレーブ卿は唇をゆがめ、傲慢そうな笑みを浮かべた。「わかっていますよ」そこで札を表に返した。それがすべて切り札になる組《スート》であるのを見て、人びとのあいだからうめき声とため息がもれた。モアグレーブ卿はふたたび賭け金に手を伸ばそうとした。

「待ってください、閣下」クレアは低い声で言った。「まだこちらの手をお見せしていません」平然とした顔で札をめくると、すべてが切り札になるスートであるだけでなく、その中にクラブのジャックも含まれていた（カードゲームの「ルー」ではクラブのジャックが最高の切り札となる）。

「なんてことだ、クラブのジャックじゃないか」勝負を見ていた紳士のひとりが感嘆の声をあげた。「この若者が一番強い札を持っていたとは」

大きな歓声が沸きあがった。モアグレーブ卿に賭けていた人たちからは、うめき声も聞かれた。レオとローレンスが満面の笑みを浮かべ、テーブルをたたいて喜びを爆発させている。エドワードまで思わず頬がゆるみそうになった。だが髪を短く切ったクレアの男装姿が目にはいると、すぐに笑みが消えた。

テーブルの向こうで、モアグレーブ卿が顔を真っ赤にしているのが見えた。黒い目に激しい怒りの色が浮かんでいる。抗議をしたくてたまらないようだが、ゲームが公正に行われたのはあきらかだ——少なくとも、彼がかかわったゲームとしては。それでもモアグレーブ卿は賭け金に手を伸ばし、最後の札の取りぶんをもらおうとした。ルーではそれがルールとして認められることがよくあるのだ。

だがクレアはモアグレーブ卿を止めた。「最初に話しあい、勝者がすべての賭け金を受け取ることで合意したではありませんか。閣下の取りぶんはありませんよ」

モアグレーブ卿はぎくりとして手をひっこめた。そしていっときその手を震わせたかと思うと、いまいましそうに硬貨をテーブルに投げた。二枚のギニー金貨がベーズ（フェルトに似た緑色の生地）で覆われたテーブルの上で跳ね、床に落ちた。

「正々堂々と勝負をする人の態度ではないですね」クレアは淡々と言った。「あなたは貴族かもしれませんが、紳士ではありません」

その場がしんと静まりかえった。エドワードは反射的にクレアに歩み寄った。彼女は自分がどれだけ相手を侮辱したのか、わかっているのだろうか。でも最近のクレアの言動をふりかえってみると、きっとわかってやったにちがいない。

モアグレーブ卿はさらに顔を赤くして怒鳴った。「殺してやる！　名前を言え。お前に決闘を申しこむ！」

「決闘ですって？　それを言うなら、わたしと友人のほうこそ、あなたの無礼なふるまいに決闘を申しこみたいところです。ですが、あなたがいますぐこの場を立ち去るなら、すべてを水に流してあげましょう」クレアはモアグレーブ卿をじろりと見ると、なにごともなかったように賭け金を集めはじめた。

モアグレーブ卿は唇を震わせた。いまにもクレアに飛びかかって首を絞めそうだ。エドワードはふたりのあいだに割ってはいろうとしたが、その前にクレアがふたたび口を開いた。

「残念ながら」硬貨を革の袋に入れながら、顔を上げた。「どちらにしても、あなたと決闘をすることはできません。摂政皇太子《プリニー》により決闘が禁止されていることもありますが、ご覧のとおりわたしは――」

「やめろ！」エドワードはクレアがなにを言おうとしているかわかった。

「――女性です」クレアはいたずらっぽく目を光らせた。

モアグレーブ卿もまわりの人びとも、いっせいに口をつぐんでクレアを見た。レオとローレンスが同時にうめき声をあげ、エドワードは体の脇で両手をこぶしに握りしめると、今度は自分がクレアの首を絞めてやりたい衝動と闘った。

「な、な、なんだと！」モアグレーブ卿が叫んだ。

「お聞きになったとおりです」クレアは言った。「わたしは女性です」

「ちくしょう、そうだったのか」

「汚い言葉は使わないでいただけますか」

「う、う、うるさい！」モアグレーブ卿はクレアをにらんだ。「どんな言葉を使おうとわたしの勝手だろう。特にあんたのような恥知らずが相手なら」

「言葉に気をつけろ、モアグレーブ」エドワードが食いしばった歯のあいだから言った。「さもなければ明日の朝、わたしと決闘することになるぞ」

モアグレーブ卿の顔から少し赤みが引いた。エドワードは基本的に決闘を好まないが、これまで二度ばかり決闘場に立ったことがある。そしてどちらのときも――ひとりは剣で、もうひとりは銃で――相手を負かして重傷を負わせた。ふたりは一命を取りとめたが、それ以来、エドワードに決闘を申しこんでくる者はいない。怪我や死を覚悟しないかぎり、それは無謀というものだ。

「信じられない」誰かが叫んだ。「レディ・クレアじゃないか」

「あの〝怖いもの知らずのクレア〟か？」

　ざわめきが広がった。

「本当だ」別の誰かが言った。「さっきあなたはなんと名乗りました？　ミスター・デンスマーでしたっけ？　変わった名前だと思っていたが、やっとわかったぞ。デンスマーは、マースデンをもじった名前だったのか！　クライボーン、きみの婚約者はかんしゃく玉のようなレディだな」

　みなの視線がいっせいにエドワードにそそがれた。エドワードは落ち着きを失わず、怒りをまったく表情に出さずに微笑んでみせた。

「そう、しかもすでに火のついたかんしゃく玉ときている。それとも弾丸を込めた銃と言ったほうがいいかな、クレア？」そう言うとふたたびクレアの腕に手をかけた。

　周囲の人びとがどっと笑って首をふり、張りつめていた空気がほぐれた。とはいえ、みなあとからあらためて驚きを覚え、とんでもない事件が起きたと渋面を作ることだろう。でもいまは、誰もが愉快そうな顔をしている。

　ただひとり、モアグレーブ卿をのぞいて。

　やがて騒ぎが静まり、紳士たちがその場を立ち去りはじめた。モアグレーブ卿がエドワードの目を見据えた。「このことはクラブの委員会に報告させてもらうぞ、クライボーン。女性を連れてくることは規則で禁じられている。あなたを会員から除外するよう、進言することにしよう」

「好きにすればいい。だがそのときは、わたしもきみが若者からギャンブルで金をむしりとっていることを、委員会に報告しなければならなくなる。それもまた、規則で禁止されているはずだ」

モアグレーブ卿は怒りをあらわにした。「あなたは公爵だから許されるかもしれないが」レオとローレンスを手ぶりで示す。「このふたりはちがう。しかも今日、レディ・クレアをここに連れてきた張本人だ。わたしがなにか言えば、会員でもない弟君たちは、二度とクラブに出入りできなくなるだろう」

レオとローレンスが抗議しようと口を開きかけたが、エドワードはふたりをにらんで黙らせた。それからモアグレーブ卿に視線を戻した。「弟たちのことは、わたしが自分のやり方で始末をつけるつもりだ。でももしわたしがきみだったら、きっと考えなおすだろう。パンドラの箱を開けるのは危険なことだ。今回のことを委員会に報告すれば、きみ自身にも火の粉がふりかかることになる」エドワードは脅すように言った。

モアグレーブ卿は機先を制されたことがわかり、もう一度エドワードをねめつけると、くるりときびすを返して部屋を出ていった。

「まったく、ろくでもないやつ――」レオが言いかけた。

「お前は黙ってろ」エドワードはそれをさえぎった。「三人とも口を開くな。荷物をまとめたら、すぐにここを出る」

レオとローレンスはこわばった顔でうなずいた。

一方のクレアは、テーブルのほうに身を乗りだした。「賭け金が残ってるわ」エドワード

の手をふりほどこうとした。

「ほうっておくんだ」エドワードは低い声で言った。

「いやよ。これはわたしの――そしてレオとローレンスの――お金だもの」

エドワードはクレアの目を見据えた。「わかった。それを袋に入れたら、すぐに帰ろう」

クレアはふと、それまでの強気な態度を和らげてうなずくと、賭け金を袋に入れた。

17

　クライボーン邸に向かう馬車の中は、耐えがたいほど重苦しい沈黙に包まれ、クレアは棺桶《かんおけ》にはいっているような錯覚すら覚えた。クレアとバイロン家の兄弟のあいだにも、気まずい空気が流れている。

　クレアはエドワードの隣りではなく、レオとローレンスのあいだに体をねじこむようにして座っていた。でも馬車が進むにつれ、そんなことをしても意味がなかったとわかった。ふたりも同じように窮地に陥っているのだから、クレアをかばう余裕などあるはずもない。レオもローレンスも腕を組み、肩をがっくり落としている。一方のエドワードは、向かいの座席の真ん中に座っていた。そのためクレアが顔を上げると、かならず彼の冷たい視線とぶつかることになった。

　そこでクレアはずっと下を向き、ひざの上で握りあわせた手と、黒い革靴のつま先を見つめていた。クライボーン邸が〈ブルックス・クラブ〉からそう遠くないことだけが、せめてもの救いだ。でもいったん屋敷に着けば、エドワードの冷静な態度は一変するだろう。いまは一見、落ち着いた顔をしているが、内心で激怒していることはあきらかだ。あごはこわばり、唇もかつて見たことがないほど固く結ばれている。これまでありとあらゆる事件を起こしてきたけれど、どうやら今回のことはエドワードに大きな一撃を与えたらしい。

もしかすると、決定的な一撃だったかもしれない。

エドワードはわたしを責めたて、ついに家に追いかえすだろうか。クレアの心臓の鼓動が激しくなった。

男装してクラブに行ったこと自体を後悔はしていない。けれども、ふたりの手助けがどうしても必要だったとはいえ、レオとローレンスを巻きこんだことは心から申し訳なく思っている。今回の計画が頭にひらめいたとき、まさかふたりにこれほどの迷惑をかけることになるとは思いもしなかった。あの卑劣なモアグレーブ卿とカードゲームをすることになるなんて、誰が予想できたというのだろう。あの人は自分たちに勝負を挑み、次に脅しをかけてきた。しかも、しまいにはエドワードにまで。

謝罪の言葉がのどまで出かかったが、クレアはそれを呑みこんだ。レオとローレンスに許しを請いたいが、いまはそのときではない。あとでエドワードがいなくなったら、ふたりを巻きこんでしまったことを謝ろう。

まもなく馬車がとまった。外で待っていた従僕が扉を開き、馬車から降りるクレアをあっけにとられて見ていた。クロフトはというと、屋敷にはいる四人をいつもと変わらない穏やかな表情で出迎えた。男装したクレアに気づいたにちがいないが、それをまったく態度に表わさなかった。自分をはじめとする使用人全員が、いまのいままでクレアが寝室で休んでいるものだとばかり思っていたことについても、なにも言わなかった。使用人の食堂が今夜、この話でもちきりになるさまが目に浮かぶようだ!

玄関ホールに足を踏みいれるやいなや、エドワードはレオとローレンスに向きなおった。

「お前たちは自分の部屋に行け。あとでゆっくり話をしよう。外出は認めない。たとえズボンに火がつき、水が通りの向こうにしかないとしても、屋敷から一歩も外に出るんじゃないぞ。わかったか?」

ふたりは不満そうな声を出した。

「なんだと? ちゃんと返事をするんだ」

「はい、ネッド」「わかったよ、ネッド」レオとローレンスは神妙な面持ちで答えた。そしてすっかりしょげかえった様子で、なにも言わず階段に向かって歩きだした。クレアもそのあとに続こうとした。

「どこに行くつもりだ?」エドワードは早口で呼びとめた。

「寝室よ。服を着替えようと思って」

エドワードは顔をしかめ、クレアの全身にさっと視線を走らせた。「あとで着替えればいいだろう。それともその格好にはもう飽きたのかな、ミスター・デンスマー?」

クレアははっとしたが、ひとつ深々と息を吸って肩をそびやかした。

クレアの無言の抵抗に、エドワードはあごをこわばらせた。クレアを鋭い目でねめつけ、廊下を指さす。「書斎に行くんだ。さあ！」

クレアはエドワードの先に立って歩きだした。

書斎にはいると、クレアの予想に反し、エドワードはドアをそっと静かに閉めた。その冷静さがかえって不気味だった。だが彼は、どんなときも感情を抑制するすべを知っている。マロリーが言ったとおり、たとえ怒っているときであっても。

そう、エドワードは間違いなく怒っている。その瞳は凍った冬の湖を思わせる、冷たい青に光っている。でもエドワードが激怒することは、最初からわかっていたはずだ。好きなだけ怒鳴ってののしればいい。それこそ自分が望んでいたことなのだから。

エドワードは大きな机に向かい、その端に浅く腰かけて腕を組んだ。「それで？　なにか言うことはないのかい、レディ・クレア？」

クレアはいったん間を置いてから肩をすくめた。「特にないわ。あなたが見たことがすべてよ」

エドワードはおそろしい形相《ぎょうそう》でクレアをにらんだ。「たしかにそうだな。まず、きみは朝食の席で、体調が悪いふりをした。きみがあんなに演技がうまいとは知らなかったよ。しかもきみはぼくだけでなく、ヴィルヘルミナとマロリーにまでしゃあしゃあと嘘をついた」

クレアはズボンのポケットに両手を入れた。「もちろん胸が痛んだわ。ふたりには本当に申し訳なく思ってる。あなたにもよ、閣下。人をだますのは心苦しいものだもの。でもあのときはしかたがなかったのよ」

「しかたがなかった？　今日きみがしたことは、間違いなくいままでで一番ひどいことだ。きみは自分がどれだけ大きなスキャンダルを起こしたか、わかっているのか？　夕暮れまでにはロンドンじゅうの人びとがこのことを知り、明日にはイングランドの半数の人びとに知れわたるだろう！」

「あなたはスキャンダルを気にしないんじゃなかったかしら。前にそう言ってたでしょう。だからわたしはあなたの注意を引くため、イズリントン卿と何度もダンスをするよりも、もっと大胆なことをすることにしたの」

エドワードは低くうなった。「いや、きみはとっくにぼくの注意を引いていた。まさかわかっていないはずはないと思うが、この数週間、きみは次々ととんでもないことをしてぼくの注意を引きつづけてきた。だが、今回ばかりはやりすぎだ」

「なにが？　わたしが男装してあなたの行きつけのクラブに行ったこと？」

「いや、そうじゃない。きみは自分の計画になんの関係もない弟たちを巻きこんだばかりか、たちの悪い男を敵にまわした。モアグレーブのような嫌われ者とカードゲームをするなんて、なにを考えているんだ？」

「向こうが勝手にわたしたちのテーブルに座ってきたんだから、どうしようもないじゃないの。それにわたしもレオもローレンスも、モアグレーブ卿がそんなに悪い人だとは知らなかったのよ。ゲームが始まってから気づいたけれど、そのときはもう遅かったわ」

「ゲームをやめるのに遅すぎることはないし、適当な言い訳をしてその場を去ることはできただろう」

「でもすでにその時点で、モアグレーブ卿に五百ポンド負けていたの。それをあきらめて、あの人をほくほくさせるなんて我慢できなかったわ」

「いや、そうするべきだった。椅子を引いて立ちあがり、賭博室を出ていけばよかったんだ。それにぼくが見たとき、テーブルの上には五百ポンド以上の金が載っていた。五千ポンド近くあったんじゃないか」

「ええ、最後の勝負のときの賭け金は、一万ポンドから一万五千ポンドだったわ。わたしは借用書を書いたの」

エドワードは眉を高く吊《つ》りあげた。「あいつに借用書を渡しただと！　もしも負けたらどうするつもりだったんだ？　どうやって支払うつもりだったのか？」

クレアは天井を見上げ、その美しい蛇腹《じゃばら》の装飾に目を留めたあと、エドワードに視線を戻した。「あなたに払ってもらえばいいと思って」

「ぼくに！」エドワードは考えこむような顔をした。「そうか、わかったぞ。これもぼくを怒らせるための作戦だったんだな。どうして途中で計画を変更したんだ？　幸か不幸か、たまたま勝ってしまったのか？」

「最高の切り札を引いたのはたまたまだったけど、それ以外はただの運じゃないわ。田舎で生まれ育ったら、カードゲームでもしないと退屈で死にそうになるの。わたしは妹たちと、毎晩のようにホイストやルーをして遊んでた。だからカードゲームの腕前は相当なものよ。もちろん妹たちと賭けはしないけど、ゲームのルールは同じでしょう」

「だったらなぜモアグレーブにわざと負けなかった？」

クレアは一瞬ためらったのち、白状した。「あの人があまりに鼻持ちならないものだから、たとえ一ペニーでも勝たせたくないと思ったの。それにもともとの賭け金のほとんどは、レオとローレンスのものだったから、ふたりをがっかりさせたくなかったのよ。ふたりがお金を失うのを黙って見ているのは忍びなかったわ」

「ほう、なるほど。でもそれがぼくの金なら、なんとも思わないということか」

「ええ、だってあなたは大金持ちだもの」

エドワードはクレアの顔をまじまじと見て吹きだした。「やれやれ、きみはとんでもないじゃじゃ馬だ」

〝とても公爵夫人にはふさわしくない〟クレアはその言葉がエドワードの口から出るのを待った。〝ぼくの妻としては失格だ〟

だがエドワードはなにも言わなかった。長く重い沈黙があった。

「レオとローレンスのことだが」エドワードはふいに話題を変えた。「明日の朝、ブラエボーンに送りかえすことにした。大学の新学期が始まるまで、そこでおとなしく過ごさせる」

「そんな！　やめてちょうだい。レオとローレンスは、ロンドンでの生活と社交シーズンを心から愛しているわ。あのふたりはわたしの頼みを聞いてくれただけなの。だからどうか責めないであげて。すべてわたしの責任よ」

「だがふたりとも、とっくに分別をわきまえていなければならない年齢だ。罰を受けたくなかったら、最初からこんなことに首を突っこまなければよかったのさ」

「でも――」

「問題は、きみをどうするかだ」エドワードは一考した。「社交界はもうきみの型破りな行動に慣れているから、今回のこともそのうち人の口の端にのぼらなくなるだろう。でもスキャンダルの影響は、社交シーズンが終わるまで続くはずだ。パーティや舞踏会にきみを招待することを考えなおすレディもいるだろうし、少なくとも今年いっぱいは、〈オールマックス〉への出入りも断わられるかもしれない」

　エドワードは首をかしげ、クレアの顔をしげしげと見た。男性の服を着ているにもかかわらず、クレアは悪いことをした女学生にでもなったような気分だった。「こうした状況下であれば、ほとんどの男がきみをさっさと追いだすだろう。義務など忘れ、両親のところに帰らせるはずだ。だがぼくはそうするつもりはない。ぼくは一度口にしたことは、かならず守る人間だ。きみは婚約が白紙になりさえすれば、もとの生活に戻れると思っているかもしれない。でもきみがぼくの申し出を受けた日、その選択肢は消えたんだ。

きみはわかっていないようだが、ぼくたちは社交界の人びとの目に、すでに夫婦として映っている。きみはどうして自分がこれだけの自由を与えられているか、そしてどんなにとんでもないことをしても、なぜ周囲から大目に見てもらえるのか、少しでも考えたことはないのかい？　それはきみがクライボーン公爵の、つまりぼくの花嫁だからだ。結婚指輪をしていようがしていまいが関係ない」

「まさか」クレアははっと息を呑んだ。

「そういうわけだから、ぼくはきみについて責任を負っている」

「あなたの責任だなんて――」

「きみの健やかな暮らしを守り、言動を慎ませることは、ぼくの責任なんだ」

クレアの胸が締めつけられた。「わたしはまだあなたのものじゃないわ、閣下」

エドワードは鋭い目でクレアを見据えた。「いや、もうぼくのものだ。その事実を受けいれ、もう二度とばかなことをするんじゃない」

クレアの全身が怒りでかっと熱くなった。「絶対にいやよ！」

エドワードは警告するように片方の眉を上げた。「〝絶対〟という言葉は軽々しく使わないほうがいい。そうした言葉はのちのち、言った本人の足かせとなることがある」

「それはありえないわ。わたしは本気で言ってるの。あなたは理不尽で融通がきかなくて口うるさく、人としての自然な感情がないわ。義務としきたりに縛られて、周囲の期待に応えることしか頭にないのね」

「ああ、やった者勝ちだといわんばかりに、したいときにしたいことをするきみとはちがう」

クレアは体の脇でこぶしを握った。「ひどいわ」

「それと、自分の責任を果たしているだけで、融通がきかないと言われるのは心外だ。もしぼくが本当に頑固な人間だったら、これまでのきみの行動を許しているはずがないだろう」

エドワードはそこで言葉を切って深呼吸をした。「きみの言うとおり、ぼくは自分の責任というものを真剣に受け止めている。でもそれは当たり前のことだ。ぼくの行動がたくさんの人の人生を左右する。みんなが安心して幸せに暮らせるかどうかは、ひとえにぼくの肩にかかっているんだ。ほかの多くの貴族のように、そんな責任など放棄し、自分のことだけを考えて生きることもできるだろう。どうにかして生計を立てようと必死になっている小作人や使用人をよそに、好きなことだけをして毎日を怠惰に過ごすことは簡単だ。だがあいにくぼくは、先祖代々受け継がれてきた公爵位と領地、そしてなによりもそこに住む人たちのことを大切に思っている。それを守るためなら、頑固で口うるさいと思われてもかまわない」

クレアは目を伏せた。「あなたを頼っている人たちや、領地のことを軽んじてもいいと言ったつもりじゃないの。ぜひ大切にするべきだわ」

「そうか、わかってもらえてなによりだ。それから、ぼくに人としての自然な感情がないときみは言うけれど、そんなことはない。たとえば、きみがいま着ている服のことだ。きみはぼくがなにも感じていないと思っているかもしれないが、それはちがう。特にきみが歩くたび、ズボンが腰にまつわりつくさまがたまらない」

クレアははっとした。

「魅力的な胸の線がわからないから、上着はあまり気に入らないが、そのタイを使えばいろいろ楽しいことができそうだ」

クレアは最後の言葉の意味がよくわからなかったが、それでも胸がどきりとし、全身で脈が速く打ちはじめた。

「こっちに来るんだ、クレア」

「どうして？」

「いいからおいで」

クレアが動こうとしないのを見て、エドワードは机から下りた。「いいだろう、だったらぼくが行く」クレアに歩み寄り、両肩に手をかける。「ぼくの中にこれほど相反する感情を呼び起こす女性は、きみがはじめてだ。きみを前にすると、ぼくは頭が混乱し、どうすればいいかわからなくなる。お尻をたたくべきか、それともキスをするべきか」クレアはひるまず、エドワードの目を見据えて言いはなった。「だったら、お尻をぶたれるほうがいいわ」

エドワードは目をすがめた。「そうか、わかった」クレアの手首をつかんで歩きだした。

「なにをする気？」

エドワードはクレアをひきずるようにして机に向かった。

「まさかあなた……ちがうの、いまのは本気で言ったんじゃないわ」クレアはエドワードがなにをしようとしているかわかった。

「本気で言ったんじゃないだって？」エドワードはぶっきらぼうに言った。「心にもないことを口にするものではないと、誰からも教わらなかったのか？」

そして机の上のものを片側に寄せると、顔を下にする格好でクレアの上体を大きな天板に押しつけた。クレアは身をよじって抵抗したが、エドワードにしっかり腕をつかまれ、逃げることができなかった。それでも彼が自分を傷つけないよう、気をつけてくれているのがわかった。

「お尻をぶたれたいんだろう？」エドワードはからかうような口調で言った。

「ちがうわ！　やめてと言ってるでしょう。放してちょうだい」

「いや、お仕置きが終わるまでは放すわけにいかない。もっと早く、こうしておけばよかったな」

「エドワード・バイロン、よ、よくもこ、こんなことを、を！」クレアはふたたび身をよじったが、エドワードの手はびくりともしなかった。

「ほう、やっとエドワードと呼んでくれたか。それから、よくもこんなことをと言われても、ぼくだって怒ったらなにをするかわからないさ」

クレアはなすすべもなく、震えながら机の上にうつぶせになっていた。でもエドワードはきっと脅しているだけだ。まさか本当にたたいたりはしないだろう。そう思った瞬間、お尻を平手で打たれ、クレアはエドワードがいったん口にしたことはかならず守る人間であることをあらためて思い知った。エドワードの手が当たるたび、クレアはもがいた。痛みはたいしたことがなかったが、屈辱に耐えられなかった。

「やめて！」

「お願い、と言うんだ」エドワードはクレアを茶化すように言った。

クレアは背筋をこわばらせ、エドワードの手から逃れようともがいたが、またも無駄に終わった。

「これから先、ズボンを見るたびにこのことを思いだすだろう。きみ専用のものを一枚作り、ふたりきりのときに穿《は》いてもらうのもいいかもしれないな」

「ふざけないで」クレアは顔を真っ赤にして怒った。

そのときエドワードに二度続けてたたかれ、クレアの腰や太ももににぶい痛みが走った。クレアはまた来ると思って身構えたが、エドワードはたたくのをやめ、クレアのヒップにそっと手を当てた。

そして痛みを和らげようとするかのように、優しくなではじめた。クレアはふたたび身をくねらせたが、今度はさっきとはまったくちがう理由からだった。エドワードの手の動きがさらに遅くなる。ただなでるのではなく、じっくり愛撫しているようだ。クレアは目を閉じて快感に身をゆだねた。乳首がつんととがり、体の奥から熱いものがあふれてきた。クレアはそんな自分の反応に愕然とした。

わたしはどうしてこの状況で、欲望を感じているのだろう。机の上に押さえつけられ、身動きが取れないようにされているというのに。でも悔しいことに、わたしの中で情欲の炎が燃えている。

とても激しい炎が。

エドワードが上体をかがめ、小さな声をあげるクレアの耳もとに口を近づけた。「許してくれ、クレア。ぼくが悪かった。これまで女性に手をあげたことなど、一度もなかったのに。弁解の余地もない。すまなかった」

「わたしもあなたを挑発したりしなければよかったのよ」クレアは小声で自分の非を認めた。「お互いさまだわ」そう言った瞬間、自分でも驚いたことにひと筋の涙が流れた。

「ああ、なんてことだ」エドワードはつぶやいた。「泣かないでくれ。痛かったかい？」

「いいえ」

「じゃあどうして泣いてるんだ？」

クレアは答えられなかった。胸にあふれる感情の正体が、自分でもよくわからない。その正体を知るのが怖い。

エドワードは親指でクレアの涙をぬぐうと、許しを請うように濡れた頬にキスをした。一度。

そしてもう一度。

そっと優しく、唇をすべらすようにくちづける。

クレアは震えるため息をついた。体が火照ったかと思うと冷たくなり、また次の瞬間には熱くなる。エドワードはクレアに唇を重ね、甘いキスをした。まわりの世界が溶けていき、クレアはなにも考えられなくなった。

靴の中でつま先が丸まり、全身がぞくぞくした。エドワードに抱きつきたくてたまらず、仰向けになろうとしたがうまくいかなかった。それに気づいたエドワードの手を借り、上体を起こそうとしたとき、うっかり机の上のものをじゅうたんに落としてしまった。クレアはそれが壊れ物やインクでないことを祈った。

エドワードがズボンを穿いたクレアの脚を開き、そのあいだに立った。そしてクレアの上に覆いかぶさってきた。服の生地越しではあるが、腹部に当たった硬いものが、彼の欲望の強さをはっきり語っている。

エドワードはクレアにくちづけ、舌と舌とをからめながら、息が止まるようなキスをした。クレアがエドワードの背中に両腕をまわし、首筋や肩をゆっくりなでると、その体が震えるのが伝わってきた。クレアの頭がぼうっとしてきた。エドワードの甘いキスは、芳醇《ほうじゅん》なワインのようにわたしを酔わせる力を持っている。もっと激しくわたしを愛してほしい。彼が欲しくてたまらない。クレアはエドワードの髪に手を差しこんでキスを返し、その唇と舌の動きに夢中になった。

呼吸が浅く速くなってきた。エドワードが息を切らしながらいったん顔を離し、次にあごや首筋にくちづけた。

だがクレアの首に巻かれたタイが邪魔だったらしく、じれったそうな声を出した。「タイをした人間にキスをすることになるなんて、想像もしていなかったよ。うっとうしくてたまらない」

「あら、そんなことはないわ」クレアは二本の指で、エドワードのタイの縁をなぞった。エドワードはうめき声をあげ、燃えるようなキスをすると、やがてクレアの服に視線を落とした。

「でもベストは簡単に脱がせられるな」そう言うと金のボタンに指をはわせた。仕立屋のような手つきで、あっというまにボタンをはずす。それからベストの前を開き、その下にあるシャツに目を留めた。上質な白いローンの生地越しに、クレアの乳首がつんと立っているのが見て取れる。

エドワードが両手で乳房を包むと、クレアの背中が反射的にそった。「シャツの下になにも着けていないのかい？」

クレアはうなずいた。「コルセットは着けられなかったし、その必要もないと思ったの。上着とベストで上半身は隠れるから」

「いままで知らなくてよかった」エドワードは胸をそっともみながら言った。「もし知っていたら、そのことで頭がいっぱいになって、それ以外のことを考えられなくなっていただろう」

次に親指で円を描くようにその先端をなぞった。クレアは哀願するような声を出し、抗《あらが》いようのない悦びに身をくねらせた。激しい欲望に体が溶けていくようだ。そのときエドワードがクレアの胸に顔をうずめ、硬くなった乳首をシャツの生地越しに口に含んで吸った。クレアの思考が停止し、全身が情熱の炎で包まれた。

エドワードはいつのまにか、クレアのシャツのすそをズボンから引きだしていた。そしてそれを胸の上までめくりあげ、むきだしの乳房に唇をはわせた。もう片方の乳房も両手で巧みに愛撫をし、クレアを快楽の世界へと導いた。やがてその手をさらに下に進め、すべすべした平らな腹部や背中をなでた。

胸からみぞおちにかけて一本の線を描くようにキスをされ、クレアは恍惚とした。頭がくらくらし、心臓が早鐘のように打っている。知らないうちにズボンのボタンがはずされ、彼の大きな手が中にはいってきていた。

「下着も着けていなかったのか」エドワードは驚きと喜びが入り交じった口調で言い、クレアの腰に指をはわせた。

「え――ええ。わたしには大きすぎたから」

エドワードが金色の茂みのすぐ上にくちづけると、クレアの胃がぎゅっと縮み、脚のあいだがうずいた。

エドワードはクレアのズボンをひざまで下ろし、片方の脚を完全に抜いた。そのはずみで、靴も片方、一緒に脱げて床に落ちた。そしてクレアに口を開く暇も考える暇も与えず、床にひざをついてふたたびくちづけた――彼女がそれまでキスをされることなど想像もしたことがなかった場所に。

クレアは肘をついて上体を起こし、手を伸ばしてエドワードを止めようとした。だが次の瞬間、エドワードが舌を使って彼女に魔法をかけた。クレアは反射的に背中をそらし、伸ばしかけた手を引いた。こんなに素晴らしい愛撫を、どうしてやめてほしいなどと思うだろうか。いまここでやめられたら、わたしは狂おしさのあまり死んでしまうだろう。体の奥が激しくうずき、満たされたいと泣いている。

クレアは机の上に仰向けになり、禁断の愛撫を受けながらあえいだ。エドワードが彼女の腰の下に手を入れ、その脚をさらに大きく開かせた。

そのひととき、クレアは自分のすべてが彼にゆだねられていることを感じた。エドワードがおいしいデザートでも食べるように、じっくりと口を動かしている。

もうこれ以上、我慢できそうにない。このままでは頭がどうにかなってしまいそうだ。クレアは天板に手をはわせ、なにかつかめるものを探したが、なにも指に当たらなかった。

「お願い」クレアは熱に浮かされたような声で言った。「ああ、お願いだから」

エドワードはいったん顔を離すと、指を一本、彼女の中に入れて動かしはじめた。「なにをお願いしてるんだい?」クレアをいたぶるように言う。

「わ——わかってるでしょう」

「なんのことかな」エドワードは指をさらに奥まで入れた。

「いじわるしないで」クレアはあえいだ。

エドワードは笑った。「気持ちがいいんじゃないのかい?」だがすぐに真顔になり、今度は指を二本入れて彼女をさいなんだ。「ぼくに懇願するんだ、クレア。きみがぼくの名前を呼ぶのを聞きたい。そうすれば、きみの望みをかなえてやろう」

クレアは思わず息を呑んだが、自分を抑えることができなかった。「お——お願い、エドワード。お願いよ」

エドワードは笑みを浮かべると、指を抜いてふたたびクレアの大切な部分にくちづけ、さっきよりもさらに大胆に愛撫した。クレアは彼の名前をうわごとのように呼びながら、喜悦の波間をただよった。頭が真っ白になり、全身が震えている。やがてエドワードが唇を開き、彼女の敏感になった肌を歯でそっとこすった。

次の瞬間、快感が電流のようにクレアの体を貫いた。その唇から悲鳴にも似た声がもれる。

「エドワード!」

クレアは満たされ、口をきくこともできずにぐったりして机に横たわった。

エドワードは立ちあがり、クレアの体に両手をはわせた。上体をかがめて唇を重ねると、熱く激しいキスをした。背筋を伸ばし、ズボンのボタンに手をかける。男性の部分が大きく突きだしているのが、ズボンの生地越しにわかった。

そのときドアをノックする音がした。「閣下、いらっしゃいますか?」

エドワードとクレアは凍りついた。ドアノブがゆっくりとまわるのが見える。

「やめろ!」エドワードは大声で叫んだ。「いまはだめだ!」そしてさっと動き、クレアの姿を隠そうとした。

ドアがほんの少し開いたが、外から室内が見えるほどではなかった。「お邪魔して申し訳ありません。ご署名をお願いしたい書類があったのですが、またあとでまいります」

クレアはその声で、ドアの外にいるのが誰であるかわかった。エドワードの秘書のミスター・ヒューズだ。

欲望がまたたくまに消えていった。ふいにひんやりとした空気を体に感じ、クレアは自分が裸であることに気づいた。机の上で上体を起こし、あわてて服を着始めた。

エドワードは何歩かドアに近づいた。「ああ、そうしてくれないか。いまは……都合が悪いんだ」

「かしこまりました、閣下。失礼いたします」

ヒューズがドアを閉めて立ち去り、足音が秘書の執務室のほうに遠ざかっていった。エドワードはドアに鍵をかけた。

机の前に戻ると、クレアがズボンのボタンをかけ終え、靴を捜していた。

エドワードはなにも言わず、腰をかがめて男性用の小さな黒い革靴を拾いあげた。「これを捜しているのかい？」

「え――ええ」クレアはエドワードの大きく突きだしたズボンの前を見るまいとした。靴を受け取り、靴下の上に履いた。

「ボタンをかけちがえている」

クレアはエドワードの顔を見た。「なんですって？」

「ベストだ。ボタンがひとつずれている」

クレアはとっさにベストに手をやった。

「いいから」エドワードが優しい声で言い、クレアの手をどかした。「ぼくがやってあげよう」

クレアはおとなしく手を脇に下ろした。「どうしてあなたはそんなに冷静でいられるの？」

しばらくしてから、目を伏せたまま小声で尋ねた。

「きみも知ってのとおり、ぼくは自分を抑えるのが得意でね」

ええ、知ってるわ。クレアは心の中でつぶやいた。でもいまはひとつだけ、エドワードにも抑制できていない部分がある。頭に浮かんだその考えに、クレアは顔が赤らみそうになるのをこらえた。

エドワードがふざけてそう言ったことはわかっていたが、クレアはくすりともしなかった。あともう少しで、エドワードはわたしを奪うところだった。そしてわたしも喜んでそれを受けいれていた。婚約を解消するという計画のことも忘れて。

ぎりぎりのところで現われたミスター・ヒューズに感謝しなければ。少なくとも、彼のおかげで純潔を失わずにすんだのは事実だ。それなのに、どうしてわたしはそのことをあまり喜んでいないのだろう。本当なら、安堵で胸をなでおろしているべきところなのに。

もちろんほっとしているわ。クレアは自分に言い聞かせた。そうに決まっている。

「クレア」

クレアはエドワードの目を見た。「なに？」

「だいじょうぶだ。なにも問題はないから、心配しなくていい」エドワードはクレアのベストのボタンをかけなおすと、上着の前を合わせてそのボタンもかけた。すそを一度、さっと引いて整える。

「さあ、できた。これなら誰もあやしまないだろう。でもまだ髪が乱れているな」手を伸ばしてクレアの短い髪をすいた。「どうして切ったんだ」毛先を指でもてあそびながら言った。

「あんなにきれいな髪だったのに」

「すぐに伸びるわ」

「そうだな」エドワードは嘆息し、手を下ろした。「そろそろ日取りを決めよう」

「なんのこと？」

「結婚式の日取りだ。きみにまかせるが、早いに越したことはない。もしきみがそうしたいなら、国教会で盛大な式を挙げてもいい。社交界もそれを期待しているだろう。でも招待客は五百人までに絞ることにしよう。それ以上増やしても、ただ騒々しいだけだ」

「でも――」

「結婚が決まったことを早く発表すれば、そのぶん早く噂も消える」エドワードは事務的に言った。「今回のスキャンダルをさっさと葬ってしまおう」

あなたにとっては、わたしとの結婚も、さっさと片づけるべき仕事のひとつにすぎないというわけね。クレアは暗い気持ちで思った。

エドワードはやはりこのまま結婚の話を進めるつもりらしい。今日だけでなく、これまでも何度か抱きあったことを考えれば、その決意はさらに固くなっているにちがいない。だがどれだけ情熱的な抱擁を交わしたとしても、自分たちのあいだの本質的なことは、なにも変わっていないのだ。

わたしは義務を果たすための結婚などしたくない。

そしてエドワードはわたしを愛していない。

いくらせつなくて心がちぎれそうでも、このまま結婚するわけにはいかない。

クレアはふと、エドワードが嘘をついてくれたらいいのに、と思った。自分を抱きしめ、愛の言葉をささやいてくれたなら、と。心が弱くなっているいまなら、その言葉を信じられるかもしれない。それがたとえ、いつわりから出たものだとしても。

だがエドワードはクレアを抱きしめようとしなかった。

愛の言葉をささやくこともなかった。

なぜならエドワード・バイロンという人は、けっして嘘をつかないからだ。

幸いなことにエドワードはわたしの本当の気持ちを知らない。これから先も、この想いを伝えるつもりはない。

クレアはふいにひどい疲労感を覚えた。暖かな五月だというのに、真冬のような冷たい風が体を吹きぬけた。「寝室に戻って服を着替えるわ。スカートを穿いたほうがいいでしょう」

「ヴィルヘルミナがその格好を見たら、きっと肝をつぶすだろう。ヴィルヘルミナとマロリーが帰ってくる前に、急いで部屋に戻るといい。髪の毛のことも、なにか適当な理由を考えなければならないな」

クレアはエドワードが結婚式の日取りについて、またなにか言うだろうと思って身構えた。だがエドワードはそのことに触れなかった。「じゃあ夕食のときに会おう。今夜は家にいたほうがいいだろう」

クレアは反論しようと口を開きかけたが、今夜は静かに過ごしたほうがいいかもしれないと思いなおした。これからどうするかについても、ゆっくり考える時間が欲しい。「ええ、わかったわ」

エドワードはクレアの手を取り、手のひらにくちづけた。そして出口までクレアをエスコートしてドアの鍵を開け、その後ろ姿を見送った。


クレアがいなくなるとすぐ、エドワードはドアを閉め、近くにあった椅子に腰を下ろした。目を閉じ、落ち着きを取り戻そうとした。いまでもまだ欲望の炎が燃えている。もしヒューズが来なかったら、あのまま机の上でクレアの純潔を奪っていたのは間違いない。クレアを前にしていると理性を忘れ、ただ彼女が欲しいという思いに突き動かされていた。ここがどこかということも、それがどれだけ不適切なことで、どういう影響をもたらすかということも、完全に頭から消えていた。

こんな場所で彼女を押し倒してしまうとは、われながらどうかしていたとしか思えない。これがほかの若い女性なら、頬を思いきりひっぱたかれていただろう。でもクレアはそうしなかった。彼女は自分が知っているほかのどんな女性ともちがう。男の服を着て〈ブルックス・クラブ〉に忍びこみ、ろくでなしの貴族をカードゲームで負かし、帰宅してから婚約者と面と向かってやりあったりする女性など、クレア以外にいるはずもない。

ついさっきまで激怒していたにもかかわらず、エドワードはクレアの度胸に感心せずにはいられなかった。あれほど負けん気の強い女性はいない。おそれを知らないと言ってもいいぐらいだ。誇り高くて美しく、強い意志を持っている。いったん結婚して落ち着いたら、きっと素晴らしい公爵夫人になるだろう。

エドワードはクレアが素直に言うことを聞き、挙式の日取りを決めてくれることを祈るような気持ちだった。できたらあまり先でないほうがいい。このままでは、いつまで彼女に手を出さずにいられるか自信がない。今日ももう少しで最後の一線を越えてしまうところだった。本当はいますぐ階段を駆けあがって彼女の寝室に行き、服を脱がせてさっきの続きをしたいところだ。自分が部屋に押しかけていったら、クレアは驚くだろうか。もしかしたらいまごろは風呂にはいっているかもしれない。エドワードの股間がまたうずいた。そういえば、もう長いこと女性とベッドをともにしていない。

でも女性なら誰でもいいわけではない。抱きたいのはクレアだ。

クレアはこちらのことを、感情を表に出さずにいつも冷静な顔をしていると言った。だが実のところ、クレアと一緒にいると冷静さを失いそうになる。愛らしい唇に触れ、華奢な手でそっとなでられただけで、彼女の肌に顔をうずめてすべてを忘れたい衝動に駆られてしまう。こんなことになるとは想像もしていなかったが、クレアは上品な仮面の下に隠れた自分のもうひとつの顔をあらわにする力を持っている。ただのひとりの男であるエドワード・バイロンを。それはあと一歩で婚約者の純潔を机の上で奪いそうになるほど、無分別な男だ。

それにしても、なぜよりによってあのときヒューズがこの部屋を訪ねてきたのだろうか。クレアを抱きたくてたまらないくせに、どうして自分はこの期《ご》におよんでそれを我慢し、紳士らしくふるまおうとしているのか。

だが本能のおもむくままに生きることはできない。

どんなに欲望でおかしくなりそうでも、もうしばらくは我慢しなければ。クレアはいずれ自分のものになる。いざ夫婦になってしまえば、さすがにクレアも抵抗をやめるだろう。まずは妻として、そしていつか生まれてくる子どもの母親として、彼女には幸せな暮らしを送らせてやるつもりだ。

エドワードは子作りのことを考え、またしても体が火照るのを感じてうめき声をあげた。

目を閉じて数字を千から逆に数える。六百のなかばまで数えたところで、ようやく欲望がおさまってきた。

立ちあがって机の前に行き、散らかったものを片づけることにした。この状態では、使用人にあやしまれてしまう。机の脇をまわろうとしたとき、じゅうたんの上になにかが落ちているのに気づいた。エドワードは腰をかがめ、それを拾いあげた。

ツタの模様が彫られた小さな金の額縁だ。その中には太陽の光を浴びて金色に輝く、ブラエボーンの屋敷の細密画がはいっている。グロスターシャー州にある故郷の屋敷をいつでも見られるように、ずっと前から机に飾ってあったお気に入りの絵だ。クレアと抱きあっているとき、床に落ちたにちがいない。エドワードはそのことを思いだして口もとをゆるめ、絵をもとの場所に置こうとした。だがふいに手を止め、親指で金の額をなでながら、またもやクレアのことを考えた。そのときふと、彼女の小さな肖像画を持っていたことを思いだした。

もう何年も前、エッジウォーター伯爵が、婚約者である娘の顔を忘れないようにと送ってきたものだ。でも当時のエドワードはクレアと結婚する気が毛頭なかったので、その小さな絵を引き出しに入れてそのまま忘れていた。

たしかこの机の引き出しだ。

エドワードはブラエボーンの屋敷の絵を机に置くと、引き出しを開けてクレアの肖像画を捜しはじめた。三番目の引き出しを開けたとき、奥のほうからそれが見つかった。ベルベットの黒い袋のひもをほどき、絵を取りだした。

そこには微笑んでいるクレアが描かれていた。愛らしく、とても若い。おそらく十五歳ぐらいのときだろう。まだほんの子どもだ。エドワードが結婚する気になれなかったのも無理はない。肖像画を引き出しの奥にしまい、したくもない結婚のことなど忘れようとしたのも当然のことだ。

でもクレアはもう子どもではなく、エドワードも結婚から逃れようとはしていない。皮肉なことに、いま結婚から逃れようとしているのはクレアのほうだった。だがそれももうすぐ終わる。彼女の手をしっかりつかみ、誓いの言葉を口にして左手に指輪をはめるのだ。近いうちにクレアの新しい肖像画を描かせることにしよう。美しい大人の女性になった彼女の姿を絵におさめておきたい。

もちろん公爵夫人としての正式な肖像画が、ここにもブラエボーンの屋敷の回廊にもかけられることになる。だがエドワードは、クレアの小さな絵を自分の机に飾っておきたかった。あるいは気が向いたら、ポケットに入れて持ち歩いてもいい。

エドワードは幼いころのクレアの絵をもう一度ながめ、ベルベットの袋に戻そうとしたが、ふと思いついて手を止めた。そしてそれをブラエボーンの屋敷の絵の隣りに置き、満足げな顔をした。

それからクレアとふたりで散らかした机を片づけはじめた。

18

それから二週間以上、クレアとエドワードは一種の休戦状態にあった。クレアはあれ以来、新たな問題を起こしていない。エドワードも結婚式の日取りを早く決めるよう、クレアに迫ることはしなかった。

〈ブルックス・クラブ〉に行った翌日の朝は最悪だった。クレアはエドワードに、レオとローレンスをロンドンにいさせてほしいとあらためて頼んだ。レオとローレンス本人も、そしてマロリーも一緒になって懇願したが、エドワードの考えは変わらなかった。そして十時ぴったりに、ふたりとその荷物を乗せた馬車が出発し、ロンドンの街をあとにした。

次にふたりに会えるのはいつだろう。そもそも、また会うことがあるのかどうかすらわからない。クレアはふたりが追いだされる原因を作ったのが自分であることを思い、罪悪感に胸が締めつけられた。だが考えることがたくさんありすぎて、落ちこんでいる暇はなかった。

まずは、この髪のことをどう説明するかだ。

ヴィルヘルミナはクレアの頭を見るやいなや、気付けの芳香塩のにおいを嗅《か》ぎ、近くにあった椅子に崩れ落ちるように座った。マロリーはというと、口を手で覆ってしばらく呆然とクレアを見ていた。やがてクレアに歩み寄って微笑み、耳もとでささやいた。「とても素敵よ。わたしも勇気があったら、そんな髪形にしてみたいわ」

でもそれから数日が過ぎ、クレアはマロリーにその勇気がなくて正解だったと思うようになっていた。社交界のしきたりを無視するとしっぺがえしを受けるということが、よくわかったからだ。

エドワードがついているにもかかわらず、パーティや舞踏会に招待されなかったことも何度かあった。どこに行っても、みんながこちらを見てひそひそ噂する。しかもそれは、以前のように好意的な視線ではなかった。社交界の人びとはクレアにあきれ、その多くが嫌悪感を隠そうとしなかった。頭の固い人たちの中には、あからさまに無視する者までいた。

おまけにエドワードが危惧《きぐ》したとおり、〈オールマックス〉の入場資格も取り消された。クレアのところに届いた慇懃無礼《いんぎんぶれい》な手紙によると、社交界屈指の女性実力者《パトロネス》たちは、なにも悪いことをしていないマロリーについては引きつづき入場を認めることにしたという。ところがマロリーは、クレアが行けないのなら、自分も毎週水曜日の夜に開かれる舞踏会には行かないと言った。どちらにしても、大切な友だちであるマロリーまでもが〈オールマックス〉から締めだされずにすんだことは、クレアにとってせめてもの救いだった。

はじめのころクレアは、さすがのエドワードもこれで気が変わり、自分をノッティンガムシャーに追いかえすだろうとひそかに期待していた。だがエドワードは相変わらず冷静で、なにごともなかったような態度を崩さなかった。

「下を向くんじゃない」事件以来、はじめておおやけの場に出た夜、エドワードはクレアに言った。「堂々としていれば、じきに冷たい目で見られることもなくなる」

それから一週間が過ぎたころ、エドワードの言ったことは正しかったとわかった。それどころか、流行に敏感な若い貴族のあいだでクレアは有名人となり、憧れのまなざしで見られるまでになった。一部の勇気ある若い女性はクレアをまねて髪を短く切り、その斬新《ざんしん》な髪形を〝ラ・マースデン〟と名づけているありさまだ。

また、たくさんの人がクレアをカードゲームに誘い、その驚くべき腕前を披露してほしいと頼んできた。だがクレアは特に賭け事が好きというわけではなく、カードゲームの才能を周囲にひけらかしたいとは思わなかった。

モアグレーブ卿に勝って得た賞金は、エドワードが預かり、銀行口座を開いてふりこんであった。かなりの大金だったので、クレアはエドワードの手助けをありがたく思った。しかも、口座の名義はクレア個人のものだった。

世の大半の男性は、そのお金を自分名義にしていただろう。女性の財産は夫か父親に帰属するというばかげた法律を盾に、それを持参金の一部として自分のものにしていたにちがいない。でもエドワードはそうではなかった。クレア名義の口座を開き、もし自分で使う予定がないなら、いつか生まれてくる子どものために取っておくといいと言った。

でも自分たちは結婚なんてしないのだから、子どもが生まれるはずがないのに。クレアはため息をつきながら、暗い気持ちで思った。わたしはまだ、計画をあきらめるつもりはない。

そしていま、六月の第二週の木曜日、クレアは〈ハチャーズ書店〉でぼんやりと書棚をながめていた。マロリーとヴィルヘルミナも別の書棚の前に立ち、本の背表紙に視線を走らせている。クレアは一冊の本を手に取ってページをめくった。だが文字を目で追っても、内容がまったく頭にはいってこなかった。頭を占めているのは、エドワードのこと、そして彼との――というより彼のいない――将来のことだ。

二週間前、書斎で交わした熱い抱擁は、クレアの心身を深く揺さぶった。クレアは自分がエドワードに対していかに無力であるかを、しみじみと思い知らされた。わたしは彼に触れられただけで、すべてを忘れてしまう。毎晩ベッドをともにし、その腕に抱かれるというのは、いったいどういう感じなのだろう。

クレアはそれを想像し、うっとりとため息をついた。だがその一方で、とてもおそろしくもあった。自分が彼に夢中になり、そのひと言ひと言に一喜一憂し、キスや笑顔や笑い声を待ちこがれてしまうのは目に見えている。エドワードの情熱的な愛撫の裏に、ただの欲望以上のものがあると信じることができたなら、どんなにいいだろうか。

でもあの人がわたしに感じているのが、欲望だけだったとしたら?

しかももっと悪いのは、それが純粋な欲望ではなく、駆け引きに勝ちたい気持ちと征服欲が複雑にからんだものであることだ。いったん駆け引きに勝ったら、エドワードはわたしへの関心を失ってしまうかもしれない。そのときすでに彼は、欲しいものを手に入れているのだから。

あの午後以来、エドワードはわたしにキスひとつしようとしない。もう少しで結ばれるところだったことを考えると、今度わたしに触れたら、欲望を抑えられる自信がないのだろう。でもそれとはまったくちがう理由で、わたしに触れなくなったということはないだろうか。エドワードにとって、すべてがゲームだったとしたら？

ああ、どうしよう。もうなにを考え、なにをすればいいのかわからない。

エドワードはわたしに結婚式の日取りを決めてくれと言った。けれど、とてもそんな気にはなれない。

あの人はわたしに婚約の事実を受けいれろと言った。でもここであきらめることは、人生最大のあやまちであるように思えてならない。エドワードが愛情のかけらでも示し、わたしと結婚するのは義務を果たすことだけが理由ではないと言ってくれたら、すべての迷いは消えるのに。クライボーン公爵家の後継ぎを作ることだけが目的ではないと、わたしに思わせてくれたなら。

クレアは本を閉じて書棚に戻した。

「その本はお好きではなかったようですね」穏やかな声がした。「お気に召さなかったのは内容ですか、それとも著者?」

クレアはぎくりとしてふりかえった。「イズリントン卿」胸に手を当てた。「ああ、驚いたわ」

「申し訳ありません。本に続き、今度はわたしがあなたの不興を買ってしまいました」イズリントン卿は一歩後ろに下がり、優雅にお辞儀をした。

「いいえ、そんな」クレアは動揺を静めようとした。「今日はなにをしにいらしたんですか?」

イズリントン卿は口もとにかすかな笑みを浮かべた。「あなたと同じですよ。わたしもたまには本ぐらい読みます」

「ええ、そうですよね」クレアはそこで言葉を切り、ひとつ大きく息を吸った。「お元気でしたか、閣下。しばらくお会いしませんでしたね。どこかにお出かけだったのでしょうか?」

イズリントン卿はうなずいた。「はい。用事がありまして、田舎に行っておりました。ところで、気を悪くしないでいただきたいんですが、あなたの噂がわたしの耳にもはいってきましたよ。ずいぶん評判になっているようですね。たしか〈ブルックス・クラブ〉でしたっけ」

クレアはあごを上げた。「ええ、そうですわ。でも閣下にも、それなりの評判がおありのようですけど」

イズリントン卿は笑った。「そのとおりです。これであなたとわたしに共通点ができましたね」

「さあ、それはどうかしら。閣下がどんなことをなさったのか、わたしはまだ知りませんもの」クレアはそう言ったとたん、自分の大胆さに驚いた。「ごめんなさい、失礼なことを言ってしまって。どうかお許しください」

「いいえ、別にかまいません」イズリントン卿はさらりと言った。「若いレディと一緒にいたとき、不運にも嵐に巻きこまれてしまいましてね。ふたりで馬に乗って出かけたのですが、そのレディの自宅から離れた場所で、ひどい雷雨にあったんです。そこでしかたなく、近くの田舎家《コテージ》に避難しました。ようやく嵐がおさまったのは、もう夜がとっぷり更けてからでした。彼女の父上は、娘をきずものにしたとお怒りになりましてね。わたしにしてみれば、まったく身に覚えのないことですし、責任を取る必要などないと思ったのです。なにも起こらなかったのだから、愛のない結婚をする意味がどこにあるでしょう。わたしにとっても、そのレディにとっても」

イズリントン卿は嘆息し、深刻な表情をした。「それから噂がひとり歩きし、わたしはいつのまにか、ひとでなしの放蕩者という烙印《らくいん》を押されてしまいました。レディ・クレア、どうか信じていただきたいのですが、わたしはその女性に指一本触れていませんし、お互いのために一番いいと思ったことをしたつもりです。でも社交界の人たちは、それ以来、わたしを色眼鏡で見るようになった」

クレアは自分とイズリントン卿のあいだに、思っていた以上の共通点があることに気づいた。望まない結婚を押しつけられるのがどういうことか、彼も身に染みてわかっているのだ。風当たりに負けず、それを拒みつづけることの大変さも。わたしと同じように、この人もただ幸せになりたかっただけなのに、世間から後ろ指をさされるはめになっている。なんて理不尽なのだろう。

「でも、その話はもうやめましょう」イズリントン卿は陽気に言った。「言うのが遅れてしまいましたが、素敵な髪形ですね。さすが〝ラ・マースデン〟と名づけられるだけのことはある。戦争がなかったら、フランス人もきっとあなたに夢中になるでしょう。彼らはお堅い英国人とはちがい、先進的な若い女性が大好きですから」そこでいったん間を置き、手袋のすそをひっぱった。「クライボーン公爵はお元気ですか」

クレアは唇がゆがみそうになるのをこらえた。「ええ、閣下なら元気ですわ」

「正直に言うと、あなたがここにいるのを見たときは少々驚きました。お屋敷に閉じこめられているのではないかと、なかば心配しておりましたので」

「今日はレディ・マロリーとミセス・バイロンと一緒にまいりました」

「そうですか。お話しできてよかった」

クレアは微笑んだ。「こちらこそ」

「そのうち公園で散歩でもしようとお誘いしたいのですが、それはやはり無理でしょうね。あるいは馬車で出かけるのも楽しそうだ。新しい軽四輪馬車を買ったので、ぜひあなたをお乗せしたいと思ったのですが」

イズリントン卿と馬車で出かける？

どれだけの騒動が起きるだろう。

エドワードは激怒するにちがいない。

クレアは、エドワードとの結婚から逃れるにはこれしかないとひらめいた。問題は、そこまでする勇気が自分にあるかどうかだ。エドワードは婚約を解消するだけでなく、二度とわたしと口をきこうとしなくなるかもしれない。わたしは本当にそんなことを望んでいるのだろうか。それほど大胆なことをしてのけたら、取りかえしがつかないことは目に見えている。

でも思いきってやるしかない。これがおそらく最後のチャンスだ。

「ええ、喜んで」クレアの心臓が激しく打ちはじめた。「田舎に行くのはどうでしょうか。夏のロンドンは道が混んでいますから」

イズリントン卿は片方の眉を上げ、きらりと目を光らせた。「そうしましょう」

「でも日中は無理だわ」クレアはつぶやいた。「舞踏会のとき、少しだけ抜けだして出かけるというのはどうかしら。いかがでしょう？」

「やれやれ、あなたはスキャンダルを起こすのが本当にお好きらしい。でもわたしもあなたと同じですよ。いつにしましょうか」

クレアは不安な気持ちをふりはらい、イズリントン卿と相談を始めた。


五日後の夜、エドワードはクレアがパートナーの紳士にエスコートされ、ダンスフロアに進みでるのを見ていた。レモンイエローの美しいシルクのドレスに身を包み、太陽のようにまぶしく輝いている。広間に灯された無数のろうそくの光もかなわないほどだ。短い金色の巻き毛が小粋《こいき》な雰囲気をかもしだし、青い瞳に神秘的な光が浮かんでいる。相手の若者は、すっかりクレアに魅了されているらしい。

信じがたいことだが、クレアは自分がどれだけ異性の目に魅力的に映っているかということに、まったく気づいていない。彼女がちょっと微笑むだけで、男はひざまずいてなんでも言うことを聞くだろう。最近のエドワードは、クレアに群がってくる男たちを追いはらい、彼女をひとり占めしたいという衝動をたびたび覚えるようになっていた。だがすでにクレア自身が世間の人たちの眉をひそめさせることをさんざんしているのに、そこに自分まで新たな噂の種を提供することもない。

それにクレアもようやく、婚約の事実を受けいれる気になってきたようだ。

少なくとも、エドワードの目にはそう見えていた。

書斎での出来事があってからというもの、クレアは見違えるほどおとなしくなった。ちゃんとした付き添いなしに出かけることもなく、慎み深い未婚女性のお手本のようにふるまっている。はじめはエドワードも半信半疑で、クレアがまたなにかしでかすのではないかと目を光らせていた。でもなにごともなく一日、また一日と過ぎるにつれ、その疑念は少しずつ薄れていった。もしかしたらクレアは本当に計画をあきらめたのかもしれない。

小耳にはさんだところによると、パトロネスのひとりは自分たちがクレアに少し厳しくしすぎたのではないかと言い、〈オールマックス〉への入場をもう一度認めることを考えているそうだ。もちろんパトロネスたちの気が変わったことの背景には、クレアの人気がますます高まっていることがあるのは間違いない。

ロンドンでもっとも権威ある社交場から締めだされたとなれば、ふつうはみなからつまはじきにされるところだろう。ところがクレアがいなくなってから、水曜日の夜の舞踏会に足を運ぶ人の数は目に見えて減っているという。若い貴族の多くは、キング・ストリートにある〈オールマックス〉よりも、クレアが顔を見せる舞踏会に行くことを選んだ。

たとえ評判に傷がついていても、クレアは社交界においてなくてはならない存在だというわけだ。

エドワードはそうした状況をなかば愉快に思いながらながめていたが、たったひとつだけ、気がかりなことがあった。それは、クレアがまだ挙式の日取りを決めていないことだ。

強く催促することも考えたが、彼女には現実を受けいれる時間が必要だろうと思いなおした。だが、そろそろ我慢も限界に達しようとしている。もう少し待ってもクレアが決めないようなら、自分が代わりに決めることにしよう。

クレア以外の誰かとダンスをする気にはなれなかったので、エドワードは広間を出てすぐ近くの図書室に向かった。なかにはいると、何人かの紳士が戦争について熱く議論していた。エドワードはポートワインのグラスを受け取り、暖炉のマントルピースにもたれかかった。

そのころ広間では、ちょうどダンスが終わったところだった。クレアはひざを曲げてお辞儀をすると、パートナーにエスコートされてフロアを離れた。そして途中まで進んだところで、なにかにつまずいたようにかすかによろめいて立ち止まった。

「ああ、大変。ドレスのすそを踏んでしまったみたい」視線を落としてスカートに目をやった。その隣りでパートナーの男性が戸惑った顔をしている。

「ドレスが破れたようですわ。そそっかしくてごめんなさい。ちょっと失礼し、直してきてもよろしいでしょうか」

男性はクレアの手を放した。「ええ、どうぞ。手をお貸ししましょうか？」

クレアは首をふった。「女性用の休憩室にメイドがいると思いますので、だいじょうぶです」

男性は会釈をして脇によけた。

彼がいなくなったとたん、クレアはくるりと後ろを向き、出口へと急いだ。もちろんドレスが破れたというのは嘘で、たんにその場を立ち去るもっともらしい口実が欲しかっただけだ。十時を知らせる時計の音が鳴ってから、すでに数分がたった。イズリントン卿との約束の時間を過ぎている。ふたりは屋敷の外でこっそり落ちあい、それから馬車で出かける予定になっていた。

遅くなったのはエドワードのせいだ、とクレアは思った。あの人がなかなか広間を出ていかなかったせいで、約束の時間が迫っているのに、もう一曲踊るはめになってしまった。ダンスが終わってあたりを見たら、ようやくエドワードがいなくなっていた。そしてクレアは、計画を実行するならいまだと自分に言い聞かせた。

いまを逃したら、もうチャンスはない。

心臓が激しく打つのを感じ、緊張で足をがくがくさせながら、廊下に出てイズリントン卿から教えられた通用口へと向かった。庭に続く扉の前にやってくると、曲線を描いた真鍮《しんちゅう》のドアノブに手をかけ、一瞬ためらった。

本当にこれでいいの？

イズリントン卿と出かけたりすれば、社交界の人びとはわたしをきずものとして見るようになる。

そしてエドワードは、イズリントン卿とわたしが体の関係を結んだと誤解する。

もちろんイズリントン卿に体を許すつもりなど毛頭ない。でもエドワードがそれを信じず、わたしがイズリントン卿に純潔を捧げたと思いこんだら、結婚の話がなくなるのは確実だ。無垢ではない花嫁をもらおうとする男性がどこにいるだろう。祭壇に立つ前に自分を裏切った花嫁など、いったいどこの公爵が欲しがるだろうか。

ドアノブにかけたクレアの手が震えた。いまならまだ引き返せる。このまま広間に戻れば、自分がなにをしようとしていたか、誰にも知られることはない。クレアはふいに吐き気を覚えた。この屋敷から一歩外に出れば、それでわたしの運命は決まってしまう。でも広間に戻ったら、また別の運命が待っている。エドワードとの結婚という運命が。そうなったら完全にわたしの負けだ。

そのとき少し離れたところから人びとの話し声が聞こえ、クレアは決断を迫られた。行くか、戻るか。

五秒がたち、やがて十秒が過ぎた。

クレアはひとつ大きく息を吸い、扉を開けて足を外に踏みだした。

エドワードはポートワインをぐいと飲み、グラスを置いた。周囲の話に耳を傾けてはいたものの、特にこれといって興味をそそられたわけではなかった。みな自分が重要な情報を握っていることを、誇示したくてしかたがないらしい。でもそこにいる紳士たちが実はなにも知らないことを、エドワードはわかっていた。

ひとりだけ、ライムハースト卿は情報を知りうる立場にあるが、彼はもともと口数の少ない人物だ。いつもたいてい聞き役にまわっているものの、それでも馬か女性の話題になると、とたんに饒舌《じょうぜつ》になる。つい最近、聞いた話によると、いまはジャックのかつての愛人だったフィリパ・ストックトンと付き合っているそうだ。だがレディ・ストックトンは数えきれないほどの男と情事を楽しんでいる。噂が本当なら、ジャックと別れたあと、すでに何人もの男と付き合ったらしい。まるでジャックの思い出を消そうとしているかのように。

もしかするとレディ・ストックトンは、ジャックとの別れで心が深く傷ついたのかもしれない。もっともそれは、本人に心があればの話だが。

エドワードはとりとめのないことを考えるのをやめ、そろそろ広間に戻ろうかと思った。そのときアダム・グレシャムが図書室に現われた。

そしてまっすぐエドワードに近づいてきた。「やあ、クライボーン」声をひそめて言う。「邪魔をして申し訳ないが、ちょっと話がある」

エドワードは片方の眉を上げた。「ああ、わかった」けげんに思いながらも、その場にいた紳士たちにいとまを告げ、アダムのあとについていった。部屋の隅で話すのかと思っていたが、アダムは立ち止まろうとしなかった。そのまま図書室を出て、人のいない書斎へと向かう。

「いったいなにごとだ？」アダムが書斎のドアを閉めるやいなや、エドワードは訊いた。

「レディ・クレアのことだ」アダムは前置きもなしに言った。

エドワードは唇を結んだ。「レディ・クレアがどうした？　今度はなにをしたんだ？」

「屋敷を出ていった。五分ほど前、ぼくが庭で煙草を吸っていたら、彼女が芝生を横切るのが見えた」

「それで？」エドワードはうなるように言った。

「馬車に乗りこんだ」アダムはいったん口をつぐみ、言いにくそうな顔をした。「イズリントンと一緒だったようだ」

エドワードは凍りつき、しばらく動けなかった。
イ、イ、イ、イズリントンだと！
クレアはどういうつもりだ？　これもまた、ばかげた作戦のひとつなのか。それとも、ただあの男と会いたかっただけだろうか。いや、まさかそんなことはないだろう。だが理由はともあれ、クレアは自分がどれほどの危険を冒しているのか、まったくわかっていない。エドワードはこれから起こりうることを考え、怒りと不安で胃がねじれそうな感覚を覚えた。

アダムの目を見据えた。「どちらの方角に向かったか、わかるか？」

アダムはうなずいた。「ぼくが自分で馬車のあとを追おうかとも思ったが、代わりに馬丁をやることにした。ふたりの行き先をつきとめたら、すぐに戻ってくるよう命じてある。もしも深夜を過ぎるようだったら、まっすぐクライボーン邸に向かえとも言っておいた」

「恩に着るよ」

短い沈黙があった。

「メイフェアのあたりをまわっているだけであることを祈ろう」アダムは言った。「一時間もしないうちに戻ってくるかもしれない」

「ああ、そうだな」

だがエドワードは、ふたりが一時間以内に戻ってくることはないと確信していた。イズリントンがそんなに早くクレアを帰すはずがない。それでもいま自分にできることはないも同然だ。ふたりはロンドン市内のどこにいるかわからない。あるいはもうロンドンを離れたかもしれない。

「このことは他言しないでくれ」エドワードはクレアが屋敷を出ていくのを目撃したのがアダムであったことに、ひそかに感謝した。もしこれがほかの誰かだったら、クレアの評判に取りかえしのつかない傷がついていたことは間違いない。とはいえ、クレアの名誉を守れる可能性は、どのみちそれほど高くない。

そのときエドワードは、クレアがイズリントン卿と出かけた理由がわかった。

クレアは自分自身の評判を傷つけるため、わざとこんなことをしたのだ。それほどまでにぼくとの結婚がいやだったのか。

エドワードは髪を手ですいた。「もしクレアが一時間以内に戻ってこなかったら、みんなには急に具合が悪くなって屋敷に帰ったと言うことにする」

「それまでぼくがレディ・マロリーとミセス・バイロンの相手をし、ふたりの注意をそらしておこう。もしもの場合には、ぼくがふたりを屋敷に送っていく。あまり心配しないほうがいい。すぐに戻ってくるさ」アダムはそこで言葉を切った。「もっとも、きみがレディ・クレアに戻ってきてほしいと思っていればの話だが」

エドワードの胸に、正体のよくわからない激しい感情がこみあげた。「もちろん戻ってきてほしいに決まっている」

それはエドワードの本心だった。

クレアをこの手に取り戻したい。そのためなら、どんなことでもしてみせる。

それまでどうか無事でいてほしい。でも戻ってきたら、たっぷりお仕置きをしなければ。

19

「もう戻りましょうか」クレアは馬車の座席で、隣りに座るイズリントン卿に言った。「屋敷を出てから一時間以上たちますし」

そろそろ自分がいないことに、みなが気づきはじめているころだ。クレアは唇を嚙みながら、マロリーとヴィルヘルミナがあまり心配していないといいのだけれど、と思った。ふたりに書き置きを残していくことも考えたが、なにをどう説明すればいいのかわからず、結局やめることにした。

エドワードのことは……どういう反応をするかということも含め、考えたくなかった。彼はきっと激怒するだろう。屈辱に身を震わせるかもしれない。そしていったん怒りがおさまったら、今度はわたしからも義務からも解放されることに、ほっと胸をなでおろすのではないか。

婚約者がこれだけ無分別なことをすれば、男性が婚約を白紙撤回するのは当然の権利だし、そのことになんら罪悪感を覚える必要もない。エドワードがわたしとの結婚を取りやめ、二度と会いたくないと言って背中を向けることを、社交界も望んでいるはずだ。

エドワードから憎まれることは覚悟している。今日を境に、わたしはエドワード・バイロンにとって、いないも同然の存在になる。

ナイフで切り裂かれたような鋭い痛みが、クレアの胸に走った。でも愛のためではなく、義務のために結婚しようという男性と一生添い遂げるぐらいなら、この痛みに耐えるほうがまだましだ。クレアは目の奥がつんとするのを感じ、心地よい夏の夜風を受けながらうつむいた。

クレアとイズリントン卿を乗せた馬車は、ロンドン郊外の田舎を走っていた。草むらから虫の音が聞こえてくる。街中より空気がおいしく、湿った草のにおいがした。空は真っ暗で、低い位置にかかった半月だけが静かな田舎の道を照らしている。

マントを持ってくればよかった、とクレアは思った。寒いわけではないが、柔らかな生地の肌触りが恋しかった。「次の角で引き返しましょう」

イズリントン卿は手綱を握りなおし、横を向いてクレアに微笑みかけた。「すぐ近くにいい宿屋があります。そこで食事をしていきませんか。今夜は夕食をとりそこねてしまいましたし、なにかおいしいものを食べましょう」

「あの、でも……」クレアは宿屋に寄ることなど考えてもいなかった。

ここで寄り道をしたら、世間の人たちはますますわたしをきずものとして見るようになるだろう。宿屋で男性とふたりきりで食事などすれば、自分の評判に取りかえしのつかない傷がつくのは目に見えている。

「いいじゃないですか、レディ・クレア。楽しいことはお好きなんでしょう?」

「ええ、好きですわ」

「だったら一時間ばかり、軽くなにかをつまむぐらいかまわないではありませんか。そうしたところで、わたしたち以外にはわからないんですから。お茶を飲んで軽食をとり、それからロンドンに戻ればいい」

クレアは迷った。「そうね、軽食ぐらいなら。でも飲むのはお茶だけにしましょう」きっぱりと言った。

「はい、ではお茶だけということで」

宿屋に向かう馬車の中で、クレアはイズリントン卿の誘いを受けて本当によかったのだろうかと考えていた。だが宿屋にはほかにも大勢の人がいるし、イズリントン卿の目的は空腹を満たすことだ。食事が終わったら、すぐにロンドンに引き返せばいい。もっとも、いったん帰ったら、いままでどこに行っていたかを説明することになる。

それはさておき、相手がイズリントン卿なら心配する必要はない。知り合ってからというもの、手を握る以上のことは一度もされたことがない。イズリントン卿に下心があるとは思えないが、万が一そうだったとしても、なんとか逃げられる自信はある。イズリントン卿は社交界のしきたりに反発しているだけで、きっとわたしのことも自分と同じだと思いこんでいるのだろう。自分たちはちょっとした冒険を楽しんでいるにすぎない。

そのとき前方に宿屋が見えてきた。イズリントン卿が馬車をとめると、眠たそうな顔をした馬丁が、馬の世話をしようと近づいてきた。イズリントン卿は御者席から飛び降り、馬車の反対側にまわってクレアに手を貸した。クレアはイズリントン卿の腕に手をかけ、建物へと向かった。

宿屋は思ったとおり混んでいた。とりわけ広間は、煙草を片手に酒を飲んで騒いでいる男たちでごったがえしている。イズリントン卿が個室を頼むのを見て、クレアは内心ほっとした。じろじろおかしな目でこちらを見ている酔っぱらいと、同じ部屋にいるのはごめんだ。

ふたりは愛想のいい宿屋の主人に案内され、喧騒に包まれた広間から遠く離れた二階の個室へと向かった。主人はクレアがふつうのドレスではなく、夜会用の豪華なドレスを着ていることを不審に思ったにちがいないが、それを表情には出さなかった。

クレアは白いリネンのクロスがかかった円い木のテーブルに着き、紅茶が来るのを待った。でもまもなく、次々と運ばれてくる料理を見て困惑した。軽食ではなく、本格的な晩餐だ。

それから二時間近くたったころ、デザートの果物とチーズをテーブルに置き、宿屋の主人が会釈をして出ていった。

「もっとワインをどうかな？」イズリントン卿は言い、ブルゴーニュ・ワインが半分残ったデカンターを手に取った。

「いいえ」クレアはグラスの上に手をかざし、それ以上注がせないようにした。紅茶だけにする約束だったのに、イズリントン卿は勝手にワインを頼み、クレアにもどうかと勧めてきた。だがクレアはほとんど飲まなかった。一方のイズリントン卿は、グラスを重ねて料理を食べながら、もっぱらひとりでしゃべっていた。

クレアは料理にもあまり手をつけず、ときおり申し訳程度に皿をつついては、イズリントン卿の話に適当に相づちを打った。最初のうちはできるだけ陽気にふるまい、気の利いた言葉を口にしたりもしていたが、食事が始まって一時間が過ぎてもイズリントン卿が一向に帰る気配を見せないので、だんだんいらだちが募っていた。

それとともに、不安も増していた。

計画は成功した。ロンドンに戻るころには、わたしがパーティを抜けだしてイズリントン卿と馬車で出かけたことが、みなに知れわたっているだろう。心配なのは、イズリントン卿がいつ席を立つ気になるのかということだ。まさかとは思うが、帰る気がないということはないだろうか。

そんなクレアの心のうちを読んだように、イズリントン卿がゆっくりと微笑んだ。「ああ、大変だ。すっかり遅くなってしまいました」

「ええ、さっきから言っているとおり、もう夜も更けましたわ。お食事が終わったのなら、すぐに帰りましょう」

ところがイズリントン卿は立ちあがろうとせず、椅子にもたれかかって手に持ったワイングラスをまわした。グラスの内側についた真っ赤なしずくが血を連想させ、クレアは思わず身震いした。イズリントン卿が悠々とワインを飲み、グラスを置く。

「ロンドンまでは距離があるし、この時間の道はあまり安全とは言えません。今夜はここに泊まったほうがいい」

クレアは愕然とし、体をこわばらせた。椅子を引いて立ちあがり、手をつけていないデザートの上にナプキンをほうった。「そんなわけにはいかないわ。いますぐ帰りましょう」

「まだそんなことを言ってるのかい？」イズリントン卿はさらりと言った。「いまさら恥ずかしがることはないだろう」

恥ずかしがる？　この人はなにを言っているのだろうか。

「お互いにそのつもりでここに来たんじゃないか」イズリントン卿はグラスを口に運んだ。「つまらない芝居はやめよう。もう主人に頼んで、この宿屋で一番いい部屋を用意させてある。洗濯したてのシーツと、柔らかなマットレスのある部屋だそうだ」

マットレス！

クレアの胃がぎゅっと縮んだ。「あなたは誤解しているわ、閣下。いますぐわたしを連れて帰ってちょうだい。もしあなたがいやだと言うなら、誰かほかの人に頼むから」

イズリントン卿は忍び笑いをした。「こんな夜更けに、きみをロンドンまで送っていってくれる物好きがいるだろうか」

悔しいけれどそのとおりだ、とクレアは思った。でも馬車さえあれば、自分で手綱を握って帰ることができる。

「きみはたいした女優だ」イズリントン卿は言った。「恥じらう演技が真《しん》に迫っている。もしきみがそうしたいなら、今夜は好きなだけ抵抗するそぶりをすればいい。本当はその気になっているくせに、若い娘というものは、心とは裏腹に口ではいやだと言うものだからな」

ああ、どうしよう。イズリントン卿はわたしが自分の気を引くために、恥ずかしがるふりをしてると思いこんでいるらしい。今夜、一緒に馬車で出かけることにしたのも、ベッドをともにするのが目的だと勘違いしているのだ。クレアはまたもや胃がねじれるような感覚を覚え、料理をあまり食べなくてよかったと思った。

イズリントン卿は椅子を引き、太ももを軽くたたいた。「ここにおいで。きみがいやがるふりをするのを見てみたい」

「なんてことを！」

イズリントン卿は笑った。「いいから来るんだ、怖いもの知らずのクレア。あまり手こずらせないでくれ」

「イズリントン卿、あなたは完全に誤解しているわ。わたしはあなたのことをなんとも思っないの……その、特別な感情という意味では。あなたと一緒にここに泊まるつもりはない。い、い、いますぐロンドンに連れて帰ってちょうだい！　それからわたしは、心と裏腹のことを言ったりしないわ」

イズリントン卿の顔から笑みが消え、表情が険しくなった。「それも演技のひとつなんだろう。もしそうじゃないと言うなら、きみにはがっかりだ」

クレアは震えそうになるのをこらえ、イズリントン卿の目を見据えた。「がっかりさせて申し訳ないけれど、帰らせていただくわ」

イズリントン卿の目に不気味な色が浮かんだ。「やれやれ。ぼくをここに誘いだしておきながら、いまさら帰ると言うのかい？　そんなことはさせないぞ」

クレアははっと息を呑んだ。「わ、わ、わたしがあなたを誘いだしただなんて。わたしはただ、馬車で出かけようというあなたの誘いを受けただけよ」

「いまは夜だぞ！　体を許す気もないのに、男と夜に出かけるレディがどこにいるというんだ。さあ、ぼくはきみを馬車に乗せてやった。今度はきみがぼくを乗せる番だ」イズリントン卿は勢いよく立ちあがってクレアに近づき、腕をつかもうとした。

クレアはさっとその手をよけ、テーブルをはさんでイズリントン卿と向きあった。「来ないで、閣下。わたしにさわらないでちょうだい」

イズリントン卿はまた手を伸ばしたが、クレアはふたたびそれをよけた。

そのときあることが頭にひらめき、クレアは背筋が寒くなった。「あなたが昔、一緒に嵐に巻きこまれたという女性のことだけど。本当は手を出したのね？」

イズリントン卿は笑みを浮かべた。「ああ、もちろん。だがあの娘もきみと同じように、口ではいやだと言いながら、心の中ではそれを望んでいた。言っておくが、あのとき同様、今回も責任を取って結婚するつもりは毛頭ない。ああそうか、きみはすでに婚約しているんだったな。クライボーンはどうするだろうか。ぼくが先に手をつけた娘を、わざわざ取り戻したいと思うかな」

クレアの胸がぎゅっと締めつけられた。どうしてわたしはエドワードの言うことを聞かなかったのだろう。イズリントン卿に近づくなと、あれほど注意されたのに。わたしはあまりに世間知らずで愚かで、自分ならなんでもできると思いあがっていた。けれども、ここであきらめるつもりはない。かならずこの窮地を脱してみせる。

「わたしに手をつけることは許さないわ、閣下。いますぐ出ていってくれたら、今回のことは誰にも言わないから」クレアは言った。「すぐに出ていって。今夜のことはなかったことにしましょう」

「出ていけだって？」イズリントン卿は首を後ろに倒して笑った。「きみはおもしろいことを言うな。どうしてここで帰らなくちゃならないんだ。楽しいことが始まったばかりだというのに」

クレアは出口にちらりと目をやったが、ドアにたどりつく前に、イズリントン卿につかまるのは確実だった。それにこの部屋を出て一階まで逃げられたとしても、そこにいる酔っぱらった男たちが守ってくれるとも思えない。自分の身は自分で守るしかないということだ。クレアは手を伸ばし、テーブルの上からナイフを取ると、それをまっすぐイズリントン卿に向けた。

イズリントン卿はまた笑った。「なんのまねだ？」

「刺すわよ。来ないで」

「いやだと言ったら？　果物ナイフでぼくを刺すつもりかい？　おお、怖い」イズリントン卿はクレアに近づいて飛びかかった。

クレアはさっと後ろに下がり、イズリントン卿に切りつけた。その手から血が流れるのを見て、恐怖におののいた。

イズリントン卿はうめき声をあげ、傷ついた手をひっこめた。「きみは荒々しいのが好きなのかい？」そこで言葉を切り、投げ捨ててあったナプキンで血をぬぐった。「そういうのも悪くない」

クレアはナイフを強く握りしめ、なんとかして出口までたどりつけないかと考えた。切っ先をイズリントン卿に向け、精いっぱい威嚇した。「また怪我をするわよ」

「それはおそろしいな」イズリントン卿はあざけるように言った。「怖くて震えそうだ」唇をゆがめ、ぞっとするほど冷たい目をした。「痛い目にあいたくなければ、早くこっちに来い」

そのとき勢いよくドアが開き、激しい音をたてて壁にぶつかった。そこにはエドワードが立っていた。復讐《ふくしゅう》の天使さながらの迫力で出口をふさいでいる。長身でたくましいその姿に、クレアはしばし目を奪われた。

もう少しで声をあげ、エドワードに駆け寄りたくなった。でもイズリントン卿がなにをするかわからなかったので、その場から動かなかった。それに、エドワードの瞳の奥で燃えている激しい怒りの炎をどう解釈すればいいのかもわからない。駆け寄ってきたわたしを、彼はどう迎えるだろうか。

エドワードはイズリントン卿をまっすぐ見据えた。「わたしを痛い目にあわせてみたらどうだ。わたしはお前よりも大きな体格をしている。それともお前は、かよわい女性しか相手にできないのか」

「かよわいだと！」イズリントン卿は天を仰ぎ、耳障りな笑い声をあげた。「この娘は鋭い爪を持った猫と同じだ」

「だったら、またひっかかれる前に立ち去ることだな。手から血が流れているじゃないか」

イズリントン卿は小声で悪態をつき、クレアとエドワードを交互に見ながら一考した。

「わかった、レディ・クレアはあんたに返そう。それにしても、こんなに思わせぶりでふしだらな女でもいいとは、あんたも物好きだな。たしかに優れた血筋かもしれないが、とても公爵夫人の器じゃない」

クレアはあまりの侮辱に呆然とし、もう少しで手に持ったナイフを落としそうになった。だがイズリントン卿がすぐ目の前にいる状況で、隙を見せるわけにはいかない。あとはただ、彼がこのままおとなしく立ち去ってくれることを祈るばかりだ。

エドワードがすばやく動いた。クレアは一瞬、なにが起きたのかわからなかった。エドワードがイズリントン卿に飛びかかり、その体を乱暴に押して壁に打ちつけた。そしてイズリントン卿の顔を立てつづけに殴ると、苦しげな声をあげる彼の首に手をかけた。

イズリントン卿はエドワードの手をふりほどこうと必死で抵抗し、何度かパンチを繰りだした。だがエドワードはそれを簡単にかわし、イズリントン卿ののどをますます強く締めあげた。イズリントン卿の顔色が不気味な赤に変わっていく。

「息ができない！　やめろ！」

「謝罪が先だ」

イズリントン卿は顔をしかめ、すぐにはそれにしたがおうとしなかった。だがエドワードに首を容赦なく絞められて観念した。「わ――悪かった」かすれた声で言った。

「謝る相手はわたしじゃない。レディ・クレアだ。さあ、彼女に謝れ！」エドワードはイズリントン卿の首の後ろに手をまわし、その顔をクレアのほうに向けさせた。

クレアはイズリントン卿の謝罪などどうでもよかったが、エドワードにそれを言うのはためらわれた。クレアの知っているエドワードは、いつも冷静で礼儀正しかった。なのに今夜の彼は感情を爆発させ、鬼気迫る雰囲気をただよわせている。何百年も昔、王とともに戦い、城を占領して敵の土地を奪いとったエドワードの先祖も、いまの彼と同じような顔をしていたのかもしれない。

そのときエドワードがイズリントン卿の体を激しく揺さぶり、クレアの思考は中断された。

「ろくでなしの悪党め」エドワードが言う。「早く謝れ」

イズリントン卿はうつむき、クレアと目を合わせようとしなかった。「無礼を働いて申し訳なかった、レディ・クレア」

エドワードは不快そうなうなり声を出すと、イズリントン卿を出口までひきずっていって突きとばした。「本当なら殺してやりたいところだ。命を奪わないまでも、血だらけになるまで殴りたい。だがお前には、そこまでする価値もない」

イズリントン卿はドア枠に手をかけて体を支え、乱れた呼吸を整えた。

「いますぐロンドンを出ていけ」エドワードは言った。「着替えを取りに屋敷に戻ることも許さない。落ち着き先が決まったら、使用人に命じて荷物を送らせればいい。できるだけ遠くに行くんだ」

イズリントン卿はあざのついた首をさすり、かすれた声で言った。「わたしが世界の果てに行ったところで、レディ・クレアが今夜わたしと一緒だったことは、どのみちみんなの知るところになるだろう」

「お前さえ黙っていれば、誰にも知られることはない。今夜のことは絶対に口外するんじゃないぞ。もしお前が少しでもなにか言ったことがわかったら、このわたしがただではおかない。お前はかならずそのことを後悔するだろう。次は殴るだけではすまないから覚えておけ」

イズリントン卿の顔から血の気が引くと、首とあごのあざがひときわ目立った。イズリントン卿はエドワードとクレアを最後にじろりとにらみ、部屋を出ていった。階段に響くブーツの音が遠ざかっていく。クレアはようやく緊張が解けるのを感じた。震えながらナイフを放すと、木製の柄が床板に当たって音をたてた。顔を上げたところ、エドワードの視線とぶつかった。

「だいじょうぶかい？　あいつにどんなひどいことをされたんだ？」

20

エドワードは体をこわばらせ、クレアの答えを待っていた。

宿屋に到着し、汗をかいた馬の背から大急ぎで飛び降りたのは、ついさっきのことだ。宿屋の主人にふたりの居場所を問いただし、階段を駆けあがると、分厚い木のドアの向こうからイズリントン卿がクレアを脅す声が聞こえてきた。壁一枚隔てた向こうでどのような光景が繰り広げられているか、その時点ではわからなかったが、エドワードは最悪の事態を覚悟した。

そしてドアを開けてみると、クレアが果敢に戦っていた。それはエドワードが想像もしていなかった光景だった。きっと二度と忘れることはできないだろう。クレアが全力で身を守ろうとしている——しかも武器は果物ナイフだけだ！

だがイズリントン卿がいなくなり、ようやく助かったいまも、クレアの目にははっきりと恐怖の色が浮かんでいた。瞳孔《どうこう》が開いて暗い色を帯び、青い虹彩がほとんど見えなくなっている。

「怪我は？」エドワードは訊いた。

クレアは首をふった。

「あいつはきみに触れなかったのか？」

「ええ」クレアは両腕で自分の体を抱いた。「あなたの言っているような意味では、指一本触れてないわ」

エドワードが険しい表情を浮かべてドアを閉めると、クレアはその音にぎくりとした。エドワードはふりかえり、クレアがさっきと同じ怯《おび》えた目でこちらを見ていることに気づいた。あれほどの危険に身をさらしたのだから、怯えるのも当然のことだろう。自分が来なかったらいまごろどんなことが起きていたかと思い、エドワードはあらためて怒りに震えた。

「あいつにどんなことをされていても、おかしくなかったんだぞ」低くかすれた声で言った。「もう少しで辱《はずかし》めを受けるところだったことが、きみはわかっているのかい？　それともあいつに今夜、体を捧げるつもりだったのか？」

クレアは唇をわななかせた。「そんなわけがないでしょう」

「そうかな。きみはぼくの反応を見たくて、あいつと出かけることにしたんだろう？　今度こそぼくが婚約を破棄するだろうと考えてのことじゃないのか？　本当はどこまでのことを考えていたんだ、クレア？　あいつとベッドをともにするつもりだったけれど、直前になって気が変わったんじゃないのか？」

「ちがうわ！」クレアは愕然として語気を強めた。「どうしてそんなふうに考えるの？」

「もうなにをどう考えていいか、ぼくにはわからない。きみは舞踏会の途中で、誰にもなにも言わずに姿を消した。そして節操も良心のかけらもない男と、ふたりきりで出かけたんだ」

「イズリントン卿は馬車で出かけようとしか言わなかったのよ。ロンドンの郊外まで行ったら、すぐに戻ってくるつもりだったわ。でもあの人はどんどん馬車を走らせ、わたしをここに連れてきたの」

エドワードは不機嫌な声で言った。「それできみは、あいつと一緒におとなしく馬車を降りたのか」

「あの人はお腹が空いたと言ったの。お茶を飲むだけだって」クレアは視線を床に落とし、そんな見えすいた嘘を信じた自分の愚かさを呪《のろ》った。「いざとなったら、自分でなんとかできると思ったわ」

「なるほど。そしてその結果、きみはこんな目にあったわけだ」エドワードは部屋の奥に進み、腰をかがめて床からナイフを拾いあげた。「これで身を守れたのも、せいぜいあと二、三分が限度だっただろう。どうだ、なにか言うことはないのかい？」

クレアはふと挑むように顔を上げてエドワードの目を見た。「わたしがばかだったわ。これで満足かしら？　わたしはイズリントン卿のことを完全に見くびっていた。もし閣下が来てくれなかったら、いまごろはあの人が用意した部屋で純潔を奪われていたでしょうね」

エドワードは頭痛を覚えた。「イズリントンが部屋を用意しただと？」

「ええ。わたしの知らないうちに、勝手に用意していたの」

エドワードは何歩か前に進み、果物とチーズの載った木製の器にナイフを突きたてた。刃先が垂直に器に刺さり、衝撃の激しさを物語るように振動している。

クレアは身震いしたが、なにも言わなかった。

「間に合ってよかった」

「で――でも、どうしてあなたがここに？　わたしがここにいることが、どうやってわかったの？」

「グレシャムから聞いた。きみが舞踏会を抜けだしたとき、庭にいたらしい」

「そうだったの」

「すぐにぼくを捜しに来たが、その前に使用人に命じてきみたちのあとをつけさせたそうだ。そうじゃなかったら、いまごろは……」

エドワードは黙った。アダムがいなかったら、いまごろなにが起きていたかと考えると、あらためてぞっとした。両手をこぶしに握り、そのことを考えまいとした。

「ということは」クレアは静かに言った。「グレシャム卿にもお礼を言わなくちゃいけないわね。できるだけ早くそうするわ」そこでふたたび身震いした。

「寒いのかい？」エドワードは、クレアが薄いシルクのイブニングドレスしか着ていないことに気づいた。このドレスに身を包んだ彼女にひそかに見とれたのは、もう何時間前のことだろうか。

いまとなっては、はるか昔のことのように思える。

クレアは首をふった。「いいえ、疲れただけよ。もう時間も遅いし」

おそらく二時近くだろう。これから長い時間をかけ、真っ暗な中をロンドンまで戻らなければならない。でもエドワードはその前に、クレアと話してどうしても決着をつけたいことがあった。

もっとも、決着がつくかどうかはわからない。今夜、クレアがしたことを考えると、エドワードは自信が持てなくなっていた。

そして気がつくと言っていた。「ぼくたちはそんなに合わないんだろうか。イズリントンのような男とどこかに行ったほうがまだましだと思うほど、きみはぼくとの結婚がいやなのか？」

クレアの顔が青ざめ、唇が開いたが、言葉は出てこなかった。

「言ってくれ」エドワードはクレアに歩み寄り、その両肩に手を置いた。「遠慮はいらないから、正直な気持ちを話してほしい。ぼくを傷つけるんじゃないかなどと、心配する必要はない。もしぼくのことが嫌いなら、はっきりそう言ってくれないか。まわりくどいことはやめよう」

クレアはつらそうな目をした。「あなたを嫌ってなんかいないわ」

「でもぼくと結婚するのはいやなんだろう？　どうしてだ？　なぜ公爵夫人になるのをそこまで拒むのかい？　きみの望みはなんだ？　頼むから教えてくれ」

クレアは黙って首をふった。

「きみは義務を果たすための結婚などしたくないと言ったが、それ以外にもなにか理由があるはずだ」エドワードは感情がこみあげそうになるのをぐっとこらえ、クレアの肩を軽く揺すった。「教えてくれ、クレア。きみが本当に求めていることはなんなのか」

クレアはしばらく黙っていたが、ふいにその瞳が光り、涙が頬を伝った。「あなたよ！」悲痛な声で叫んだ。「わたしはあなたを愛してるの。そしてあなたに愛されることを求めてる」

エドワードはクレアの肩から手を下ろし、予想もしていなかった告白に動揺した。

「でもあなたはわたしを愛していない」クレアは絞りだすように言った。「だからこそ、お互いまだ子どもだったころに父親どうしが交わした約束を果たすためだけに、あなたがわたしと結婚するのだと思うと耐えられないの。あなたがわたしと結婚したいのは、周囲の期待に応えるためと、後継ぎを作るのに都合のいい相手だからでしょう。でもわたしは、血統がいいという理由で売買される雌馬なんかになりたくない。わたしという人間を求めてほしいし、愛されたいのよ」

クレアは後ろを向き、エドワードから離れた。両手で体を抱きしめ、聞き取れないほど小さな声で言った。「自分があなたの所有物のひとつにすぎないと知りながら人生を送るぐらいなら、世間からきずものだと後ろ指をさされ、ひとりで生きていくほうがいいわ。ちょっと興味を引かれて買ってはみたけれど、すぐに飽きて忘れられるおもちゃみたいにはなりたくないの」

エドワードはゆっくりとクレアに近づいた。「きみは自分がどれだけ素晴らしい女性か、まったくわかっていない。ぼくがすぐにきみに飽き、おもちゃのように忘れてしまうはずがないだろう」

「そうかしら。前にやったじゃないの」

「ぼくが？　いつ？」

クレアは首をふった。「いいの、気にしないで」

「気になるに決まってるだろう」エドワードはそっとクレアの肩に手をかけ、自分のほうを向かせた。「ぼくがいつ、きみのことを忘れたというんだ？」

「ずっとよ、閣下。わたしは二十二歳になるわ。でもわたしの誕生日が三月であることを、これまであなたは一度も思いだしてくれなかった。結婚の話を進めようと言いだしてからもそうだったわ。しかもその前にわたしたちが会ったのは、たったの二回だけだったのよ。一回目はわたしが十歳のときで、あなたはお母様と一緒にノッティンガムシャーを訪ねてきたわ。そして二回目のとき、わたしは十六歳だった。あのときあなたは、早く帰りたくてたまらない顔をしていたわね。そしてロンドンに戻ったとたん、わたしの存在自体を忘れてしまったわ。そろそろ結婚する潮時かと思うまで、わたしのことを思いだしもしなかったでしょう」

エドワードはクレアの目をじっとのぞきこんだ。自分が知らないうちにクレアの心を深く傷つけていたことを知って驚いた。

クレアの言うとおりだ。

エドワードは長いあいだ、クレアのことをほとんど忘れていた。というより、自分が婚約しているという事実を忘れたくて、クレアのことを考えないようにしていたと言ったほうがいいかもしれない。そしてあろうことか、その存在をうとましくすら感じていた。クレアも自分と同じように、父親の思惑にふりまわされていただけなのに。しかも彼女は、お互いの父親が婚約を決めたとき、まだ言葉もわからない赤ん坊だったのだ。クレアの父親は、娘に選択の自由を与えなかった。そして自分も彼女に対して同じことをした。

「すまなかった」エドワードは言った。「無神経なことをしてしまったと反省している。できみはまだ子どもで、そんなふうに感じているとは夢にも思わなかったんだ。傷つけるつもりはなかった」

「ええ、そうでしょうね」クレアは唇を結んでエドワードの目を見た。「でもわたしを哀れに思わないでちょうだい、閣下。同情なんかいらないわ」

「わかってるさ。きみのように明るく前向きで、機転のきく女性が、誰かの同情を必要とするわけがない。それからぼくは、もう一生きみを忘れられないだろう。きみはとても印象深い女性だ、クレア。今夜のことがあって、ますます忘れられなくなった」

クレアの頰にわずかに血色が戻った。「ああ、今夜のことね。わたしの評判はこれでずたずたに傷ついたわ。ロンドンにはもう戻れない」

「いや、そんなことはないさ。みんなには、きみは体調を崩して屋敷に戻ったと言ってある。社交界の人たちは、きみがいまごろクライボーン邸で寝ていると思ってるはずだ。それから、ぼくがさっきイズリントンに言ったことを聞いただろう。自分の身がかわいければ、あの男が今夜の出来事を誰かに話すことはない」

「そう」クレアは目を伏せ、美しい眉をかすかにひそめた。

「がっかりしたかい？　世間の人びとには、きみがきずものになったと思わせておいたほうがよかったかな」

「どうでもいいわ。いまさら関係ないもの」

「きみは本当にぼくとの婚約を解消したいのか？」

「あなたはちがうの？」

「ああ。これまでいろいろあったが、ぼくはそれでもきみが欲しいと思っている。ぼくのベッドに、そして人生に。ぼくの花嫁になってほしい」

「でも――」

「いいから聞いてくれないか。そのうえで、どうするか決めればいい。きみとぼくとの婚約は、たしかに義務と打算にもとづいたものだった。でもこの数カ月でぼくたちの関係が変わったのも事実だ。きみはぼくが思っていたのとは、まるっきりちがう女性だった。ぼくをたびたび激怒させる――できればもう少しお手柔らかに願いたかったが――一方で、とても楽しませてもくれる。きみとの結婚は、もうぼくにとって、義務や責任を果たすためだけのものではない。ぼくはきみとの結婚を望んでいるんだ。子どものころに親どうしが決めたからではなくて」

エドワードは足をさらに一歩前に進めた。「包み隠さずに言うと、ぼくはきみに欲望を感じている。きみはそれをどこまでわかっているだろうか。毎晩、きみの寝室に行き、きみと心ゆくまで愛しあいたいという衝動を必死で抑えているんだ。きみがぼくとの結婚を受けいれられるようになるには、もう少し時間が必要だろうし、それまでは黙って見守らなければと自分に言い聞かせていた」

そこで苦笑いをした。「でもいまにして思えば、我慢なんかせずにきみの寝室に忍びこめばよかったな」

クレアの頬が赤く染まり、瞳がうるんだ。

エドワードはクレアの手を取った。「それから後継ぎを産むことは、きみの義務でもなんでもない」

クレアが口を開きかけたが、エドワードはそれを止めた。

「もちろん子どもは欲しいし、恵まれれば嬉しいとは思う。でも性別はどっちだっていい。女の子しかできなくても、ぼくはそれで充分幸せだ」

「どうして？　あなたには爵位を継ぐ男の子が必要でしょう。後継ぎが欲しくないわけがないわ」

エドワードは首をふった。「後継ぎならもういるさ。弟のケイドは素晴らしい公爵になるだろう。それにケイドには息子がいるから、公爵家の血筋が途絶える心配はない。ケイド以外にも四人の弟がいるが、みんなぼくと同じバイロン家の血が流れているんだ。誰が爵位を継いでも、立派に務めを果たしてくれると信じている。そういうわけで、仮に子どもがひとりもできなかったところで、世界が終わるわけでも、クライボーン公爵家が終わるわけでもない」

「ええ、それでも――」

「それでも」エドワードはささやいた。「ぼくはきみと結婚したい。きみはいやだと思っているかもしれないが、ぼくはいつのまにか、きみと祭壇に立つ日を心待ちにするようになっていた」

「エドワード」クレアはつぶやき、ひと筋の涙を流した。

エドワードはそれを親指でぬぐった。「やっとまたエドワードと呼んでくれたね」

クレアの頬をふたたび涙が伝った。

「泣かないでくれ」エドワードは小声でなだめた。「ぼくはまたきみを傷つけてしまったんだろうか。きみの悲しい顔は見たくない」そこでため息をつき、ふいに観念したような表情をした。「わかった。きみを父上のところに帰そう。きみにはなんの非もないから、温かく迎えてやってほしいと頼むことにする。責任はすべてぼくにある、恨むならぼくを恨んでくれと父上には言っておく。ぼくとの結婚から逃れることが、ずっときみの望みだった。それはいまでも変わらないんだろう?」

クレアはのどになにかがつかえたような気がして、息がうまくできなかった。さまざまな思いが胸にこみあげ、頭が混乱した。

エドワードは婚約を解消してもいいと言っている。

この数カ月、ずっと求めてきたものが、ようやく手にはいろうとしている。

でもそれと同時に、エドワードはわたしが予想もしていなかったことを言った。彼の情熱的な言葉を、どう受け止めていいのかわからない。わたしはどうすればいいのだろう。たしかにエドワードは、愛しているという言葉を口にしてはくれなかった。でも少なくとも、好意は持ってくれているらしい。彼はわたしを欲しいと言っている。わたしはもうエドワードにとって、簡単に忘れられるおもちゃのような存在ではない。でも情熱だけで、結婚生活がうまくいくのだろうか。一方が相手を愛し、もう一方が相手にたんなる好意しか感じていないとしても、それで一生幸せに暮らすことなどできるのか。わたしの心は、きっとまた傷つくことになるにちがいない。

でも心なら、もうとっくに傷ついている。

エドワードは真剣なまなざしで言った。「どうする？　ノッティンガムシャーに帰るかい？」

クレアは唇を震わせ、目にいっぱい涙をためた。次の瞬間、首をふりながらエドワードの胸に飛びこんだ。「いや！　わたしを帰さないで。あなたと別れるなんてやっぱりできないわ。二度と離れたくない」

エドワードはクレアに息をつく暇も与えず、激しいキスをしてその情熱を伝えた。

クレアはエドワードの首に腕をまわしてキスを返した。

21

それから十五分後、クレアはまだエドワードの腕に抱かれてキスをしていた。だがそこはさっき食事をした個室ではなかった。ふたりは廊下を進み、イズリントン卿が用意させていた客室にやってきた。

硬貨をひとつかみ渡したところ、眠そうな顔をした宿屋の主人は、喜んでふたりを部屋へと案内した。さらにもうひとつかみ渡すと、クレアがもともとエドワードではない別の紳士と一緒だったことを忘れると約束した。

そしていま、ふたりは客室でふたりきりになっていた。質素だが掃除の行き届いた室内に、大きな木のベッドが置かれている。いつでも横になって休めるよう、上掛けとシーツがめくられていた。鏡台や洗面台、燭台《しょくだい》がひとつ置かれた小ぶりのテーブルもある。ろうそくのかすかな明かりと、暖炉で赤々と燃えている炎が部屋を照らしている。

だが、燃えているのは暖炉の火だけではなかった。クレアの全身も激しい情熱の炎に包まれていた。エドワードに唇を押しつけて濃厚なキスをし、めまいのするような悦びに打ち震えた。

エドワードの大きな手が背中をなでおろし、丸みを帯びた柔らかなヒップをそっとつかんだ。エドワードの首に抱きついてかかとを浮かせると、硬くなった彼のものがクレアのみぞおちのあたりに当たった。

息の止まるような長いキスをされ、クレアの全身から力が抜けていった。でも床に崩れ落ちる心配はない。

エドワードがしっかりわたしを支えている。

彼が一緒なら、なにも心配することはない。

それでもエドワードが背中にならんだドレスのボタンをはずしはじめると、クレアは漠然とした不安を覚えた。もう後戻りはできない。いったん体を許したら、わたしは永遠に彼のものになる。

だがわたしはもうとっくにエドワードのものだ。クレアは迷いをふりきった。この世に誕生したときから、そうだったのかもしれない。

でもエドワードが永遠にわたしを愛してくれなかったら？

クレアはそれ以上考えるのをやめ、けっして後悔はしないと心に誓った。この夢のような夜に、黙って身をまかせよう。

エドワードはわたしを求めている。

わたしもエドワードを求めている。

なにもおそれることなく、たったひとりの大切な男性と一緒にいられるひとときを味わおう。

たったひとりの愛する人。

そのときエドワードが首にまわされたクレアの手を下ろし、シルクのドレスを肩から脱がせた。

ドレスを完全に脱がせ、近くの椅子にほうると、クレアの乳首がつんととがった。クレアは両手で胸を隠したい気持ちを抑え、部屋が暖かいことにひそかに感謝した。

ばかね。エドワードにはもう、わたしのすべてを見られているというのに。クレアの脳裏に、書斎の机の上で禁断の愛撫を受けたときのことがよみがえった。どうしていまさら恥ずかしさを覚えたりするのだろう。しかもコルセットとシュミーズはまだ着けている。

エドワードはクレアの戸惑いに気づいたらしく、その冷えた腕を温かな手でさすると、頭をかがめて優しくくちづけた。クレアの不安が悦びに変わり、体が欲望で火照った。

エドワードがいつのまにかひもをゆるめてコルセットをはずしていた。それをドレスに続いて椅子にほうると、薄いシュミーズの生地越しにクレアの乳房を両手で包み、親指でその先端をさすった。クレアはもっと愛撫をせがむように、体を押しつけた。エドワードがシュミーズの前を開き、むきだしの乳房をじっくりながめて愛撫している。

薄明かりの中でも、その瞳が満足そうに輝いているのがわかった。まぶたが半分閉じ、細身の黒い夜会用ズボンの生地越しに、股間が大きく突きだしている。

エドワードが繊細なシュミーズの肩ひもを指先でつまみ、あっというまに肩から脱がせてウエストまで下ろした。

そしてあらわになったクレアの肌にくちづけた。まず耳の後ろの特に感じやすいところにキスをし、そこから唇を下に向かわせた。クレアは快感でぞくぞくしながら、エドワードのキスを受けていた。

胸に唇が触れたとき、思わずあえぎ声がもれた。体の奥がうずき、彼に満たされることだけを求めている。エドワードは乳房を口に含み、クレアの背中を両手でしっかり支えた。そして唇を大きく開いて乳首を吸うと、次に舌の先を軽くはわせた。左右の乳房を交互に愛撫され、クレアは狂おしさで身もだえした。

まるでエロティックな拷問だ。信じられないほど素晴らしいけれど、それでも拷問であることに変わりはない。

クレアはうめき声をあげ、上質なウールの上着の袖に指を食いこませた。そのときはじめて、エドワードがまだ服を着ていることに気づいた。

上着の袖をひっぱった。「あなたはなにも脱がないの?」大胆な言葉が口をついて出る。

「いつもわたしばかり裸にして、あなたは一枚も脱がないなんてずるいわ」

エドワードは顔を上げた。「きみの言うとおりだな。きみを脱がせておきながら、ぼくはまだ服を着たままだ。横になって待っててくれ。すぐに行くから」

ひざに力がはいらず、体は欲望でうずいていたが、クレアはその場を動こうとしなかった。

「手伝わせて」そう言うとタイに手を伸ばした。「わたしの服はあなたが脱がせてくれたわ。今度はわたしの番よ」

クレアの顔を見るエドワードの瞳が、きらりと青く光った。

クレアは手を止めた。「やめたほうがいいかしら」

エドワードは離れかけたクレアの手をつかみ、ふたたび自分の胸もとに置くと、低くかすれた声で言った。「そんなことはない。手伝ってくれ。頼む」

「ふしだらな女だと思わない？」クレアはふと心配になった。

エドワードは片方の眉を上げ、魅惑的な笑みを浮かべたが、目は真剣だった。「思わないさ。でもぼくの前では、いくらでもふしだらになってほしい。ふたりきりのときは、きみがしたいことをなんでもしてくれ。たとえどんなことでもかまわない。ふたりのあいだには、壁もタブーも作らないことにしよう――特にベッドでは」

クレアはその言葉に、体の奥が震えるのを感じた。

いい、いい。たとえどんなことでも。

それがどういう意味なのか、いまはまだわからないが、きっとエドワードが教えてくれるだろう。クレアの肌がぞくりとした。

震える息を吸い、タイの結び目をほどいた。端をひっぱってタイを首からはずすと、後ろを見ないで椅子のほうにほうった。

次に上着を脱がせ、それからシャツの胸もとのボタンをはずした。ベストには少し時間がかかった。シルクのベストの前にずらりとならんだ金のボタンに手こずったが、ようやく脱がせることができた。ところがシャツの番になって、急に気後れした。

エドワードはクレアがためらっていることに気づき、リネンのシャツをさっと頭から脱いだ。腕を脇に下ろし、黙ってクレアの視線を受けている。

エドワードの裸の胸が視界にはいったとたん、クレアは思わず目を丸くした。全身が脈打ち、口につばが湧いてきた。

なんて雄々しく、たくましい胸だろう。褐色の毛が生え、それが平らな腹部に向かうにつれて細い筋になっている。その下はズボンに隠れて見えなくなっていたが、そこまでのぞく勇気はまだなかった。

それでもエドワードに触れずにはいられず、肩と腕、次に厚い胸に手のひらをはわせた。彼の肌は温かく、クレアの指が触れた場所の筋肉が収縮するのが伝わってきた。胸に生えた毛に手を差しこみ、その下のすべすべした肌の感触を楽しむ。指が乳首をかすめると、エドワードがはっと息を呑んだのがわかった。クレアは好奇心を覚えてふたたび乳首に触れ、それが硬くなるのを見ていた。

エドワードもこうされるのが好きなのだろうか。わたしが感じるのと同じ快感を、彼も味わっている？

クレアはエドワードの胸に顔をうずめ、乳首を口に含んでおずおずとなめた。みぞおちに当たった硬いものがびくりとした。エドワードが片手を上げ、クレアの頭をぐっと自分のほうに引き寄せた。クレアはまぶたを閉じ、円を描くように彼の胸の先端を愛撫した。そして本能に導かれるまま、今度は軽く噛んでみた。

エドワードがふたたび身震いし、うめき声をあげながらクレアの腕をつかんでその体を引き離した。欲望でぎらぎらした目で彼女の瞳をのぞきこむ。「きみは優秀な生徒になりそうだ」クレアのウエストに手を伸ばし、シュミーズのひもをほどいた。「きみに官能の悦びを教えるたったひとりの男になれるとは、ぼくはなんという幸せ者だろう」

エドワードはクレアに口を開く暇を与えずにシュミーズを脱がせると、生まれたままの姿になった彼女を抱きかかえた。そのまま何歩か前に進み、ひんやりした綿のシーツにクレアを横たえてから、てきぱきと服を脱ぎはじめた。

クレアはエドワードが裸になるのをじっとながめていた。全身が熱くなり、呼吸が浅く速くなってきた。

エドワードはまさに夢の男性だ。薄闇の中に立つその姿は、目を瞠《みは》るほど堂々として男らしい。一糸まとわぬ姿になった彼を見て、クレアは思わず息を呑んだ。

ギリシャ彫刻の男性像も、エドワードの美しさにはかなわないだろう。腰は引き締まり、乗馬で鍛えた太ももは筋肉質でがっしりしている。その下のふくらはぎにも贅肉は一切ない。足首と足の形も完璧だ。だがなによりもクレアの目を釘づけにしたのは、その脚のあいだから大きく突きだしているものだった。クレアは期待と不安で、胸がぎゅっと締めつけられた。

エドワードがベッドに乗ってきてクレアを抱きしめた。彼の肌は温かなシルクのような感触がする。めまいがするほど濃厚なキスをされ、クレアは夢中でそれに応えた。

激しい情熱が炎となってクレアを包んだ。体がうずき、呼吸がうまくできない。エドワードが両手で全身を愛撫している。

クレアもエドワードの体をなでた。まず腕と肩におずおずと手をはわせると、エドワードが気持ちよさそうな声を出し、クレアにもっと自由に愛撫するよううながした。クレアはそれに勇気づけられ、背中を両手でなでた。

エドワードは情熱的なキスでクレアをさらに酔わせた。クレアは背骨の付け根をそっとさすり、それから引き締まった腰に手をはわせた。エドワードは彼女の大胆な愛撫にうめき声をあげ、唇をますます強く押しつけた。

そしてクレアの乳房を両手でもみ、先端を硬くとがらせた。次に乳首を口に含み、手を下に向かわせた。

エドワードの手が触れた部分の肌が、かっと熱くなっている。お腹からヒップ、太ももをなでられ、クレアは快感のあまり身もだえした。まもなくエドワードは彼女の脚を開かせると、指を一本、濡れた部分に入れてゆっくり動かした。

クレアはしきりに顔の向きを変え、すすり泣くような声を出した。極上の悦びにうっとりとまぶたを閉じ、快楽の波に呑みこまれた。

エドワードはもう一本、指を深く差しこんでクレアをいっぱいに満たすと、親指で特に敏感な部分をさすった。

その一方で、乳房への愛撫も続けていた。指の動きと合わせるように、唇と舌を動かす。クレアのこめかみが激しくうずき、まぶたの裏にぼんやりとした赤い光がちらついた。

次の瞬間、体が浮きあがったような感覚とともに、絶頂に達した。天上にいるような悦びが全身を貫いた。

クレアは笑みを浮かべながら、エドワードの豊かな髪に手を差しこみ、その顔を自分の胸に押しつけた。

やがてエドワードは片肘をついて体を上方にずらすと、指での愛撫を続けたまま唇を重ね、やけどしそうな熱いキスをした。そしてクレアの脚を大きく広げ、そのあいだにひざをついた。

クレアはぱっちり目を開け、震える息をついた。エドワードが中にはいってこようとしている。その腰が深く沈むにつれ、クレアの体が悲鳴をあげた。クレアは唇を噛み、苦悶《くもん》の声が出そうになるのをこらえた。

「きみの入口はまだ狭い」エドワードはささやき、申し訳なさそうにそっと優しくくちづけた。「はじめてのときは、どうしても痛いんだ」

クレアはふたたび唇を噛み、目を固く閉じて痛みに耐えた。

エドワードがふいに動きを止め、胸を大きく上下させた。目を開けたクレアは、その額に汗がにじみ、あごや首や肩の筋肉に力がはいっていることに気づいた。必死で欲望を我慢しているのはあきらかだ。

「い――いいのよ」エドワードがどれだけ自分を抑えているかがわかり、クレアは小声で言った。「愛してるわ、エドワード。わたしならだいじょうぶだから」

エドワードはひとつ大きく息を吐き、仰向けになった。

クレアはなかば困惑し、なかば物足りなさを覚えながら、そのまま横たわっていた。

これで終わり？　彼はまだ欲望を満たしていないのに？

そのときエドワードがクレアの手首をつかみ、自分のほうへ引き寄せた。「おいで、クレア。別のやり方を試してみよう」

別のやり方？

それがなにを意味しているのか、クレアはさっぱりわからなかったが、エドワードが望むことならなんでもするつもりだった。

「ぼくにまたがるんだ」

「なんですって？」

「ぼくの上に乗ってくれ。そのほうが痛みが少ないかもしれない。ほら、こうやって」

エドワードがクレアを自分の上にまたがらせると、そのはずみで乳房が揺れた。クレアのヒップを両手で支え、エドワードはほんの少しだけ中にはいった。

「次はきみの番だ」エドワードは欲望でかすれた声で言った。「できるところまでぼくを迎えてくれ。ゆっくりでいいから」

「エドワード」クレアはあえいだ。「わたしには無理だわ」

「だいじょうぶだ」エドワードは片方の手でクレアの乳房を愛撫し、その先端を軽くつまんだ。そしてもう片方の手を太もものあいだに入れ、じらすようにさすった。

クレアの体にふたたび火がついた。体勢を整え、腰を沈める。唇を嚙んで痛みに耐えながら、少しずつ自分の中に彼を迎えいれた。

エドワードの胸に手をついて体を支え、いったん腰を浮かせて下ろすことをくり返した。だが、なかなか完全にひとつになることができない。額に汗をにじませ、困った顔でエドワードを見た。

「もう一度」エドワードは言った。

クレアが腰を浮かせると、エドワードがそのヒップを両手で支えた。そしてクレアが腰を落とすと同時に、その体を深く貫いた。

クレアは鋭い痛みに悲鳴をあげた。ふたりの体はいまや完全にひとつになっている。ふたりはしばらくそのままの姿勢でじっとしていた。

やがてエドワードがクレアのヒップに手をかけたまま、ゆっくりと腰を動かしはじめた。驚いたことに、だんだん痛みが引き、クレアの中でまた欲望の炎が燃えはじめた。エドワードが手を伸ばし、クレアの顔を引き寄せて舌と舌をからませる。クレアは恍惚とし、自分は本当にふしだらな女なのかもしれない、とぼんやり思った。

慎みもなにもかも忘れ、エドワードの動きに合わせて腰を揺すった。呼吸が乱れ、慣れない動きに筋肉が小刻みに震えている。

エドワードはクレアと一体になったまま、あっというまに彼女を仰向けにして上下を逆転させた。クレアの脚を高く上げて自分の腰に巻きつかせると、その体をさらに奥まで貫いた。クレアはあえぎながらエドワードの肩にしがみついた。エドワードが彼女の体を速く激しく突きながら、また貪欲《どんよく》に唇を吸っている。

いくらくちづけても、まだ足りないというように。

クレアは頭がぼうっとした。熱い血が体を駆けめぐり、いまにも全身が溶けてしまいそうだ。ほとばしる情熱に身をまかせ、ひたすら解放のときを待った。

そのときふたたび体が浮きあがったような感覚を覚えた。快楽の渦に巻きこまれ、思考が完全に停止する。温かな蜂蜜のような悦びが、骨の奥までしみわたっていく。クレアはぐったりし、喜悦の波間をただよった。

まもなくエドワードもクレアの腕の中で体を震わせ、声をあげて絶頂に達した。

ふたりは手足をからませてマットレスに崩れ落ち、乱れた呼吸を整えた。エドワードが仰向けになり、クレアを上に乗せて抱きしめた。

クレアはすっかり満たされ、力のはいらない声で言った。「とても……とても素晴らしかったわ」

エドワードは微笑んだ。「ああ……、最高だった」

22

翌朝、クレアはゆっくりと目を覚ました。昨夜の記憶が夢のようによみがえってきた。手を伸ばしてエドワードを捜したが、指に触れたのはひんやりしたシーツだけだった。

クレアは目を開けると、一瞬、すべてが夢だったのではないかと思った。だがそのとき磨きこまれた茶色の革のヘシアンブーツ――エドワードのものだ――が目にはいり、なにもかも現実に起きたことだとわかった。

顔を上げるとエドワードの視線とぶつかった。服を着て、籐《とう》の背もたれの椅子に座っている。クレアを見つめるその目には、穏やかだがどこか謎めいた表情が浮かんでいた。

「おはよう」エドワードは低くなめらかな声で言った。

「おはよう」クレアは小声で言った。

新たな記憶がよみがえり、顔が赤らんだのを見られないようにした。夜が明けたころにも一度愛しあったのを思いだす。肌の火照りに目を覚ますと、エドワードがキスをしながら、クレアの脚のあいだに手をはわせていた。そしてなにも言わず、彼女を後ろから奪ってめくるめく官能の世界へと連れていった。

そしていま、エドワードにじっと見つめられ、クレアはまた体がとろけそうになっていた。どれくらい前からそこに座り、わたしの寝顔を見ていたのだろう？　いつベッドを出て服を着たのだろうか？　どうしてわたしは気がつかなかったのだろう。

エドワードの服装を見て、クレアは眉間にかすかにしわを寄せた。昨夜着ていた正装用の黒い上着とブリーチズ、真っ白なリネンのシャツではなく、濃紺の上着に黄褐色のベスト、淡黄褐色のズボンを身にまとっている。

クレアが口を開く前に、エドワードが立ちあがって近づいてきた。そして上体をかがめてクレアの頭の両脇に手をつき、甘いキスをした。クレアはエドワードをベッドに引き戻したくなった。

手を伸ばそうとしたところ、エドワードは体を起こした。「もうすぐメイドが来るから、風呂と着替えを手伝ってもらうといい。用意ができたら、客間で朝食にしよう」

クレアはがっかりしたようなため息をついた。

エドワードはくすりと笑ってから、残念そうな表情を浮かべた。「ぼくだってできることならベッドに戻りたい。一日じゅうきみを抱いていられたら、どんなにいいだろうと思うよ。でもきみは体がひりひりしているはずだ。少し時間を置いたほうがいい」

クレアはシーツの上でかすかに身じろぎし、エドワードの言うとおりだと思った。太もものあいだはもちろん、体のあちこちが痛い。昨夜は生まれてこのかた、一度も使ったことのない場所の筋肉を使ったのだ。

エドワードは微笑み、腰をかがめてクレアにくちづけると、後ろを向いて部屋を出ていった。

クレアはドアが閉まり、足音が遠ざかっていくのを聞いていた。そのとたん、着るものがないことを思いだし、エドワードを呼び戻したくなった。昨夜の黄色いシルクのイブニングドレスならあるが、およそ日中に着るような服ではない。周囲から変な目で見られるのは確実だ。それでもエドワードとここで一夜を明かしたことを考えたら、いまさら服装が場違いなことぐらい、どうということもないだろう。

だがすぐに、心配する必要はなかったとわかった。

メイドがドアをノックした。明るい笑顔が印象的な、親切そうな田舎娘だ。クレアがどうぞと声をかけると、軽やかな足取りで部屋にはいってきた。きれいにアイロンがかけられたデイドレスを持っている。

クレアが寝ているあいだに、エドワードが手配してくれたらしい。早朝に起きてクライボーン邸に使いをやり、ふたりの着替えを持ってくるように命じたのだ。歯ブラシや歯磨き粉、くしにブラシ、石けん、化粧水、ピンなどがはいった小さなバッグも届いていた。

まもなくクレアは風呂にはいり、ほっとひと息ついた。疲れた体に温かな湯がしみわたった。バラの香りのする上質な練り石けんで、太ももの内側についた血を洗い流した。ベッドを出るとき、シーツにもところどころ赤い染みがついているのがわかった。だがメイドは、ざっくばらんな性格でありながら、そのことについてなにも言わないだけの分別をわきまえていた。

クライボーン邸から届けられた上質なリネンのタオルで体をふくと、クレアはメイドの手を借りて水玉模様をした紫の綿モスリンのデイドレスに着替え、短い髪を整えた。

一時間近くたったころ、部屋を出て廊下を進み、客間へと向かった。

エドワードは二階の客間の窓から、宿屋の中庭を見るともなしに見ていた。頭の中はクレアのことと、互いの腕に抱かれて過ごした夜のことでいっぱいだ。

まだ結婚もしていないのに、クレアをベッドに連れていったのはまともなことではないとわかっている。だがこれまでも彼女と自分の関係は、とてもまともとは言いがたいものだった。昨夜は実質的に、ふたりの初夜だったと言っていい。誓いの言葉こそ交わしていないもののの、クレアはもう自分の妻も同然だ。ことここにいたっては、結婚式はたんなる儀式にすぎないが、それでも一日も早く挙げるに越したことはない。

クレアはこれからロンドンに戻るつもりでいるにちがいない。だがエドワードは彼女をロンドンではなく、オックスフォードシャー州の小さな領地に連れていくつもりだった。そこの教区司祭とは顔なじみなので——なにしろ司祭はエドワードのおかげで生計を立てている——喜んでふたりきりの結婚式を挙げてくれるだろう。

クレアがいつどこで挙式する気になるかわからず、エドワードは念のため、数週間前に結婚の特別許可を得ておいた。そして今朝、ヒューズに伝言して許可証を宿屋に届けさせた。それからオックスフォードシャーの屋敷の空気を入れ替え、滞在の準備を整えておくように命じた。昨夜の愛の告白にもかかわらず、エドワードはまだクレアの気が変わることをひそかにおそれていた。

式のことを決めずにこのままロンドンに戻れば、クレアはまた結婚をためらうかもしれない。式の直前に怖気づくということもありうる。そうした危険を冒すわけにはいかない。その前に急いで彼女を祭壇に立たせよう。

エドワードはクレアのすべてを自分のものにしたかった。体はもう結ばれたので、あとは誓いの言葉が欲しい。そのためなら、家族がひとりも参列しない、あわただしい結婚式になってもかまわない。

それにベッドをともにしたいま、なにごともなかったような顔はできないという気持ちもあった。クライボーン邸に戻り、結婚式を挙げるまで、深夜にこそこそクレアの寝室に忍びこむようなまねはしたくない。正々堂々とクレアを抱きたいし、できるだけ一緒にいたい。

クレアは自分のものだ。今日も明日も、ずっと彼女を抱いていたい。

エドワードはいますぐ客室に戻り、風呂にはいっているクレアを濡れたまま抱きかかえてベッドに連れていきたい衝動に駆られた。でも純潔を失ったばかりの彼女の体は休息を求めている。まずは結婚指輪をその指にはめ、クレアを花嫁にしなければ。

クライボーン公爵の花嫁に。

エドワードはふいに満足感を覚えた。欲望と闘いながらひとつ深呼吸をし、気を紛らそうとふたたび中庭をながめた。そのとき意外な光景が目に飛びこんできた。

いや、意外な人物と言うべきか。

こんなところでなにをしているのか?

紋章もなにもない、扉の閉まった馬車に乗っている女性が誰であるか、最初はわからなかった。でも女性が身を乗りだしたとき、美しいけれども狡猾《こうかつ》そうなフィリパ・ストックトンの顔が、馬車の四角い窓越しにちらりと見えた。

愛人との逢《あ》い引きだろうか。

その可能性が一番高いだろう。現にイズリントンも昨夜、情事を目的にクレアをここに連れてきた。だがこの宿屋は、あまり密会にふさわしい場所とは思えない。贅沢に慣れたレディ・ストックトンのような女性にとっては、特にそうだ。

エドワードは不思議に思いつつも、フィリパから目をそらそうとした。するとそのとき、褐色の髪をした男性が足早に中庭を横切るのが見えた。レネ・デュモン。フランスのスパイ疑惑がささやかれている人物だ。

フランス革命の際、若くして亡命してきたが、英国への忠誠心については前々から疑問視されていた。表向きは共和制を毛嫌いし、両親を処刑して財産を没収した革命主義者への批判を口にしている。だが少し前から、実利的な理由で、ナポレオンに取りいろうとしているのではないかという疑惑が持たれていた。

陸軍省から得た情報によると、デュモンはフランス軍に積極的に協力しているという。その見返りに、戦争が終わったら、没収された先祖代々の館と革命前に保有していた土地の一部を返してもらう約束になっているらしい。そのためには、ナポレオンが戦争に勝つことが必須条件だ。

デュモンが英国を裏切っているという明確な証拠がつかめないため、陸軍省は当面のあいだ、彼を泳がせることにしていた。そのデュモンが、こんなところでなにをしているのか。フィリパ・ストックトン以外の誰かと会う約束をしているのだろうか？

エドワードが指にはめた印章指輪をまわしながら見ていると、デュモンがフィリパの馬車にすばやく乗りこんだ。

フィリパ・ストックトンとデュモンが？

あのふたりが愛人どうしだとは考えにくい。フィリパ・ストックトンは金を持った男としかベッドをともにしないからだ。とはいえ、彼女はかつてジャックとも付き合っていた。ふたりが逢瀬《おうせ》を重ねていたころ、ジャックはそれほど裕福ではなかった。ということは、フィリパはデュモンに本気で惹かれているのだろうか。

それにしても、どうしてこんなところで会っているのだろう。誰に見られてもたいして不都合はないのに、なぜわざわざロンドンから離れた場所を選んだのか。

デュモンがフィリパを利用し、情報を入手していることも考えられる。あるいは情事かなにかをねたに、脅しているということもありうる。もしかするとデュモンは、思っていた以上に危険な人物なのかもしれない。

エドワードは眉根を寄せ、さまざまな可能性について思いをめぐらせた。五分もたたないうちに、デュモンがフィリパの馬車から降りてくるのが見えた。

これからはフィリパ・ストックトンからも目を離さないようにしよう。もし彼女がデュモンに利用されているとしたら、そこからなんらかの手がかりが得られるはずだ。

フィリパの馬車が宿屋の中庭を離れようとしている。そのときエドワードの背後で、ドアの開く音がした。

ふりかえるとクレアが立っていた。その姿を見たとたん、エドワードの頭から、デュモンのこともフィリパ・ストックトンのことも吹き飛んだ。微笑みながらクレアに歩み寄った。

「きれいだ」その手を取る。「お腹が空いただろう?」

クレアは青く澄んだ瞳でエドワードを見た。「ええ、もうぺこぺこよ」

「そうか。いますぐ食事の用意をさせるから、座って待っててくれ。料理が冷めるといけないと思って、まだ厨房《ちゅうぼう》に置かせたままなんだ」

エドワードはクレアに手を貸して席に座らせ、呼び鈴を鳴らしに行った。そして自分の席に戻る途中で、クレアのそばで立ち止まった。「ぼくも空腹だよ。でも食べたいのはきみだ」腰をかがめてとろけるようなキスをすると、クレアの唇から甘い吐息がもれた。ふたりの抱擁はだんだん激しさを増してきたが、まもなくドアをノックする音がした。

エドワードはため息をついて上体を起こし、給仕にはいるよう声をかけた。

「こっちの方角で合ってるの?」それから二時間近くたったころ、クレアは公爵家の四輪馬車の中で、隣りに座るエドワードに尋ねた。

その豪華な馬車は今朝、クライボーン邸から差し向けられたものだった。宿屋の中庭でその快適な乗り物が待っているのを見たとき、クレアはすっかり嬉しくなった。

だがいま、御者が道を間違っているのではないかと不安になっていた。窓の外に見える景色は、馬車が進むにつれてどんどん荒涼としてきている。

「曲がるところを間違えたんじゃないかしら。ロンドンに戻る道には見えないわ」雑草に半分覆われた石の里程標《りていひょう》を見ると、そこには五三と書かれていた。

エドワードはクレアを安心させるように微笑んだ。「そう、行き先はロンドンじゃない」

クレアは目を丸くした。「それはどういう意味？　グローブナー・スクエアに帰るんじゃないの？」

エドワードはうなずいた。「今日は帰らない。この馬車はオックスフォードシャー州に向かっている」

「本当に？　どうして？　なぜいままで黙っていたの？」

「きみを驚かせようと思ってね」

「そうなの？　わたしだけじゃなくて、みんなも驚くでしょうね」クレアはふと口をつぐんだ。「エドワード、やっぱり戻らなくちゃ。わたしたちが一緒に姿を消したら、みんながどう思うかしら。きっと噂になるわ！」

エドワードは身を乗りだし、クレアの手を取ってくちづけた。「いまさら噂を気にするのかい？　昨夜のきみは、自分の名誉が地に落ちることを覚悟していたじゃないか。それに比べたら、婚約者と一緒に田舎を訪ねるくらい、どうということはないだろう」

「ええ、でもあれには理由が——」

「ああ、わかってる」エドワードはクレアの腰に手をまわし、その体を抱えて自分のひざの上に座らせた。「だが、その理由はもうなくなったはずだ」

「エドワード——」

「もう一度言ってくれないか」エドワードは髪でクレアの頬をくすぐりながら、首筋にそっと唇をはわせ、次に耳たぶを軽く嚙んだ。

クレアは身震いしてまぶたを閉じた。「なにを?」

「ぼくを愛してると」エドワードはクレアの片方の乳房を手で包み、優しく愛撫した。「昨夜そう言ってくれただろう。あれは嘘だったのかい?」

「嘘じゃないわ」

「じゃあ言ってくれ」エドワードはゆっくりとくちづけた。「愛してると」

クレアはためらった。ここでその言葉を口にしたら、エドワードに完全に屈することになる。でも彼はすでにわたしのすべてを手に入れている。わたしは身も心もエドワードに捧げてしまったのだ。「ええ、エドワード。愛してるわ」

エドワードは微笑み、情熱的なキスをした。クレアの心臓が早鐘のように打ちはじめた。

「よかった」しばらくするとエドワードは顔を離して言った。「だったら今日、ぼくと結婚してくれるだろう?」

クレアはエドワードのひざの上でわずかに体を動かした。「今日ですって? そんなの無理に決まってるわ」

「ぼくの上着のポケットに、結婚の特別許可証がはいっていてもかい?」

クレアは口をぽかんと開けた。

「いま大急ぎで準備をさせている。夕方の六時に式を挙げ、それからお祝いの晩餐をしよう」エドワードはクレアのこめかみにくちづけ、胸に手をはわせた。「それが終わったら、ふたりでベッドにもぐりこもう」

「もしわたしがもう少し先に延ばしたいと言ったら？」そうは言ったものの、クレアは即席の結婚式に興味をそそられていた。

エドワードはクレアの目をのぞきこんだ。「ぼくたちはとんだお笑いぐさになるだろうな。家族にはぼくたちが今日、結婚式を挙げることと、しばらく屋敷を留守にすることをすでに伝えてある。それから新聞社にも連絡しておいた。明日の朝の新聞にぼくたちの結婚の記事が載り、社交界のみんながそれを読むだろう」

「わたしが断わるわけがないと思っていたのね」

エドワードは真剣なまなざしで言った。「いや、その逆だよ。きみにいままで黙っていたのも、そもそもすぐに式を挙げたいと思ったのも、きみの気持ちが変わることが怖かったからだ。でもきみはいま、こうしてぼくと一緒に馬車に乗っている」

クレアは表情を和らげた。「わたしは昨夜、ずっとあなたのそばにいたいと言ったわ」

「きみは前にもぼくとの結婚を承諾した。もう決心が鈍ることはないかな」

「ええ、ないわ」

昨夜ベッドをともにし、純潔を捧げたのに、どうしていまさら結婚をやめたりできるだろう。わたしの心はエドワードへの愛であふれている。理屈や常識など、もうどうでもいい。

エドワードはクレアの頰に手を当ててくちづけた。それは優しいが、有無を言わさぬような力強いキスだった。「もしきみが望むなら、あらためてブラエボーンで盛大な結婚式を挙げよう。でも夫婦になるのは今日だ。もうこれ以上待てない」

クレアはエドワードの手首に手をかけた。「ええ、今日これから結婚しましょう。盛大な結婚式はどうでもいいの。いままで一度だって、そんなものをしたいと思ったことはなかった。ふたりだけの静かな結婚式なんて、考えただけで素敵だわ」

エドワードは安堵の表情を浮かべ、濃紺の瞳を嬉しそうに輝かせた。

「欲を言えば、この水玉模様のドレスじゃないものを着たかったわ」クレアは言った。「でもこれで我慢しなくちゃね」

「だいじょうぶだ」エドワードは笑みを浮かべた。「ぼくがドレスを手配してないとでも思ったのかい？　きみはちゃんと花嫁らしい格好ができる。心配しなくていい」

「まあ、エドワード。どんなドレスを用意してくれたの？」

エドワードは目をきらりと光らせた。「いまにわかるさ」

そしてふたたびクレアにくちづけた。クレアはエドワードとこれから挙げる結婚式のこと以外、なにも考えられなくなった。

23

夏の夕方の陽射しが風情のある教区教会にそそぎこみ、柔らかな金色の光となって灰色の古い石壁にならんだ鉛枠ガラスをきらきら輝かせていた。ろうそくも何本か灯され、忍びこもうとする宵闇を追いはらっている。蜜蠟のにおいがただよい、静かで平和な雰囲気だ。クレアはエドワードと手をつないで祭壇に立ち、司祭の言葉を聞いていた。もうすぐ誓いの言葉を口にし、ふたりは夫婦になる。

式を執《と》りおこなっているのは、優しい目と白髪交じりの頭をした司祭だった。その妻と娘が証人として参列している。ふたりはクライボーン公爵のような名士とその花嫁の結婚式に立ち会えることに、ひどく感激しているらしい。さっきふたりがそう小声でささやきあうのを、クレアは耳にしていた。

エドワードは言ったとおり、結婚式にぴったりのドレスを用意してくれていた。オックスフォードシャーの屋敷に着いて寝室に足を踏みいれ、そのドレスを目にしたとき、クレアは思わず息を呑んだ。それは何カ月も前に買った、信じられないほど高価なクリーム色のサーセネットのドレスだった。

襟がスクエアカットになったボディスにダイヤモンドがきらめき、スカートには花や葉の模様が本物の金糸を使って刺繍されている。エドワードはドレスに合う靴を用意させるのも忘れていなかった。クリーム色のサテンの靴で、金とダイヤモンドのバックルがついている。

クレアはそのドレスをいままで着たことがなかった。いくら華やかなロンドン社交界とはいえ、ふつうの舞踏会に着ていくにはあまりに豪華すぎるように思えた。

でも結婚式——しかも自分の——となれば話は別だ。

メイドの手を借りてそのドレスに身を包んだとき、クレアはエドワードの心遣いに胸が熱くなった。言葉にできないほどの感動を覚え、濡れた頬をそっとぬぐった。

さすがに時間が足りず、ベールまでは用意されていなかったが、代わりに庭で摘んだピンクのバラのつぼみを短い髪に散らした。

階段を下り、エドワードと一緒に教会に向かう馬車に乗りこむころには、クレアはすっかり花嫁らしい気分になっていた。そしてエドワードが感に堪えない顔をしているのを見て、自分はいよいよ彼の妻になろうとしているのだと実感した。

「よいときも悪いときも……死がふたりを分かつまで」

エドワードがよく通る力強い声で誓いの言葉を口にした。それから金の結婚指輪をクレアの指にはめた。その指輪もまた、この短い時間でエドワードが用意したものだった。次にクレアの番になった。

クレアはエドワードの目を見て誓いの言葉をくり返した。耳の奥で心臓が激しく打つ音を聞きながら、なんとか無事に言うことができた。エドワードが用意した結婚指輪を持ち、クレアは震える手でそれを彼の指にはめた。

儀式が終わった。

これでもうクレアはエドワードの妻だ。

司祭一家と一緒にお祝いのワインを飲みながら、ふたりは婚姻登録簿に署名をした。緊張のあまり声が出ないクレアに代わり、エドワードが司祭たちとなごやかに会話をした。まもなくクレアは、なにが起きているのかもよくわからないまま、エドワードにうながされて馬車のところに戻った。そしてクライボーン公爵夫人として、はじめて馬車に乗りこんだ。

エドワードはクレアになにも考える暇を与えず、その体を抱きしめて熱いキスをした。

「祭壇でこうしたかった。でもみんながびっくりすると思うとできなかったよ」

やがて馬車がとまるころには、クレアは息を切らし、欲望で肌を火照らせていた。エドワードにエスコートされて屋敷に向かうときも、その美しい赤れんが造りの二階建ての建物がぼやけてよく見えないほどだった。

クレアはエドワードがそのまま階段を上がり、寝室に連れていってくれることをなかば期待していたが、玄関ホールに使用人がならんでいるのを見てがっかりした。使用人たちはクレアとエドワードに心のこもった祝福の言葉を浴びせかけた。その顔はどれも、結婚という人生でもっとも大切な節目に、公爵夫妻の世話をまかされた誇りで輝いている。

とつぜんの知らせだったにもかかわらず、豪華なお祝いの晩餐が用意されていた。しかも料理人は、白い糖衣がかけられ、砂糖をまぶした甘い果物で飾られた三段重ねのケーキまで作ってくれていた。

美しいドレスを汚したくなかったので、クレアは服を着替えようと二階の寝室に向かった。別のドレスを着たらまた階段を下り、ダイニングルームに行くつもりだった。だがシルクでできた軽やかな淡いブルーのドレスに着替えると、廊下の突き当たりにある部屋へと案内された。

エドワードの寝室だ。

なかにはいるとエドワードが待っていた。上着を脱いでシャツとベストとズボンだけになったその姿は、憎らしいほど魅力的だ。「シャンパンはどうだい？」そう言いながらクレアにグラスを差しだした。

クレアはグラスを受け取って口に運んだ。さわやかな泡が口の中ではじけて舌を楽しませ、それから鼻へと抜けていく。

大きなテーブルに磁器やクリスタルガラスの食器が置かれ、また別のテーブルには、食欲をそそるにおいのする料理がふたをされた状態でならんでいた。

クレアとエドワードは席に着いたが、召使いはひとりしかいなかった。それぞれの席の前に料理が置かれると、エドワードは召使いに合図をし、下がるように命じた。

ドアが閉まる音にクレアはどきりとした。広い部屋の反対側に、マホガニーの大きな天蓋《てんがい》付きベッドが見える。クレアはエドワードがいますぐ自分をそこに連れていき、シーツの上に横たえてくれることを、心のどこかで願っていた。

だがエドワードはクレアに食事と飲み物を勧め、グラスに残ったワインが一インチを切るとすぐに注ぎ足した。時間がたつにつれ、クレアは自分がなにを食べてなにをしゃべっているのか、よくわからなくなってきた。ただ、エドワードがときおり返事をしていることからすると、会話はちゃんと成立しているらしい。

クレアはだんだん時間の感覚がなくなり、いまはいったい何時なのだろうと思った。やがて料理を食べ終え、残るはデザートだけとなった。おいしそうなウェディングケーキが切り分けられ、それぞれの皿に盛られている。

エドワードはそのひとつを自分の前に置いた。手を伸ばしてクレアを立たせると、椅子をななめに引き、ひざの上に座らせた。ウエストに手をまわし、首筋に甘美なキスをする。

「一緒に食べよう」

クレアは黙っていた。昨夜あんなことがあったのに、なぜいまさらためらっているのか、自分でも不思議だった。でも昨夜のことがあったからこそ、これから待っているめくるめく官能の世界を思い、怖気づいているのかもしれない。

クレアは眉をひそめた。

こうして夫婦になったいま、お互いへの情熱が前より薄れているということはないだろうか。もうゲームは終わった。勝者となったエドワードが、以前ほどわたしに欲望を感じなくなったとしてもおかしくない。

そのときエドワードの瞳の奥に激しい情熱の炎が燃えているのが見え、クレアの心配は杞《き》憂《ゆう》だったとわかった。それに腰に当たった硬いものが、彼の欲望の強さをなにより雄弁に物語っている。

エドワードはケーキをフォークですくい、クレアの口に運んだ。「どうぞ」かすれた声で言った。

クレアはフォークを口に含み、とろけるように甘いお菓子を味わった。「おいしいわ」

「唇に砂糖がついている」エドワードは言った。クレアが口もとをぬぐおうとすると、それを止めた。「ぼくが取ってあげよう」

そしてクレアの唇に舌の先をじらすようにはわせ、べとべとした砂糖をなめた。それから濃厚なキスをし、クレアを欲望で身震いさせた。

やがてゆっくりと顔を離した。「きみの番だ」フォークを手に取り、ケーキをひと口大に切る。だがフォークを渡す代わりに、ケーキを直接、クレアの手に置いた。「ぼくに食べさせてくれ」

クレアは震える手をエドワードの口もとに持っていった。

親指と人差し指でケーキをつまみ、エドワードに食べさせた。エドワードはクレアの手首を握ってその手をなめた。指を一本、口に含まれ、クレアはなすすべもなくあえいだ。エドワードが一本一本、指を口に含んで舌をはわせている。クレアの脚のあいだに熱いものがあふれてきた。かすれた声を出しながら、まぶたを閉じた。手への愛撫がこれほどエロティックだなんて、想像したこともなかった。クレアの呼吸が浅く速くなった。

エドワードはいったん顔を離し、ケーキの皿から砂糖漬けのサクランボをひとつ取ってクレアの唇にこすりつけると、手にしたのと同じように唇についた砂糖を丁寧になめた。それから残ったサクランボを食べ、クレアに唇を重ねた。情欲に駆られた激しいキスに、クレアは背中がぞくぞくした。甘酸っぱい果物の味が口の中に広がっている。エドワードの豊かな髪に手を差しこみ、その顔を自分のほうに引き寄せた。

湧きあがる欲望に命じられるまま、夢中で彼の唇を吸った。ワインだけでなくエドワードの極上の愛撫に酔い、目の前がくらくらする。

まもなくエドワードは立ちあがり、クレアを軽々と抱きかかえた。クレアはため息をついて彼の肩にあごを乗せ、胸に手をやってベストの上のほうについたボタンをはずした。

エドワードはクレアをベッドに横たえると、ふたたび唇をむさぼった。両手を体じゅうにはわせながら、ドレスのボタンをはずして下着のひもをゆるめ、彼女を裸にした。ドレスやコルセット、シュミーズと靴も脱がせたが、ストッキングとガーターはそのままにしておいた。

そして胸もとから腹部にかけてキスの雨を降らせ、クレアをさらに身もだえさせた。太ものの内側を手でさすり、次にじらすようにくちづけると、脚を大きく開かせて禁断のキスをした。

クレアの背中が反射的にそり、シーツに爪が食いこんだ。温かく湿った彼の舌が動くたび、狂おしさでどうにかなりそうだ。

クレアは肩で息をしながら、哀願するような声を出した。エドワードはその声にますます欲望をかきたてられ、彼女をさらなる高みへと導いた。

次の瞬間、快感が電流のごとくクレアの体を貫いた。天上にいるような悦びに包まれ、口もとに自然に笑みが浮かんだ。目を閉じていると、エドワードがベッドを出る気配がし、続いて服を脱ぐ音が聞こえてきた。

エドワードはマットレスにひざをつき、ベッドに戻った。クレアを抱き寄せて片方の乳房を手で愛撫し、その先端を口に含んだ。クレアの手がエドワードのむきだしの肩を、ゆっくりとけだるそうになでている。

その手の動きがだんだん遅くなってきた。

エドワードは彼女に唇を重ねた。

「エドワード」クレアはため息交じりに言った。

「なんだい、クレア？」

クレアはいつのまにか眠りに落ちていた。


エドワードは呆然とし、しばらくのあいだクレアを見つめていた。もしかしたら起きるのではないかと、一縷《いちる》の望みをかけてキスをしてみたが、なんの反応もなかった。

なんてことだ！　本当に眠ってしまったのか！

エドワードは満たされない欲望にうめき声をあげ、仰向けになった。

あんなにたくさんワインを飲ませたりしなければよかった。

すでに一夜をともにしたとはいえ、クレアが緊張していることはすぐにわかった。急に結婚式を挙げることになった驚きと不安で、顔色が青ざめていた。せかすようにして祭壇に立たせたのだから、それも当然のことだろう。ワインを飲めば少し気分が楽になるのではないかと思ったのだが、どうやらアルコールの効果が強く出すぎてしまったようだ。

もちろんそれだけでなく、激しい愛の営みのせいもあるだろう。

しかも、昨夜はほとんど寝ていない。それもやはり自分のせいだ。遅くまで何度も抱いたばかりか、ようやく眠りについても、また二時間後に起こして愛しあった。

できる。エドワードは腕を上げて目を覆い、懸命に欲望と闘った。いますぐクレアを起こすことも感じやすいところを愛撫してやれば、彼女はすぐに目を覚まし、自分を迎えいれてくれるにちがいない。でもクレアは疲れきっており、休息を必要としている。どんなに体がうずいても、いまは我慢しなければ。

エドワードは横向きになり、クレアの寝顔をながめた。顔にかかった髪をそっと優しくはらい、彼女がついに自分の妻になったという事実をしみじみと噛みしめた。

クレア。

ずっと昔から知っていたのに、本当の意味ではまったく知らなかった女性。

さんざんふりまわされても、どうしても手に入れたかった女性。

クレアは、あなたを愛していると言った。では、彼女に対する自分の気持ちはどうなのか。

エドワードは眉間にしわを寄せた。これまで愛などという幻想を信じたことはない。そうした甘ったるい感情は、義務や責任に縛られることも、常に周囲の期待に応える必要もない、気楽な立場の人間だけに許されるものだと思っていた。

エドワードは指でクレアの頬をなぞり、その寝顔をながめた。

そして後ろを向かせて背中から腕をまわし、片方の乳房を手で包んで体を密着させた。

クレアが甘い吐息をもらし、エドワードに体をすり寄せた。

エドワードはうめき声をあげて目を閉じると、これから待ち受けている、長くつらい夜を思った。

朝日が部屋にそそぎこみ、クレアはぱっちり目を開けた。だが目が覚めたのは、陽射しのせいではなかった。エドワードの愛撫を受け、肌がかっと火照っている。乱れたシーツの上で身をくねらせ、高まる欲望にあえいだ。エドワードが自分の欲望に火をつけて目覚めさせようとしたことを、クレアはわかっていた。彼が体じゅうをなでまわし、唇をはわせている。

でもエドワードが与えてくれる快楽には降伏するしかない。彼のことが欲しくてたまらず、燃えあがる情熱の炎に全身を焼きつくされてしまいそうだ。

クレアはエドワードの裸の体を両手でなでた。その筋肉がかすかにこわばるのがわかり、言葉はなくとも彼が悦んでいるのが伝わってきた。エドワードはクレアの首の後ろに手をまわして顔を引き寄せ、舌をからませて激しいキスをした。クレアもありったけの情熱でそれに応えながら、密着した体と体のあいだに片手を入れ、たくましい胸や引き締まった腹部、腰や筋肉質の太ももをなでた。

エドワードは唇を重ねたまま、クレアの胸を愛撫して乳首をとがらせた。クレアが思わず身震いすると、そのはずみで手に硬くなったものが当たった。エドワードは下半身をびくりとさせ、うめき声をもらした。

クレアはとっさに手を引こうとしたが、ふと好奇心に駆られ、大きく突きだした男性の部分をなでてみた。

手のひらで包んだところ、エドワードが気持ちよさそうに体を震わせた。硬くて温かく、ベルベットのようになめらかな感触がする。クレアが何度かさすると、エドワードがその手に自分の手を重ね、どうしてほしいかを教えた。

クレアはそれをすばやく呑みこみ、官能的な愛撫でエドワードを悦ばせた。いったん動きを止めて先端をなでたところ、そこが濡れているのがわかった。クレアの脚のあいだにも熱いものが湧いてきた。

エドワードはそれ以上我慢できなくなり、クレアを仰向けにして太ももを開かせた。そして一気に彼女の体を貫いた。

クレアはあえぎ声をあげ、抗いようのない悦びに身をまかせた。背中をそらし、彼を深く迎えいれる。内側の筋肉が震え、閉じたまぶたの裏に真っ赤な血潮が見えた。

エドワードの首筋に頬をうずめ、髪に手を差しこんだ。激しく揺さぶられ、頭がどうにかなりそうだ。彼に満たされることだけを求め、体が文字どおり泣いている。エドワードがまたクレアに唇を重ね、濃厚なキスをした。

クレアは恍惚とし、極上のキスと愛の営みに夢中になった。まわりの世界がどんどん溶けていく。エドワードがクレアの腰を支え、さらに深くその体を貫いた。次の瞬間、電流のような衝撃とともに絶頂に達し、クレアはすすり泣きにも似た声をあげた。彼にしがみつき、素晴らしい快楽に酔いしれた。

それからまもなくエドワードもクライマックスを迎え、かすれた叫び声をあげてクレアの中に温かいものをそそぎこんだ。

クレアはエドワードの胸に顔をうずめ、喜悦の波間をただよった。肩にくちづけ、汗で湿った髪をそっとなでた。

エドワードは顔を上げてクレアの目を見た。「おはよう」

クレアは微笑んだ。「おはよう」

「重いだろう」

「いいえ、そんなことはないわ」

「きみをつぶしたくはない」エドワードは前腕で体重を支え、クレアの上から下りようとした。

クレアは両脚を閉じ、エドワードを行かせまいとした。「行かないで」小声で言った。「しばらくこのままでいて」

「だいじょうぶだ。どこにも行かないから」エドワードはささやいた。「上下を逆転させるだけだ」そしてクレアとひとつになったまま、その腰を支えて仰向けになり、彼女を自分の上に乗せた。「どうだい？」

クレアはエドワードの胸に頰を寄せた。「ええ、とても素敵だわ」

エドワードはクレアの太ももの後ろをゆっくりとなでた。「お腹が空いたかい?」

「いいえ」

「疲れたかな?」

「少しだけ」クレアは口を手で覆ってあくびをした。

エドワードが笑うと、クレアの中にはいった彼のものがぴくりと動いた。

クレアははっと息を吞んだ。それがふたたび大きく硬くなるのを感じ、またもや驚いた。

「まだ眠いんだろう」エドワードはクレアの体をじらすようになでた。「このままの姿勢で、またいつでも好きなときに寝たらいい」

い、いつでもですって? そのときようやくクレアは、昨晩のことを思いだした。「どうしよう。わたしったら、途中で寝てしまったのね」頰が赤くなった。

エドワードは笑った。「ああ、残念ながらそのとおりだ。器の小さい男なら、屈辱で震えていたかもしれないな」

クレアはエドワードの頰をなでた。伸びはじめたひげで、手のひらがかすかにちくちくする。「あなたの器は小さくなんかないわ。それに……その……」彼のものがさらに大きくなり、クレアをいっぱいに満たした。「ああ、エドワード。とても気持ちがいいわ」

クレアは腰を動かしてあえいだ。

「ああ、最高の気分だ」エドワードは言った。

そして上体を起こしてクレアに唇を重ねた。「さあ、どうする？」息を切らしながら訊いた。「睡眠とぼくのどっちを選ぶかい？」

「あなたよ」クレアは甘いため息をついた。「あなたに決まってるわ」

24

それから五日間、クレアとエドワードはほとんど寝室を出なかった。眠るか食事をするとき以外は、ずっと愛しあって過ごした。

ハネムーンの三日目、クレアはエドワードに笑いながら言った——〝領地はもちろんのこと、この屋敷の中がどういうふうになっているのかすら、よくわからないわ〟エドワードは屋敷や領地を案内するとクレアに約束したが、どういうわけか、なかなかその時間が取れなかった。

ふたりは五日間、めったに服を着ることもなく、使用人が食事や入浴用の銅の浴槽《よくそう》と湯を運んでくるときだけガウンを羽織った。風呂も一緒にはいった。それ以外のときは、ずっとベッドで抱きあっていた。毎日がけだるい夢のように過ぎていき、まるで時間が止まっているみたいに感じられた。

そして六日目の朝がやってきた。使用人が屋敷の中を忙しく歩きまわる足音に、クレアは目を覚ました。目を開けてみると、ベッドの隣りが空いている。

エドワードは部屋の向こうにいた。きれいにアイロンのかかった黄褐色のズボンに真っ白なシャツ、クリーム色のベストを身に着けている。大きな鏡の前に立ち、タイを結んでいるところだ。次に体にぴったり合った深緑色の上着を手に取り、袖を通した。近侍の手を借りることなくきちんと身支度を整えると、クレアのほうを見た。

「クレア。起きていたのか」

「ええ」クレアは上体を起こしてシーツを引きあげたが、エドワードの前で胸を隠すのはこの屋敷にやってきてからはじめてのことだった。「どこかに出かけるの?」

エドワードは一瞬ためらった。「ロンドンだ。クライボーン邸に戻る。きみとずっとここにいたいのはやまやまだが、公爵としての仕事が待っている」

〝公爵としての仕事〟

エドワードが果たすべき責任を放棄するような人ではないことは、よくわかっている。自分の楽しみを犠牲にしても、やるべきことをしっかりやる。それにエドワードの言うとおりだ。いくらそうしたいと思っても、いつまでもここにいるわけにはいかない。それでも、もっと早く教えてほしかった。

クレアはなにも言わずにベッドを出ると、脱ぎ捨ててあったガウンを手に取った。「すぐに支度をするわ」

「メイドを呼ぼうか」

クレアはうなずいたものの、顔をそむけた。がっかりした表情をエドワードに見られたくなかった。そして彼が部屋を出ていくのを待った。

だがエドワードはすぐに立ち去ろうとせず、クレアの背後に立った。その肩に両手をかけ、そっと自分のほうを向かせた。「どうしたんだ?」

「なんでもないわ」クレアはエドワードのタイに視線を据えた。

エドワードはクレアのあごを指でくいと上げ、その目をのぞきこんだ。「もっと早くきみに言うべきだったかもしれないが、ここで過ごす最後の夜を台無しにしたくなかったんだ。とても素晴らしい夜だった」

「ええ、そうね」人生の中で最高の夜だったわ。クレアは胸のうちで付け加えた。

「だがもう帰らなければならない」

「わかってるわ」クレアは言った。「ただ、あと二、三日だけでもいられたらと思ったの。でも気にしないで」

エドワードはクレアのウエストに手をかけて抱き寄せた。「あとでちゃんとしたハネムーンに行こう。最低でも二カ月か三カ月だ。きみはどこに行きたい? スコットランドかウェールズはどうだろう。どちらにも公爵家の領地がある。ヨーロッパ大陸もいいかもしれないな。海があまり危険じゃなければ、イタリアかギリシャに行くのもひとつの考えだ。きみはどう思う?」

クレアはうなずき、口もとにかすかな笑みを浮かべた。「イタリアとギリシャにも別荘があるのね。あなたのお屋敷がない場所なんて、世界のどこかにあるのかしら?」

エドワードはにっこり笑った。「フランスかな。それからアメリカもそうだ。父はあのとんでもない独立戦争で領地を失ってね。成りあがりのアメリカ人にも困ったものだ。フランス人についての感想は、言わないでおいたほうが無難だろう」

クレアは吹きだした。

エドワードは微笑みかえし、クレアの頰を手で包んだ。「心配しないでくれ、クレア。ロンドンに戻っても、ぼくたちの関係はなにも変わらない」

クレアは目を閉じてエドワードの胸に顔をうずめ、その言葉が本当であることを祈った。いったん日常生活が始まり、現実の世界に戻っても、ずっとエドワードと親密な関係でいたい。

エドワードが唇を重ね、とろけるようなキスをした。クレアの体から力が抜けていった。キスがだんだん激しさを増すなか、クレアはエドワードの背中に腕をまわして甘い悦びに身をまかせた。彼がむさぼるように唇を吸っている。

そのときエドワードがしぶしぶ体を離した。「意志の力が残っているうちに、出ていったほうがよさそうだ」かすれた声で言う。「さあ、服を着てくれ。早くしないと、きみをまたベッドに押し倒してしまいそうだ」

「いつでも押し倒してちょうだい、閣下」クレアはつぶやいた。

エドワードの目がいたずらっぽく光った。この数日でクレアがすっかり見慣れた表情だ。

「そんなことを言っていいのかな」エドワードはうめき声をあげ、最後にもう一度、クレアに熱いキスをした。

それからクレアの体を放した。

「メイドにきみの着替えを手伝うように言っておく。それから朝食も運ばせよう。準備ができたら出発だ」

クレアは鼓動を打つ胸にこぶしを当ててうなずき、エドワードが大股で歩き去るのを見ていた。

「お帰りなさいませ、閣下、奥方様」その日の午後、クレアとエドワードが屋敷に戻ると、いつも冷静な表情を崩さない執事のクロフトが、珍しく満面の笑みを浮かべて言った。「使用人を代表いたしまして、おふたりのご結婚に心からのお祝いを申しあげます。みな大変喜んでおり、おふたりのお世話をさせていただくことを光栄に思っております」

エドワードはうなずいた。「ありがとう、クロフト。きみの温かい言葉に、公爵夫人もわたしも感謝している。みんなにもお礼を言っておいてくれ」

クレアはエドワードの言った〝公爵夫人〟が自分のことであると、すぐにはわからなかった。幼いころから未来のクライボーン公爵夫人として育てられたものの、自分がその肩書を名乗ることはないと、ずっと思いこんできたからだ。

それなのに、わたしはいまエドワードの妻としてここにいる。クライボーン公爵夫人だ。なんということだろう。

クレアはあわててクロフトに微笑みかけた。「ありがとう。あなたはとても親切だし、屋敷を立派に切り盛りしてくれているわ。あなたになら安心して屋敷のことをまかせられるから、わたしは楽ができそうよ」

クロフトはますます嬉しそうな顔をして瞳を輝かせた。「ありがとうございます、奥方様。申しおくれましたが、ご家族のみなさまが二階の居間でお待ちです」

クレアは〝家族〟というのがマロリーとドレークとヴィルヘルミナのことだと思っていたが、エドワードのあとから階段を上がり、長い廊下を進んで居間に足を踏みいれたとたん、それが間違いであったことに気づいた。

「ネッド！」森のように深い緑色の瞳をした、たくましい体つきの男性が声をあげた。エドワードによく似ているので、弟のひとりにちがいない。「やっと帰ってきたか」男性は言った。「手紙を読んだよ。でももしかすると、なかなか帰ってこないんじゃないかと思っていた」

「すぐに戻るわけがないと言ったじゃないか」別の男性が言った。やはり長身で端整な顔立ちをし、バイロン家の男性だとひと目でわかる。「なにしろハネムーンに出かけ、ずっとベッドで過ごしていたんだから」茶目っ気たっぷりに微笑み、眉を動かした。隣りに立った背の高い赤毛の女性が、男性を軽く肘でつついた。

「ジャック」穏やかな声で言う。「お行儀が悪いわ」

「ああ、でもぼくが行儀よくふるまったら、つまらないだろう？」

女性が笑いをかみ殺し、ジャックは悪びれた様子もなく笑い声をあげた。

「弟の話も終わったようだし、そろそろ自己紹介させていただこう」最初の男性が言った。「わたしはケイド。こちらは妻のメグです」前の椅子に座った美しいブロンドの女性の肩に手をかけた。ケイドが妻のことを誇らしく思い、大切にしているのが、その様子から伝わってきた。

クレアは微笑みかえした。それからジャックとその妻のグレースとも挨拶を交わした。

居間にはドレークとマロリー、ヴィルヘルミナもいた。マロリーはクレアに駆け寄って抱きつき、ドレークは頰に軽くキスをした。ヴィルヘルミナはというと、ハンカチを持った手をふっている。感傷的な彼女は、結婚式やハネムーンと聞いただけで涙が出てきたのだろう。

次は妹のエズメに紹介された。明るい瞳をした十二歳の少女で、小さな手にスケッチ帳を持っている。右の頰についた汚れは、製図用のインクのようだ。エズメは新しく家族になったクレアを歓迎する言葉と、結婚のお祝いを言った。そしていよいよエドワードの母、アヴァ・

バイロンの番だ。美しく気品あふれるその姿は、以前とまったく変わっていない。

クレアはエズメより小さかったころ、一度だけエドワードの母と会ったことがあった。というより、記憶にあるかぎりでは一度しか会っていない。公爵未亡人がマースデン邸の子ども部屋にやってきて、当時十歳だった自分に優しく微笑んで話しかけてくれたことを、いまでもはっきり覚えている。

公爵未亡人に歩み寄りながら、クレアはその瞳が昔と変わらず明るく澄んだ緑色であることに気づいた。ただ、褐色の髪にわずかに白いものが交じっていることだけが、過ぎ去った歳月の長さを感じさせている。それでも人を包みこむような優しく温かな笑顔は昔のままだ。

クレアはふと、十数年ぶりに会ったエドワードの母が、自分をどう思うだろうかと不安になった。

大人になったわたしを気に入ってくれなかったらどうしよう。

わたしの噂を耳にし、そんな娘と自分の息子が結婚したことを不愉快に思っているとしたら？

でもわたしはそれだけのことをしたのだから、どう思われてもしかたがない。クレアは深々とひざを曲げてお辞儀をした。

「ご機嫌いかがですか、奥方様」

「ええ、とても元気よ。あなた、きれいになったわね。少女のころよりも愛らしいわ」

公爵未亡人はあの日のことを覚えていてくれた。クレアの胸に温かいものが広がった。

「馬車の旅は快適だったかしら？」

「はい、とても快適でした。ありがとうございます」

「よかった。それを聞いて安心したわ」公爵未亡人はエドワードに近づき、その顔に視線を据えた。「どうして駆け落ちみたいなまねをしてまで急いで結婚したのか、説明してもらおうかしら。ジャックとグレース、それからニコラのところにいたとき、使者が馬を駆って手紙を持ってきたわ。封を開けてみたら、あなたたちが結婚したと書かれているじゃないの。その翌日、それよりも長い手紙がクレアのご両親から届いたのよ。これはいったいどういうことなのか、ちゃんと説明してほしいとのことだったわ。なんとお返事を書けばいいものやら、わたしはほとほと困りはてているの」

「でも――」エドワードが口を開いた。

「いいから聞きなさい」公爵未亡人がそれをさえぎった。「ちゃんとお客様をご招待し、教会で結婚式を挙げるのを待てなかったとなれば、世間はなにか特別な事情があるにちがいないと勘ぐるものよ」

「ぼくたちはちゃんと教会で結婚した」エドワードは落ち着いた口調で言った。

公爵未亡人はそれをあしらうように手をふった。「あらそう。でもたとえ大聖堂で式を挙げたとしても同じことだわ。家族すら参列しなかったんですもの。まさか、あなたたちは本

「本当に……」そこで口をつぐむと、少し離れたところに腰かけて絵を描いているエズメをちらりと見やり、声をひそめた。「結婚する必要に迫られたわけじゃないわよね」

　クレアは口をあんぐり開け、顔を赤くした。一方のエドワードは首を後ろに倒し、声をあげて笑っている。

「安心してくれ、母さん」ようやくしゃべれるようになると、エドワードは言った。そしてクレアのウエストに手をかけてその体を引き寄せた。「クレアとぼくは必要に迫られたから結婚したわけじゃない。そうしたかったからしたんだ。今回のことでクレアを責めないでやってほしい。すべてぼくが言いだしたことなんだ。ぼくにはいったんこうと決めたら、てこでも動かないところがあってね。そうだろう、クレア？」

　クレアはエドワードの目を見た。「ええ。エドワードは意志の強い人ですわ。ときどき頑固すぎると思うこともあるくらい」

　みながどっと笑った。エドワードがけろりとした顔で笑うのを見て、クレアは弟のジャック卿を連想した。

「クレアはネッドのことがよくわかっている」そのジャックが言った。「ぼくの目が狂っていなければ、ネッドはすっかり彼女に夢中のようだ」

　それはちがうわ。クレアは心の中で言った。夢中になっているのはわたしのほうなのに、ジャック卿にはそれがわからないのだろうか。

エドワードは言った。「ああ、そのとおりだ。クレアがイエスと言ってくれるのを聞いたら、もう一分一秒も待てなくなった」

公爵未亡人が美しい眉をひそめた。「でもクレアはとっくに結婚を承諾してくれていたんでしょう？　あなたたちはずっと前から婚約していたじゃないの」

「ぼくがもう結婚を先延ばしにしたくないと言ったら、承諾してくれたんだ」エドワードはすばやく訂正した。「ずっと婚約していたからこそ、社交界の人たちを招待するためだけに、またさらに一年待つのはごめんだと思ってね」

「せめて家族ぐらいは招待してほしかったわ」公爵未亡人は言った。「伯爵夫人はかなりご立腹だったのよ。ノッティンガムシャーのお屋敷で、盛大なパーティを開くことを計画なさっていたみたい。なのにそれも台無しになってしまったし」

母に悪いことをした、とクレアは思った。だがもし自分の計画が成功し、エドワードが婚約を破棄すると言いだしていたら、母をもっと落胆させるところだった。そう思えば、少しは罪悪感が和らぐ。それでも妹たちにはかわいそうなことをした。ふたりとも花嫁《ブライズメイド》の付き添い役になることを楽しみにしていたにちがいない。ふたりにはなにか埋めあわせをしなければ。新しい帽子でも贈ろうか。それと垢抜けたドレスの一、二枚も作ってやれば、きっと機嫌を直してくれるだろう。

「クレアにも言ったが、ぼく自身はブラエボーンでもう一度式を挙げてもいいと思っている。

でもそれはクレア次第だ。クレアの望むとおりにしたい」エドワードは言った。

公爵未亡人はしばらくクレアとエドワードの顔を交互に見ていたが、やがてにっこり笑った。「ええ、そうしましょう。クレアはクライボーン公爵夫人になったんですもの。その意向を最優先しなくては。さあ、ふたりとも、わたしにキスしてちょうだい。それからもう〝奥方様〟はなしよ、クレア。今日からわたしのことはお母様と呼んでちょうだいね」

クレアは公爵未亡人と抱きあい、それからほかの人たちとも抱擁を交わした。それが終わるころには息が切れていたが、みなの温かい笑顔が嬉しかった。

そのとき廊下から犬の吠《ほ》える声が聞こえた。廊下のじゅうたんの上を走る足音がしたかと思うと、白黒のぶち模様をした大きな犬が居間に飛びこんできた。

ちぎれるほど尻尾をふり、ピンクの舌を出している。犬は茶色い目でじっとエドワードを見ながら、喜びを爆発させるようにふたたび吠えた。いまにも主人に飛びかかり、顔じゅうをなめまわしそうだ。

だがエドワードは視線でそれを制した。「ゼウス、つけ」

犬は一瞬、動きを止めたが、興奮を抑えきれない様子で体を小刻みにくねらせた。そしてエドワードの隣りにつくと、前を向いて座った。

エドワードは少し間を置いてから、腰をかがめて犬の頭やつやつやした背中を両手でなでまわした。

犬は全身で喜びを表わした。

「いい子だ、ゼウス。お前がいなくて寂しかったよ。お前もぼくに会いたかったかい?」

ダルメシアンのゼウスは大きな声で鳴き、激しく尻尾をふっている。

みなが声をあげて笑った。クレアはその光景に心がなごんだ。クレア自身も動物が大好きなので、また犬と一緒に暮らせることが嬉しかった。それにエドワードから聞いたところによると、ブラエボーンの屋敷にもさまざまな動物がいるという。早くその動物たちにも会ってみたい。

廊下から足音が聞こえ、それが入口のところで止まった。みながいっせいに顔を上げると、そこには従僕が立っていた。「申し訳ありません、閣下」苦しそうに肩で息をし、両手で懸命に服の乱れを整えている。「たったいま散歩から戻ってきたばかりなのですが、閣下の声が聞こえたらしく、いきなり走りだしまして。こんなことははじめてです」

「気にしなくていい」エドワードは言った。「ゼウスはとても行儀よくふるまっている」

従僕はほっとした表情を浮かべ、お辞儀をして立ち去った。

エズメが画用紙を置いて走ってきた。青い綿モスリンのスカートを花のようにふわりと床に広げ、ゼウスの横にひざをついている。首に抱きつくと、ゼウスがエズメの顔をなめまわした。

エズメはくすくす笑いながら、ゼウスに頬ずりした。そしてエドワードを見上げた。「ゼウスをお母様とわたしと一緒に、ジャックの家に行かせてくれてありがとう。ゼウスはラナンキュラスとも仲良くなったのよ。ラナンキュラスは猫なのに！　ゼウスは最高の犬で、ネッドは最高のお兄様だわ」

エドワードは微笑み、エズメの頭をなでた。「どういたしまして。ゼウスがいい子にしていたと聞いて安心した」

「ちょっと待ってくれ」ジャックが腰に手を当て、わざと怒ったような顔でエズメを見た。「お前のお気に入りの兄上は、ぼくじゃなかったのかい？」

「ええ、もちろんよ！」エズメは真剣な口調で言った。「ドレークもケイドもレオもローレンスも、みんな大好き」

「そう言っておけば、誰も傷つけないですむ」ドレークが笑った。「外交官のように如才がない」

「そうだな」ケイドが言った。「しばらく外務省にエズメを貸そうか。あるいは大使と結婚させるのもいいかもしれない」

「わたしは誰とも結婚しないわ！」エズメは言った。

エズメが唇をとがらせているのを見て、クレアはつい最近まで自分も同じような気持ちだったことを思いだした。そしてエズメに微笑みかけた。「ええ、わかるわ。でもいつか運命の人と出会えば、気が変わるかもしれないわよ」

エズメは興味津々という顔をした。「あなたとネッドもそうだったの？　ネッドはあなたの運命の人だった？」

クレアはエドワードと目を見合わせ、エズメに視線を戻した。「ええ。そのとおりよ」

エズメは笑みを浮かべ、ゼウスをなでた。「ネッドがあなたと結婚してくれて嬉しいわ。わたしと仲良くしてね」

クレアの胸に温かな灯《ひ》がともった。「ええ、もちろんよ、エズメ。仲良くしましょうね」

それからみなは数人ずつに分かれ、世間話を始めた。エズメが新しい絵を見せようと、エドワードを引っぱっていった。ゼウスが尻尾をふりながら、そのあとを追っている。

しばらくして公爵未亡人が近づいてきた。「少し奇抜ではあるけれど、とても素敵な髪形ね」

「ありがとうございます、奥――お母様」

公爵未亡人は優しく微笑んだ。「悪ふざけのために切ったんでしょう。〈ブルックス・クラブ〉に行ったときの話を聞かせてちょうだい。レオとローレンスは、そのせいでブラエボーンに送りかえされたと聞いたわ」

クレアは絶句し、ぽかんと口を開けた。

「ええ、そうよ、わたしの耳にもはいっているの。田舎にいても、噂は聞こえてくるものよ。あのふたりが今日ここにいない理由は、ちゃんとわかってるわ。でも心配しないでちょうだい。レオとローレンスには日頃から手を焼かされているの。あの子たちにはちょうどいい薬だわ」

クレアは口を閉じた。公爵未亡人は思った以上にいろんなことを知っているらしい。ほかにはどんなことを知っているのだろうか。それよりも、ノッティンガムシャーの両親はなにをどこまで知っているのだろう。できるだけ早く手紙を書かなければ。

「さあ、話を聞かせて。あなたは社交界じゅうを仰天させているようね。わたしの若いころにそっくりだわ」

若いころにそっくり？　そんなことは初耳だ。

クレアは新しく母となった公爵未亡人に、急に親しみを覚えた。ほっと安堵のため息をつき、笑いながら〈ブルックス・クラブ〉での顚末《てんまつ》を話して聞かせた。

それからの一週間はまたたくまに過ぎていった。バイロン家の人びとはみな陽気で、朝から晩までクレアを楽しませてくれた。

オックスフォードシャー州から戻ってきた最初の日の夜、屋敷で家族だけのにぎやかな夕食会が開かれた。料理人は腕によりをかけ、王に出しても恥ずかしくないような立派な料理を作った。デザートには豪華なウェディングケーキも用意されていた。みなでエドワードとクレアの健康と幸せを願い、シャンパンで祝杯をあげた。

やがて食事が終わると、全員でダイニングルームに隣接した居間に移動し、マロリーとエズメの演奏や歌を楽しみ、ケイドの見事な『アラビアン・ナイト』の朗読に聞き入った。エズメもその日は特別に大人の夕食会に参加し、いつもより遅くまで起きていることを許された。でも、なんとか寝るまいとがんばっていたにもかかわらず、ケイドが朗読を終えるころには、うつらうつらしはじめていた。エズメが疲れているのを見て、そろそろお開きにして寝室に下がろうということになった。

そのとき公爵未亡人が、公爵夫人の部屋をクレアのために空けることを宣言した。「あの部屋はもうクレアのものよ。わたしならどこでもかまわないわ」そしてエズメと一緒に、当面のあいだ、アッパー・ブルック・ストリートにあるジャックの屋敷に滞在すると言った。

社交シーズンがまもなく終わろうとしているこの時期に、わざわざ移動するのは面倒だということで、マロリーはクレアとエドワードと一緒に屋敷に残ることにした。ケイドとメグはといえば、クライボーン邸から四ブロックしか離れていないところに、自分たちのタウンハウスを持っている。

「心配しないでちょうだい」このままここにいてほしいと説得するクレアとエドワードに、公爵未亡人は笑いながら言った。「みんなでしょっちゅう押しかけてくるつもりだから。きっとあなたたちは、わたしたちもここで暮らしているんじゃないかと錯覚するでしょうね」

それから何日か過ぎ、公爵未亡人の言ったことは正しかったとわかった。クレアとすっかり意気投合したメグとグレースは、午後になるとよくクライボーン邸を訪ねてきた。たいていの場合、それぞれの赤ん坊も一緒で、クレアは新しく甥《おい》と姪《めい》になったその子たちを目の中に入れても痛くないほどかわいがっていた。

また、エドワードの弟たちのことも大好きになった。みな兄のエドワードに負けず劣らず魅力的で、人を虜にする力を持っている。

でもクレアが愛しているのはエドワードだけだった。特に夜の闇に包まれ、ベッドで至福のひとときを味わうとき、彼のこと以外なにも考えられなくなる。

ふたりはロンドンに戻ってきてから、一度も別々の部屋で寝たことがない。エドワードのクレアに対する情熱は、オックスフォードシャーにいるときとまったく変わっていなかった。日中も折りに触れてクレアにくちづけたり、人気のない場所で情熱的な愛撫をしたりする。寝室でふたりきりになると、飽くことを知らない欲望でクレアを求めた。夜はもちろんのこと、朝方にも目を覚ましたばかりの新妻を抱いている。

そしていま、クレアはクライボーン邸の朝食室にマロリーと向かいあって座り、口もとに笑みを浮かべながらバタートーストを食べていた。早朝から激しく愛しあった余韻で、肌がまだ火照っている。頬が赤らみそうになるのをこらえ、紅茶に手を伸ばした。

「今日の午後、〈ガンター〉でアイスクリームを食べない？」マロリーが言った。「まずお買い物に行ってから、〈ガンター〉で休憩するの。メグとグレースも誘ってみましょうか。お母様もほかに予定がなかったら、一緒に来るかもしれないわ」

「それはいい考えね。外でたっぷり楽しんでから、屋敷に戻って夕食をとり、劇場に出かけましょう」

その日の夜、女性陣はエドワードのエスコートでドルーリー・レーン劇場に行くことになっており、クレアはそれをとても楽しみにしていた。パーティや舞踏会への招待状は山のように届いているが、実際に出席の返事をしたものはごくわずかだ。社交界の人びとは、クレアとエドワードのとつぜんの結婚に騒然としている。だがクレアはそうした人たちの好奇心を満たすことよりも、結婚したばかりの花嫁の当然の権利として、屋敷にいることを選んだ。

新鮮なブルーベリーを食べているとき、ドアを控えめにノックする音がし、銀の盆を持ってクロフトがはいってきた。

「たったいまお手紙が届きました、奥方様。レディ・マロリー宛てのものも一通ございます」

クレアは郵便物の束を受け取ると、クロフトにうなずいて謝意を示し、マロリー宛ての手紙をテーブル越しに手渡した。「きっとまた招待状ね」

クレアは最初の手紙の封を開いた。なかから浮き出し印刷のカードが二枚出てきたのを見て、思わず吹きだした。「見て、マロリー。〈オールマックス〉の入場券が戻ってきたわ。わたしが公爵夫人になったものだから、パトロネスたちも考えを変えたのね。エドワードからそうなるだろうと言われてはいたけれど、こんなに早いとは思っていなかった」

クレアはマロリーも笑っているだろうと思い、顔を上げた。

だがマロリーの顔は仮面のように固まり、表情も血の気もなかった。まばたきもせず、手に持った手紙を見つめている。そのアクアマリンの瞳から完全に生気が失われているのを見て、クレアは不安で胸が締めつけられた。

「どうしたの？　なにがあったの？　マロリー、具合でも悪くなった？　ねえ？」

でもマロリーは返事をせず、死んだように体をこわばらせている。

クレアは立ちあがってテーブルの脇をまわった。マロリーの肩に手を置いたところ、その体が氷のように冷えきっているのがわかった。「だいじょうぶ？　なにがあったのか話してちょうだい。マロリー、わたしの声が聞こえる？」

次の瞬間、ふいに意識を取り戻したように、マロリーは大声で泣きはじめた。体を丸めたはずみに、手紙が床に落ちた。

クレアはたとえようのない悪い予感を覚えながら、手紙を拾いあげた。そして紙面に目を走らせ、小さな悲鳴をあげた。ひと筋の涙が頰を伝った。

ハーグリーブス少佐が戦場に倒れたのだ。

マロリーの婚約者が亡くなった。

25

「ブラエボーンに着いたら、すぐにお手紙で知らせてくださいね」それから三日後、クレアはクライボーン邸の表に停まった馬車の前で、公爵未亡人に言った。「みなさんが無事に到着したかどうか、心配ですから」

そこで口をつぐみ、少し離れたところでひとり悲しみに沈んでいるマロリーを、心配そうに見やった。身に着けた黒い喪服や帽子とは対照的に、顔は雪のように真っ白だ。ハーグリーブス少佐の訃報《ふほう》を受けてからというもの、マロリーはほとんど口をきいていない。ベッドで激しく泣きじゃくっていたかと思うと、それからしばらく黙りこむということをくり返している。

クレアは目尻ににじんだ涙をぬぐい、ふたたび公爵未亡人の顔を見た。

「きっとだいじょうぶよ」公爵未亡人がつらそうな声で言った。「故郷に戻れば、マロリーの心も慰められるでしょう。ここにいたら婚約者のことばかり考えてしまうもの。田舎の空気と時間が癒《いや》してくれるわ」

「わたしも一緒に行ければよかったのですが、エドワードがいますぐロンドンを離れられないと言うものですから。大切なお仕事があるようですわ」

仕事の具体的な内容については、エドワードからなにも聞いていなかった。ただ、しばらくロンドンにとどまらなければならない、と言われただけだ。でもそれが終わったら、数週間のうちにクレアもエドワードと一緒にブラエボーンへ行き、マロリーと公爵未亡人、エズメと合流することにしている。

まだ結婚して間もなく、夫婦の絆の強さにときどき自信が持てなくなることがあるので、クレアはエドワードと離ればなれになりたくなかった。自分の居場所は、エドワードのそばだという思いもあった。

「あなたにできることはないわ」公爵未亡人はマロリーに聞こえないよう、小声で言った。「いまは泣きたいだけ泣いて、愛する人を失った悲しみを自分で乗り越えなければならないの。ブラエボーンに向かう途中でハーグリーブス少佐のお宅に寄り、お葬式に参列することになっているわ。マロリーならだいじょうぶだとは思うけれど、きっと胸が張り裂けそうなほどつらいでしょうね」

クレアはうなずいたが、のどになにかが詰まっているような気がした。

「ひどい怪我を負ったにもかかわらず、ケイドがこうして帰ってきてくれたことを、神様に毎日感謝しているわ」公爵未亡人は続けた。「それにエドワードが自分の立場を自覚し、戦場に行って銃弾を浴びたりしなかったことにもね。ほかの息子たちにも、英雄になるために戦場に行こうなどとは考えないでほしいと言っているのよ。母親のわがままかもしれないけど、息子たちには安全な場所にいてほしいの。遠い異国の地で、愛するわが子が血を流しながら命を落とすなんて耐えられないわ」

クレアはまたうなずいた。エドワードが公爵としての責任の重さを深刻に受け止めているおかげで、彼を失う心配をしなくてすむことにほっとした。少なくとも、マロリーが婚約者を亡くしたのと同じかたちで、エドワードとの別れを経験することはない。クレアの胸がふたたび締めつけられた。「マロリーになにかしてあげられることがあればいいのですが。わたしには、どうすればいいのかわからなくて」

「これまでどおりあの子を愛し、友だちでいてあげてちょうだい。わたしたちにできることはそれしかないわ。あなたはここにいて、社交シーズンを最後まで楽しみなさい」クレアが口を開きかけると、公爵未亡人がそれを止めた。「ぜひそうしてちょうだい。ロンドンの様子を手紙で知らせてね。スキャンダルやゴシップの最新情報も。わたしたち、特にマロリーには、気晴らしが必要だから」

「じゃあシェヘラザードが毎夜、王《スルタン》に聞かせた話に負けないくらい、おもしろい手紙を書きますね」

見送りのために集まっていた家族と涙ながらに抱きあったのち、バイロン家の三人のレディとゼウスは馬車に乗りこんだ。マロリーはまるで夢遊病者のように見え、瞳からかつての明るい輝きが消えていた。

クレアは三人を見送りながら、エドワードが肩を抱いてくれていることに感謝した。馬車が見えなくなったとたん、エドワードの胸に顔をうずめた。

それからの二週間、マロリーがいない屋敷の中は火が消えたようだった。クレアとエドワードはハーグリーブス少佐を悼《いた》んで花輪をかけ、少佐の近親者にお悔やみの手紙を送った。クレアは約束どおり、毎日せっせとペンを走らせ、マロリーと公爵未亡人にロンドンの様子を伝えた。

公爵未亡人からは返事が来た。

だがマロリーからは来ない。

クレアはまた、故郷の母や妹たちとも手紙のやりとりをした。三人とも盛大な結婚式が開かれなかったことに、一様にがっかりしていた。それでもエラはクレアとエドワードの結婚の顛末を聞いてロマンティックだとうっとりし、自分もいつか素敵な男性と出会い、さっと抱きあげられたいと言っている。一方、母からは叱責《しっせき》の手紙が届いた。クレアが起こしたとんでもない事件の数々を耳にし、心配でいてもたってもいられないという。でも手紙には、公爵がそれでいいのなら、自分が出る幕ではないとも書かれていた。とはいえ、近所じゅうの噂の的になっているのは我慢できないらしく、家族に恥をかかせるようなことは今後一切しないよう、釘を刺すことも忘れていなかった。

父から届いた手紙は一通だけで、そこには次のように綴《つづ》られていた。


お前が目を覚まし、クライボーンと結婚してくれて安心した。次は孫の顔を見せてほしい。それから、母上をこれ以上困らせないように。


クレアはできるだけ早くノッティンガムシャーの屋敷を訪ねると返事をし、ひとまず家族をなだめた。

そして残り少なくなった社交シーズンの催しに、できるだけ出席することにした。七月なかばの蒸し暑さにもかかわらず、庭園会や夜会、舞踏会など、たくさんの催しが開かれている。もうすぐ社交シーズンが終わり、みなロンドンを離れて田舎の領地に戻るので、その前にせいぜい楽しんでおこうということらしい。

ケイドとメグと幼いマキシミリアンは、すでにブラエボーンに発った。だがジャックとグレースはまだロンドンに残っていた。ふたりはたびたび、クレアとエドワードと一緒に夜の集まりに出かけている。

今夜はスロックリー邸の舞踏会だ。クレアは房飾りで袖が縁どられた、すみれ色のシルクのドレスをまとっていた。ゆるやかな巻き毛につけたスミレの形の髪飾りには、宝石がちりばめられている。

窓は開け放たれていたものの、はいってくる風は生暖かかった。広間は香水をつけた人でごったがえし、そこに何百本ものろうそくの熱が加わり、うんざりする暑さだ。

クレアはひと息つこうと人気の少ない隅に行き、扇を広げた。顔の前であおぎ、火照った頬を冷まそうとした。そしてつかのま目を閉じた。

「冷たい飲み物が欲しそうな顔ね」優しい女性の声がした。「はい、これを持ってきたわ」

目を開けると、グレースが隣りに立っていた。クレアはグレースの顔を見上げて微笑んだ。義妹であるグレースはとても背が高い。そのことをばかにしている人もいるようだが、長身であることはむしろグレースの気品を引きたてているようにクレアには感じられた。ジャックもそう思っているようで、妻を見る彼の目はいつも愛情にあふれている。

「レモネードね！」クレアは言った。「嬉しいわ、ありがとう」グラスを受け取り、夢中で飲んだ。「ああ、冷たくておいしいわ。氷もはいっているのね」

グレースはうなずき、グラスを口に運んだ。「召使いがちょうど新しい水差しを運んできたから、最初の二杯をもらってきたの。どこかに座りましょうか」

「もう踊らないの？」

「ええ。ジャック以外の人と踊るのは、本当はあまり好きじゃないの。ジャックはいまカードルームにいるわ。きっとひとり勝ちしているんじゃないかしら。でも賭け金は一ペニーだけど」

ジャックにずばぬけたカードゲームの才能があることは、クレアも聞いていた。いつか彼と勝負をし、自分の腕がどこまで通用するか試してみたい。

ふたりは空いている椅子を見つけて腰を下ろした。

「よけいな口出しをするようで気が引けるけど、体調が優れないということはない？」グレースは訊いた。

「ううん、そんなことはないわ。少し疲れを感じてはいるけれど、このところ立てつづけにパーティに出席しているせいじゃないかしら」

「ええ、そうね。でも原因はほかにあるかもしれないわよ」

「原因がほかに？　どういうこと？」

「なんでもないわ」グレースはレモネードを飲んだ。「でももし朝起きて吐き気がするようなことがあったら、すぐに言ってちょうだいね。わたしもニコラを身ごもる前は、そうしたことにまったく疎《うと》かったわ。子どもができたことに気づくまで、何週間もかかったのよ」

グレースはわたしが身ごもったと思っているの？　クレアは驚いた。それはありえない。いや、エドワードとしょっちゅう愛しあっていることを考えれば、ありえないことではないだろう。でも結婚してまだ間もないのに、あまりに早すぎる。

「それはないわ」クレアは言った。グレースはクレアの目を見て微笑んだ。「きっと広間がむっとしているせいね。でもなにかあったら、いつでも相談してちょうだい」

「ええ。ありがとう」

赤ちゃん。クレアは嬉しいような、照れくさいような気持ちになった。わたしはエドワードの子どもが欲しいの？

ええ、欲しいわ。クレアの頭の中で、即座に答える声がした。あの人の子どもが、後継ぎが欲しい。エドワードは以前、子どもの性別はどちらでもかまわないと言っていたが、もし本当に身ごもっているのなら、できれば男の子がいい。でもグレースの予想はおそらくはずれている。わたしのお腹に子どもは宿っていない。

クレアは無意識のうちに、エドワードの褐色の髪とがっしりした肩を捜し、混んだ広間の中を見まわした。

やがてその姿が目にはいり、口もとに笑みが浮かんだ。だが数秒後、クレアの顔から笑みが消えた。エドワードがブルネットの美しい女性と話しこんでいる。だがそれはレディ・ベティスではなかった。彼女は数日前にロンドンを発ったと聞いている。

エドワードと結婚してから、クレアはレディ・ベティスのことでやきもちを焼く必要はないと、だんだんわかってきた。フェリシア・ベティスはまだエドワードに未練があるようだが、エドワードは彼女に関心はないとはっきり言っている。実際にある夜、レディ・ベティスが結婚のお祝いを言いに近づいてきたとき、エドワードは退屈そうにそれを聞いていたが、彼女がなかなか立ち去ろうとしないのを見てうんざりした顔になった。そして途中でレディ・ベティスの話をさえぎり、背中を向けてクレアとともにその場を立ち去った。

　でもあの人はいま、わたしが知らないブルネットの女性と話をしている。エドワードがその女性に微笑みかけるのを見て、クレアは胸騒ぎを覚えた。ばかね、気にする必要はないわ。そう自分に言い聞かせた。舞踏会なのだから、エドワードが何人の女性と言葉を交わしたところで、それは当たり前のことだろう。たとえ相手がどんなに魅力的なレディであっても。

　とはいえ、わたしがそれを見てやきもきするのも、しかたのないことだ。

「グレース」クレアはできるだけさりげない口調で言った。「エドワードと話している人は誰なの？」

　グレースは人混みの中にエドワードの姿を捜した。その背中が急にこわばり、顔に嫌悪の表情が浮かんだ。「あれはフィリパ・ストックトンよ。単刀直入に言うけれど、彼女には近づかないほうがいいわ」

「そう」

　グレースはクレアの目を見た。「そのうちあなたの耳にもはいるだろうから、先に言っておくわ。あの人は以前、ジャックの愛人だったの。わたしたちが結婚する前のことだから、もう関係ないけれど。ジャックはわたしを愛してくれているし、わたしもジャックを心から信じてる。でも彼女のことはどうしても好きになれないわ」

「それはそうよ」クレアはグレースの手を軽くたたいた。「わたしがあなただったら、あの人の目をえぐりだしてやるところだわ」

グレースはしばらくクレアの顔を見つめていたが、やがて声をあげて笑った。「それはいい考えね」

それからふたりはほかのことについて話しはじめた。クレアは一見、楽しそうな顔をしていたが、内心ではエドワードとレディ・ストックトンのことが気がかりでならなかった。あのふたりはなにを話しているのだろう。そもそも、エドワードはどうして彼女と話しているのか。あのふたりのあいだには、なにかあるのかもしれない。兄弟が同じ女性に惹かれることも、世間ではありえない話ではない。ジャックと別れたあと、フィリパ・ストックトンがエドワードの胸に飛びこんだということはないだろうか。自分はかつて、エドワードに愛人がいるのではないかと疑っていたことがある。だが仮にそうだったとしても、もうとっくに別れていると思っていた。

でももし、それが間違いだったら？　あのふたりは、エドワードが結婚して公爵としての義務を果たすまで、一時的に別れることにしたのでは？

クレアはふいに吐き気を覚え、レモネードを飲まなければよかったと思った。

グレースが心配そうにクレアを見た。「だいじょうぶ？　ひどく顔色が悪いわよ」

「なんでもないわ」

「本当に？」グレースは半信半疑だった。

クレアはうなずいた。

だが心の中はひどく混乱していた。


数時間後、エドワードはクレアの化粧室にある淡黄色の長椅子に座り、新妻が髪をとかすのを見ていた。

今夜のクレアは夏物のピンクのガウンの下に、そろいの極薄のシルクのネグリジェを着ている。エドワードも濃紺のシルクのローブを羽織り、寝支度を整えていた。クレアは以前、エドワードの瞳の色によく合ったそのガウンが好きだと言っていた。

少し前にエドワードが続き部屋のドアからはいってくると、クレアはあとは自分でやるからと言ってメイドを下がらせた。この一カ月で一インチほど伸びたものの、髪はまだ何度かブラシをかければすぐにまとまる長さだ。それなのに、クレアはさっきからずっと髪をとかしつづけている。一定のリズムでブラシを動かし、自分を落ち着かせようとしているようにも見える。

「今夜はやけに口数が少ないな」エドワードは長椅子に置かれた、ふたつの豪華な羽根枕にもたれかかった。「なにかあったのかい？」

ブラシを持つクレアの手が止まったが、またすぐに動きはじめた。「疲れただけよ。もう時間も遅いし」

「そうだな。でも舞踏会から戻ってくると、いつもこれくらいの時間になるじゃないか」

クレアは返事をしなかった。

それから五回ほど手を動かし、サテンノキでできた鏡台にブラシを置いた。短い髪がきれいにまとまり、太陽のような温かみのある金色に輝いている。

エドワードは立ちあがって背後からクレアに近づき、髪をなでてそのなめらかな手触りを楽しんだ。頭をかがめ、特に感じやすいあごの下に鼻をすり寄せる。クレアはかすかに身震いし、ほんの少し顔をそむけた。

「あなたが女の人と話しているのを見たわ」

エドワードはクレアの耳の線を親指でなぞった。「そうか。今夜はたくさんのレディと話をしたが、きみが言っているのは誰のことだろう」

「ごまかさないで、閣下。彼女の名前はストックトンだと聞いたわ。フィリパ・ストックトンよ」

エドワードの指の動きがほんの一瞬止まった。「たしかに二、三分、立ち話をした記憶がある」

「なんの話をしたの？」

エドワードは少し間を置いてから答えた。「たいしたことじゃない。ただの世間話だ」

本当のことを言うと、デュモンとの関係について、あの手この手で情報を引きだそうとしていた。だがフィリパは腹立たしいほど口が堅く、なにも聞きだすことはできなかった。つまり、自分の真意を明かすわけにはいかないので、エドワードはあきらめざるをえなかった。つまり、フィリパとの会話はまったくの無駄だったというわけだ。

「ただの世間話ですって？」

「そうだ。どうしてそんなことを訊くんだい？」エドワードは指先でクレアの頰をなで、こめかみにくちづけた。

クレアは肩をすくめた。「別に。ちょっと気になっただけよ」短い沈黙があった。「きれいな人よね。かなりの美女だわ」

「ああ、そう言う人もいるかもしれない」

「あなたはどうなの？」

「ぼくは別にきれいだとは思わない」エドワードは背筋を伸ばすと、クレアに前を向かせてその顔をのぞきこんだ。「どうしたんだ、クレア？」新妻が目をそらすのを見て、はっとひらめいた。「まさか、嫉妬《しっと》しているのか？」

「わたしが？　ちがうわ！　嫉妬なんかしていない。ばかなことを言わないで」

「驚いたな、きみがやきもちを焼くなんて！」エドワードは首を後ろに倒して笑った。だがクレアの表情を見たとたん、そのことを後悔した。

「ちっともおかしくなんかないわ」クレアは青い瞳を怒りできらりと光らせた。

「ぼくがフィリパ・ストックトンをどう思っているかを聞いたら、きみだって笑いたくなるさ」

クレアはさっとあとずさりし、エドワードから離れた。「そう。じゃあ教えてもらおうかしら」エドワードにまた近づくと、胸の前で腕を組んでその目を見据えた。

「彼女はレディの肩書を持っているかもしれないが、そのふるまいはおよそレディらしくない。倫理観に欠け、猫のように鋭い爪を持っている。いくら表面を繕《つくろ》っても、それは隠しようがない」

クレアは小さく鼻を鳴らした。「そういう女の人が好きな男性もいるでしょう」

「ああ、そうかもしれないな。レディ・ストックトンにまつわる噂が本当なら、そういう男が世の中にはかなりいるらしい」エドワードは腕を伸ばしてクレアを抱き寄せたが、その体は固くこわばっていた。「クレア、きみが心配するようなことはなにもない。フィリパ・ストックトンとぼくは、たまに舞踏会で顔を合わせたとき、世間話をする程度の仲だ」

クレアの肩から少し力が抜けた。エドワードのローブの襟に手をはわせる。「でもあなたはあの人に……とても丁寧に接しているように見えたわ」

クレアの観察眼はなかなか鋭い、とエドワードは思った。

本当のことを話せればいいのだが、陸軍省と協力してひそかに進めている計画を勝手に外にもらすわけにはいかない。そもそも政府の仕事は、結婚生活になんの関係もない。というより、それを結婚生活に持ちこむべきではないのだ。

エドワードはクレアの手を握り、手のひらにくちづけた。「きみにはそう見えたかもしれないが、ぼくはただ、がんばって彼女の話を聞こうとしていただけだ。相手によっては、そうするのに努力が必要なことがある」

クレアの口もとがゆるみ、気づいたときには笑顔になっていた。「わかるような気がするわ」

エドワードも笑みを浮かべ、ゆっくり手を下ろして豊かな丸みを帯びた胸を愛撫した。顔を傾け、クレアの頬、それからほっそりした首筋にくちづけた。

「そもそも」エドワードはささやき、クレアのヒップに手をかけてその体を引き寄せると、自分の硬くなったものを押しつけた。「きみ以外の女性と過ごす時間など、いったいどこにあるというんだ。体力だってもたないさ」唇を重ね、甘くとろけるようなキスをする。股間がうずき、新妻をその場で奪いたくなった。

「そうかしら」クレアはため息混じりに言った。「あなたはその気になると、信じられないほど精力的にわたしを愛するじゃない」

エドワードのローブの中に両手をすべりこませ、乳首をもてあそんだ。

「その気にさせるつもりかな」エドワードは欲望でかすれた声で言った。

そしてクレアのガウンを脱がせて床に落とした。続いてネグリジェを脱がせ、自分もローブを脱ぎ捨てて裸になった。クレアを抱きかかえ、大股でベッドに向かった。

マットレスにクレアを下ろすと、その隣りに横になり、濃厚なキスをした。ふたりは互いの体を夢中で愛撫し、官能の世界に酔いしれた。

やがてエドワードは湧きあがる欲望をそれ以上我慢できなくなった。クレアの脚を開かせて腰を沈めると、温かく湿った彼女の体に包まれて快楽のため息をもらした。

それから深く速く激しくクレアを揺さぶった。そのあえぎ声を聞きながら、彼女をどんどん高みへとのぼらせる。クレアは泣き声にも似た声を出し、エドワードの背中に爪を食いこませて絶頂に達した。

エドワードもすぐにクライマックスを迎えた。このうえない快感に体を貫かれ、思考が停止した。

ふたりは手足をからませて横たわり、乱れた呼吸を整えた。エドワードはクレアを自分の体の上に引きあげると、そのまままぶたを閉じた。

五分が過ぎた。

やがて十分がたった。

もう深夜をとっくに過ぎていたが、ふたりとも眠ってはいなかった。エドワードは体の奥でふたたび欲望の炎が燃えはじめたことに気づいた。

「たしかにきみの言うとおり、今夜のぼくは精力的だ」

クレアは微笑み、エドワードに頬をすり寄せた。「あなたがどれくらい精力的か、試してみましょうか」

エドワードはにっこり笑い、クレアの言うとおりにした。

26

それからの数週間、クレアは幸せな毎日を送っていた。愛という言葉こそ口にしないものの、エドワードがクレアを――クレアだけを――求めていることはあきらかだった。

あの人がわたしに特別な感情を持っているのは間違いない。クレアは寝支度を整えながら思った。そうでなければ、わたしにこれほど優しくしてくれるはずがない。愛情もない相手と、魂の震えるような抱擁を交わせる男性が、いったいどこにいるだろう。

だがクレアの抱えている問題は、まさにそこにあった。エドワードがわたしに感じているのは、ただの好意なのだろうか。それとも、わたしを愛してくれている？　クレアはエドワードに愛されていることを信じたかった。なのに臆病かもしれないが、どうしても本人に確かめる勇気がない。

毎日、ひとつの言葉がクレアののどまで出かかった。〝わたしを愛してる、エドワード？〟

でも愛してないと言われたらどうしよう。

エドワードはつらそうな顔でこちらを見て、〝いい妻、いい公爵夫人になることだけを考え、愛などという愚かな感情にふりまわされるな〟と言うかもしれない。〝ぼくたち夫婦はうまくいっているじゃないか。それ以上、なにを求めるというんだ?〟と。

そこでクレアはそのことを自分から切りだすのをやめ、宙ぶらりんながらも喜びにあふれた毎日を送りながら、ひそかな期待を抱いて待っていた。

今夜はエドワードと一緒に、オペラに行くことになっている。クレアはそれを何日も前から楽しみにしていた。劇場に着いたら公爵家専用のボックス席に座り、素晴らしい音楽に耳を傾ける。もしも周囲から見えにくいようだったら、エドワードとこっそり手をつないでもいい。

クレアはその日のために、深紅の美しいシルクのドレスを選んでいた。胸もとが大胆に開いたデザインだ。嫁入り衣装の一枚としてそれを買ったとき、自分には少し大人っぽく、肌の露出が多すぎるのではないかという気もした。だが今夜のオペラにこのドレスはぴったりだ。エドワードは気に入ってくれるだろうか。

クレアは白い手袋をはめ、ビーズでできた小さなハンドバッグに金のオペラグラスを入れた。頭につけた小ぶりなティアラは、代々のクライボーン公爵夫人に受け継がれているもので、見事なダイヤモンドが全体にちりばめられている。一階に下りようと出口に向かいかけたとき、続き部屋のドアを軽くノックする音がし、エドワードがはいってきた。

クレアはすっかりそちらに気を取られ、メイドが出ていったことにもほとんど気づかなかった。エドワードはいったん立ち止まり、ぎらぎらした目でクレアを見た。その目が欲望を覚えたときのものであることを、クレアは知っていた。

「なんてきれいなんだ」エドワードはかすれた声で言った。「いますぐ食べたくなる」

クレアはにっこり笑い、体が熱くなるのを感じた。肌を大胆に露出しているのに、体が火照ることが不思議だった。いや、肌をさらしているからこそ、エドワードの熱い視線を受けてとろけそうになっているのかもしれない。だがそのときクレアはエドワードの服装に気づいた。いつものように洗練された格好だ。でも黒い夜会服ではなく、上質な茶色の上着、白いリネンのシャツ、クリーム色のベストと淡黄褐色のズボンを着けている。たしかに素敵ではあるが、オペラに行くのにふさわしい格好ではない。

「まだ着替えてないの？」クレアはかすかに衣擦《きぬず》れの音をさせながら、エドワードに近づいた。「早くしないと遅れてしまうわ」

エドワードはまじめな顔になった。「申し訳ないが、オペラには行けなくなった」

クレアの顔から笑みが消えた。「どうして？　準備は万端だと思っていたのに」

「ああ」エドワードはクレアの手を取った。「ジャックとグレースがもうすぐここにやってくる。それから今夜は、ドレークがぼくの代わりにきみをエスコートしてくれるそうだ」

ド、ド、ドレークが？

ドレークのことは大好きだし、一緒にいるといつも楽しい。でも今夜はエドワードと過ごすつもりだった。このドレスを着たのはドレークのためじゃない。

「どこに行くの?」

「仕事でちょっと出かけてくる」

クレアは眉根を寄せ、明日の朝まで待てない仕事とはいったいなんだろうと考えた。「なんのお仕事?」

「急ぎの仕事だ」エドワードはクレアを抱きしめ、ゆっくりと濃厚なキスをした。「一緒に行けなくて、本当にすまない」

「いいのよ」クレアは無理やり微笑んでみせた。「帰りは何時ぐらいになりそう?」

「よくわからない。先に寝ててくれ」

「でも戻ったら、わたしの寝室に来るでしょう?」

エドワードはクレアの手のひらにくちづけた。「ああ、もちろん。きみのそばでしか寝たくない」

クレアはその言葉に安心し、エドワードを見送った。

エドワードが忙しいことはわかっている。領地のことだけでもやらなければならないことがたくさんあるのに、投資も積極的に行っているらしい。そのうえ、カリブ海と南アメリカの農園の経営にもかかわっていると、前に本人から聞いたことがある。

自分がオペラのアリアを聴いているとき、エドワードはきっとどこかのクラブにいるのだろう。むっつり顔の紳士たちとテーブルを囲み、煙草をくゆらしてポートワインを飲みながら、無味乾燥な数字の話をしているにちがいない。いくら夫婦でも四六時中、一緒にいるわけにはいかないのだから、今夜はエドワードのぶんまで楽しむことにしよう。クレアは笑顔を作って部屋を出た。

数時間後、エドワードはクライボーン邸に戻ってきた。口を手で覆ってあくびをしながら、階段を上がりはじめた。セブンダイヤルズ地区にある、ロンドンでも指折りの危険な貧民街でほぼひと晩を過ごしたのち、ようやく家に帰ってきた。

エドワードはセント・ジャイルズ・ストリートにあるテラスハウスで、新しい動きがあるという報告を受けていた。そこはかつてフランスのスパイの隠れ家として知られていたが、この数カ月間、誰も使用している形跡がなかった。ところが二日前の夜、状況は一変した。その家を監視していた男たちによると、とつぜん窓の向こうでろうそくの光がちらつき、くたびれたカーテン越しに複数の人影が動くのが見えたという。

見張りの者たちはエドワードに知らせる前に、それがこっそり家に忍びこんだ浮浪者や売春婦ではないことを確認した。そしてそこがふたたびスパイの密会場所として使われていることを確信し、エドワードに連絡してきたのだった。

エドワードは重要ななにか——あるいは誰か——を目撃できるのではないかと思い、セブンダイヤルズ地区にやってきた。ごみや汚物のにおいがする荒涼とした通りをはさみ、その家の向かいにある建物の二階で、見張りのひとりとともにじっと様子をうかがった。だがしばらく待っても誰も現われなかった。うつろな目をした売春婦、酔っぱらいや泥棒など、深夜の街でよからぬことを企んでいる人物がうろついているだけだ。

朝の四時になり、エドワードはついにあきらめて屋敷に戻ることにした。

でもエドワードの本能が、近いうちにここでなにかが起こると告げていた。この家が最近また使われだしたことの裏には、きっと謎のウルフがいるはずだ。

もしかするとモグラも。

忍耐と少しの運があれば、もうじきふたりをつかまえられるかもしれない。

エドワードは寝室にはいって服を脱ぎ、近侍があらかじめ用意していた水で洗面をすませた。タオルで手と顔をふくと、ローブを羽織って裸足《はだし》のまま部屋を横切り、妻の寝室に向かった。

ベッドの隣りにもぐりこんで上掛けをかけ、クレアを抱き寄せた。

「帰ってきたのね」クレアはうっすら目を開けてつぶやいた。

「いいから眠るんだ」エドワードはクレアの額にそっとくちづけ、腕をなでた。

クレアはエドワードの胸に顔をうずめた。「打ち合わせはどうだった？」

「長くて退屈だった。オペラは？」

「長くて退屈だったわ。あなたがいなかったから」

「行けなくて残念だったよ」

そのときエドワードは、自分が本当に残念に思っていることに気づいた。これまでは監視やスパイの追跡を終えて屋敷に戻ってくると、いつも興奮と深い満足を覚えたものだった。自分は祖国のために、価値あることをしているのだという思いがあった。でもそれ以上に、政府の仕事は自分自身のためでもあった。スパイを追跡し、頭脳戦を繰り広げることは、ほかでは得られないスリルを与えてくれる。

だが今夜は、ロンドンのうらぶれた地域にあるうらぶれた建物で、いつ現われるかわからないスパイを待つよりも、妻と一緒にオペラに行ったほうがずっと楽しかっただろうと思えてならなかった。

もちろん今回の仕事を放棄するつもりはない。大変な労力を注ぎこんでやっとここまでこぎつけたのだから、いまさら投げだすわけにはいかない。あとはできるだけ速やかに解決できるよう、力を尽くすだけだ。

でももしこの仕事がなくて、自由にロンドンを離れられるなら、明日にでもクレアと一緒にここを発つだろう。北部の領地のどこかに行き、中断せざるをえなかったハネムーンの続きをする。それからブラエボーンに向かい、新しい故郷の美しさをクレアに堪能《たんのう》させてやりたい。

自分たちふたりの故郷だ。

エドワードはふいに激しい欲望を覚え、クレアを仰向けにした。ネグリジェのすその下に手を入れ、それを頭から脱がせた。クレアは驚いたような声を出したが、それはすぐに甘いため息に変わった。情熱的なキスと愛撫で、新妻の体を燃えあがらせる。エドワードはクレアの脚のあいだにひざをつき、一気にその体を貫いた。離れていた時間を埋めるかのように、ふたりは快楽のひとときに溺れた。

八月のうだるような暑さとともに、社交シーズンの最後の日々が始まった。上流階級の人びとの多くはロンドンの蒸し暑さに辟易《へきえき》し、荷物をまとめて領地へと戻りはじめている。だがクレアとエドワードはクライボーン邸にとどまっていた。エドワードの仕事が終わらず、ロンドンを離れることができなかった。

エドワードが予定していた集まりをたびたび欠席し、遅い時間に外出することに、クレアは心中穏やかではなかった。詳しい理由を訊いても、エドワードの返事は要領をえず、あいまいなものだった。

今夜のように一緒に舞踏会に来てみても、どこか心ここにあらずといった顔をしている。最初のうちはクレアもあまり気にするまいとしていたが、少しずつ疑念と不安が大きくなっていた。

エドワードはどこに行っているのだろう。

誰と一緒にいるのだろうか。

クレアは扇を広げて顔をあおいだ。絵の描かれたシルクの扇から送られるかすかな風に、ほっとひと息ついた。今夜はあまり体調がよくないので、来ないほうがよかったかもしれない。でも原因は察しがついている。グレースから聞いたことが正しくて、計算も合っていれば、自分はきっと身ごもっているはずだ。

今月はまだ月のものがない。それに胸も張っている。グレースによると、どちらも妊娠の最初の兆候だそうだ。そのことがわかったとき、クレアは嬉しくてたまらず、すぐにエドワードに知らせたくなった。だがその日の夜もエドワードは出かけていた。次の日も、そのまた次の日も、ゆっくり話す機会がなかった。そしてクレアは、その嬉しい報告をすることができないまま、エドワードが夜になるとどこに出かけているのか、次第に不安を募らせていた。

そしていま、エドワードは広間の向こうで三人の紳士と話をしている。今夜こそ打ち明けられるだろうか。ここに来る馬車の中で、エドワードはとても上機嫌だった。帰り道に話すことにしようか。

クレアは通りかかった召使いからポンチのグラスを受け取り、それを口に運んだが、すぐに後悔した。甘すぎて口の中がべたべたする。グラスを脇に置こうとしたとき、ひとりの従僕がエドワードに歩み寄って手紙のようなものを渡すのが見えた。エドワードが紳士たちに声をかけ、少し離れたところに行って手紙を読んでいる。そして表情ひとつ変えず、その手紙を上着のポケットに入れて話の輪に戻った。クレアはエドワードの落ち着きはらった態度に、なぜかいやな予感を覚えた。

やがて晩餐の時間になると、エドワードが近づいてきて、今夜は早めに切りあげてもいいかと訊いた。

「ええ、いいわよ」クレアは答えた。いつもより二、三時間長く寝られると思うと、むしろ早く帰れることがありがたかった。

帰りの馬車の中で、クレアは身ごもったことを何度も打ち明けようと思ったが、いざ口を開くとどうしても言葉が出てこなかった。エドワードは物静かで、なにかを考えこむような顔をしている。エドワードがどういう反応をするか自信が持てず、クレアはもうしばらくのあいだ黙っていることにした。

まもなく屋敷に到着した。いつもなら居間に立ち寄り、クレアは紅茶を、エドワードはポートワインを飲むところだが、ふたりはまっすぐそれぞれの寝室に向かった。クレアは朝までエドワードに会えないことを、なかば覚悟していた。だがベッドに横になってすぐ、エドワードは続き部屋のドアからはいってきた。

ベッドの隣りに横たわり、クレアのネグリジェを頭から脱がせてベッドの足もとにほうった。「どうしてわざわざ、こんなものを着るのかな。どうせすぐ脱ぐことになるのに」そうささやいた。

そしてクレアになにも言う暇を与えず、キスと愛撫を始めた。クレアはエドワードのこと以外、なにも考えられなくなった。しばらくしてエドワードはすっかり満たされ、快楽の波間をただよいながら、クレアを後ろから抱きしめて目を閉じた。

やがてクレアがうとうとしはじめたころ、エドワードがそっとベッドを出ていく気配がした。クレアは声をかけようと口を開きかけたが、ふと思いなおし、エドワードがローブを拾いあげて部屋を出ていく音を黙って聞いていた。

少ししてからクレアもベッドを出ると、ネグリジェとガウンを着てスリッパを履き、足音を忍ばせてドアに向かった。わずかにドアを開け、しばらく廊下の様子をうかがった。だんだん自分がばかなことをしているように思えてきて、ベッドに戻ろうとしたとき、エドワードが黒っぽい色のズボンと上着を身に着けて寝室から出てくるのが見えた。

これから外出するつもりらしい！　クレアはのどを締めつけられた感じがした。

エドワードの後ろ姿が遠くなるのを待ち、忍び足でそのあとを追った。行き着いた先は、厩舎に通じる通用口だった。クレアはエドワードが大股で厩舎に向かうのを、小さな窓から見ていた。数分後、ジュピターの背にまたがり、エドワードが厩舎から出てきた。れんが敷きの舗道にひづめの音が響いている。

クレアは窓に背中を向け、胸に手を押し当てて震える息を吸った。

エドワードはどこに行くのだろう。

誰と会おうとしているの？

その答えを知りたいのかどうか、クレアは自分でもよくわからなかった。

そして震えながら、階段を上がって寝室に戻った。

夜が明ける少し前、エドワードは寝室に戻ってきた。洗面室にはいって服を脱ぎ、顔や手を洗って馬のにおいを落とした。タオルを隅にほうりなげてローブを羽織る。

あくびをしながら、裸足のままクレアの寝室に向かった。

今夜は収穫があった。

舞踏会に行っているとき、見張りの男たちがセント・ジャイルズ・ストリートの家から出てくるスパイを捕らえたという連絡があった。スパイの持っていた革袋の中からは、千ポンドのイングランド銀行券、英国の騎兵中隊の戦力や将校に関する情報を求めているとおぼしき命令書、それから密会場所の経度が記された紙片が出てきたらしい。

少々手荒に問いつめたところ、男は暗号化された緯度が明日の『モーニング・クロニクル』紙に掲載されることになっており、それを解読したのち、指定された密会場所に出向いて取引をする予定であったことを白状した。

その連絡員の名前はウルフだという！

ついに好機がめぐってきた。エドワードはクレアの寝室に続くドアを開けながら思った。でもいまはこれ以上、考えるのをよそう。とりあえず少し眠らなければ。明日──もう今日だ──は間違いなく忙しい一日になる。

クレアはこちらに背中を向ける格好で眠っていた。新妻を起こさないように気をつけながら、エドワードはベッドにもぐりこんだ。

「エドワード？」クレアが眠そうな声でつぶやいた。

「起こしてすまない」

短い沈黙があった。「どこに行ってたの？」

エドワードはしばらく黙っていた。「下にいたんだ。眠れなかったから、図書室で本を読んでいた」

「そう」

エドワードはクレアがなにも言わないのを見て、また眠ったのだろうと思った。そしてクレアを後ろから抱くような姿勢で目を閉じた。

クレアはこぶしを口に押し当て、声をもらすまいとした。ひと筋の涙が頬を伝ったが、懸命に嗚咽《おえつ》をこらえた。泣く時間ならあとでいくらでもある。エドワードがすぐそばにいるのだから、いまは我慢しなければ。

エドワードはわたしに嘘をついた。クレアは胸をナイフで切り裂かれたような痛みを覚えた。

これまでずっと、彼の口から出る言葉はすべて真実だと思っていたが、それはちがっていた。エドワードはすました顔で、さらりと嘘を言ってのけた。今夜こっそり外出したこと以外に、どんな嘘をわたしについているのだろう。いままでどれだけのいつわりを口にし、わたしをだましてきたのか。

彼を揺り起こし、どこで誰と会っていたのか問いただすこともできる。でもエドワードはまた適当にごまかそうとするに決まっている。仮に本当のことを打ち明けたとして、わたしはそれを聞きたいのだろうか。

エドワードはさっき否定していたけれど、やはり愛人がいるのかもしれない。

フィリパ・ストックトン？

それともほかの女性？

たとえ浮気をしていなかったとしても、エドワードが嘘をついたという事実は変わらない。わたしのエドワードへの――そして夫婦の絆への――信頼は打ち砕かれた。

クレアはぐっと唇を噛み、泣きたい気持ちをこらえた。エドワードが目を覚まさないよう、体を丸めてできるだけ動かないようにした。

わたしはどうしてこんなに弱くなったのか。悲しい結末を迎えることがわかっていながら、なぜエドワードと結婚してしまったのだろう。

いつか心が傷つくことは、最初からわかっていたはずなのに。

そう、エドワードはわたしの心に消えない傷を残した。

27

翌朝、エドワードは服を着替え、コーヒーを飲んだだけで、さっそく新聞を調べにかかった。ベッドを出るとき、クレアを起こすことはしなかった。枕の上の寝顔はあどけなかったが、どこか疲れているように見えた。メイドにも、クレアを起こさずに好きなだけ寝かせておくようにと命じた。

『モーニング・クロニクル』紙を持って書斎に行き、ドアを閉めて机に向かった。それから暗号化された広告や記事が載っていないか、隅々まで丹念に目を通した。

ひとつめぼしい箇所を見つけ、机の一番上の引き出しの鍵を開けて小さな黒い手帳を取りだした。そこにはドレークが導きだした暗号の解読法が記されている。エドワードは手帳を開き、暗号を解きはじめた。

最初の試みは失敗に終わり、二回目も同じだった。だが次に女性用の化粧品――しみやそばかすをたった五品で消すという――の広告にそれをあてはめてみたところ、意味のありそうな文字列が現われた。そしてそれをスパイから入手した、復号化されたメッセージと照合してみると、密会の日付と時間と場所のみならず、多くの情報が浮かびあがってきた。

エドワードはしばらくのあいだ、それをじっとながめながら考えた。パズルのピースがひとつずつはまり、これまで解けなかった疑問への答えとともに、新たな可能性が頭の中でかたちを取りはじめた。

次の瞬間、エドワードはすべてを理解した。

今夜、ウルフだけでなく、モグラも一緒につかまえられる！


「申し訳ない」その日の午後、エドワードは居間のソファに座るクレアに言った。「また打ち合わせがはいってしまってね。今夜のモートン夫妻主催の晩餐会に行けなくなった」

クレアは顔を上げることなく、青いシルクの糸でステッチをしながら言った。「そう、残念ね。旬《しゅん》の新鮮な桃のアイスクリームが出ると聞いていたのに」

エドワードは微笑んだ。「それは残念だ。でもそのうち、料理人に頼んで作ってもらうことにしよう」

クレアは刺繡針を持った手を動かした。「来週の献立に、桃のアイスクリームを加えるよう言っておくわ」

「ああ、楽しみだな。じゃあ出かける前にやることがあるから、これで失礼する。今夜は何時になるかわからないので、ぼくの帰りを待たずに先に休んでてくれ」

クレアはエドワードに微笑んでみせた。「ええ、わかったわ。打ち合わせが退屈じゃないことを祈ってるわね」

エドワードは笑った。「退屈に決まってるさ」

クレアに歩み寄り、腰をかがめてキスをした。クレアは最初、体をこわばらせていたが、やがてまぶたを閉じてキスを返した。エドワードはもう少しキスを続けようかと思ったが、意志の力が残っているうちにやめることにした。「楽しい夜を。また明日の朝に会おう」

そう言うと後ろを向いて居間を出ていった。

クレアは布に針を深く刺し、怒りであごをこわばらせながら、エドワードの後ろ姿をにらんだ。

嘘つき!

よくもまたしゃあしゃあと嘘をつけたものだ。打ち合わせなんかないに決まっている。少なくとも、仕事の話でないことだけは間違いない。エドワードが本当はどこに行くのかと思うと、クレアの胃がぎゅっと締めつけられた。

しかもなにごともなかったように、わたしにキスをするなんて。もっともエドワードにしてみれば、自分たち夫婦のあいだになにも問題はないのだろう。さっきくちづけられたとき、本当は思いきり頬をひっぱたきたくてたまらなかった。でもそうする代わりに、そのままじっとしていた。気がつくと体から力が抜け、心の中は怒りと絶望でいっぱいなのに、エドワードの甘いキスに夢中になっていた。だまされているとわかってもなお、わたしはエドワードを求め、愛している。

だからといって、わたしは傷ついていないわけでも怒っていないわけでもない。子羊のように黙っておとなしく耐えるつもりもない。どんなにつらくても、エドワードが今夜どこに行くのかを確かめなければ。

もちろん、それを確かめられるかどうかはわからない。

クレアはエドワードが屋敷を出ていくのを待つあいだ、モートン夫妻に宛てて晩餐会に行けなくなったことを詫びる手紙を書いた。予定を変更していいのは、なにもエドワードだけではない。

六時を数分過ぎたころ、エドワードが馬車に乗って出かけるのが窓から見えた。クレアは呼び鈴を鳴らしてクロフトを呼んだ。

「閣下に言い忘れたことがあるの」まもなく居間にやってきた執事に、気さくな笑顔で言った。「今夜はお仕事の打ち合わせがあると聞いてるわ。場所がどこか、閣下はおっしゃらなかった？」

「いいえ、奥方様。使いの者に探させることもできますが、閣下の行き先がわかるかどうか、定かではありません」

クレアは落胆を隠し、笑みを浮かべたまま言った。「そう、わかったわ。急ぎの用じゃないから気にしないで。この手紙をすぐにモートン夫妻に届けてもらえる？」

「かしこまりました、奥方様」

クロフトは手紙を受け取り、会釈をして立ち去った。

クレアは体の脇でこぶしを強く握りしめ、どうしようかと考えた。エドワードの行き先を突きとめる手段は、なにかほかにもあるはずだ。そのときふと、書斎のことを思いだした。きっと手がかりになるものが見つかるにちがいない。手紙や請求書といったものが。

クレアは一瞬、ひるみそうになったが、真実を確かめるのだと自分に言い聞かせた。急いで階段を下りて廊下を進み、エドワードの書斎に行った。後ろ手にドアを閉め、まっすぐ机に向かった。あの人がなにか隠しているとしたら、この机のどこかだ。

まず天板の上に載っている書類や本を調べたが、なにも出てこなかった。次に引き出しを開けようとしたところ、すべて鍵がかかっていることがわかった。用心深いエドワードが人目につきやすい場所に鍵を置いておくとは思えず、クレアは手っ取り早い手段をとることにした。

ようやくまとめられるようになった髪からピンを一本抜き、それを器用に曲げた。マースデン邸には古くてなかなか開かない錠前がたくさんあったので、クレアは子どものころからヘアピンを使ってそれを開けることを覚えていた。ピンの角度を整え、錠前に差しこんだ。ピンを動かしているとき、机の上に置かれた小さな肖像画が目に留まった。さっき手がかりを探しているときには気づかなかったものだ。よく見てみると、それは少女のころの自分だった。肖像画家の前でじっと座っていたことを、いまでもうっすらと覚えている。エドワードがこんなものを持っているとは、思ってもみなかった。しかもまるで大切なものであるかのように、机の上に飾っておくなんて。

だがエドワードにとって、わたしの肖像画が大切なものであるはずがない。クレアはそのことをひとまず忘れ、目の前の作業に集中した。

引き出しを次々に開けて中を調べたところ、三段目でそれが見つかった。奇妙なことに、エドワードは今朝の『モーニング・クロニクル』紙にメモを走り書きしていた。

八月三日
十一時
ダンベリー邸

この屋敷はいったいどこにあるのだろう。クレアは眉根を寄せて考えた。

そのとき足音が近づいてきた。

顔を上げると、ドアのところに驚き顔のヒューズが立っていた。クレアの見間違いでなければ、その顔にはこちらをとがめるような表情も浮かんでいる。

「どうなさいましたか、奥方様」ヒューズは書斎にはいってきた。「なにかお探しでしょうか」その口調にはかすかに非難の調子が感じられた。もちろんヒューズの立場から見れば、クレアのしていることは非難されるべき行為だ。

クレアはその言葉を無視し、クライボーン公爵夫人らしく尊大な顔でヒューズを見た。「ダンベリー邸というのを聞いたことがある？」

ヒューズは意表を突かれてたじろいだ。「はい、あの、ございます」

「どこにあるの？」

「サリー州ギルフォードの南だったかと存じます。所有者である伯爵が亡くなってから、すっかり荒れはてていると聞きました。いとこの方が相続されたそうですが、あまり足を運ばれることはないようです」

「ありがとう、ミスター・ヒューズ。助かったわ」クレアは新聞を引き出しに戻した。ヒューズは困惑した様子で目をしばたたいた。「どういたしまして、奥方様」そこで眉をひそめた。「あ――あの、閣下の机は――」

クレアはヒューズに歩み寄った。「引き出しを閉めておいてくれるかしら。もし鍵を持っていなかったら、これを使うといいわ。びっくりするほど役に立つわよ」

あ然としているヒューズに曲がったピンを手渡した。そして廊下に出てクロフトを呼び、馬車の用意を命じた。

「やつらはあの中にいますよ、閣下」エドワードがひそかに使っている男たちの中で、統率役を務めている人物が言った。「味方は全員位置につき、あなたの指示を待っています」

「よくやった、アジーズ」エドワードはやせ形で強靭《きょうじん》な体つきをした禿《は》げ頭の男に向かって言った。エドワードはかつて警吏《けいり》だったその男に声をかけ、少し前から政府の仕事を手伝わせるようになっていた。ほかの男たちもみな元警吏で、裏社会や犯罪組織の事情に精通している。エドワードはその仕事ぶりを見てきて、彼らに全幅の信頼を置いていた。

エドワードは拳銃《けんじゅう》を腰の位置でかまえた。実際に武器を使うつもりはないが、丸腰で建物にはいるわけにはいかない。

そしてもう一度、周囲を見まわした。月がほとんど隠れた夜空の下で、ダンベリー邸の石壁が灰色の影のようにぬっとそびえたっている。生い茂った草むらの中から、昆虫の陽気な鳴き声とカエルのつぶれた声が聞こえてくる。

「わたしが先に行く」エドワードは言った。「きみとブラウンはあとからついてきてくれ」

アジーズはにっこり笑うと、顔を上げて合図をした――フクロウをまねて二回鳴き、隠れている味方に作戦の開始を伝えた。

エドワードは迷いのない足取りで建物に向かった。通用口や窓から侵入するなどという面倒で大げさなことは避け、まっすぐ玄関を目指した。暗くて顔がよく見えない位置に立ち、ドアをノックする。相手はセント・ジャイルズ・ストリートからの使者を待っているのだから、かならず出てくるはずだ。

一分ほどたったころ、錠前が開くかちりという音がして、古い木のドアが内側に引かれた。「玄関を使うなと言っただろう」男の鋭い声がした。「また時間に遅れたな。これで何度目だ。約束のものは持ってきたか？」

エドワードはくぐもった声で返事をし、ドアを大きく開けて屋敷の中にはいった。弱々しいろうそくの明かりが、かつて美しかったにちがいない玄関ホールを照らしている。じゅうたんはすりきれ、家具は傷だらけだ。

男はふりかえり、エドワードを見て愕然とした。「いったいどういう……」

「待っていた人物じゃなくて驚いたようだな、デュモン。がっかりさせて申し訳ない。でもわたしのほうは、今夜きみに会えるのを楽しみにしていた。会えてよかったよ。さて、きみの相棒はどこだ？」

デュモンは気を取りなおし、しらばくれた顔をした。「相棒？　なんのことだろう。ここにはわたししかいない」

「いや、そんなはずはない。へたな芝居はやめたらどうだ。ここに来るはずだった男は、もう拘留されている」

デュモンは表情を変えなかったが、わずかに動いた右目の横の筋肉が内心の動揺を物語っていた。

「そいつはいったん口を割ったら、なにもかも洗いざらい話してくれたぞ。さあ、いまここで白状するか、それとも投獄されるまで待つか」

デュモンの褐色の瞳に怒りと恐怖の色が浮かんだ。そしていきなりエドワードを押しのけ、出口に向かって突進した。だがドアの外に出たかと思うと、またすぐに戻ってきた。アジーズが弾丸を込めた拳銃をデュモンに突きつけ、歩くよううながしている。

「ひとりつかまえましたね、閣下」アジーズが笑い、口もとから欠けた歯をのぞかせた。

「やけに戻りが早かったな、デュモン。もう一度訊くが、仲間はどこにいる？」

「さっきも言っただろう。ここには誰もいない」

「さすが紳士だな。この状況じゃなければ、きみを尊敬していたところだ」

エドワードは屋敷の奥に進み、部屋をふたつのぞいたが、そこには誰もいなかった。ふりかえって大声で叫んだ。「いるのはわかっているぞ。早く出てきたほうがいい。この屋敷は包囲されている。どこにも逃げられない」

反応がなかったので、もう一度叫んだ。「まだ隠れているつもりなら、こちらから探しに行く。いますぐ出てきたほうがお互いのためだ」

そのまま数分が過ぎ、エドワードが屋敷の捜索にかかろうかと思いはじめたとき、二階の踊り場のほうからかすかな足音が聞こえてきた。「いったいなんの騒ぎなの、クライボーン？　深夜に人の家に押しかけてくるなんて、どういうおつもりかしら」

「スパイを捕らえようとしているんだ、レディ・ストックトン」

フィリパ・ストックトンが薄闇から姿を現わし、階段を下りはじめた。「スパイですって？」声をあげて笑った。「ばかばかしい。デュモンになんてひどいことをしているの？　わたしのお客様なのよ。もっと丁重にあつかってちょうだい」

「ああ、尋問のときは特に丁重にあつかうことにする。きみにもそうしよう、レディ・ストックトン。それともウルフ《Wolf》と呼んだほうがいいかな」

フィリパは驚きのあまり目を見開いた。

「そうだ、もうわかっている。もっとも、名前の綴りに惑わされて、そのことに気づくのに今日までかかってしまった。きみの旧姓はウルフ《Wolfe》だったな。フィリパ・ウルフ。ギャンブルと酒で身を持ち崩すまで、この屋敷はきみの父上のものだった」

フィリパの表情がさっと変わり、唇の端がゆがんだ。「ええ、そうよ。父は財産を食いつぶして、十六歳だったわたしをあの下劣なストックトンに嫁がせたの。父がした唯一のいいことは、落馬して首の骨を折ったことだけよ」

フィリパは廊下を進んできた。「けれども、ろくでもない父親と、それに輪をかけてろくでもない夫を持ったからといって、スパイ呼ばわりされてはたまらないわ。旧姓がウルフだというだけで、スパイの疑いをかけられてしまうのかしら」

「ああ、残念ながらそうだ」エドワードは言った。「きみの仲間から押収したものの中には、現金と命令書だけでなく、暗号化された情報もはいっていた。それを解読したところ、この屋敷が密会場所であることと、きみが連絡員であることがわかった」

「人違いよ」フィリパはしらを切った。「わたしの旧姓がウルフであることは、ただの偶然だわ。その仲間とやらが持っていたのは、すべてデュモンに宛てたものよ。お察しのとおり、彼はスパイなの」悲しそうな目でデュモンを見る。「ごめんなさい、レネ。でももうこれ以上かばえないわ。わかってくれるでしょう?」

フィリパは懇願するような顔でエドワードを見た。「クライボーン、どうか信じてちょうだい。わたしはデュモンから言われ、この屋敷を使わせていただけなの。貸さないとひどい目にあわせるぞと脅されて、どうしようもなかったのよ」

「嘘を言うな!」デュモンが怒りをあらわにした。

「ほら、こんなに乱暴なんですもの。黙って言うことを聞く以外、方法はなかったわ」

エドワードはフィリパの無邪気を装った美しい顔をじっと見た。そしてなぜ、彼女の計画がこれほどうまくいったのかがわかった。フィリパ・ストックトンは嘘と策略と誘惑の天才なのだ。

「今日、ライムハースト卿と会っていなければ、きみの話を信じていたかもしれない。きみはある夜、ライムハースト卿が眠っているものだとばかり思いこみ、彼の書斎に忍びこんだそうだな。その後、きみたちは別れたと聞いた」

フィリパは肩をすくめた。「ペンと紙を探していただけよ。あの人の誤解だわ」

「そうかな。ライムハースト卿は、その件をすぐに報告するべきだったと後悔していた。だがそのときは、ばつが悪くてどうしてもできなかったそうだ。いまになってふりかえってみると、判断を間違っただけでなく、きみを信じてしまったことも、とんでもないあやまちだったと言っている」

エドワードは鋭い目でフィリパを見据えた。「機密情報を入手するために、何人の男をベッドに誘ったんだ？　きみの嘘でいままで何人を死に追いやった？　きみと付き合ったことのある男たちからもっと詳しい話を聞けば、興味深い事実が浮かびあがってくるだろう。その多くが陸軍省の関係者となればなおさらだ」

フィリパの顔が青ざめた。

「ここしばらく、国家機密情報の漏えいが続いていた。政府の高官から情報がもれていることはあきらかだった。ただ、それが複数であることと、本人たちも知らないうちに情報を渡していたことまでは、さすがに気がつかなかったよ。きみは頭がいい、レディ・ストックトン。誰かから場所を引きだし、また別の誰かから名前を引きだす。そうして集めた細かい情報をつなぎあわせれば、全体像がつかめるというわけだ」

フィリパは芝居をやめた。「素晴らしい計画だったわ」誇らしげに言った。

「金のためにやったのか？」

「そうよ。戦争には興味がないもの。争いごとが好きな男たちの考えることなんて、くだらないことばかりだわ。どちらが勝とうが負けようが、わたしにはどうでもいいことよ」フィリパはこぶしを腰に当てた。「わたしにとって大切なのは、生活水準を保つことなの。ストックトンが遺《のこ》した寡婦給与財産だけでは、日常生活に必要なものだってまともに買えやしない。黙って質素な生活に耐える未亡人もいるかもしれないけれど、わたしはあいにくそういう女じゃないわ」

「再婚という道もあっただろう」

「再婚ですって！　やっと足かせがはずれて自由になれたのに、また誰かの奴隷になるなんてまっぴらごめんだわ。結婚なんてもうこりごりよ」

「情報を得るため、男をベッドに誘うことにしか興味がないわけか」

フィリパはあざけるような顔でエドワードを見た。「そうじゃなければ、あんな人たちと寝るわけがないでしょう」不快そうに唇をゆがめた。「特にライムハーストなんかと。本人にも伝えてちょうだい。あなたはベッドのパートナーとして最悪だったわ、と」そこでふっと目をそらし、ため息をついた。「でもみんながみんな、そうだというわけじゃなかった。あなたの弟君だけは――」

「なんだい？」エドワードは口調を和らげた。「あいつとは真剣に付き合っていたと？　その点についてだけはきみを信じよう。ジャックは情報を入手できる立場になかったからな」

フィリパを見ているうちに、同情にも似た気持ちが湧きあがってきたが、すぐにそれをふりはらった。「エヴェレット卿の殺害にかかわったのは誰だ。あの男もきみの愛人だったのか?」

フィリパは褐色の眉を片方上げた。「ええ、ときどき会っていたわ。でも犯人ならそこにいるわよ」デュモンを指さす。「ナイフで心臓をひと突きしたとき、エヴェレットはどんな顔をしていたと言ったかしら、デュモン? たしか呆然としていたと言ってたわね。エヴェレットは自分の価値を過大評価していたわ。自分もいつか使い捨てにされるとは、夢にも思わなかったみたい」

デュモンはフィリパに向かって怒鳴った。「お前もそうだ。いつ命を狙われるかわからないぞ。せいぜい気をつけるんだな」自分が完全にとらわれの身になっていることを思いだし、アジーズの手をふりきろうともがいた。だがエドワードの雇った男たちが新たにふたり現れては、逃げることなどとうてい無理だった。

「そいつを連れていけ」エドワードは命じた。「監獄に入れるまで、目を離すんじゃないぞ」

「その女はどうします?」アジーズは身ぶりでフィリパを示した。

エドワードはフィリパのほうを見た。「レディ・ストックトンのことは、わたしにまかせてくれ。いまさらわたしの手を焼かせるようなことはしないだろう?」

フィリパはかすかに微笑んで肩をすくめた。「そんなことをしても無駄でしょう」

アジーズともうひとりの男が、フランス語で悪態をついているデュモンを外に連れだした。

「なにか持っていきたいものはあるか?」エドワードはフィリパに訊いた。

「服を数枚と本を数冊、あとは歯ブラシぐらいかしら。監獄で必要なものなんて、たいしてなさそうだわ」フィリパは自嘲《じちょう》気味に笑った。

エドワードはひとり残った配下の者に、二階へ行ってフィリパの持ち物を取ってくるよう命じた。男が階段をのぼっていなくなると、エドワードとフィリパは黙ってその場に立ちつくした。

「座ろうか」しばらくしてエドワードは、近くの椅子を手で示した。

フィリパはこぶしを腰に当てたまま首をふった。「結構よ。でもわたしをすぐに連行しようとしなかったことにはお礼を言うわ。私物を持っていくのを認めてくれるなんて、優しいのね」

「それぐらい、どうということはない。なんといってもきみは女性だ。たとえスパイで――」

「これがあなたの言う退屈な打ち合わせなのね」ドアのほうから甲高い声がした。

エドワードは心臓が止まりそうになり、声のしたほうを見て全身が凍りついた。「クレア!」

「やけに少人数の打ち合わせじゃないの。でも、もともとあなたはそのつもりだったんでしょう。これから階段を上がって寝室に行くところなの、それともいま下りてきたところ？」

エドワードは胃がねじれそうな感覚に襲われた。「こんなところでなにをしているんだ？ロンドンにいるはずじゃなかったのか」

クレアは怒りで唇を固く結び、青い瞳を光らせながらエドワードに近づいた。「あなただってロンドンにいるはずじゃなかったの？」

エドワードはあることに気づいてはっとした。「どうしてここがわかったんだ？」

「あなたの机をこじ開けたの。おかげでいろんなことがわかったわ」

レディ・ストックトンが愉快そうな声を出した。

エドワードはあ然とした。「なんだって！」

「あなたが嘘をついたことを考えたら、それくらい当然でしょう。よくもわたしをだましてくれたわね！　あなたを信じたわたしがばかだったわ」

「なるほど、そういうことだったのね」レディ・ストックトンが会話に割りこんできた。

「つまり公爵夫人は、わたしたちが逢い引きをしていたと思ってるのかしら」目を丸くして笑いだした。「あなたは誤解しているわ。クライボーン公爵がここに来たのは――」

「あなたは黙ってて！」クレアはぴしゃりと言い、ふたたびエドワードを見据えた。「あなたとも二度と口をきく気はないわ。ロンドンに戻っても、わたしはもういないものだと思ってちょうだい。離婚の書類はマースデン邸に送っていただけるかしら。わたしは母のところに帰るわ」

エドワードは自分の耳を疑った。怒りとともに、顔面を殴られたような激しい衝撃を覚えた。生まれてこのかた、一度も味わったことのない衝撃だ。一瞬、これまでの人生が音をたてて崩れていくような気がした。「きみの居場所はぼくのそばだ」食いしばった歯のあいだから言った。「どこにも行かせない」

クレアはこぶしを腰に当てた。「いいえ、出ていくわ」

エドワードがクレアをにらみ、口を開こうとしたとき、フィリパ・ストックトンがいきなり飛びかかってきた。そしてエドワードが腰の位置にかまえていた拳銃を奪い取った。

クレアは悲鳴をあげた。「まさか拳銃なの？」

クレアとの口論に気を取られていたエドワードは、完全に虚をつかれるかたちとなった。

「拳銃を放せ。そんなことをしても無駄だ」

「そうかしら」フィリパは後ろに下がり、エドワードの胸に拳銃を突きつけた。「無駄だとは思わないわ。監獄に行くなんてまっぴらごめんだもの」

「監獄？」クレアは混乱した。

「そうよ、公爵夫人。あなたのご主人は、不倫をするためじゃなくて、スパイ行為をしたわたしをつかまえるためにここに来たの。ご主人のことをもっと信じてあげればよかったのに。

この人ほど妻に忠実な男性はいないわ。ご主人があなたに夢中であることは、誰が見てもすぐにわかるもの」

「きみを逃がすつもりはない」エドワードはフィリパの手から、どうやって拳銃を奪いかえそうかと考えた。「かならず追いつめてみせる」

「どうかしらね。わたしは結構な大金を隠し持っているの。まずはフランスに渡り、それからどこか外国に行くわ。アメリカなんかいいわね。あの国では、簡単にゆくえをくらますことができるそうよ。誰からも不審に思われず、新しい人生が始められるかもしれないわ」

「絶対に見つけだしてやるさ」エドワードは言った。「犯した罪の重さを考えたら、国がきみの逮捕をあきらめるはずがない」

「地球の裏側に行けば話は別でしょう。さあ、そこをどいてちょうだい」

エドワードは首をふった。「断わる。早く拳銃を渡すんだ。怪我をしたくはないだろう」

「いやよ!」

そのとき頭上のほうから床板のきしむ音がした。フィリパの荷物を取りに行った男が、拳銃を抜いて階段を下りてきている。

フィリパがさっとそちらを見た。その隙を見てエドワードはフィリパに飛びかかり、拳銃を奪いかえそうとした。ところがフィリパは驚くほどの力で抵抗した。ふたりはしばらくもみあいになり、そのはずみで拳銃が発砲された。

装填《そうてん》されていた弾丸は一発だけだったため、それで決着がついた。エドワードはフィリパの手から武器をもぎとり、配下の者に彼女を託した。「しっかり見張っておくんだ。それから、レディ・ストックトンの言葉に耳を貸すんじゃないぞ」

「やめて！」フィリパは叫び、男に連れられて泣きながら外に出ていった。「お願い、やめてちょうだい！」

だがエドワードにはフィリパの懇願が聞こえていなかった。頭の中はそれより大事なことでいっぱいだ。「クレア」妻のほうをふりかえる。「家に帰ろう。ふたりきりで話がしたい」

クレアは返事をせず、ただ黙ってエドワードを見つめていた。その顔にはまったく血の気がなく、唇が紫色になっている。「エドワード、わたし……」

エドワードはふいに恐怖を覚え、全身に鳥肌がたった。「どうしたんだ？　だいじょうぶかい？」

クレアはガラスのように透きとおった瞳でエドワードを見た。「わたし……撃たれたみたい」

エドワードはクレアに駆け寄った。そして床に倒れる寸前に、その体を抱きとめた。マントの前が開き、胸に真っ赤な血が広がっている。

エドワードはクレアを抱きしめて絶叫した。

28

〝愛してる、クレア。

ぼくを置いていかないでくれ。お願いだ。

きっとだいじょうぶだから。ぼくの声が聞こえるかい？

きみがいないと生きていけない。どうか死なないでくれ。

クレア……愛してる……愛してる……愛してる〟

クレアは自分が命を落とし、天国に向かっているのだろうと思った。それとも最高に素晴らしい夢を見ているのだろうか。エドワードがわたしを愛していると言ってくれた。笑みを浮かべながら、長いあいだ聞きたくてたまらなかったその言葉を反芻《はんすう》した。

やはりそうだわ。わたしは死んでいるにちがいない。

そのとき馬車がわだちにはまり、クレアは左肩のあたりに鋭い痛みを感じて悲鳴をあげた。天国にいるのなら、これほどの苦痛を覚えるはずがない。

ということは、わたしはまだ生きている。あるいはここは地獄だろうか。

「地獄じゃない」エドワードの低い声がした。「きみは怪我を負ったんだ。もうすぐ家に着くからがんばってくれ」

「家？」クレアはつぶやき、自分がエドワードの腕に抱かれていることに気づいた。

「クライボーン邸だ。先に使いをやり、医者を呼んで待機させるよう命じておいた。あのまま田舎にとどまって、どこの馬の骨ともわからない医者にきみの命を託す気にはなれなくてね」

クレアは激痛に唇をぎゅっと嚙んだ。「わたしは撃たれたのね。あなたとフィリパ・ストックトンが拳銃をめぐって争っているときに」

「ああ」エドワードの声は苦渋に満ちていた。

「あの人はあなたの愛人じゃなかった」

「そうだ。前にも言ったとおり、ぼくにとって女性はきみしかいない」エドワードはまず額に、それから頰にそっとくちづけた。「ぼくが欲しい女性はきみだけだ」

なんて素敵な響きの言葉だろう。クレアは痛みでもうろうとしながら思った。エドワードの胸にもたれかかったところ、温かな素肌が頰に当たった。安らぎを感じさせてくれるエドワード自身のにおいがする。「シャツはどうしたの？」

「傷口の止血に使っている。さあ、もうおしゃべりはやめて休んだほうがいい。あとでゆっくり話そう」

あとで？　ええ、わたしもそのほうがいいわ。

だがクレアには、どうしてもいますぐ確かめたい大切なことがあった。「あれは本気だったの？」そうつぶやいた。

「なんのことだい？」エドワードはクレアの髪や頬をなでた。

「さっきあなたが愛してると言ったのが聞こえたわ。本当に？　わたしを愛してるの、エドワード？」

クレアはエドワードの美しい濃紺の瞳を見つめた。でもだんだん周囲の景色がまわりだし、エドワードの答えを聞く前に意識を失った。


クレアはゆっくりと目を覚ました。寝室の中は薄暗く、カーテンが明るい夏の陽射しをさえぎっている。

馬車で屋敷に戻ってきてから、長い時間がたっていた。クレアの記憶はおぼろげで、血が流れていたことと、激しい痛みと恐怖を感じたことを断片的に覚えているだけだった。だがエドワードはずっとそばにいて、生死の境をさまよいながら苦しむクレアを懸命に支えて励ました。

医師が肩から弾丸を摘出するとき、エドワードがしっかり手を握って優しく声をかけつづけてくれたことを、クレアは覚えていた。ようやく治療が終わると、エドワードはクレアの冷えきった額と震える唇にキスをした。そして濡れた布でその涙をふき、眠るように言った。

それからどれくらいの時間がたったのか、見当もつかない。

強い痛みに目が覚めて下を見てみると、肩に白い包帯が何重にも巻かれ、左腕も動かないように脇に固定されていた。もちろん激痛が走ることはわかっているので、腕も肩も動かすつもりはない。

嘆息して顔の向きを変えたところ、エドワードが見えた。ベッド脇の椅子に腰かけ、クレアの腰のすぐ横に顔を伏せて眠っている。それでもその手はクレアの手をしっかり握っていた。クレアはエドワードの手をぎゅっと握りかえし、目に嬉し涙をにじませた。

「クレア？」エドワードが上体を起こし、寝ぼけた様子で目をしばたたいた。

「ごめんなさい。起こすつもりはなかったの」

「いや、いいんだ。起こしてくれてよかった」エドワードの声はひどくくたびれていた。目のまわりにもくまができ、髪は乱れて頬やあごに無精ひげが生えている。

「疲れているようね」

エドワードは微笑み、クレアの手を取ってくちづけた。「きみはだいぶ元気になったようだ。顔に血色が戻ったし、唇ももう紫色じゃない。一時はどうなることかと思ったよ」

「朝からここにいたの？」

「いや、昨日からだ。あれからまる一日以上たった」

「一日以上？」クレアは驚いた。「そのあいだ、あなたはずっとここに？」

エドワードは神妙な面持ちでうなずいた。「きみのそばを離れられなかった。きみがもうだいじょうぶだとわかるまで、ぼくはずっとここにいる」立ちあがり、クレアの額に手を当てた。「微熱が出るかもしれないと医者が言っていたが、そうでもないようだね」

「わたしならだいじょうぶよ」クレアは言った。少なくとも最悪の時期を過ぎ、快復している実感があった。「ねえ、あなたは本当にスパイだったの？」

エドワードは片方の眉を上げた。「仲間内では〝諜報員〟と呼ぶことのほうが多いが、きみの言うとおりだ。たしかにぼくはときどき陸軍省に協力している」

「最近のあなたの忙しさからすると、〝ときどき〟という程度じゃないような気がするけれど。でも忙しい理由はそれだったのね。政府のお仕事をしていたんでしょう？」

「数年前から機密情報が外にもれるようになり、その原因を突きとめようとしていたんだ。そしておとといの夜、ついに解決した」

「レディ・ストックトンが犯人だったのね」

「そうだ。レディ・ストックトンともうひとり首謀者がいたんだが、おそらくきみとは面識がないだろう」

クレアは一考した。「どうして言ってくれなかったの？　もっと前に話してくれていたら、わたしもばかげた誤解をせずにすんだのに」

エドワードは慎重にベッドに腰を下ろし、クレアの手を取った。「ぼくには守秘義務があり、たとえどんなことがあっても、政府の仕事について勝手に口外してはならないことになっているんだ。それにまさかきみがぼくの不倫を疑っているなんて、思ってもみなかった。きみが机の引き出しを開けてぼくの行き先を突きとめ、あとを追ってきたなんて、いまでもまだ信じられない思いだ。命を落としていてもおかしくなかったんだぞ」

「でもわたしはこうして生きているわ」

「ああ、神に感謝するよ」エドワードは目を閉じ、天に心からの祈りを捧げた。ふたたび目を開けたとき、そこに浮かんでいる表情を見て、クレアは胸が熱くなった。

「きみのことをもっとちゃんと見ていれば、こんなことにはならなかっただろう。フィリパ・ストックトンのことも同じだ。もっと注意するべきだった。追いつめられた彼女がなにをするかわからないことに、ぼくがもっと早く気がついていれば」エドワードはクレアの手を自分の頰に当てた。「もう二度と自分の身を危険にさらすようなことはしないでくれ」

「あんなことになるとは思わなかったの。あなたがどこでなにをしているのか、どうしても確かめたくて。あなたが嘘をついた理由を知りたかった。少し前の深夜、あなたが馬に乗って出かけるのを見たの。あなたは眠れないから一階で本を読んでいたと言ったわ。でもそれは嘘だった」

エドワードは気まずそうな表情を浮かべた。「すまなかった、クレア。でもぼくは――」

「本当のことを言えなかったのよね。ええ、わかってるわ。でもこれから先、政府のお仕事をするときは、ちゃんとわたしにそう言ってちょうだい。詳しい内容は教えなくていいから、話せる範囲で話してほしいの。そうすればわたしも心配しなくてすむわ。国に秘密を守ることを誓ったのはわかるけれど、わたしには二度と嘘をつかないと約束して」

「約束するよ、クレア。名誉にかけて誓う」

クレアはほっとした。エドワードが名誉をなにより大切にしていることはわかっていた。

「ここに残ってくれるんだね？」エドワードは訊いた。「きみはたしか、母上のところに帰ると言っていたが」

「あのときは頭が混乱して――」

「ぼくはきみをどこにも行かせるつもりはない。でもぎくしゃくした関係はいやなんだ」エドワードはクレアの手を自分の太ももに置き、手首の内側の繊細な肌をそっとなでた。

クレアはうっとりした。

「もうふたりのあいだに隠し事はなしにしよう。これから先、ぼくたちのあいだにあるのは真実だけだ」

「ええ、真実だけよ」

エドワードは真剣なまなざしでクレアを見た。「馬車の中でぼくに訊いたことがあるね。覚えているかい？」

クレアは震えながらうなずいた。心臓が激しく打ちはじめた。

「そうか、よかった。答えはイエスだ」エドワードは身を乗りだし、クレアの顔にかかった髪をはらった。「ぼくはきみを心から愛している。きみを失うんじゃないかと思ったとき、自分がどれだけきみを愛しているかに気づいた。きみはぼくのすべてだよ、クレア・バイロン。ぼくはもうきみなしでは生きていけない。きみがいなくなるなんて、考えただけでおかしくなりそうだ」

「ああ、エドワード。わたしもあなたを愛しているわ。こんな夢のような日が来るなんて……あなたがわたしを……」クレアの頬をひと筋の涙が伝った。

エドワードはクレアの頬をぬぐった。「そうだ、ぼくはきみを愛してる。もっと早くそのことを伝えるべきだったのに、ぼくは真実を認めたくなくて、自分の心からも目をそむけていた。ぼくたちは結ばれるべき運命にあると、前にぼくが言ったことを覚えているだろうか」

強い疲労の色が浮かんではいるものの、相変わらず整ったエドワードの顔を見つめながら、クレアはうなずいた。

「まだお互いに子どもだったころ、父上が幼いきみをぼくに抱かせたときから、きみはぼくのものになったんだ。でもあのときのぼくは、自分がどれほど大切な宝物を手にしているのか、まったくわかっていなかった。これからずっと、きみを大切にする」

エドワードは上体をかがめ、甘く優しいキスをした。クレアはまぶたを閉じ、万感の思いを込めてキスを返した。

「レディ・ストックトンの言ったとおりだ」エドワードは唇を重ねたまま言った。

「な——なんのこと？」

「ぼくがきみに夢中だということだよ。周囲から見れば、ぼくはのぼせあがった顔をしているのかもしれないが、そんなことはもうどうでもいい」

クレアが笑いながら顔を離そうとしたとき、肩に鋭い痛みが走った。「痛い！」

「クレア」エドワードは青ざめた。「痛かったかい？　だいじょうぶか？」

「だいじょうぶよ。ちょっとはしゃぎすぎてしまったみたい」

「キスなんかしたぼくが悪かった」

「そんなことはないわ。いつでもキスしてちょうだい。ただ、腕を動かさないようにだけ気をつければだいじょうぶよ」そこで顔をしかめた。「ああ、すごく痛いわ」

「医者がアヘンチンキを置いていった。すぐに持ってくる」

「やめて」クレアはエドワードが立ちあがろうとするのを止めた。「アヘンチンキはいらないわ」

エドワードは眉根を寄せた。「痛いんだろう？　薬を飲んだほうがいい」

「薬なしでなんとか我慢するわ。そのほうがいいと思うの」

「どうしてだい？　痛み止めを飲んだほうが楽になるじゃないか」

「ええ、でも赤ちゃんのことが心配だから」

エドワードは困惑顔でクレアを見た。「赤ちゃん？　でも――」

「話そうと思っていたんだけど、最近のあなたは〝打ち合わせ〟でしょっちゅう留守にしていたから、なかなか打ち明ける機会がなくて」

エドワードは呆然とした。「でもそんなことは――」

クレアは愉快そうに片方の眉を上げた。

「いや、ありえないとは言えないな。だが、まだ早すぎるだろう」

「そうね。でももう月のものが二カ月来てないの。もしかすると、最初に結ばれた夜に身ごもったのかもしれないわ」

「なんてことだ」

「喜んでくれる？」クレアはふいに不安になった。

だがエドワードが満面の笑みを浮かべるのを見て、その不安はすぐに消えた。

「喜ぶに決まっているだろう！　きみのお腹に子どもが宿っているなんて。ぼくはただ、もうしばらくのあいだ、きみをひとり占めしたいと思っていただけさ」

クレアは肩を動かさないよう注意しながら、右手を上げてエドワードの頰をなでた。「これからずっと一緒にいられるわ。わたしたちの人生はまだまだ長いもの」

エドワードは優しくクレアにくちづけた。「ああ、ずっと一緒にいよう。きみと過ごす一日一日が、楽しみで待ちきれない」

「わたしもよ。愛してるわ」

「ぼくも愛してる」エドワードはまた急に強い疲労感に襲われてあくびをした。

「疲れてるのね。少し休んだほうがいいわ」

「きみこそ休んだほうがいい。目を閉じるんだ。ぼくはここにいるから」

「ここって？」

「椅子だ」

「ばかなことを言わないで。さあ、わたしの隣りに横になってちょうだい」

「でもきみの肩にうっかりさわってしまうかもしれない」

クレアは首をふった。エドワードの腕の中より安全な場所はほかにない。「一緒に寝ましょう。あなたに隣りにいてほしいの」

エドワードはベッドに横たわり、そっとクレアの体を抱いた。

クレアは痛みも忘れ、至福の笑みを浮かべた。ずっと昔からこうなることを夢見ていた。次にエドワードの手に指をからませ、その寝顔を見る。やがて眠くなってまぶたを閉じた。次に目を覚ましたとき、そこにエドワードがいる——今日も、明日も。永遠に。

訳者あとがき

ひそかに恋焦がれていた人からのプロポーズ。それは女性にとって人生で最高に幸せな瞬間でしょう。ところが本作のヒロインのクレアにとっては、そうではありませんでした。なぜなら、それが愛から出たプロポーズではないことを知っていたからです。いっそなんの感情も抱いていない相手であれば、親を安心させるためだと割り切って結婚することもできますが、かなわぬ想いを胸に秘めたまま一生を送ることにはどうしても耐えられません。そこで結婚はしたくないと必死で訴えますが、伯爵である父親はクレアの言うことを頑として聞いてくれませんでした。なにしろ相手は国内屈指の名家、バイロン家の長男であるエドワードことクライボーン公爵です。クレアとエドワードの結婚は、友人どうしだったふたりの父親が、遠い昔に交わした約束だったのです。伯爵にしてみれば、富に恵まれ、家柄も人柄も申しぶんのないエドワードとの縁談をこちらから断わるなど、とうてい考えられないことでした。追いつめられたクレアは、エドワードのほうから婚約を解消させようと考えつきます。自分が公爵夫人にまるでふさわしくないことがわかれば、エドワードもあきらめるだろうと思ったのでした。

一方のエドワードは、まだ幼かったころに親が勝手に決めた婚約に反発を感じてはいましたが、やがて公爵位を継ぎ、その責任の重さを実感するにつれ、血筋のいいクレアと結ばれて後継ぎを作ることは自分の義務だと考えるようになります。義務を果たすうえで、愛は絶対に必要というわけではありません。たしかに最近、弟たちが立てつづけに恋に落ち、とても幸せな結婚をしましたが、そうしたことは自分のような責任ある立場の人間には関係のないものだとエドワードは思っています。そしてそろそろ花嫁を迎える潮時かと思い、数年ぶりに伯爵の屋敷を訪ねたところ、クレアは記憶の中の十代の少女から美しい大人の女性へと成長していました。エドワードはそのことに嬉しい驚きを覚えつつ、さっそく伯爵の許しをもらって正式に結婚を申しこみます。ところが思いもよらず、「婚約を白紙撤回すると父に言ってほしい」とクレアから懇願されます。前回会ったとき、あきらかにこちらに好意を示していた彼女の意外な反応にエドワードはとまどいますが、公爵夫人にふさわしい相手を一から探しなおす気にもなれず、なかば強引に結婚の話を進めます。クレアはそれに抵抗し、エドワードに自分との結婚を思いとどまらせるため、あの手この手の作戦を考えるのでした。

本書の読みどころは、なんといっても常に冷静沈着なエドワードが、歳がひとまわりも下のクレアの型破りな言動にふりまわされるところでしょう。もちろんクレアはエドワードから愛想を尽かされようと、わざとそうしたことをしているわけですが、やはりそこは経験豊富なエドワード、そう簡単にクレアの思うとおりにはなりません。それでもいつも自分を抑え、周囲の期待に応えようとしてきたエドワードにとって、クレアとの駆け引きにより感情が激しく揺さぶられることは、いままでにない新鮮な体験でした。クレアと一緒にいると、幼いころからずっとつけていた仮面がはずれ、素の自分が顔を出すのです。でもようやくそれが愛だと気づくのは、クレアを永遠に失いそうになってからでした。

シリーズ一作目の『その夢からさめても』はサスペンス色が濃く、二作目の『ふたりきりの花園で』はヒーローとヒロインの心理描写が中心の甘いロマンスでしたが、本書はちょうど前二作を足して二で割り、そこにユーモアのスパイスを加えたような独特の作品に仕上がっています。甘くせつなく、それでいてところどころくすりとさせられるふたりの恋物語を、どうぞ心ゆくまでお楽しみください。一作目のヒーローであるケイドを苦しめた人物のその後と、スパイ事件の顛末《てんまつ》も明かされています。

さて、本国ではすでにバイロン家の長女、マロリーの恋と結婚をテーマにした "*Wicked Delights of a Bridal Bed*" が刊行されています。本書で悲しい経験をしたマロリーが本当の幸せをつかむまでの物語が、ウォレン一流の筆力で丁寧に描かれており、最後まで目を離すことができません。こちらの作品も、近いうちにみなさんにご紹介できる機会があることを願っています。

本書の訳出にあたっては、二見書房の尾髙純子さんにお世話になりました。この場をお借りして厚くお礼を申しあげます。

二〇一二年四月

ザ・ミステリ・コレクション 23

あなたに恋《こい》すればこそ

著者 トレイシー・アン・ウォレン
訳者 久《く》野《の》郁《いく》子《こ》

発行所 株式会社 二見書房
東京都千代田区三崎町2-18-11
電話 03(3515)2311［営業］
03(3515)2313［編集］
振替 00170-4-2639

印刷 株式会社 堀内印刷所
製本 合資会社 村上製本所

ISBN978-4-576-12060-7
http://www.futami.co.jp/